FOLIO SCIENCE-FICTION

Antonio Exposito

LE QUATRIÈME ROI MAGE

Gallimard

Né apatride le 8 octobre 1958 au Danemark, Antonio Exposito a grandi en France. Dyslexique, il désespère son institutrice et sa mère. Une bibliothécaire lui conseille un jour d'ouvrir un livre plutôt que de rester à ne rien faire. Les livres lui tiendront dès lors compagnie. Après avoir obtenu le baccalauréat en candidat libre et suivi des études itinérantes, il devient technicien de maintenance informatique. L'envie d'écrire le démange à la mort de son père. Il commence à publier sur une plateforme collaborative, dont il fera son premier réseau social. Il rencontre là où il rend conte. Encouragé par un camarade lecteur, qui deviendra son ami puis son éditeur, Antonio publie, presque malgré lui, son premier roman, *Le quatrième Roi mage.*

NOTE DE L'ÉDITEUR

La légende parle d'un homme qui, à l'instar des trois Rois mages (Gaspard, Balthazar et Melchior), devait être le témoin d'une naissance et donner un cadeau au nouveau-né. Cependant, ce quatrième ambassadeur arriva en retard. La famille et l'enfant ayant fui la fureur et le massacre d'Hérode, il ne put accomplir la mission qui lui était confiée. Se serait-il perdu en route ? Quelque chose ou quelqu'un l'aurait-il retenu ? La légende ne le dit pas, mais le quatrième Roi mage aurait alors distribué les cadeaux, initialement destinés à Jésus, à chacun des enfants qu'il croisa.

Qui aurait pu prévoir qu'en ouvrant l'interprétation d'Antonio j'allais tomber sur une tragédie shakespearienne ? Que j'allais tomber sur la lecture la plus bouleversante de ma vie ? Que cette histoire allait me faire éditeur ?

Je me suis baigné dans le régicide et le fratricide, je me suis écorché sur le rasoir des lignes du destin, j'ai plongé dans le cauchemar d'un homme hanté par la grande gueule d'une hydre, j'ai été témoin d'un amour aussi puissant que dévorant.

J'ai surtout vécu un récit initiatique à l'envers, une trajectoire qui ne se conclut pas par un accomplissement ou un acte de bravoure. D'emblée, j'ai été avec un personnage qui avait cela, et c'était sa folie. J'ai vu celui qui choisit le Don pour se *par-donner* ses retards, sa faiblesse et ses manques.

J'ai retrouvé une femme au nom d'*Amour*, un personnage féminin fascinant qui m'a bouleversé par son regard sur le monde. Et son livre est retranscrit ici.

J'ai écouté un conte magnifique décrivant un geste pur, un acte sans compromis, splendide, pour en percevoir son revers.

Parce que j'aime philosopher – en amateur – je crois avoir lu la preuve, par l'épreuve que traverse le héros de cette histoire, du non-avènement du « Surhomme » et la fin de « l'éternel retour » nietzschéen.

On ne peut s'en rendre compte que rétrospectivement, mais ces idées ont finalement malmené ma vie de jeune homme qui se voulait toujours mieux, toujours plus, à (se) dépasser, à (se) surpasser, sans faille, sans tache, sans aspérité, et n'être que « Volonté de Puissance » et qu'importe si cette volonté écrase l'autre, mettant de fait de la distance entre moi et le monde.

Si le personnage de Bjørn / Nol incarne le Surhomme – l'absolu d'un *contre* / l'absolu d'un *pour* – vous verrez le prix de son éternel retour.

C'est pourquoi à travers ce texte, par l'expérience qu'il m'a donnée à vivre, j'ai pu saisir le fond de ces idées nécessairement déformées par ma compréhension et mon sensible, et j'ai vu émerger de nouveaux possibles, tant philosophiques que théologiques.

J'ai espéré cet homme sans majuscule. J'ai voulu, pour lui, qu'il trouve comment s'inscrire en ce monde, tel que chacun est, permettant ainsi de le faire ensemble, tels que nous sommes.

Je me suis saisi d'une nouvelle idée : « l'éternel détour » de nos humanités, et de cette spirale ouverte aux deux bouts dont m'a tant parlé Antonio, cette spirale qui bat du cœur vers l'extérieur et de l'extérieur vers le cœur dans un même mouvement.

Ce fut ma compréhension de ce texte.

Il faut savoir que la lecture du *Quatrième Roi mage* est exigeante. Accéder à cette histoire nécessite une attention de chaque instant et, paradoxalement, un « lâcher-prise ».

Les dialogues seraient comme la transcription d'un théâtre intérieur. Les incises sont ainsi réduites au possible, et chaque personnage prenant la parole est spécifié par le symbole qui le représente avant un tiret. Vous retrouverez une présentation des personnages à chaque partie du récit.

Une des spécificités du texte est l'enchâssement d'histoires. Nous entrons dans le rêve, le souvenir ou la pensée d'un personnage par trois astérisques qui ouvrent :

*
* Õ *

Chaque ouverture contient le symbole du personnage dans lequel nous entrons. Puis nous en sortons par trois astérisques qui referment :

* *
*

Le premier tirage d'un livre ne sera jamais exempt de coquilles malgré tous les moyens mis en œuvre pour vous tendre un contenu sans fautes. Néanmoins, nombre de « fautes » n'en sont pas. Dans son usage du langage écrit, Antonio nous force à nous tordre en tordant le commun de notre discours, enchâssant ses phrases, enchâssant sa pensée en détours pour nous mener là où on ne l'imaginait pas. Il nous force à mettre en doute ce que nous connaissons de l'écrit et de ses règles, pour faire émerger une musique et un sens qui lui sont propres.

Mon travail d'éditeur ne fut et ne sera pas de vous amener aux mêmes conclusions que moi, mais que votre lecture de cette histoire ne soit que le commencement de votre parole.

« *Une histoire est de rencontres qui rendent conte. […] Elle voyage plus loin, en qui l'a entendue, elle attend un nouveau souffle pour se redéployer. Son silence est son commencement en nous, son silence nous rend notre parole… En espoir d'un deux-venir entre le disant et l'entendant : le lien. Celui dont la voix est le fil et l'oreille le nœud. Une bonne histoire prologue, puis prolonge ces deux-là. Les mots ne sont que la partie émergée d'un rêve commun qui se transmet, et ils répéteront de voix en voix, en l'accent de chacun, le message. Une bonne histoire fait le lien, mais aussi délie l'élan.* »

Quoi que vous trouviez dans ce livre, il est difficile de passer, indifférent, au travers. Soit on le rejette totalement, soit on fait une plongée vertigineuse dans une parole nouvelle. Il faudra probablement du temps, beaucoup de temps, pour comprendre de quelle façon ces mots nous saisissent ou pour quelles raisons nous les refusons. Et quoi qu'on en pense, il y aura une marque, parfois au plus profond.

Je vous souhaite une agréable lecture.

Jérémy Eyme
Fondateur des Éditions du Panseur

À mon père qui me donna l'élan,
mes filles qui me le commandèrent,
ma femme qui l'est toujours,
vous qui le lirez

et à Lorenzo Perrone

PRÉSENTATION DES PERSONNAGES

¿ — Iragaël, l'ange, Loki (qui questionne plus qu'il ne répond).

Õ — *Fille sans père*, Yglskrdi, Jeg elsker deg, *Je t'aime*, *Amour* (ronde comme un fruit mûr).

Î — Bjørn Bjørnsen, Nanuq, Nol (droit et rigide, surmonté de sa flèche).

î — Nol enfant.

— Gayak, vieil Inuit du clan de *Fille sans père*.

/ — Ragnar, frère de Bjørn (penché à la volonté de son père).

> — Le Roi, père de Bjørn, père de Ragnar (en pointe acérée comme Dragon, son épée).

(— Tjidtjie, mère de Nol (un conte inachevé).

¤ — Heinrrod, homme de confiance du Roi (éborgné).

$ — La dragonne.

¥ — Un des Rois mages.

■ — Le goret, membre de la garde noire du Roi (un bloc de cruauté).

| — Premier soldat romain.

|| — Deuxième soldat romain.

+ — L'Enfant, Immanouël, Yeshua, Jésus (qui unit Nol à l'humanité).

* — Éléazar, le Fou, le Confiant, l'Ami, frère d'Aaron (une lueur dans la forteresse).

○ — Aaron, frère d'Éléazar.

◊ — Un Hébreu.

¡ — Ora, la grande sœur, épouse de Gaêl, mère de Roni (qui impose sans ordonner).

^ — Gaêl, l'homme doux, époux d'Ora, père de Roni (tel le toit de sa maisonnée).

~ — Roni, fils d'Ora et Gaêl, époux de Myriam, père de Nathan, Jessica et Pénina (insaisissable maître de l'esquive).

( ) — Myriam, épouse de Roni, mère de Nathan, Jessica et Pénina (qui englobe sans enfermer).

' — Nathan, jumeau de Jessica (une apostrophe qui en appelle une autre).

' — Jessica, jumelle de Nathan (l'autre apostrophe qui appelle la première).

° — Pénina, sœur cadette de Nathan et Jessica (une bulle d'innocence).

₩ — Un rabbin.

0 — Le marchand (gros et gras comme son huile).

- — Un innocent (qui n'a pas eu le temps de grandir pour s'unir).

V — Phœnix (oiseau d'*Amour*).

Avec la participation d'Isabelle Aupy
dans le rôle d'Ora

PREMIÈRE PARTIE

PRÉSENTATION DES PERSONNAGES
PREMIÈRE PARTIE
– par ordre d'apparition –

¿ — Iragaël, l'ange, Loki.

Õ — *Fille sans père*, Yglskrdi, Jeg elsker deg, *Je t'aime*, *Amour*.

Î — Bjørn Bjørnsen, Nanuq, Nol.

— Gayak, vieil Inuit du clan de *Fille sans père*.

/ — Ragnar, frère de Bjørn.

> — Le Roi, père de Bjørn, père de Ragnar.

¤ — Heinrrod, homme de confiance du Roi.

$ — La dragonne.

(— Tjidtjie, mère de Nol.

1

La rencontre

Comme souvent, tout avait commencé avant qu'il n'y paraisse.

C'était le réveillon, maman m'avait demandé de l'aider à rapporter nos assiettes sales en cuisine. Elle me suivait, ma sœur au creux de ses bras, pendant que je me chargeais des plats et, à notre retour dans la salle à manger, le père Noël avait déposé les cadeaux.

Comment cela avait-il pu se faire ?

D'où j'étais, comment passer la porte sans que je le voie traverser le couloir, la fenêtre sans que j'en perçoive le courant d'air, la cheminée puisque nous n'en avions pas ? Je n'avais senti qu'un vague remuement dans la pièce que j'avais quittée et un tsunami dans celle du conte qui me peuplait.

Un an après, creusé de mes doutes, je sortis discrètement pour rejoindre, par une échelle et une trappe, un point où rien ne me serait caché, d'où je verrais tout le ciel et ceux qui en viendraient : le toit de mon immeuble.

C'était un jardin de gravier sur une terre de bitume, j'en cueillis une poignée que je séparais dans ma paume. Les petits cailloux n'étaient ni beaux ni précieux, mais à les regarder de près, tous différents par les entrechocs qui avaient taillé leur éclat au concasseur, par leurs teintes et nuances issues des veines de roche. Chacun singulier comme déjà j'avais pu voir, au préau de l'école, que toutes les billes pouvaient l'être, quelque ordinaires parussent-elles. L'ordinaire, c'est ce qui se ressemble au nombre, ce qui n'a pas assez de lumière pour ne pas y sombrer, mais à l'éclairer, son unique un peu se voit. Les graviers étaient comme ma collection de billes de terre, des sphères irrégulières, celles délaissées qu'on m'abandonnait en préférant les verreries lisses et claires. J'aurais pu les rouler tels quels, tant en mes deux mains gauches tout semblait carré. Mais de cette poignée, je fis un autre usage : j'entrai dans leur rêve émietté.

Chaque caillou était durement entier et pourtant morceau d'un tout dont, dévalé de la montagne, du rocher, de la pierre par éclats, il témoignait. Un grain qui ne pouvait germer qu'en mon esprit. Si je collais chaque bris par famille et bord, quelle statue obtiendrais-je ?

Oui… je digressais sur ce toit pour oublier ce qui m'y avait monté : un rêve que je voulais tenir. Je crois que les rêveurs sont cela, des digresseurs. Ce qui les traverse, ils le diffractent en arc-en-ciel, un pont qu'ils traversent à leur tour.

Le rêve, comme souvent, ne me menait qu'à la confusion entre le trouble de l'éparpillé et l'empoigne de l'unicité. Alors, j'ai quitté ce vertige pour revenir à celui du toit et, dans cette poignée de réel, j'ai cherché une prise.

Je me suis choisi un calot à l'envers du choix qu'on faisait, allant vers le plus terne, et peut-être l'ai-je élu à cause d'un petit trait pâle où je croyais voir la cicatrice d'une faille. Je vis au grisant sa diaprure. J'émiettais le reste en allant vers le bord du bâti pour distraire mes craintes au bruit sec qu'ils me renvoyaient du sol. Je les jetais devant et marchais dessus.

Ce toit s'étalait comme une plage de petits galets aigus qui ne bergeait pas la mer, mais l'air, un rivage dont la profondeur était hauteur, et je cailloutais ainsi mon pendant d'y tomber.

J'attendais là, face levée, et là encore, nuque basculée, dervichant lentement sur cette falaise en l'abord d'une chute et aux aguets du ciel, quand des appels m'en arrachèrent. Finalement, on s'était aperçu de mon absence.

Ils m'attendaient beaucoup, mes rubans aussi.

Noël était le jour où je pouvais me sentir heureux parce que toute ma famille l'était. Et pourtant, tandis que ma sœur s'exclamait, déchirant impatiemment son dernier paquet, je demeurais ce jour comme à tous les autres, et on dut me tendre mes cadeaux. Je les dénouais pendant qu'ils me nouaient.

Plus tard, dans mon lit, je restais partagé entre des joies et une tristesse. Une panoplie de cow-boy, des Lego, de la pâte à modeler, et une vérité : le père Noël est un mensonge.

Je n'avais pas voulu le croire aux bruits de l'école, mais celui qui aime tous les enfants n'existait pas.

Aujourd'hui, j'ai oublié comment était notre chambre, mon lit ou mon pyjama. J'avais déjà entamé mon effacement, celui où sombra mon enfance, et sa mémoire ne me revient qu'à m'y cogner là où je ne la sais plus, de heurt en heurt la reconstituer, mais je me souviens avoir regardé longtemps l'obscurité, sans bouger pour ne pas réveiller, occupé à ravaler ce qui m'étouffait. C'est dans ce silence aux yeux béants que murmura une voix familière :

¿ — Ne va pas si vite, toute vérité doit être mûrie avant d'être cueillie. Je vais te nourrir d'une histoire…

Je n'ai pas eu peur, j'ai trouvé cela presque naturel, attendu. Pourtant, ce n'était pas un de mes rêves éveillés, ceux où je m'enfouissais volontiers, ceux que l'on me reprochait. Je n'ai pas eu peur, comme aux songes nocturnes où l'on me poursuivait. Non. J'ai écouté cette voix, que n'entendait personne, qui me parlait enfin.

¿ — Depuis un temps lointain et lieu de toujours, quatre émissaires partirent vers une planète bleue annoncer une naissance. Chacun devait trouver un homme comme témoin, et chacun en un cardinal aux autres opposé. Celui que nous allons suivre s'appelle Iragaël. Il traversa l'eau lourde de Temps et Espace, des murs d'étoiles, d'autres de silence d'amour, choisissant les artères de ce grand corps pour s'emporter plus vite encore…

Moi, j'avançais dans le courant d'un fluide invisible où s'aggloméraient des yeux comme au bouillon d'une huile. Par instants, je vis des amas pourpres et violacés, parcourus de veines de feux comme un immense cœur battant. Je vis aussi de profonds iris plus sombres que nuit, cernés de soleils s'y effondrant, qui m'examinèrent sans ciller. Il y avait des nuages, enfin je crois, mais de lumières plutôt que d'eaux, de lumières solides qui découpaient sans bruit ni effort des sortes de lunes cabossées. Il y avait des rideaux si chatoyants que j'en plissais les yeux quand, plus tôt, ils s'écarquillaient aux révoltes des astres, et des voiles si larges et longs que je n'en discernais pas les bords d'aussi loin que je fus, mais qui m'avaient semblé séparer le plein du néant. Et tant d'autres effrayantes merveilles que j'ai oubliées, mais dont je garde l'empreinte jusqu'à la dernière image : celle d'un Être, dont je ne saurais dire la forme, qui écarta ses côtes pour m'exposer une forêt de possibles.

Cette vision me tatoua l'esprit et m'écrasa les paupières pendant que ma bouche s'ouvrait d'un cri silencieux. Ensuite…

Au fur et à mesure que j'habitais l'histoire, la voix m'entraîna dans une autre enveloppe, astrale et épargnée.

Enfin, la petite planète bleue, modeste joyau après tant de merveilles et abîmes traversés, apparut au détour de son soleil. Le voyageur flamba son ciel en comète puis l'énergie se fit équipage. Se forma alors un chariot mené par un être tissé de reflets, et tiré par des vortex. Il glissa sur un océan de nuages avant de percer vers une autre blancheur, s'enfoncer jusqu'à ne plus se voir, l'entailler sur six lieues de long, rejaillir tel un dauphin, et s'arrêter.

Longtemps.

Sur son corps scintillaient des écailles de poissons qui palpitaient comme leurs bouches. À mieux les voir, se reconnaissaient des yeux d'où se miraient des images. Là, s'irisait la torche d'un homme sous le souffle d'un dragon. Ici, le même s'éventrait d'une épée en guise de triomphe, ou en déposait l'éclair dans un berceau de paille. Parmi les visions sur cette peau encloquée de regards, l'homme revenait le plus souvent. Pourtant lorsque chaque paupière se fut close, effaçant son image, ne resta qu'une grande voile où claquait le visage d'une femme.

L'être chatoyant de possibles avait médité sa mission.

Ce froid blême, fait d'eau blessante où l'œil s'éteignait de lumière, c'était sa chasse, mais avant de rejoindre sa proie, il devait se munir de l'appât.

Il laissa donc son chariot loin des quelques tentes fermées de peaux et mêlées de dômes blancs, prit l'aspect d'un vieil Inuit édenté, marcha jusqu'au plus haut des dômes, enjamba deux corps endormis, se courba pour entrer.

Dans la demi-pénombre, une jeune femme l'accueillit sans question, en tournant une soupe claire dont elle lui tendit un bol. Il la regardait intensément, pendant qu'elle attendait de même sa parole.

Le visiteur semblait avaler le bouillon par petites gorgées, mais plus que le liquide, c'était les souvenirs de la femme qu'il lapait.

Vois ci…

*
* Õ *

Elle s'était écartée du campement jusqu'au rivage pour admirer la lune ronde sur la mer plate. Ses mains tenaient son ventre ; son amant, ses épaules. L'œil pâle éclaira une étrange chose balancée par les eaux noires. Grand, long, une sorte de kayak géant, mais précédé d'une gueule écartelée de dents et surmonté d'une aile, un carré battant au vent.

Son compagnon n'eut pas le temps de la peur, un os long et plat, fin comme un éclat de glace, plus dur qu'une pierre, lui traversa le torse par l'arrière. Elle jeta ses bras vers lui, son visage recueillit son dernier souffle, son dernier regard comme une claque, pendant que son crâne heurtait les jambes d'un géant. Lorsqu'elle se retourna pour fuir, la lune était masquée par un autre, puis le ciel entier se constella de figures sombres. Des voix sans langue tourbillonnaient sa peur, et chacune des mains armées de griffes longues comme des bras formait la mâchoire qui l'enserrait. L'une d'elles lui déchira, du sein au sexe, la peau de phoque qui la couvrait.

Elle s'écroula.

Depuis le sol glacé autour d'elle, tout se mit à s'agiter en cris de rage et de douleur. L'un d'entre eux, plus géant que les autres, une tête de buffle comme sommet, semblait se battre contre tous.

Il se déplaçait dans le groupe, le mélangeant tout en le dispersant, telle la main dans un bol de graines. Il allait de gauche à droite et autrement, sans parcours visible, frappant dans la masse de ses frères.

Il y eut en elle un suspens que le froid prolongea, puis de nouveau lui parvint le rythme du ressac, la lueur de la lune, à moins que ce ne fût l'éclat du sourire de l'Esprit Loup, ou l'écho étouffé du fracas des brise-hommes.

Entre les corps morts ou finissants, deux s'affrontaient encore. Le tête-de-buffle, plus petit à cet instant et couvert de sang, parlait doucement, le souffle court, à un autre dressé derrière son croc, qui lui répondait en cris de pleines dents, et coups, coups, coups, sans nombre.

Le cornu reculait à chacun, toujours parlant, mais comme à lui-même. La fin semblait acquise, ce fut pour conclure, sans doute, qu'il se tut, écarta les bras et se laissa percer sans attendre. Mais il ne tomba pas. Une main retenant la pointe, il égorgea son adversaire de l'autre.

Elle se cacha de nouveau derrière ses paupières.

Le silence.

La voix triste.

Le bruit d'un pas lourd crissant la neige.

Une main froide sur son ventre bombé, une autre fugitive sur sa joue, puis elle fut soulevée jusqu'à tenir sur ses pieds, sa peau de phoque rabattue et fixée à l'épaule par un nœud. Lorsqu'elle ouvrit les yeux, elle était dans ceux du géant.

D'un geste, il la poussa vers son camp. Elle courut, entendit une chute dans son dos, courut, s'arrêta. Elle revoyait son regard. Il y avait, derrière le bleu, quelque chose de plus étonnant encore, quelque chose qui la fit revenir. Couché sur la glace, il ne réagissait plus. Elle le tira comme elle put et, petit à petit, ils s'approchèrent du secours, mais chaque pas plus difficilement.

À mi-chemin, une vive douleur lui traversa le ventre, elle sentit sa chaleur couler sur une jambe, la douleur de nouveau, et sa vie se perdit sur une mer de glace. Ivre de chagrin, toute pensée abolie, elle lâcha le géant et prit sa couvée entre ses mains, un presque rien.

Sans souffle, vite froid.

Pendant que, égarée, elle suppliait ses Esprits, il se fit pierre.

Elle marcha alors. Marcha sans comment ni pourquoi, avalée par son sillon. Marcha jusqu'au corps mort de son épousé. Ce n'est que là qu'elle sut quoi faire.

Elle lui confia leur espérance, et à son enfant son père. Tant lui commandait de s'allonger aussi pour les rejoindre, mais elle se devait à quelqu'un d'autre. Elle rompit le dernier lien de chair, jusqu'au cœur, et s'en retourna à l'homme tombé qui déjà s'enfonçait dans le froid. Longtemps, elle ne pourrait nommer la force qui les ramena…

Au bivouac, ce fut comme si elle était revenue avec une maladie. On l'isola. Pour l'étranger, il aurait été tué si on n'avait pas cru la chose promise.

Pendant qu'elle tentait seule de le soigner, la communauté fit disparaître les morts. L'accès aux siens lui fut interdit, de l'avis de tous elle les avait abandonnés, dès lors indigne de son deuil. Puis, pragmatiques comme souvent le sont les êtres soumis aux besoins, ils se partagèrent les biens et démontèrent même le grand kayak. L'oiseau des mers, vainqueur d'une infinie salée, fut fracassé en canots de survie terrestre. Sa gueule chuchotait sur les braises.

Peu importait, elle ne quittait plus l'étranger, usant de tout l'art de guérisseuse reçu de sa mère. Par les lèvres du géant, un son revenait de sa fièvre, assez pour qu'elle reconnaisse le corps d'un mot, mais sans le comprendre.

Î — Tjidtjie.

Pour le reste, rien. Les yeux bleus ne la voyaient pas, le corps n'était qu'un poids qui jamais ne l'accompagnait dans les mouvements des soins.

Elle désespérait.

Jusqu'au geste d'une main effleurant la sienne.

Son regard l'interrogea, elle chercha à faire figure, mais il sut la lire malgré le masque. Il descendit jusqu'au ventre. Un bref moment, elle revit ses yeux avant qu'ils ne redevinssent comme le ciel, proche et inaccessible. Un temps petit comme un battement de cœur qui suspendit le sien.

Au matin, elle le trouva sur le seuil, observant les chasseurs. Nul doute que ceux-ci l'auraient attaqué s'il n'avait été si grand dressé, si calme face à tant de peurs. Pour qu'il fût plus grand encore, elle lui tendit son casque. Il l'examina comme une première fois, s'arrêta moins sur les cornes que sur un petit collier de dents de lait fixé sur le tour par un fil. Il y posa les doigts, doucement, puis le dénoua et le rattacha au cou de la jeune femme avec un geste lent. Dès lors, il se rétablit rapidement et passa ses jours devant son entrée, sans qu'elle sût si c'était par bravade ou pour la garder. Un vide se fit autour de sa hutte. Le clan recula, telle la main chassée par le feu.

De sa lame, l'étranger creusa les neiges jusqu'à la glace, la découpa en pierres, et monta avec une habitation qui s'écroula sitôt faite. Il en bâtit une autre qui s'effondra dès son entrée, puis une encore qui attendit la nuit pour l'ensevelir. Finalement, il courba étrangement les murs, si bien qu'ils se rejoignaient au sommet. La hutte était ronde, translucide, au point d'en trahir l'occupant. Cela amusa. Un peu moins lorsqu'il la recouvrit d'une couche de neige tassée, ne laissant que quelques ouvertures à la lumière. Plus du tout, une semaine après, lorsque toujours debout malgré un grand vent soulevé depuis la mer qui avait défait sans peine les tentes de peaux, la hutte apparut comme un clou auquel s'étaient retenus les abris éventrés.

Peu à peu, la curiosité surmonta la peur. Elle fut guide vers cet étrange abri, pendant qu'à quelques pas, assez loin pour les craintes de ses hôtes, assez près pour celle de l'étranger, il veillait sans mot dire.

Pourtant, il savait parler.

Son nom de Bjørn Bjørnsen, la jeune femme l'avait remplacé par *Ours*, « Nanuq », après qu'il eut troqué le sien, *Fille sans père*, par « Yglskrdi », *Bavarde* apparemment. Oui, elle lui parlait sans fatigue, ils s'étaient ainsi échangés de nombreux mots de leurs langues, en inventant une troisième encore jeune, maladroite et trop ignorante pour aller au-delà de la surface et du nécessaire. Cependant, le mot inconnu, « Tjidtjie », n'était jamais revenu. Lorsqu'elle sut le questionner, qu'elle s'y risqua, il répondit par un trop long silence.

Elle n'osa plus.

Entre eux s'installa donc le premier langage : leurs actes, plus profonds que leurs paroles.

De lui, son regard qui ne la quittait pas, sauf aux moments où elle cherchait à le lui rendre. Un feu qu'elle sentait dans son dos, telle la douce chaleur d'un foyer, un feu dont elle suivait le voyage le long des murs lorsque la nuit transformait les transparences en reflets, et c'était, à le surprendre partout, comme si leur dôme devenait celui de son crâne, elle vivait dans sa tête, elle pouvait même s'y voir. Cette chaleur était aussi, comme tout feu, une lumière qui l'arrachait au néant, et qui n'était que pour elle, tout autre ne recevant qu'un bleu de glace.

D'elle, ses mains qui le poursuivaient, l'attrapant par les doigts, se perdant dans ses cheveux rouges, s'arrondissant sur ses épaules, l'explorant peu à peu, une manière de prendre qui était déjà un don. Autant elle se savait dans sa pensée, autant elle envahissait ses sens ; autant elle marquait son corps, autant il grandissait dans son cœur.

Leurs gestes, plus complexes que leurs phrases.

De lui, l'attention, active, source d'un meilleur abri, mais aussi, à partir des restes du premier, d'une « table » et « chaise », qu'il enseigna, mais surtout, d'un « lit » sur pieds, véritable radeau de confort dans ce monde alors qu'il se contentait d'une peau au sol. Et tant d'autres objets inventés pour sa main, répondant à ses fatigues.

D'elle, le contact, sensible, offert, qui accepte d'être touché par là où il touche et, au-delà, qui donne un corps à l'un et l'autre, qui mêle l'esprit, celui qui brise toute solitude, sauf celle qui s'y refuse.

Dans sa tribu, les corps de chacun étaient connus de tous, de l'instant de la naissance, encore luisants de l'enveloppe de leurs mères, jusqu'à celui de la mort et mémoire. Entre les deux, tout l'existant était exposé : on chassait, cuisinait, mangeait ensemble, tout autant chiait ou baisait. Aussi, se montrait-elle dans sa nature, sans gêne ou jeu, et détaillait la sienne sans ruse, curieuse de son être en mouvement après l'avoir connu gisant.

Maigre et blanc, laid en comparaison des rondeurs et couleurs des êtres humains, un torse large, avec des jambes qui le perchaient, la tête sur un cou démesuré, exposé au vent, trop haute pour que la neige lui parle, un nez trop long où s'accrochait le froid, des joues trop creuses envahies de poils d'ours, l'une marquée d'une étoile rouge jusqu'à l'œil, une peau lacérée de dessins sans art, trahissant trop de combats, et surtout, des mains à vous tenir entier.

À l'occasion, Yglskrdi mesurait son désir et, comme de surcroît elle sentait sur sa peau à quel point la sienne était bienvenue, même s'il s'y dérobait assez vite, elle finit par se donner simplement. Nanuq se refusa sans mots et, malgré leurs désirs et peines, prit distance.

Pour calmer sa blessure, elle caressait un objet fabriqué par lui, pas tant pour la chose que pour poser ses doigts derrière les siens ainsi qu'un chemin vers son esprit. Elle explorait ce mystère sans trouver le passage. Elle éprouvait la certitude qu'il la tenait éloignée d'un secret, que cette distance était une violence qu'il s'infligeait autant qu'à elle ; l'évidence qu'ils logeaient dans cette bulle de glace en un même ventre, mais sans même père. Peut-être lui fallait-il, elle aussi, devenir quelque chose de sa main pour qu'elle puisse l'apprivoiser tout à fait. Elle entreprit de se conformer pour mieux l'approcher, comme le chasseur se couvre de neige pour l'ours blanc.

Tous les jours, Yglskrdi voyait Nanuq se laver, se frottant de poudreuse malgré le froid, détestant sa propre saveur, «il sentait le fantôme» disaient les siens. Elle fit de même, renonçant aux gras protecteurs comme à l'urine pour ses cheveux.

Il aimait voir de nuit et avait installé une coupe où brûlait une mèche dans l'huile. Elle entretenait cette lueur et, au matin, nettoyait les fumées avant celles de son corps.

Bien qu'étranger, Nanuq n'était pas voyageur, trop attaché aux habitudes, cherchant longuement le bon geste pour le répéter ensuite au même motif, trop satisfait de trouver sa place à chaque chose, trop régulier pour qu'elle pût croire qu'il eût du goût pour la dérive.

Il lui faisait l'effet d'un arbre charrié par un fleuve cherchant désespérément à faire racine et, bien que dans sa vie nomade elle n'avait connu que le mouvement et comme seule terre sa tribu, elle cultiva, pour lui et sa paix, l'illusion du lieu et du temps immobiles. Elle apprit les rendez-vous, ceux du repas, ménage, repos et travail, ses gestes et façons. Ainsi cuisina-t-elle pour son ventre. Elle prit soin du squelette de glace qui servait de refuge à ce rêve, le purifiant de dedans, le complétant de dehors, au point qu'il grandit comme un être vivant, sans dire à Nanuq qu'il leur faudrait un jour quitter la côte pour la lisière de l'Ouest, et qu'alors leur abri rejoindrait la banquise comme la vague s'engloutit dans la mer, pour renaître ailleurs d'une autre eau.

Tous ses efforts eurent l'effet opposé, elle le vit s'éloigner davantage. Elle l'avait enchanté sans le vouloir, dès lors qu'elle le voulait, elle le perdait.

Lui aussi se donna une volonté qu'il prépara comme chaque chose qu'elle le voyait faire, un geste après l'autre, en une progression silencieuse, lente, continue, et pourtant inattendue.

Ainsi, Nanuq s'était d'abord montré aux autres puis éloigné assez pour permettre à Yglskrdi de renouer avec son clan. Lorsque ceux-ci s'émerveillèrent de ce qu'elle dévoila, il proposa par sa bouche des trocs. Yglskrdi s'y opposa en premier lieu, céda après qu'il l'eut convaincue de lui devoir le temps des pleurs, perdu pour sa vie. Puisqu'elle avait été assez folle pour le tirer avec tout son équipement, il lui paraissait naturel d'en partager le prix après le poids.

Cela fit bruit. Il y eut le soulagement de savoir que le Long-nez ne reprendrait pas le gain du pillage, et le désir d'en posséder un meilleur, d'autant que l'échange semblait chaque fois avantageux. Un haut de corps d'une peau lourde, souple, écaillée, plus résistante que toute autre, contre celles d'animaux ordinaires et un peu de leurs huiles et viandes. Un bouclier impénétrable aux armes contre du bois de son propre bateau. Un bracelet rendant la lumière en multiples couleurs contre quelques objets inconnus et ternes. Une « dague », pareillement sertie, contre d'autres pointes plus petites, sans prise en main, et ainsi de même…

Nanuq préférait l'outil au bijou, le matériau à l'ouvragé, le nécessaire au désirable. Il connaissait le possible au-delà de l'apparent. Ses désirants le comprirent lorsqu'ils virent ce qu'il faisait de sa part, mais avant la rancune, le Long-nez leur enseigna l'usage de chacune de leurs prises, ainsi qu'un peu de son savoir-faire. Certains surent s'en emparer et même l'adapter à leurs besoins. On vit éclore des igloos, mais de neige tassée plutôt que de glace, l'Inuit préférant la chaleur rare à la lumière qui brûle les yeux.

D'autres échanges ne se firent pas. Lorsque Nanuq proposa son casque, Yglskrdi refusa de le voir se découvrir davantage. S'en emparant, elle le planta par l'envers au sol et entreprit d'y préparer une soupe. À l'évidence, le clan ne savait pas que le Long-nez pouvait rire.

Le dernier échange fut difficile, celui d'un collier en «métal» jaune, beau dans la lumière, contre les corps refusés des défunts de *Fille sans père*. Un conseil en débattit, le collier était fait de plusieurs médaillons, il pouvait être aisément partagé, un par famille, deux pour celle de son compagnon mort. Par ailleurs, il apparut soudain au clan qu'ils avaient mal jugé la femme.

On lui rendit les dépouilles de son enfant et de son époux.

Elle croyait avoir rompu avec son passé, mais à les revoir tels que la glace les avait gardés, son chagrin ressortit, brûlant.

Elle s'y consuma.

Nanuq la releva comme cette première fois, lui donnant son nom d'une voix étranglée. Elle sentit que sa peine rejoignait la sienne, qu'il était à cet instant sans défense ni recul, qu'elle pouvait le prendre. Mais certaine de désirer un don, et non un abandon, elle le repoussa. Il en resta silencieux, bras ballants, à l'écart de ses larmes. Enfin, il dit :

Î — «Tjidtjie» est ma mère.

Tout fut distribué selon le clan. Nanuq garda son épée, même contre plusieurs. Les Inuits conclurent que c'était d'elle qu'il tenait son pouvoir, celui d'exterminer son clan flottant, celui de les tuer s'il le décidait, sans que leurs nouvelles armes servissent mieux en leurs mains qu'en celles où ils les prirent, celui enfin, en cas de retour des géants pâles, de les arrêter.

C'est donc assuré d'avoir réconcilié Yglskrdi avec sa tribu, d'avoir inscrit sa présence au sein du clan, d'avoir remplacé la peur par la prudence, qu'il partit pour sa première chasse sans rien en dire.

Sa première fuite.

Peu de temps après, Nanuq revint avec peu, quelques poissons seulement ; puis plus longtemps et chargé davantage, d'*un* phoque devenu *des* ; jusqu'à trop et trop longtemps, tirant après lui des morses et même un éléphant de mer, ramenés chacun par un bel entêtement et un bouclier de bois comme traîneau. Enfin, un ours, puis toujours un ours. Tant et tant, que certains hommes délaissèrent les chasses.

Yglskrdi n'aimait pas ses absences, mais surtout, elle n'aimait pas son sang sur le gibier, ses blessures dissimulées. Alors, elle le suivit.

Elle lui trouva le pas lent, mais constant, sans fatigue ni urgence, aucune pause. Il marchait comme un songe. Elle eut pourtant du mal à le pister, tout d'abord parce que sa vivacité, comme son impatience, l'incitèrent à le dépasser, ensuite, parce que son épuisement lui commanda un arrêt. Elle eut peur de le perdre dans cette course lente, s'en rapprocha au risque d'être repérée, mais, en aucune seconde du jour, Nanuq ne se retourna. Il n'avait pas d'arrière.

Enfin, la nuit tombée, il s'arrêta, se fit un abri en formant la neige, alluma un petit feu d'un peu de bois, tourné tel que le mouvement de l'air en ramenait l'haleine, s'emballa d'un reste de voile et, d'une main, referma son cocon.

Moins préparée, la nuit d'Yglskrdi fut une apnée interminable, puis comateuse. Elle lutta d'abord contre les mille dents de l'air avant de céder, exsangue, au fatal amant. Elle réussit à fuir cette pénombre en entrant dans la sienne : son âme. Elle se perdit dans sa mémoire, labyrinthe confus en temps et lieux, tous passés mêlés. Elle était presque avalée par ce grouillant chaos quand, surplombant cette bataille d'images s'entre-dévorant jusqu'à la nausée, un aigle la survola. L'animal-esprit de sa mère criait « vie vie vie », piquant vers elle, en elle, ses serres jusqu'au sang et cri.

La lumière de l'aube lui fit mal, puis le mouvement de son corps, petit au-dehors, mais pareil à une longue lame dedans. Lorsque dressée, elle tituba, raide comme une viande, tous ses os la transpercèrent. Pourtant, elle se pressa vers les pas déjà perdus, et encore, jusqu'à ce que la seule douleur qui restât fut celle de son souffle.

Elle courait maintenant, elle courait depuis longtemps, ainsi que l'on tombe dans les rêves. Elle courait dans la plaine blanche, derrière les pas creusés et elle s'arrêta quand ils disparurent dans un vide, servis par la marche d'un dieu.

L'horizon s'était avancé à l'instant.

Du haut de cette falaise de glace, raz de marée figé par la lenteur de la banquise, elle suivit du regard une déchirure, crevasse verticale le long de ce gouffre : Nanuq s'était servi de son épée comme frein à sa plongée.

Elle l'aperçut enfin.

Son cœur se serra à le voir si petit, écrasé de hauteur, si petit surtout, face à la bête blanche qu'il avait rejointe. Sur la scène offerte par ce théâtre géant, deux animaux s'évaluaient, immobiles. L'un d'eux, doucement, détacha son bouclier de bois, le rejeta de côté, entraînant le mouvement de l'ours, qui tangua d'une patte sur l'autre, balançant sa tête entre la chose et l'être, permettant à l'homme d'avancer d'un pas. Puis de nouveau, toujours en gestes lents, se découvrir un par un de son attirail, comme l'on disposerait un filet, pour, pas à pas, être proches à se respirer, presque nu, son épée pendante au bout d'un bras relâché.

Un instant qui parut immense.

Et il bondit.

Surpris, l'ours se redressa, mais avant d'avoir trouvé son équilibre, une lame lui perça le cœur. La patte qui déchira le dos de Nanuq était déjà morte. Étrangement, celui-ci retint au possible le corps, prolongeant le douloureux enlacement. Il l'accompagna jusqu'au sol, resta ainsi allongé, longtemps, serré tel son ourson. Enfin, il se releva, nettoya sa plaie de neige, y passa un onguent avant de se revêtir avec la lenteur du deuil, roula sa proie sur son bouclier et se harnacha.

Ce n'est pas ainsi que l'on chasse…

Aucun chasseur ne laisserait tant de place à la chance, aucun ne livrerait sa chair pour une autre, si ce n'est un certain chasseur.

Il ne traquait pas l'ours, mais la mort.

Pour revenir, Nanuq devait contourner la falaise par son déclin, et Yglskrdi retourna lentement dans ses pas et pensées, lourde d'une question : comment le sauver de lui-même ?

Elle marchait en courbe et recourbe, comme pour s'échapper. Finalement au milieu de rien, elle hurla.

Un cri existe-t-il s'il n'est pas entendu ?

De retour au camp, elle attendit Nanuq dans leur abri. Lorsque la nuit vint, elle sortit le feu pour le guider. Il entra enfin, mais ne se dévêtit pas. Elle lui servit son repas silencieusement.

Bien qu'intrigué par son changement, il ne l'interrogea pas. Il ne posait jamais de questions si ce n'était par un certain silence, une façon d'attendre. Mais cette fois-ci, elle ne le brisa pas.

Elle quitta l'igloo, marcha vers la hutte d'un vieillard nommé Gayak, nourri par la tribu en échange de sa sagesse et de sa mémoire. Elle lui raconta sa poursuite, le combat contre l'ours, et lui confia sa peur.

Après un long silence, Gayak répondit :

— Ta question est lourde, il me faut du temps pour la traîner à la lumière.

Le lendemain matin, le vieil Inuit attendait à son seuil et demanda à causer au Long-nez sans consentir à plus disant. Les deux hommes se parlèrent loin de son oreille, longtemps, avec de visibles difficultés.

Gayak s'agitait en des gestes incompréhensibles, ses bras s'écartaient au-delà d'eux-mêmes comme pour étreindre le monde, puis ses pieds arpentèrent le sol, il mit ses mains à sa bouche, paumes en dedans, doigts devant, avant de les repousser en les écartant. Il se tint la poitrine en grimaçant, ses yeux roulant comme si ses paupières les recrachaient, puis désigna le nord.

Nanuq regardait le vieillard d'un air intrigué, le plus souvent immobile, pieu au sein d'un tourbillon. À l'occasion, il l'arrêtait d'une main pour glisser un mot, et le mouvement reprenait sitôt relâché.

Quand épuisé, Gayak cessa enfin sa danse, Nanuq n'en bougea pas davantage, son regard se serra à celui anxieux du vieil homme puis il hocha la tête.

Lorsqu'il rejoignit Yglskrdi, son visage était grave, plus encore qu'à l'ordinaire, il la prit dans ses bras, la pressa, un peu trop fort, respirant ses cheveux, se détacha avec lenteur et lui dit doucement, en appuyant chaque son :

Î — Jeg elsker deg.

Ce geste, son nom ainsi, c'était la première fois.

Elle resta piégée, prise entre la joie et la peur, sa pensée en désordre, sans forme, désemparée. Mais lorsqu'elle le vit rassembler son paquetage, elle questionna avec rage.

Õ — Qu'a-t-il dit ? Où tu vas ?

Il partit vers le nord sans un mot. À la lisière des yeux, il s'arrêta. Elle savait qu'il la regardait comme elle-même à cet instant, à cette distance où la pensée relaie la vue. Puis il disparut.

Elle retourna sitôt à son igloo pour s'équiper. Lorsqu'elle voulut en ressortir, deux chasseurs l'en empêchèrent. Gayak lui fit dire qu'il la verrait ce soir ou le prochain, ou le suivant.

Trop de jours s'étaient écroulés.

On lui avait pris la lampe, mais elle préparait chaque soir une soupe qu'elle ne mangeait pas.

Ce soir, enfin, elle croyait regarder Gayak la finir.

* *
*

2

L'ange

Posant le bol :

¿ — L'étranger était bon, il t'aimait, mais c'était un danger pour la tribu. Il éveillait l'espoir d'un autrement, suscitait des désirs, menaçait des traditions qui nous ont permis de survivre jusqu'à aujourd'hui, nous retirait le bonheur d'être qui nous sommes.

Õ — Où il est ?

¿ — Là où il trouvera ce qu'il cherche : une fin exigeante.

Õ — Je veux le suivre.

¿ — Tu le feras en ton temps.

Õ — C'est tout ?

¿ — C'est tout ce que Gayak te dirait s'il avait eu le courage de venir te voir. Une longue vie n'est pas seulement le fruit d'une sagesse, elle est parfois le succès d'une lâcheté. Il a lancé Bjørn vers sa dernière chasse, mais moi, je peux t'amener à ton Nanuq si tu le veux.

Õ — Je veux.

Fille sans père contourna le sommeil de ses gardiens pour suivre le vieillard qui s'éloignait, dans une démarche qu'elle ne lui connaissait pas et ne laissait aucun pas dans la neige, jusqu'à un grand chariot posé sur deux courbes, attaché à des bêtes cornues qu'elle n'avait vues sur aucune terre.

Õ — Qui tu es ?

¿ — Ton espoir.

Celui qui avait été Gayak, n'eut besoin d'aucun geste pour que le chariot s'ébranlât. *Fille sans père* en perdit l'équilibre et son corps pesa comme si un autre, invisible, était assis dessus ; son ventre s'agita en elle tel un animal pris au piège, il lui parut que des nuages chutaient. Elle se sentit comme en dehors, mais de quoi ? D'elle. Et sa réponse l'y ramena.

Lorsqu'elle se releva, elle vit une chose incroyable qu'elle mit du temps à reconnaître : sa terre vue d'en haut. De plus en plus lointaine, son étendue se révélait comme jamais. Le ciel était paysage.

Affolée, accrochée, elle hurla :

Õ — Qui tu es ?

Ce fut avec le visage de sa défunte mère qu'il lui répondit :

¿ — Il te l'a dit, celui qui peut changer ton espérance en possible. Il n'y a rien à craindre, si ce n'est de rendre sa vie sans l'avoir tentée.

De nouveau recroquevillée dans un coin, ses oreilles en flûtes, elle observa alors les étoiles tourner. Plus rien n'était solide, tout la noyait, elle ne trouva de prise qu'aux yeux bleus de sa mémoire. Puis en elle-même, elle se sentit descendre.

¿ — Regarde cette lueur, c'est le foyer de ton *Ours*.

Elle hissa une tête incertaine, n'émergeant que son crâne et n'affleurant que d'œil, mais ne vit que l'annonce du jour sur une terre courbée. À mesure qu'elle s'en approchait, le soleil, effrayé tout autant, retournait à sa couche.

¿ — Regarde mieux ! Là !

Elle suivit des yeux un bras tendu plus bas, et elle aperçut, ou crut, une petite tache dans le néant. Le sol vint comme un toit tomberait, elle s'en raidit jusqu'à figer son esprit, puis il coula sous elle telle la mer ferait, douce et calme. À peine le temps de s'en réjouir qu'un petit choc la fit se rasseoir. Lorsqu'elle se redressa, elle avait à nouveau pied.

Elle bondit à l'hors du chariot et courut, courut vers qui la tendait ; en même temps que sa joie se levait, le soleil aussi. Elle sentit la fumée des dernières braises avant de les voir, et derrière, la tente de Nanuq sous son nid de neiges. Elle l'appela d'un mot nouveau : « mon amour ».

Bjørn sortit en gestes gourds, la laissa courir vers lui, l'air idiot. Enfin, elle était en lui. Elle le huma, et cet homme sans odeur sentait, à cet instant, plus fort que sa peau.

Il dit :

Î — Jeg elsker deg, que se passe-t-il ? Est-ce que tu vas bien ? Comment es-tu venue ?

Ces questions pressées, serrées, sans entretemps pour leurs réponses, n'étaient pas dans ses manières.

Õ — Je ne veux pas que tu meures, je vais bien, j'ai été portée par le vent.

Elle lui servait à son tour ces courtes réponses qui n'allaient jamais au-delà de la question. Il remarqua alors la silhouette de Gayak les observant.

Î — Il est venu avec toi, pourquoi ?

Õ — Méfie-toi, il n'est pas lui.

Î — Oui, je ne le voyais pas si courageux.

Õ — Non, il n'est pas Gayak, juste sa peau. Il m'a amenée, vite, par le ciel.

Bjørn, se tournant vers l'Inuit :

Î — Es-tu un dieu ?

¿ — Uniquement un messager du Seul qui mérite ce mot.

Le vieillard avait répondu dans sa langue de naissance, aussi Bjørn reprit de même.

Î — Odin ?

¿ — Les dieux de ton peuple ne sont que des noms et formes pour vos peurs et ignorances.

Î — Quel est le nom de celui qui t'envoie ?

¿ — S'Il avait un nom, Il ne serait pas ce qu'Il est.

Î — Et qu'est-il ?

¿ — Le Seul qui soit. Tout autre, toi, moi ne sommes que dans la mesure qu'Il nous donne.

Î — Si je ne puis ni le nommer ni le connaître, il n'existe pas pour moi.

¿ — Le monde t'est inconnu, cette terre t'est inconnue, je te suis inconnu. N'existons-nous pas pour toi ?

Î — Si, par les causes que je devine, les formes que je distingue, les effets que je ressens, tout le reste est une nuit que je ne veux pas peupler d'images. Mais tu as raison, j'ai besoin d'en savoir plus. Quel est ton nom ?

¿ — J'ai un nombre infini de noms, autant que de possibles, mais je vais te donner le plus précieux, celui que m'ont offert mes frères pour me distinguer d'eux : Iragaël.

Î — J'aurais cru que le plus précieux aurait été celui qu'utilise ton dieu.

¿ — Il n'a pas besoin de me nommer pour que je L'écoute.

Î — Qu'es-tu donc, Iragaël ?

Bjørn tournait sa méfiance autour de l'envoyé, jaugeant son apparence, cherchant sa faille, éloignant Jeg elsker deg au cercle de ses pas.

¿ — Je ne suis pas, je n'accède pas à l'être tel que tu le conçois. Je suis entre chaque chose, mais aucune d'elles, toutes les frontières, aucune terre. Je prends ma figure dans l'œil du regardeur. Au mieux, je parais.

Î — Paraître est vain, tout au plus est-ce utile à une ruse, mais un déguisement qui ne cache personne est un leurre qu'il vaut mieux refuser.

¿ — Il a pourtant fallu une intention, une étoffe et un tailleur pour former ce déguisement. Ne veux-tu pas connaître Ce tailleur et Son intention ?

Î — Ne m'égare pas avec les mystères de ton dieu avant que je ne sache qui me parle. Dans quelle étoffe as-tu été taillé, Iragaël ?

¿ — La matière noire, une force unique et invisible qui forme et tient le monde. Il m'a distingué pour Le servir en me donnant une part de Lui : la conscience.

Î — Une conscience sans être, cela est cruel et absurde.

¿ — L'absurdité est l'au-delà de ton esprit, mais il est vrai que cela n'est pas toujours facile. Non plus d'être. Est-ce facile d'être toi, Nanuq ?

Î — J'aimerais n'être que Nanuq.

¿ — Ainsi, toi aussi, Bjørn, tu possèdes plusieurs enveloppes.

Traçant toujours son sillon autour.

Î — Ne les confonds pas avec les tiennes. Tes semblables, je les connais et méprise. Tu te sers de voiles pour cacher ton rien quand j'use de cuirasses pour protéger mon sensible. Mais assez ! Je suis fatigué d'écouter ton bavardage qui se voudrait profond lorsqu'il est creux. Une trappe pour naïf. Tu me rappelles les prêtres du Roi, des hommes habiles pleins de grands mots et de mystères, qui se dérobent dès qu'on les confronte. Il m'a fallu en surprendre un accroupi dans le taillis d'un bois pour que se dévoile sa sagesse : la merde fumante qui lui sortait du cul était plus honnête que celle qu'il déversait de l'autre orifice.

¿ — Oh, je saurais être plus habile si tu pouvais l'entendre, quant à la merde, je n'en produirais que pour m'en servir, pas pour m'en soulager.

Î — Tais-toi en silence ! Mieux, pars !

¿ — Impossible.

Dégainant longuement sa lame.

Î — Vraiment ?

¿ — Que ce mot est fin, autant que cette chose est vaine. Veux-tu trancher le vent ?

Î — Je vais t'éprouver à sa franchise.

Bjørn s'approcha lentement de la fausse forme, son regard dans l'autre, sans que ce dernier bougeât ni variât. Il leva l'épée par paliers, en silence, au-dessus de la tête, et l'abattit d'un coup du crâne à la neige… sans même réduire le sourire.

¿ — Bien, maintenant que tu as sorti ton argument le plus travaillé, peut-on revenir à plus courtoise conversation? Ton « Vrai-ment » m'a plu, ma place est entre la vérité et le mensonge. Pourtant, je ne peux mentir. Il me faut te tromper par la vérité. Connaissant ton chemin, laisse-moi t'en éviter un peu le pénible.

Î — Poison ! Tu es comme une brume qui m'égare.

¿ — Alors, je vais t'éclairer autrement : admettons que tu parviennes à me tuer, qui ramènera *Je t'aime* chez elle ? À ce propos, tu devrais lui avouer ce que tu lui dis, elle aimerait l'entendre.

Î — Les actes valent plus que les mots.

¿ — Comme ton orgueil te cache bien.

Î — Tant mieux.

¿ — Qui la ramènera donc ? Tu n'as plus assez de vivres ni de feux pour cela, tu n'avais pas prévu de retour. Tu as besoin de moi et de mon « par-le-ciel ».

Î — Je la ramènerai avec ton char, puis je reviendrai pour toi, je te jetterai si loin qu'il te faudra une vie pour revenir !

¿ — Essaie…

Bjørn marcha vers les porteurs de cornes en demi-lune. Plus il s'en approchait, plus il en décelait l'étrangeté derrière l'apparence. Une immobilité de statues, identiques les unes aux autres, aucune vapeur de respiration, un poil parfait sans souillure ni sueur, brossé comme par le meilleur palefrenier, et dans leurs yeux nul regard, mais mille lueurs. Il sauta dans le char sans le faire trembler, pas plus que les bêtes. Il n'y avait pas de guide ni de fouet. Il essaya sa voix à la fêler. Le plat de son épée ne bougea que sa main, l'autre perdit sa chaleur à caresser la pierre.

¿ — Le char et son équipage seront à toi, dès que tu auras accepté Sa mission.

Bjørn revint sur ses pas, lentement, pour se donner le temps de tout peser.

Ses yeux allaient de Jeg elsker deg, figée dans la neige, tellement intense qu'elle aurait pu la fondre, jusqu'à Iragaël tout autant immobile, mais avec au visage l'étrange expression d'une mère qui assisterait aux premiers pas de son petit.

Î — D'accord, à cette condition, mais aussi aux miennes. Je prends ton char et ses… rennes. Je la ramène chez les siens, puis, lorsque j'aurai tué ma proie sans que tu t'en mêles, j'accepterai. Cet arrangement te convient-il ?

Õ — Non !

Il y eut, là, le plus long silence du matin.

Fille sans père n'avait pas compris tout ce qui s'était dit dans la langue de Nanuq, ni tout ce qu'elle avait vu, mais assez pour décider de se faire entendre maintenant.

Nanuq s'approcha d'elle.

Î — Jeg elsker deg, faut-il aussi que je te combatte ?

Õ — Écoute… Je ne veux pas ma vie seule, je te veux.

Nanuq soupira profondément, puis aspira assez d'air pour jeter :

Î — Jeg elsker deg, je ne t'aime pas, je ne t'ai jamais aimée, tu m'as juste été utile. Utile à une diversion pour me débarrasser de mes compagnons, utile pour me soigner, utile pour négocier avec ta tribu. Comment aurais-je pu aimer une femme comme toi, courte, grasse, puante, ignorante, moi, le fils du Roi ?

Il reprit son souffle, et sa parole se fit comme le marteau appliqué du forgeron.

Î — Tes approches m'ont répugné, je les ai fuies dans la chasse, je préfère la gloire d'une bataille contre la bête à l'humidité de ton con stupide. Je n'ai eu de tendresse qu'à te quitter, mais je ne veux pas récompenser ton aide par ta mort… Pars !

La bouche de Bjørn était mauvaise, mais les lèvres de *Fille sans père* doucement se posèrent sur la grimace. Elle chuchota :

Õ — J'ai su dans tes yeux, je saurai toujours, tu ne peux pas te cacher de moi.

Il trembla et la repoussa.

Î — Alors, je t'y contraindrai.

Il la jeta sur son épaule, la serrant assez pour la priver de tout mouvement, et s'avança vers l'équipage, mais plus il s'approchait, plus sa charge pesait au point qu'il s'enfonça dans la neige, tant qu'il finit par ne plus s'y mouvoir. Il rugit :

Î — Iragaël !

¿ — Qu'y pourrais-je, mon ami ? Tu ne peux la contraindre, et nous devons respecter son libre arbitre.

Î — Je n'ai pas d'ami, mais nous avons un accord, veux-tu que j'y manque aussi ?

¿ — Cela semble son choix.

Î — Jeg elsker deg… je ne te forcerai plus, aide-moi à me dégager.

De nouveau debout, il médita un instant la silhouette moqueuse.

Î — Tu parais bien joyeux, Iragaël, pour quelqu'un qui a vu un contrat si avantageux couler avant même d'avoir quitté le port.

¿ — Avantageux? Je n'ai pas dit oui à ton « arrangement », car tu espères t'échapper par la mort. Pour l'éviter, je serais intervenu bien sûr, te libérant de ta promesse en rompant la mienne. Par contre, félicitations! La ruse est une forme lucide de l'intelligence… De toute manière pour réussir ma mission, il me faut échouer, autant dire que l'un ou l'autre se rejoignent.

Î — Encore des devinettes obscures, paroles sans sens de magicien. Laisse-moi te donner un nom selon mon cœur : Loki.

Prenant une forme haute, mince et cornue.

¿ — Tu n'es pas le premier à me donner ce nom, quoique tu le porterais mieux que moi, ferment de Ragnarök.

Î — Quel autre compromis as-tu en tête, Loki?

¿ — Laisse-moi ta proie. À toi le char, la mission et la femme.

Î — Non! Ma parole fait mes mains.

¿ — C'était pourtant la plus sage des solutions, tu ne pouvais décemment l'accepter, ce n'est pas ta sagesse qui m'a fait te choisir. Mais elle te sera représentée selon ton penchant. Cheminons dans l'intervalle, je vous guiderai. Ta bête est proche.

Î — Je l'ai sentie aussi… Inutile de me guider, je suivrais plus volontiers un serpent, mais reste donc devant que je te voie.

¿ — Ah, le serpent… L'animal le plus proche de la ligne qui sépare et forme, ni dedans ni dehors.

D'abord fine comme une intuition, puis, de plus en plus certaine, ils suivirent une piste. La glace parlait fort et clair maintenant. Ils respiraient un reste de soufre, contournaient des étangs regelés dans lesquels se devinaient des ossements noirs. Ils cheminaient, guidés par un trait apparu dans le ciel, bêtes devant, femme derrière. Jeg elsker deg traînait en frein, Loki avait bien proposé son char, mais Nanuq n'aimait pas l'idée, et *Fille sans père* n'avait pas répondu.

Ils avançaient, l'un derrière l'autre, les uns dans les autres. *Fille sans père* regardait Nanuq, Bjørn surveillait Loki, Nanuq se retournait de temps à autre pour s'assurer de Jeg elsker deg, Iragaël de son dos les regardait tous.

¿ — *La femme est un fruit mûr, son bois est dedans, mais l'homme est une noix fermée sur son tendre, faite de tant de solitude, rage et douleur, qu'il faudrait le briser pour l'ouvrir. Voyager dans l'infini est parfois plus aisé que dans certains êtres.*

L'instant d'une autre exploration était venu, et le souci pour sa compagne ouvrait une brèche dans la coque de Nanuq. Iragaël y entra comme un ver.

3

Le Roi

*
* Î *

Je le revois vêtu de noir, me présentant sa lame, cherchant son chemin. Même sa chevelure rejoint la nuit, parfois dessinée d'un brin de lune, selon le mouvement qu'il trace autour de moi, et ses yeux brillent comme des clous d'argent au-dessus de son bouclier. Le mien est resté dans mon dos par trop d'empressement. Mon épée fumante de sang brise ma main, mon souffle ma poitrine, ma poitrine mon cœur, je suis fendu, percé ici et là.

/ — Enfin, tu m'offres ce moment : toi, épuisé, sans ta garde, sans notre Père. Merci d'ailleurs pour Lui. À présent petit frère, donne-toi aussi, j'ai un remède à ta folie.

Î — Tu es resté à l'écart, tu savais !

/ — Je l'espérais… Tant d'hommes morts à te suivre, c'était mal te connaître que de croire en la fatalité ou à une erreur de puceau. Je savais que tu viendrais perdre les derniers sur cette terre. J'avais déjà armé leurs cœurs contre toi, ta mort allait suivre, nous serions revenus pour te pleurer et me couronner. Tu m'as surpris malgré cela, mais moins qu'eux… Maintenant, finis ton sang sur ma lame !

Ragnar frappe d'estoc, mon épée l'arrête par habitude, puis de revers et l'acier encore stoppe le fer sans que ma main le guide, suit la pointe que j'évite comme par courtoisie. Il ferraille alors tout en force, ne cherchant plus la chair, mais l'acier de ma lame encore et encore pour me l'arracher, la reprendre à ma main par la sienne et gagner ainsi l'héritage de notre Roi : Dragon.

On me l'y avait mise contre moi, je me revois la tenir pareillement. À l'instant, ce n'est pas moi qui empoigne Dragon, c'est elle qui s'enracine. Je suis son fourreau, elle est mon blessant. Une part de moi voudrait que mon frère m'en libère, un mot suffirait pour que je la lui cède, mais il en hurle d'autres coupés de heurts, frappant de tout son être, tel un bûcheron fou cognerait l'arbre à n'en plus finir.

/ — Tu m'as tout
repris tu en étais
indigne
juste l'image de ce
qu'Il fut
il a fallu qu'Il
te forge tant et tant
pour te rendre dur
et tranchant
alors qu'il aurait suffi
qu'Il me saisisse
une fois
pour que je sois

Son épée
à
jamais.

Son souffle enfin perdu, sa haine dite, il garde sa lame ébréchée entre nous plus longtemps que de besoin, savourant le spectacle que j'offre. Il ne m'a pas touché, je saigne surtout du sang que j'ai versé.

Avant de le savoir et à peine débarqués de nos navires, j'avais bondi dans cette gueule de tant de dents, me jetant aux lames de mes hommes. Pour le reste, je me souviens d'une éternité sans instants, un trou de lumière cerclé de sang, j'en suis sorti sans le comprendre. Mon dieu rouge s'est retiré de moi, mes blessures ne se sont ouvertes qu'alors et j'ai reçu d'un coup le poids de chaque mort. Pendant que je m'abattais, mon frère sortait de son coin d'ombre.

Ragnar ne m'a pas touché, certes, mais chacun de ses coups a résonné en moi à travers Dragon, me rouant de dedans. Je ne sens plus mes bras, à en croire mon torse ils sont comme arrachés. Mon sang se lasse.

Î — Oui, tu étais Son plus sûr fils, le légitime, c'est pourquoi j'ai voulu que tu me suives ici, comme les plus loyaux compagnons du Roi et Ses plus dévoués servants. Bons garçons à l'occasion, camarades de fête sans reproches, toujours prêts à prouver leur valeur dans la bataille. Mais au vrai, des enfants perdus ayant choisi leur côté de l'épée, prêts au meurtre pour la vie. Les privilèges du sang, la charrue pour les autres et, au pire, une éternité de banquets contre une vie de massacres et une mort rapide. J'ai entendu ces féroces guerriers appeler leurs mères comme les autres. J'aurais aimé en guérir certains différemment, mais ils n'étaient sensibles qu'à leur propre médecine. Il fallait que j'en purge de la Terre, les écarte des humbles.

/ — Folie !
Rugit sa bouche.
Sang ! siffle sa lame.

/ — Un prince	Î — feinte de corps
contre	feinte de lame
ses épées,	engagement
contre	dégagement
le Roi,	dégagement
contre	dégagement
les Dieux,	tourner
contre	piquer *son bouclier*
les Nornes.	plier-recevoir
Tu veux	de la garde au pied
arrêter	s'écarter
un fleuve	s'écarter
avec	parade
le creux	fausse parade
de tes	lame dans lame
mains.	crocheter *trop mou*
Tu	défendre de biais
n'y	reculer
gagneras	feindre pire faiblesse
que	m'exposer de côté
la	présenter bouclier
mort.	virer-fendre
Traître !	*son gras hélas…*

Son premier sang, Ragnar doute soudain. Il n'a jamais été autorisé à m'affronter au-delà du regard, n'a jamais su ce qu'il valait face à moi. Après la dernière faiblesse, il me faut feindre la première force, pour agrandir cette brèche. Un geste d'oisillon. Pourtant Dragon, encore vive, m'entraîne, m'envole, l'encercle de menaces, piquant parfois comme un faucon, fendant soudain comme la hache. Mais sans l'homme, pas de force. Avec, le Roi traversait du fer à l'os, sans peine. Je ne suis plus à cet instant que son présentoir, m'accrochant aux mots qui suintent à perte de ma bouche, comme mon sang de mes plaies, et ne le traversent pas plus que mes coups.

Î — J'y gagne un répit pour les doux
les besogneux les humbles
un temps pour la paix
la vie de ceux
qui nourrissent la vie.
Le peuple des Vanes
les vassaux de Freyda.
Je n'ai pas oublié le premier don
celui que
tu as renié pour te soumettre
par peur et convoitise
à la force je n'ai pas trahi Odin
je l'ai combattu avec ses armes.

/ — Tu oses !

Reposé dans mes gestes, Ragnar revient et frappe plus que jamais. Je ne vois plus rien venir. Il pourrait me cueillir, mais préfère cogner ce que je lui tends des deux mains, par rage ou cruauté.

Non, il frappe Son Dragon, il Nous tue.

Chaque coup m'enfonce dans la nuit, la lune même s'obscurcit, la neige grise. Ce nuage, c'est mon esprit qui s'éteint. Mais elle était là, au milieu des corps, le ventre rond d'une promesse. Il la finira après moi.

Non ! Pas cette fois !

Je me jette d'épaule contre son bouclier, le repousse assez pour qu'il lui faille quelques pas en arrière. Je recule d'autant et, avant qu'il ne se relance, plante Dragon en neige, le figeant de ce geste, pour relever ma cotte.

Î — Tu me veux ? Sers-toi ! Celle de ventre est pire blessure qui fait durer la mort et goûter toute l'étendue des douleurs, ne t'en prive pas !

J'écarte les bras.

Il vient à moi avant d'y penser, je guide sa lame vers mon tendre, ne la sens même pas et, l'ayant capturée par ma viande, je saisis sa main d'épée de ma gauche, vite rejointe par la sienne. Dans le même temps, mon autre main retrouve Dragon et la ramène à sa gorge…

Renversé en arrière dans la blancheur qu'envahit son sang, des yeux pleins de surprise puis peur, il cherche à me parler, mais je ne l'entends que glouglouter.

Î — Moi aussi j'aurais préféré qu'Il te choisisse, tu m'aurais sauvé ainsi… et Elle surtout… Nous aurions pu être frères, qui sait ? Je t'ai espéré au plus seul. Ta mort ne me donne aucune joie. Va au Valhalla ou, si tu le veux enfin, va en paix, tu n'as pas démérité au vu des circonstances : la haine pour nourrice. Celle qui t'a perdu…

Il n'a pas entendu, il n'entendra plus, à quoi bon d'ailleurs, il est trop tard. Trop tard pour les mots si longtemps retenus qu'ils me sont venus au pire, ivre de me dévoiler, indécent, idiot, trop tard pour tout.

Je retire de moi le cadeau de mon frère, je manque peu d'en tomber. Il n'y a pas de douleur pourtant… Curieusement, je me sens enfin bien. Dans peu, la lignée des Dragons sera éteinte. Mais avant, je dois la ramener à sa vie, elle et l'innocence que couve son ventre.

Puisse Thor, sans rancune, me prêter ses neuf pas…

* *
*

¿ — J'ai déjà lu cela. Je dois le feuilleter davantage.

*
* Î *

Je traverse de hautes salles aux murs de pierres profondes, à peine taillées, assemblées par poids, peuplées des cadavres de grandes chasses, ornées de toutes les bannières qui se sont couchées pour pendre ici, flasques et ternes, abandonnées, lorsque la Sienne vole dehors retenue par un mât comme au gant du fauconnier. Leurs fentes trop étroites pour l'homme, peinant pour la lumière, sont secondées par des flambeaux qui projettent des ombres et couleurs d'incendie. Leurs faîtes soulèvent une forêt de troncs.

Je contourne de grandes tables, longues et larges

comme des knörrs, mais destinées à traverser le long ennui plutôt que les mers, taillées pour soutenir sans faiblir les banquets que quelques cornes renversées et plats survolés de mouches évoquent encore. Je bouscule sans égard des hommes rudes, bruyants et ferraillés, à qui je refuse ma parole jusqu'au regard pour entretenir leur servilité. Je croise à l'entrée du Trône mon frère, cet inconnu, et à sa figure de haine je n'offre que mon masque.

À l'intérieur, point de meurtrières, peu de flambeaux, les deux vastes cheminées perpétuellement enflammées qui enserrent le Trône comme deux gueules de dragons suffisent au Roi, ne laissant voir qu'une écrasante silhouette de pierre et métal ainsi que Sa voix d'orage. Pas de Roi non plus, le Trône est sans sommet, mais Sa garde noire m'attend. L'un, Heinrrod, celui qui comme Odin a donné son œil et tel Týr sa main, pointe son crochet vers la porte de fer. L'Ours est dans Son antre, l'entretien ne sera pas public.

Je donne mon épée, nulle autre que la Sienne ne passe la porte, pas même celle de l'héritier.

> — Entre.

Je verrouille avant de relever la tête. J'avais connu cette grotte lorsqu'elle était une geôle, mais jamais telle qu'aujourd'hui. Des feux aux parfums d'huiles me l'ouvrent presque entièrement.

Tout autour, je vois la roche entière, nue, ainsi qu'elle fut formée aux premiers temps. La douce bouche d'un bassin d'eau vive, dont la fraîcheur combat les fours du Trône, me dit la patience de l'eau. Une vapeur blanche en transpire paresseusement, voyage par voiles au-dessus des peaux couvrant le sol, se courbe pour enjamber à l'arrière un lit tout simple, large et robuste, avant d'être avalée par quelques fissures en voûte. Au centre, une table ronde, taillée sans recherche dans l'arbre, est couverte de cartes à l'encre creusée, d'un crâne décalotté, d'une coupe de fruits, d'un reste de viande, d'un haut et rond pichet, mais je ne vois aucune chaise. Celle-ci demeure dans le reste de pénombre d'où dépassent les bottes de mon père, entre lesquelles brille la langue de Dragon.

Le silence dure. J'y suis comme dans une eau qui me noie. Il me détaille certainement comme je l'ai fait de Son antre. Il me pèse.

Je brise par une évidence.

Î — Ragnar ne semble pas de bonne humeur.

> — Je lui ai refusé une mission que Je compte t'accorder.

Un temps encore.

> — Bjørn Bjørnsen, Je te connais mieux que tu ne crois. J'ai mandé des yeux et oreilles pour te suivre toutes tes années. Beaucoup de ceux qui t'ont approché furent Mes messagers. Je t'ai nourri, J'ai lavé ton linge, vidé ta merde, enseigné les armes, construit ton savoir, Je t'ai éprouvé. J'ai autorisé tes crimes. Toi par contre, tu ne Me connais pas, sinon ce que J'ai voulu. Ma présence par instants, quelques actes, ordres, mais aucune pensée. Aujourd'hui, pour la première et dernière fois, Je vais te parler comme un père.

Ce dernier mot me frappe, mais je me tais : Tu ne pourras être père si je ne me veux fils.

> — Tu ne connais pas l'origine de ce qui t'a sculpté. Mon père M'a fait aussi. Il M'a appris à vouloir qui Je suis devenu, en ne l'étant pas. Son dragon n'était pas le feu qui mange, mais la chaleur qui réconforte. Comme Moi, comme toi, il était de plus haute taille que les autres, mais c'était un géant débonnaire, pansu, qui retenait sa force par tendresse. Sa bonté était si évidente que personne ne craignait sa colère. Ses vassaux décidaient, ses servants se servaient, ses soldats le combattaient, ses paysans cultivaient leurs terres. Sa seigneurie périclitait, mangée par l'appétit des voisins, dévorée de l'intérieur par les intérêts de chacun qui, se heurtant, allumaient des conflits, causaient des morts chaque lune, travaillant à leurs propres malheurs sans qu'il se résigne à sortir son épée, préférant céder chaque fois un peu de lui pour apaiser leurs désirs. Mais au final, il n'était pas leur bienfaiteur, sinon celui dont on riait en paroles et chansons, son propre bouffon. J'ai mesuré les hommes à leur ingratitude, J'ai connu la vérité de leurs cœurs, leur petitesse, leur bêtise, leur lâcheté, leur égoïsme, leur cruauté, si rarement contredits. J'en ai conclu qu'il fallait les gouverner dans leur troupeau, non pas en fonction de qui l'on était, mais en raison d'eux-mêmes. Il était certain que le jour où Mon père aurait épuisé ses dons, l'un ou l'autre lui aurait pris sa vie, sans que nul ne s'y oppose. Je n'ai pas attendu ce moment, J'ai été celui-là…

Lentement, je me déplace en pas de côté, là où mon mouvement pourrait me placer à « celui-là ».

> — À partir de ce premier sacrifice, J'ai reconquis sa seigneurie, remplacé son blason : soleil sur

chair, par feu sur sang. J'ai construit un royaume plus vaste qu'aucun avant en cette terre. L'enseignement d'Odin M'y a aidé. Je sais que tu t'es intéressé aux anciens dieux, les Vanes, que tu n'as eu de cesse de les opposer aux nôtres contre tes maîtres. Mais il y a un fait que tu n'as pas eu le courage d'admettre : les Vanes, qui ont perdu la guerre contre les Ases, n'ont survécu que par le bon vouloir d'Odin, dans la mesure où ils le servaient, par l'artifice d'une alliance qui les écarta de l'Histoire. Ce ne fut ni par malchance ni par le hasard d'une bataille. Ce fut parce que ce ne pouvait qu'être. Parce qu'Odin de son œil unique regarde le monde tel qu'il est. Ce n'est pas que la bonté n'existe pas, mais c'est la proie d'une meute. Ni la beauté, mais la plupart des hommes sont laids. Ni l'innocence, mais nous vivons le plus longtemps en dehors. Ni l'esprit, mais le peu qui en ont en refusent généralement le tourment. La roche et la boue sont le plus commun. Et un roi doit régner avec le plus commun.

Î — Qu'en est-il de l'or ?

> — L'or est ce que l'on fait désirer. D'avoir, pour le plus médiocre ; d'être, pour le plus fou. Lors que l'un disparaîtra avant son bien, l'autre n'aura été qu'une des pierres plates pavant le chemin. Pour la multitude, à qui même l'illusion d'être ou d'avoir doit être refusée, il faut les rassembler avec le meilleur outil pour cela : le fer. Leurs vies seront perdues tout autant que par eux-mêmes, mais au moins auront-elles servi un dessein. Pour les derniers… L'or véritable… Ils s'adapteront ou reviendront en un meilleur temps. Odin n'a pas créé le monde, mais

il a voulu le connaître, et ensuite le guider, n'hésitant pas pour cela aux plus grands sacrifices de lui-même, n'écartant ni la vile ruse ni la cruelle force pour soumettre ceux de courtes vues, afin qu'y règnent un peu d'ordre, et un peu de durée.

Î — Jusqu'à Ragnarök.

> — Ragnarök qu'il aura préparé, Ragnarök qui n'empêchera pas son œuvre de renaître par la graine qu'il aura plantée, par le corps de Balder. Toute œuvre est périssable, mais toute nécessité renaît.

Je vois Dragon qui saille de son ombre et me pointe. Me sait-il ? Qu'importe, je le finirai.

> — Bjørn, J'ai fait en sorte que tu connaisses les hommes, Je te les ai dévoilés en te plaçant là où ils ne se donnent pas la peine de se masquer. Tu as pu en estimer quelques-uns, tu n'as pu qu'en mépriser la plupart. Il Me fallait t'imposer cette lucidité pour qu'un jour tu puisses Me succéder sans faiblesse. Pour finir ton apprentissage, Je te confie une guerre afin que tu connaisses autrement cette aube, ce soleil rouge traversé de corbeaux se levant sur une plaine jonchée de charognes. Que tu ne te réjouisses pas seulement d'être encore là pour le voir, cela Je te l'ai déjà enseigné, mais que tu saches que chacun d'eux est tombé par ta volonté. Que tu les regardes comme le forestier le tas de branches de l'arbre qu'il a élagué. Le temps pour cela est plus que venu, pour toi, mais surtout pour le royaume. Mes vassaux les plus lointains M'oublient, ils rêvent du temps où ils étaient maîtres de leurs bouts de terre. Mes hommes de troupe s'ennuient depuis trop longtemps, retournant leurs violences contre eux-mêmes, comme des chiens sans chasse. Les récits des batailles sont

devenus des mythes pour glorioles, alors qu'ils ne se battent plus que dans des banquets, tout en gueules, par vantardises et boissons.

Î — Où dois-je mener leurs vaillances ?

> — Dans Nos terres du Nord où sont descendus les Samies.

Le peuple de ma mère, ainsi c'était vrai.

Î — Pourquoi eux ? Ils ne sont rien, ne menacent personne. Ils vivent en petits groupes épars sur une terre que personne d'autre ne veut. Ils ne sont venus qu'en suivant leurs rennes qui fuyaient un hiver trop rude.

> — Je sais, tu les connais bien… C'est pourquoi d'ailleurs Je te désigne. Ils ne sont pas Ma cible, mais leurs souffrances Me serviront. Contrairement à ce que tu crois, certains ici méditent leur fin. Lorsqu'ils se lanceront, ce sera pour n'en laisser aucun. Tu mèneras Mes troupes au travers du pays pour les devancer, faisant résonner leurs fers et leur nombre. Tu en recruteras d'autres en chemin parmi ceux qui se donneront, plutôt que ceux que mes vassaux feront mine de te céder. Une fois les Samies rejoints, tu en tueras beaucoup, de mémorables manières, mais en laisseras fuir la plupart afin qu'ils se souviennent que l'hiver est moins à craindre que nos cœurs. Ils le laisseront alors, entre eux et nous, comme leur meilleure protection.

Î — Je dois les tuer pour les sauver ?

> — Oui. Mais cela n'est pas le plus utile. En voyant de loin brûler le désert blanc, les terres vertes se souviendront du feu, la peur étouffera leurs désirs, M'épargnant d'avoir à détruire ce qui Me nourrit.

Î — Et si je refuse ?

> — Ton frère le fera et de pire manière. Pour Me plaire et par goût de la force.

Î — Non ! Cela ne sera d'aucune façon !

J'ai fait jaillir de ma tunique les deux courtes et fines lames que j'y avais cachées. Je les fais sonner l'une sur l'autre.

> — Que veux-tu faire avec ces couverts, Me manger ?

Î — Te soulager de Ta faim.

Il s'est redressé en pleine lumière et, bien que je L'aie rejoint en taille, Il m'écrase à cet instant autant qu'au premier jour. Sa masse semble repousser chaque chose aux bords. Nulle peur ou tension dans Son attitude, sinon une tranquille promesse de mort en appui sur Dragon. Il ne se donne même pas la peine d'une garde. Sa tête penchée, les cornes de Son casque en avant, le cuir fauve qui le harnache, Sa barbe rousse en crinière, Le font ressembler à un taureau de légende, une respiration avant la charge.

> — En tant que père, Je dois te dire que cela ne se défait pas, autant pour la vie qui se perd que celle qui se gagne.

Î — Vous m'avez déjà pris ma vie.

Dragon s'est levée, fendant de bas en haut l'air que j'habitais un clignement d'œil auparavant. Je passe par en dessous vers Son mauvais côté. Il se tourne d'un quart avant de l'abattre au ras de mon talon, je Le pique en passant. Il vire tout à fait, séparant le ciel de la terre, mais je me suis déjà écarté, reculant à chaque mouvement de faux.

La table me heurte à l'arrière. Dragon s'abat, traversant l'épaisseur de bois sous laquelle je me suis réfugié, jusqu'à mes poignards croisés, chétives défenses qui n'auraient suffi au second coup si je ne l'y avais attendu.

S'avançant sur mon recul, Il trébuche sur les restes de la table. J'en profite pour Le contourner et Le planter dans l'aine. Une patte d'ours me projette, Il garde la lame dans sa chair. Je me relève pendant qu'Il m'approche du pas lent du bourreau.

La porte de fer crie, Sa garde l'appelle. C'est à moi qu'Il répond en me regardant de ses lourdes paupières.

> — Il va falloir faire vite.

Je le sais, c'est pourquoi j'ai travaillé ma vitesse avant ma force.

Dans le mouvement de Son assaut, je lance mon dernier poignard qui L'atteint avant que Dragon ne me morde. Rugissant, Il l'ôte de Son torse et le jette en dehors de notre bataille. Je reprends celui planté dans l'aine, me place à Son arrière comme on s'accroche à la queue du dragon pour échapper à son feu.

Lorsqu'Il se retourne pour me retrouver, je tourne aussi, me jette sur Lui, Le plante en nuque, Sa main emprisonne la mienne, mon autre retient le bras d'épée. Il me traîne comme un sac à l'épaule au milieu de la pièce.

Le nuage du bassin s'est rougi de Son souffle, je reste un instant fasciné par le spectacle de cette vie qui se dilue en voile pourpre.

Le Roi recule alors violemment, m'assommant à moitié sur la roche. Au second mouvement, je me dégage, Il ne heurte que Lui-même. Son corps glisse jusqu'au sol.

Il parle difficilement, d'une voix qui n'est plus orage, mais pluie.

> — Tu n'as pas respecté les règles du combat.

Î — La seule règle est la victoire.

> — Ne permets pas que Je meure du couteau du boucher, comme un cochon. Donne-Moi une mort de guerrier !

Tenant Dragon par sa faim, Il m'offre Son cœur. J'y consentirais si je n'avais juré de tout Lui refuser. Alors il dit :

> — Te souviens-tu de la dernière fois où Je te l'ai présentée ?

Dragon se plante en Lui, sa poignée dans ma main…

Il souffle encore.

> — Maintenant, tu M'as rejoint, tu as tué ton père pour ton destin.

Sa bouche s'écarte pour Son âme, Ses paupières libèrent Ses yeux. Ceux-ci sont presque blancs, le bleu voilé, comme son repaire, d'une eau qui L'éteint. Il était aveugle… Ces nouvelles lumières n'étaient pas là pour Lui, mais pour mon avantage…

Je sens Sa merde fraîchement relâchée, un filet d'urine Le quitte. Son casque a glissé, les cornes, faites pour la peur plus que pour le combat, semblent maintenant ridicules. Son crâne trahit un cheveu devenu rare. Je vois aussi Son début de bedaine, le gras du bras, toute Sa masse devenue poids. De Son visage ridé, alourdi, est remontée une expression jamais vue, un reste du bon garçon qui pleurait pour son père. Cette vision me fait reculer, Dragon Le quitte, tenant ma main. Il s'écroule alors tout à fait, Roi devenu viande.

Des coups font trembler la porte de fer, comme mon cœur ma poitrine. Me vient à cet instant la vérité de ses paroles : je Lui ressemble…

Comme Lui, je méprise les hommes. J'ai tué avec joie les plus déplaisants. J'ai écarté tous les obstacles à ma volonté, n'ai refusé aucun acte m'ouvrant ma cible, avec patience, calcul, détermination. Impitoyable, j'ai suivi mon chemin vers Lui, sans regard pour tout le reste, refusant toute tendresse, toute faiblesse, disposé à tous les sacrifices, les miens et ceux de qui n'y consentait.

Le Roi a caché l'homme derrière le pouvoir, comme j'ai caché l'enfant derrière le guerrier.

Les Vanes pour l'emporter doivent agir comme des Ases, et peu importe alors qui survit, il prolongera la vision d'Odin.

Je suis un Dragon, porteur du prochain…

La porte cède, Heinrrod est le premier, il crie :

¤ — Le Roi est mort, prosternez-vous devant votre nouveau Roi !

Ce mot me sort de ma transe. Je me saisis du casque, m'avance vers Heinrrod, Dragon toujours en main, et le fends de haut en bas selon Son geste.

Î — Personne d'autre que Moi n'ordonne !

Debout sur ses restes pour me grandir encore, je me coiffe et observe la garde. Elle croit Le revoir en cet instant. Avant qu'ils ne pensent, je m'avance de nouveau, ils s'écartent par dressage. Je les entends me suivre en désordre, puis deux m'encadrent, selon l'usage, au moment de quitter le Trône.

Dans la première salle, le sang et Dragon disent tout. Certains protestent, je n'ai pas à les convaincre, les épées de ma garde s'en chargent, les autres se rallient. Aux pièces suivantes, le fer n'a plus besoin de parler, le nombre suffit. Je vais ainsi jusqu'au balcon où le Roi avait promis Sa parole à Sa troupe rassemblée. Ils m'observent avec une béante curiosité.

Î — Le Roi est mort. J'ai reçu de Lui Son royaume comme Il l'avait reçu de Son père. Il est temps pour Dragon de se réveiller. Je connais des terres qui le méritent, la lointaine Thulée, riche en or, pauvre en fer, nous l'y apporterons. Leurs femmes porteront au retour nos saisies et le jus de nos saillies. Le voyage sera long, mais ceux qui en reviendront ne connaîtront plus le besoin, les autres peupleront à jamais le grand récit et festoieront avec Odin.

Ils m'acclament…

Père, ce que je ne peux empêcher, je peux le retarder, ce que je ne peux arrêter, je peux l'égarer.

Tu m'as vaincu, mais j'ai survécu, je trouverai une force contre laquelle t'anéantir.

Un cri.

Jeg elsker deg !

* *
*

4

La faille

Jeg elsker deg était tombée et réclamait une pause. Nanuq convint d'un bivouac.

Iragaël fit jaillir une flamme bleue qui flottait au-dessus de la glace sans la creuser, donnant pourtant, malgré sa froide couleur, un plus grand réconfort que le soleil.

Autour de cet étrange feu, chacun s'examinait en silence. *Fille sans père* demanda à Iragaël :

Õ — Dis-moi la mission de ton dieu.

¿ — Elle ne t'est pas destinée.

Õ — Dis-m'en plus sur toi.

¿ — Plus je m'explique, moins vous comprenez.

Fille sans père tourna alors son attention sur la flamme couleur de ciel, elle en approcha les mains doucement, en corolle, et soudain la traversa d'un doigt vif comme la flèche.

Î — Jeg elsker deg !

Ce fut de langues trouvées et émue de l'entendre qu'elle lui répondit :

Õ — Il n'y a pas eu de douleur, Nanuq, mais des réponses. Cette flamme ne mord pas, elle éveille… Je viens enfin de comprendre ton « Je t'aime. »

Se détournant de lui :

Õ — Iragaël, tu serais comme un fantôme qui n'a connu ni mort ni naissance, un être sans forme ni matière, qui se moule dans l'œil de celui à qui tu te donnes à voir. Mais si tu devais te choisir, quel aspect prendrais-tu ?

¿ — Tu es maligne, *Fille sans père*, puisque tu ne peux me voir, tu cherches comment je me perçois. Tu sais que le regard dit plus que la forme. Je peux te le montrer, mais tu ne l'aimeras pas.

Õ — Je n'ai pas aimé cette marche, mais je veux comprendre dans quoi je pose mes pas.

Iragaël prit une forme multiple, mélange de créatures évoquant là l'insecte carapacé, ici la limace aux mille dents, ailleurs, dans un contraste saisissant, la douceur d'un veau ou la beauté d'un enfant, et d'autres innommables auxquelles l'œil se refusait, sans que l'on pût décider si cela était par excès d'horreur ou de fascination.

Une forme de tant de choses retournées et retournantes qu'elle en perdait le contour et l'expression, de roches, de feuilles, de chairs, liquide parfois ou solide ou rien de cela. Pourtant tout était lié, se mouvait l'un par l'autre, sans que l'on pût l'accueillir autrement que par morceaux, chacun chassant de soi le précédent.

Î — Assez !

Õ — Reste calme Nanuq, ce n'est qu'une image… Cependant, tu as raison, Iragaël, cela va me revenir malgré moi. Accepterais-tu maintenant de te montrer comme, le plus souvent, tu le fis en cette terre ?

Il prit la forme d'un jeune humain, un adolescent entre la fille et le garçon, aux longs cils et sourcils affirmés, avec une bouche assez large pour découvrir toutes les dents, aux jolies lèvres pulpeuses et ourlées, et coiffé de cheveux longs, fins, ondulés, comme drus et taillés sans effet. D'une longue robe blanche sortaient des mains fines aux muscles dessinés, et des pieds délicats, quoique forts et solidement plantés. Du dos se déployèrent deux grandes ailes couleur de lune.

¿ — Entre homme, femme et enfant, entre terre et ciel, c'est une forme qui me dit tout en vous séduisant.

Õ — C'est vrai. Garde-la, je t'en prie, pour notre repos.

Elle dévisagea longuement cet étrange et magnifique oiseau, au visage juvénile et sage.

Õ — Iragaël, raconte-moi ton dieu.

Nanuq coupa :

Î — Il l'a déjà donné : « le Seul qui soit. » Comprends-tu ? Nous n'y sommes rien. Admettre son existence, c'est renoncer à la nôtre. Le Seul, le seul dieu aussi. Mes dieux, ou tes esprits, sont multiples, ils sont puissants, mais imparfaits, soumis à des passions identiques aux nôtres et par chance, divisés. Cela laisse une place à l'homme. Il peut en choisir un contre les autres, y gagner une part de liberté. Mes dieux sont mortels, ne sont pas de toujours, ainsi un homme peut espérer les atteindre, ainsi nous serons peut-être, un jour, débarrassés d'eux. Je les préfère. Mais surtout, ce Tout-Puissant est nécessairement coupable de tout : l'absence de tes parents, la mort de ton compagnon, celle de ton enfant…

Après un temps où le souvenir parla plus que la raison :

Î — Ce dieu bourreau, assassin, se proclame le Seul, autant dire le Roi du monde. Il faut le refuser comme tout roi, quitte à y perdre notre courte vie, qu'il nous prendra finalement quoi qu'on lui cède, notre liberté, notre volonté, notre aimé. Refuse-lui ton oreille !

Õ — Nanuq, tu n'aimes pas assez la vie… Si ce dieu est ainsi, il est aussi celui qui t'a mené à moi. Je veux l'entendre.

¿ — Alors, écoute…

Au commencement était une force que nul n'a vue naître, puisque nul n'était, ni même Lui.

De cette force ont jailli plus de choses que de nombres, s'il y avait eu des nombres.

La plupart disparaissaient à l'instant d'apparaître, quelques rares persistaient dans un temps immobile puisque le temps n'était.

En tailles, formes, lieux de nulle part, puisque l'espace n'était.

De complexités inconnues, puisque tout était premier.

Avant de nourrir de mieux armés pour cette guerre d'élans contradictoires où presque toute rencontre était mauvaise, ces derniers finissaient par se résoudre eux-mêmes, faute d'évoluer ou par cela.

De fait, au commencement était un perpétuel recommencement, sans loi, ni lien, ni constance.

À force de créer tout le possible sans choix, cette force créatrice engendra par hasard et inévitablement, un Parfait.

Ce Constant n'aima pas ce chaos, ce Permanent n'aima pas le choc des instants, ce Pensant n'aima pas cette absence à soi.

Cet Être, l'Unique, n'aima pas ce non-monde.

Alors, Il changea cela.

¿ — Vois-tu, *Fille sans père*, nous sommes toujours dans ce Vouloir, l'univers est dans cet entre-deux, entre la création et Sa perfection. Mais écoute encore…

Il a déployé l'espace, éveillé le temps, créant l'avant et l'après, l'autour, le mouvement et la durée.

Il a protégé les premiers corps, leur a donné les moyens et le goût de se connaître et s'unir. La matière fut, a dansé en ronde, s'est lovée, étouffant peu à peu le souffle créateur, retenant son flot par cet étant.

Dans ce monde au mouvement apaisé, où chaque chose était liée et séparée par Sa loi, Il a placé une île où il fallait qu'elle soit afin que la vie apparaisse, l'éternité en devenir par le don, et Il mit dans cette vie une étincelle.

Puis Il a attendu…

¿ — *Vous*… Pourtant, il fallait voir qui vous étiez, sans grâce ou force, vivant par nombres tout en vous combattant, unis par vos peurs, surtout sensibles au vide de vos intestins, aveugles à tout, sauf à vos culs et aux dents qui vous mangeaient. Je sais, cela n'a pas tant changé… Il vous a choisis cependant, plus que les autres, je ne sais pourquoi. Sa graine, vous l'avez combattue. Vous la combattez toujours, mais on en voit le bourgeon parfois, en l'un, puis l'autre. Elle se diffuse malgré vous, sous votre multitude, et vous soulève peu à peu. *Fille sans père*, ce monde n'est pas fini, il est en devenir, comme l'homme. Ce qui reste de douleur, malheur et destruction, est la trace de sa naissance sauvage. Ne Lui reproche pas cela, ce n'est pas de Son fait, c'est Son inachevé… Tu voulais en savoir plus sur moi, le mieux que je peux t'en dire est que je suis un de ceux qui L'ont entendu, après qu'Il m'eut formé en me soufflant dedans comme dans un boyau. Un de ceux qui Lui ont accordé, en retour, cette confiance que l'on appelle « foi ». Un de ceux qui Le servent dans Son œuvre, un ange.

Õ — Merci Iragaël.

Î — Foutaises, verbiage, conte pour enfants. Dans ce récit où chaque mot s'empêche, je compte au moins deux dieux : l'un qui fait, l'autre qui trie. C'est l'histoire de la nature et du jardinier, nous y sommes parfois l'abeille, mais tout autant la mouche, toujours insectes. Et je ne connais de certain que la nature. Fût-elle abominable, elle est ma seule vraie demeure. Le jardinier choisira toujours le jardin contre l'insecte, que m'importe qu'il espère mon miel. J'ai plus de confiance dans l'indifférence qui m'a fait.

¿ — Bjørn, la force créatrice n'est pas un dieu, elle n'a pas conscience d'elle-même, n'a aucune intention, ni regard pour ce qu'elle produit, et ce qu'elle vomit, elle le réingurgite ensuite. Elle est comme votre soleil, un faux dieu, une vraie boule de feu qui consume et se consume, et dont vous êtes saufs par la distance où Il vous a placés et la bulle qu'Il fit naître. Tu ne vivrais pas un instant dans cette nature. Que tu le veuilles ou non, tu es venu par Ses soins.

Î — Par ce dernier mot, tu m'as convaincu, je ne peux que le haïr.

Õ — Et moi l'aimer.

Bjørn se redressant.

Î — Tu me parais bien vive pour quelqu'un d'épuisé… Tu as rusé pour obtenir cette maudite conversation ! Tu n'en comprends pas le risque ? Elle est sans fin car sans début, et nous pénétrera bien avant qu'on le puisse. Repartons !

Et il s'éloigna pour l'entraîner, ouvrant le passage à l'ange qui chuchota :

¿ — Par le bleu de cette flamme, je t'ai donné une part de l'esprit.

Õ — Oui, ma pensée ne trébuche plus dans les mots.

Î — *Je t'aime !* Éloigne-toi de ça !

¿ — La parole. Tu es maintenant son égal en débat. Sers-t'en pour le sortir de sa route, quoique je n'en voie pas d'autres.

Õ — Où le mène-t-elle ?

¿ — À la délivrance par l'enfer.

Bjørn tirant *Je t'aime* par le bras :

Î — Par Jörmungand !

Õ — Je croyais que tu ne me forcerais plus.

La lâchant.

Î — Excuse-moi, j'ai parfois le sang plus vif que la pensée. Te voir ainsi, c'était comme te voir enlacer un ours.

Õ — Ta peur me touche, mais tu dois accepter mon courage si tu veux que j'accepte le tien. Je n'ai pas aimé non plus ta manière avec l'ours.

Nanuq divergeant :

Î — Iragaël ! Tu retournes sous mon regard, et nous hors du tien.

Derrière l'ange, il lui prit doucement la main.

Î — *Je t'aime*, je regrette ma violence, elle est en moi comme une force et un poison. Quand elle t'atteint, je ne me pardonne pas.

Õ — Tant que ta violence viendra de ton amour, je pourrai, moi, te la pardonner, mais qu'elle ne vienne pas de ton orgueil ou tu connaîtras le mien.

Î — Tu as changé… Comme si tu étais devenue davantage toi-même, je l'apprécie, mais cela me perd.

Õ — J'ai trouvé ma langue, voilà tout, aussi parlons.

Î — Parlons.

Õ — Nanuq, te crois-tu tout-puissant ?

Î — Non, mais je ne me veux plus faible.

Õ — Tu conçois donc qu'il existe des forces plus grandes que la tienne ?

Î — Je le conçois, mais j'en veux la preuve pour chacune. Il faut la combattre pour la connaître. Selon mon expérience, tout combat est incertain et toute défaite n'est pas entière… jusqu'à la dernière.

Õ — Oui Nanuq, à te battre toujours, tu trouveras ta mort rapidement.

Î — À ne pas me battre, je serais déjà mort.

Õ — Le sage choisit pourtant ses combats. Là où il a tout à perdre et rien à gagner, il ne va pas.

Î — Je ne suis pas un sage, je suis un guerrier pour lequel il n'y a plus aucun endroit où il ait tout à perdre.

Õ — Je crois pourtant que nous allons vers un tel endroit… Accepterais-tu un conseil ?

Î — De toi, j'accepterai même cela.

Õ — La bête que tu traques me semble être un monstre. Iragaël… tu le vois pareillement. Laisse-les se déchirer, ne combats ni l'un ni l'autre.

Î — Dans les gestes de Gayak, j'ai reconnu cette bête. Je sens qu'elle m'est destinée, qu'elle sera ma fin ou mon recommencement.

Õ — Pourquoi préfères-tu mourir ? Pourquoi refuser une vie avec moi, connaître nos enfants, partager nos joies, nous tenir chaud ? Tu m'aimes, je t'aime, pourquoi ne pas nous accomplir ? Ne veux-tu pas que je vive ?

Î — Oh si ! je le veux tant que je renonce à toi.

Õ — C'est toi qui m'éveilles, comment ton absence pourrait me servir ?

Î — *Je t'aime*, je me connais plus clairement que tu ne m'aimes. Tu dois m'entendre. Je suis porteur de mort, c'est là le fruit pour lequel j'ai été planté. Je la donne facilement à mes ennemis, je la donne malgré moi, mais aussi sûrement, à qui m'aime. Notre première rencontre t'a coûté ton compagnon, ton enfant, et de peu ta vie. À m'accompagner, tu la perdrais avant de la goûter, et si tu devais engendrer, ce serait un serviteur du fer, comme son père.

Õ — Nanuq, l'amour a sa clarté. Avant même que je te voie, tu me sauvais, déployant une vaillance jamais connue. Nanuq…

Iragaël n'écoutait plus. Elle ne le sauverait pas.

Elle cherchait sa raison lors que Bjørn était dans la déraison, sa pensée ne cadrant que sa folie.

Elle cherchait alors son cœur, mais plus elle le touchait, plus elle devenait précieuse à Nanuq, et plus précieuse elle était, plus il était résolu à la protéger de Bjørn. Pour lui, sa mort resterait le seul refuge, la meilleure protection qu'il pouvait lui assurer.

Pendant qu'elle s'avançait et lui s'esquivait, l'ange devait passer d'elle en lui par leurs mains liées.

*
* Î *

Il ne pleurait pas, n'avait jamais pleuré ni résisté vraiment, sauf lorsqu'on avait voulu connaître ce qu'il tenait dans son poing. Il n'était que là, immobile, les yeux creux aspirant la lumière sans la rendre, recroquevillé dans sa cage.

Il était dans un en deçà de vie et mort dont ses geôliers voulaient le sortir en le nourrissant par force, le tenant par chaque membre pendant que l'un fermait son souffle pour violer son ventre. Dans cette lutte, un peu de lui revenait et se reprochait ce battement de poitrine traître à sa peine. Par ce têtu remonta de son puits un sentiment nouveau, fort, qui le changea.

Un de ses gardiens l'aimait plus que les autres, et occupait son temps mort à le taquiner d'un bâton au travers des barreaux. C'était un beau bâton, d'un bon bois, travaillé par un maître, au pommeau sculpté d'une tête de dragon. Mais il en connaissait surtout le bout pointu, ferraillé, qui l'égratignait et le contusionnait avec curiosité.

Un jour, sans qu'il en décidât, sa main ferra le fer, arrachant le bois de l'autre. Pour le reprendre, le gardien ouvrit la cage, le traînant accroché à l'autre bout.

Dehors, il s'offrait à d'autres frappes que celles permises par les barreaux. De plat après la pointe, son tourmenteur n'y résista pas. Tout à son plaisir, le geôlier ne vit pas qu'à si bien battre ce fagot, il en libérait une graine toxique…

J'évite alors un coup puis l'autre et, à l'instant où m'ayant acculé il se tient bras levés, jambes écartées pour affirmer le suivant, je me jette entre elles, passe à son arrière, m'empare du poignard qui pend à sa ceinture, et frappe, frappe, frappe, frappe, frappe, frappe… Jusqu'à entendre le rire du Roi.

Je suis au-dessus d'une bouillie d'homme.

En relevant la tête, je vois Sa silhouette au travers d'une porte, bouchant toute lumière. J'ignore depuis quand Il est là, m'observant, mais pour la première fois je Le regarde à mon tour, sans peur.

Je me suis fait un ami, mon meilleur, un dieu rouge qui m'a secouru et dont je sens en moi la fidélité…

*

¿ — Le mal était déjà là, pas son germe.

*

La porte s'effondre…

… la botte de mon père s'y pose…

NON !

Je vis au clan Yacohil du peuple Samies, mais je suis autrement qu'eux.

J'ai poussé trop vite, en tige fragile, mon teint pâle me protège mal du soleil, mes cheveux rouges me trahissent de loin, mes yeux ne rajoutent rien au ciel. Je suis comme une poterie que l'on aurait trop tôt sortie du feu. Les autres enfants se moquent de moi et parfois me rudoient.

Maman m'a dit que je suis ainsi parce que mon père était un Dieu du Sud nommé Odin, venu pour une chasse et reparti pour une autre sur une sorte de renne géant à huit pattes. Les autres enfants disent que ma mère a été violée par un ours blanc.

Je m'en moque, maman me suffit.

J'aime ses bras, sa voix et les histoires qu'elle me raconte. Des histoires d'animaux, le lemming qui se voulait castor, le harfang des neiges qui couva le tétras, la renne amoureuse du loup. Des histoires de forêt, l'assemblée des arbres qui décide des saisons, le mélèze qui soutient le ciel, le peuplier retourné, ses racines plantées dans l'air pendant que ses branches cherchent le cœur du monde, le bouleau qui capture le vent et le relâche contre de la pluie, le petit peuple caché dans le lichen. Des histoires d'eaux aussi, la rivière qui quitte son père pour retrouver son amant aux confins des terres, le lac qui recueille en calice les larmes des nuages.

Toutes nos histoires…

La neige qui protège, l'espérance de la fleur, le poisson qui encourage le ruisseau.

Je me promène dans les bois pour les retrouver, et je les trouve, ainsi que d'autres qui me viennent et que je lui rapporte.

Au camp, je nourris les rennes.

J'aime leurs museaux dans ma paume et la caresse de leurs fourrures. J'aime regarder mon oncle, je suis fasciné par ce qu'il sait faire. J'apprends les gestes, les outils et les matériaux, comment entrer en eux en esprit avant d'y entrer en mains.

Un jour que je reviens d'une de mes rêveries, j'entends derrière moi un bruit de sabots.

Je me retourne et vois un étrange animal, plusieurs fois haut comme moi, qui me tend une bouche de renne. Il n'a pas huit pattes, mais je le reconnais quand même, car il est enjambé par un géant effrayant aux cheveux rouges.

*

¿ — Quelque chose s'est dérobé, je dois y revenir.

*

La porte s'effondre…

… la botte de mon père s'y pose…

Il est froid, et pourtant jamais je n'ai eu aussi peur.

> — Je t'avais mise en garde, Je n'ai pourtant pas coutume de le faire…

*

Hurlant sa douleur :

Î — Iragaël !

Nanuq avait lâché la main de *Je t'aime* pour Dragon et courait comme un fou vers le chariot. Dans sa fureur, il le renversa d'une main et frappa l'ange comme un possédé.

La lame laboura la glace, la hacha en poudre au travers d'Iragaël, inerte.

L'ange n'avait pas eu le temps de quitter l'esprit de Bjørn. Pris dans un maelström, il avait perdu tout chemin, avalé comme une bouchée, passant des dents au suc. Alors qu'il se dégageait à peine, pataugeant dans une glaire, il fut aspiré de nouveau par un gouffre hurlant et palpitant au rythme de l'épée qui le cherchait dehors. Là, au fond, gémissait une chose qui lui fit penser aux trous noirs de l'océan premier. Il l'accepta et sut le dieu rouge de Bjørn.

La douleur de cette rencontre fut si vive, si inhabituelle pour un ange, qu'il s'incarna…

Dragon trancha, le séparant d'épaule à aile.

Iragaël hurla.

Õ — Non Nanuq ! Non, ne fais pas ça, je t'en prie.

Je t'aime le suppliait, et parce que c'était elle, Nanuq l'entendit. Il tourna vers elle une tête égarée.

Õ — Nanuq, pas cela, mon amour.

De honte et contrechoc, il s'écroula aux côtés de l'ange.

* *

À terre, Iragaël se reprenait difficilement. Il quitta la chair pour quitter la blessure et se redressa lentement. Derrière son épaule refermée, son moignon d'aile repoussa avec le mouvement d'une plante et la vitesse d'un bras qui se tend.

Nanuq ne s'était pas relevé et *Je t'aime* s'efforçait de le ranimer.

Bjørn eut un sursaut, les yeux de Nanuq s'ouvrirent à *Je t'aime* et y restèrent avec un mélange de joie et de détresse.

Enfin, il parla :

Î — Tu as vu, tu sais… Pardon.

Õ — J'ai vu. Je t'aime. Je n'ai rien à te pardonner.

Bjørn s'assit péniblement, son regard se posa sur Iragaël avec des yeux d'os.

Î — Que je ne te surprenne plus en moi, ou tu ne me retrouveras jamais. Tu n'es peut-être pas mortel, ton dieu moins encore, mais moi je le suis, c'est notre privilège. Je saurais me mettre hors de ta portée. Entends-tu ?

¿ — J'ai entendu et sais. Je t'assure que je n'y retournerai plus.

Bjørn s'éloigna, *Fille sans père* regarda l'aile étendue sur le fracas de glace rougie, se demandant quel oiseau imaginerait le chasseur qui la verrait. Puis elle suivit Nanuq qui avançait du pas d'un homme cherchant un secours.

Dans la marche, plus personne n'écoutait ni ne parlait.

Iragaël, parce que tout était dit.

Bjørn, parce qu'il fermait sa bouche au cri.

Fille sans père, parce que, pour la première fois, elle avait eu peur de Nanuq.

5

La bête

L’air s’empuantissait de plus en plus d’une tiédeur qui palpitait en vaguelettes piquées de braises. Une colonne blanche alimentait le ciel de nuages et retombait en pluie. La glace criait son tourment par des formes dressées, soufflées, cloquées. Elle craquait et pleurait comme une outre crevée. *Fille sans père*, qui connaissait tant de mots pour dire l’eau en toutes ces formes, n’en trouva aucun.

Ils distinguaient sous eux, s’approchant sous les plaques, la masse sombre de la terre perdue, puis arrivèrent à une étendue pâteuse qui prenait leurs jambes. Le pus près de l’abcès.

Nanuq progressait par bras, *Je t’aime* accrochée au chariot, jusqu’à la rive d’une île inversée, un creux où se versait le trop de boue.

L’œil de Nanuq ne traversait pas la brume.

¿ — Laissez-moi vous décrire ce fond, je vois mieux que vous. Je vois la chaleur, les vibrations qui font résonner l’air, comme la pierre lancée le fait de l’eau. Et incidemment, je vois le dragon.

Le nom était posé sur ce que chacun savait.

Õ — Comment est-il ?

¿ — Elle est. Une dragonne adulte et depuis longtemps, puissante mais épuisée, plongée dans un sommeil de roche et, Bjørn, dans un instant des cycles de sa vie qui t'est favorable.

Î — Comment cela ?

¿ — Elle mue. Ce n'est qu'à cet instant que des hommes ont pu s'approcher des dragons. D'ordinaire, ils préfèrent fuir leur puanteur, mais aiment moins encore voler entre deux peaux.

Î — Leur puanteur ?

¿ — Tu le sauras. L'essentiel est que, privés de leurs écailles, ils offrent une chair sensible. Hélas, elle n'a pas encore perdu sa plaque de poitrine, tu ne perceras pas son cœur sans l'avoir détachée.

Î — Comment la reconnaîtrai-je ?

¿ — Elle est de plus grande taille et épaisseur, de couleur sombre.

Î — Un bouclier.

Õ — Ne faudrait-il pas mieux attendre que son bouclier tombe de lui-même ?

¿ — Vous tomberiez avant lui. Le temps des dragons n'est pas celui des hommes.

Î — Iragaël, je laisse *Je t'aime* à ta garde.

Õ — Non ! Nanuq…

Le reste n'arriva pas, une membrane d'air solide s'était formée autour de *Je t'aime*, la privant de paroles, mais pas de gestes. Ceux-ci retinrent celui de Bjørn, le temps pour Iragaël de dire :

¿ — Elle est sauve, comme le poussin dans l'œuf.

Î — Peut-elle respirer ?

¿ — Regarde-la hurler, tu y verras son souffle.

Î — Peut-elle nous entendre ?

¿ — Pas plus que tu ne l'entends.

Bjørn, ses yeux dans ceux pailletés de l'ange :

Î — Je ne te fais pas confiance, mais elle si, pour cela et parce que je n'ai pas d'autre choix, je vais te la confier. Quoi qu'il m'advienne, tu lui diras que je suis mort. Tu lui montreras mon corps ou un de tes leurres, la ramèneras chez les siens, t'assureras de leur accueil. Tu useras de l'habileté de tes mots, ta ruse, ton art à manier les hommes pour la conduire à m'oublier. N'hésite pas à mentir, contrairement à ton dieu, je t'accorde tous les moyens pour la tromper. N'hésite pas à me salir, montre-lui en son entier la face sombre qu'elle a devinée. Efface d'elle ma part d'homme, je t'en remercie d'avance. L'essentiel est qu'elle préfère la vie à mon souvenir. Enfin, trouve-lui un cœur qui la mérite. Iragaël… ne le fais pas pour moi, fais-le pour elle. Tu l'as dit, la mission ne lui est pas destinée, laissons-la en dehors du projet de ton dieu.

¿ — Il n'y a rien qui soit en dehors.

Î — Iragaël ! Si tu ne le fais pas, que je sois mort ou non, je reviendrai pour toi, fût-ce chevauchant un cheval d'os, fût-ce comme une odeur. Je reviendrai pour t'arracher à tous tes multiples, de toutes mes forces et au-delà, par le fer qui t'a séparé et le feu qui t'a brûlé. Je te féconderai de ma rage pour le reste de ton éternité. Tu m'envieras ma mort !

¿ — Calme-toi, elle m'est précieuse aussi, c'est notre commun. Je te promets qu'elle aura une longue vie et trouvera son bonheur.

Bjørn se sépara de son paquetage, ne conservant que ce qui lui servirait. Il plongea longtemps, profondément, son bouclier de bois dans l'humidité de la boue pour qu'il s'en gorge au cœur. Lui-même s'y engloutit plusieurs fois, au point de paraître éponge, chassant l'air de sa part de voile jusqu'au poids de rivière dont il s'enveloppa. Puis il trancha la longueur de ses cheveux et de sa barbe.

Il trouva un chemin presque sec, hors le coulis de bave. Avant d'y disparaître, il jeta un dernier regard à *Je t'aime*, qu'il se reprocha sitôt, préférant offrir sa nuque pour la délivrer de lui.

N'ayant d'attention qu'à ses prises, Bjørn s'engouffra dans le cratère. Il descendit lentement, prudent dans sa témérité, jusqu'à ce qu'un de ses pieds se posât à côté de l'autre, faute de pas où s'abaisser. Il se retourna alors, scrutant la brume vers ce qui grondait son oreille.

Comme le soleil se couchant dans le brouillard de la mer du Nord, un feu rougeoyait et palpitait devant lui. Bjørn fit cap vers ce phare, son épée tendue vers le sol telle une canne. L'acier ne tarda pas à faire sonner un os. Lorsqu'il releva sa lame, une cage thoracique glissa de la pointe à la garde. Un phoque.

Bjørn explora le champ de cadavres pour le passage, mais aussi pour sa curiosité. Beaucoup de tout le vivant d'autour s'y retrouvait, et quelques-uns, comme ce bœuf facilement reconnaissable à ses cornes, disaient la portée des chasses. Il réalisa soudain qu'il était lui-même entré dans l'un de ces corps d'os, charpente courbée, vernie à son sommet de lumière rouge dessinant un fantôme de chair. Les côtes d'une baleine.

Il avait croisé ces géants durant sa course de lemmings au travers des mers, jeté sa flotte sur un troupeau pour le couler, mais n'avait obtenu que difficilement le naufrage des plus agressifs, tant ces animaux s'étaient, hélas, révélés pacifiques. Lui vint une pitié pour celui-là, et une pensée noire pour celle qui avait réussi une telle prise, éveillant son dieu rouge.

Î — *Quelle complète couronne d'ossements autour de ce carnassier !*

Il se demanda quelle serait la sienne s'il avait pareillement conservé ses restes, ainsi que celles que ces corps vides avaient recrachées au courant de leurs vies, obtenant en esprit une complication d'anneaux, les uns dans les autres. À y penser, ces reliques venaient d'autres prédateurs se nourrissant tout autant de vies, assassins avant que victimes. Il n'y avait finalement de meurtres que ceux des arbres, et pour tous les autres, justice. Celle qu'il allait rendre ou recevoir.

Il entendit une respiration ample, rocailleuse, mais si lente qu'il lui fallut plusieurs de ses propres pas pour une expiration de la bête.

Plus il s'en approchait, plus il entrait dans le rouge.

Il lui semblait voyager dans les derniers souffles du Roi, comme si de fait, il n'avait pas quitté cet instant-là. Tout le reste n'aurait été qu'une échappée de son esprit, et *Je t'aime*, le rêve dans le cauchemar.

Il sortit de cette méditation par un pas venu, les autres suivants, ses pieds fuyant sa pensée. L'odeur était maintenant presque insoutenable, lui remontant de l'estomac, manquant peu d'emporter le reste. S'il n'y avait eu qu'elle et non le souffle, il aurait juré rejoindre une charogne géante.

Parvenu assez près de cette chair de braise, il en perçut le grain grossier, le rendu d'écorché, le tremblement profond. Cette lumière écarlate qui lui fermait les yeux venait d'au travers.

Il se mesura à l'épaisseur et l'étendue des pâles et longues écailles qui jonchaient le sol, en trouva une assez petite pour la glisser entre son bouclier et sa lanière. Ainsi renforcé, il entreprit de contourner cette infinité qu'il découvrit par bouts, se sentant comme un souriceau qui s'attaquerait à un chat.

En arrivant à une patte, il sut, par son dessin et le sens des griffes enfoncées dans le volcan, qu'il avait longé la queue. Il ne s'y arrêta pas, continuant son cabotage vers la gueule. Avant d'y être, il trouva le bouclier sombre décrit par Iragaël, logé à hauteur d'homme. Bjørn plaqua Dragon contre la chair, sa pointe sous le rebord de l'écaille à un endroit où elle se soulevait déjà au rythme de la poitrine. Il l'enfonça de tout son corps au flux et s'y appuya au reflux. Le reptile trembla un peu, lui tordit les bras au bout de la poignée sans qu'il ne lâchât. Bjørn attendit jusqu'à ce que le calme revînt à ce corps : le mouvement de mer de cette île.

Il osa bouger et essaya ensuite de décoller davantage le bouclier, sans succès, sinon à sentir la masse vibrer, l'obligeant à une pause, chaque fois plus patiente, où ses nerfs s'effilochaient. Finalement, lassé, découragé, il retira l'acier en plusieurs mouvements lents, séparés de temps.

Par un retour de rage, il décida de planter Dragon de biais sous le bouclier, espérant atteindre sa cible de pointe et que cette pique s'agrandisse d'elle-même par la force du battement lent et puissant qui couvrait son cœur affolé. Il lui fallut s'y jeter deux fois pour pénétrer jusqu'à la garde. Au second coup, le tressaillement se mua en mouvement, l'emmenant avec.

Vint un changement dans le souffle qui enfla, se précipita et gronda à l'assourdir. L'animal s'éveillait cette fois, sans retour.

Bjørn avait plongé une main dans le bâillement du bouclier, y trouvant une seconde prise pendant que le corps tournait. Se retrouvant alors au-dessus, sentant un équilibre provisoire, il dégagea l'épée, se mit debout, et sans attendre la masse qu'il sentait venir de ses pieds à tous ses organes recroquevillés, des deux bras et de tout son poids, il enfonça la lame au plus loin.

Droit.

Un geyser l'envola.

Tête devant derrière, il tourna dans la grisaille.

Le choc qui l'accueillit lui fit retrouver le ciel et la terre. Il s'en releva en plusieurs temps, sa poitrine le peinant à chacun, sa jambe se dérobant. Puis le brouillard s'enflamma au-dessus de lui.

La tête de la bête émergea de la brume par un long cou de serpent. Ce fut par peur sans doute que Bjørn se couvrit de mémoire…

Lui revint ce jour où, sa barbe encore duveteuse, il fut chargé par son père de le seconder dans la punition d'un ambitieux. Le Roi menait la troupe sur terre, sans discrétion, lors qu'il les surprendrait par la mer avec les plus aguerris. Heinrrod l'accompagnait, bien sûr, comme œil et main du Roi posés sur lui.

La flotte s'approcha de la côte par temps gris, comme prévu, l'air tant chargé d'eau qu'ainsi portés par l'une et couverts de l'autre, ils en émergèrent comme crevant une toile, à quelques brassées seulement des bateaux ennemis remontés sur la terre.

Appuyé à la proue du sien, Bjørn vit le peuple du port s'enfuir à toutes jambes avant même qu'ils n'eussent accosté. Et surtout, par contraste, l'immobilité d'une fille, tête levée dans sa direction. Elle ne le regardait pas, mais fixait au-dessus, les yeux écarquillés et la bouche béante, la tête du dragon qui ornait son knörr.

Il la revoyait à l'instant.

Nul doute qu'il était dans le même esprit tandis que la dragonne crevait sa propre fumée pour se pencher vers lui.

Pourtant cette tête n'était pas ce que la fillette avait vu. Pas de gueule ouverte à se rompre, plantée de crocs acérés, ni d'yeux fendus regardant de biais ; point de narines béantes, saillantes comme de petites cornes, ni de crête hérissée d'autant de dents. Rien non plus de ce qu'il avait pu voir en images ou entendre en récits : ce museau avancé, ce crâne plat, formant au bout du long et puissant cou, la pointe du bélier qui crevait les forteresses.

Non. Là étaient bien les mâchoires d'un reptile, mais rondes et fermées comme celles d'un ruminant, avec probablement plus de dents dehors que dedans, certaines si longues, que, bien qu'émoussées et aplaties, elles n'auraient pu revenir dans la gueule, quand d'autres naissaient en pointes, toutes noires. L'ensemble donnait à voir une lanière qui lui cousait la bouche. Les narines, elles, étaient discrètes, fermées de paupières lentes. Mais surtout, le crâne était haut, bombé, sillonné de rides expressives qui disaient émotions et pensées. Les yeux n'étaient pas posés de côté, mais de face, grandement ouverts en amande sous les arcades de ce front, avec des iris en lames qui l'observaient calmement.

C'était ce calme, ce visage émergeant de la bestialité, qui le plongeait en terreur, plus que le monstre qu'il avait attendu.

Bjørn éprouva quelque chose en lui, bien différent du doigt de l'ange, comme une odeur, mais qui disait autrement que le nez. Il sentit :

$ — *Qu'es-tu?*

Î — Un brin d'herbe face à un incendie.

$ — *Retourne dans ta prairie.*

La fillette n'était pas restée ainsi, elle s'était mise à courir vers la cloche d'alerte qu'elle avait agitée pour ceux, au loin, qui défendaient leurs murs contre le Roi. Elle avait fait son possible, et c'est là qu'elle fut tuée par Heinrrod.

Bjørn devait lui aussi faire le sien : refuser la grâce de cette horreur, fermer ce cycle de mort, fût-ce à n'en pas sortir.

Il se jeta dans le reste de brume qui couvrait le sol, s'y cachant pour atteindre, en une course errante autour de l'axe du cou, le corps et sa faiblesse. Son manteau s'enflamma sous un souffle brûlant. Avant d'être couché en torche, Bjørn s'abattit de lui-même, recroquevillé sous son bouclier étouffant le feu. Ce fut comme le pas de l'enfer sur lui. S'il n'avait bloqué sa respiration, il aurait brûlé ses poumons. Son nez, muet de tant d'odeurs, ne lui disait rien du cuit de ses pieds ou du grillé de son crâne, mais ceux-ci hurlaient assez pour qu'il sache qu'ils n'en avaient pas été saufs.

Il avait appris à se séparer de la douleur, et parvint peu à peu à retrouver sa discipline. Le bouclier avait noirci jusqu'à l'écaille. Celle-ci, libérée de la lanière, tenait soudée à son bras. Il l'écarta d'un mouvement et vit la dragonne, entièrement…

Avec un sourire triste, l'ange dit à *Fille sans père* :

¿ — Ce ne sera qu'un mauvais moment à traverser.

Et d'un petit geste, il bascula dans le cratère l'œuf qui la contenait. Celui-ci glissa sur le coulis. Au sol, il éclata avec la délicatesse d'une bulle, libérant *Je t'aime*, qui se mit à courir.

Tandis que loin de cela…

Ce que vit Bjørn de la dragonne fut aussi inattendu que sa tête. Son long cou s'agrandissait vers la masse immense d'un corps rond, ventru, d'une forme rappelant un bateau de marchandises même si aucun n'aurait pu tant transporter. En son arrière, une longue queue le finissait, répondant au cou. Entre les deux, une fine crête allait comme une vague calme qui s'enflait en aileron caudal. De petits bras, en proportion du reste, agitaient des voiles rigides, depuis les épaules jusqu'aux deux griffes. La chair était purulente, semée de plaques allongées, la plupart fanées comme les feuilles qui perdent l'arbre, quand d'autres disaient une naissance difficile et crevaient d'un vert tendre la peau tourmentée de la bête en mue. Le tout était soutenu par deux maigres et hautes pattes, chacune armée de quatre puissantes griffes, qui lançaient la masse en hauteur. À voir enfin la dragonne, beaucoup de sa peur tomba.

Tant que la brume avait raccourci l'horizon à ses bras, l'imagination de Bjørn avait formé un monde fait de l'infini de ses craintes, il n'en restait qu'un *presque rien*, *presque mort*, face à un *immense*.

Ne restait également qu'une mort certaine, du déjà-vu… Déjà vu aussi cette forme, mais où ? Elle lui revint et, malgré l'imminence de sa fin, son évidente cruauté, Bjørn se mit à rire.

Une dinde ! Une grosse dinde ! Déplumée, qui plus est, comme avant la mise en broche ! L'emblème de son père, celui du plus puissant royaume du Nord, était une dinde ! Une armée avait marché fièrement derrière une dinde ! Le Roi avait donné à Son invincible épée le nom d'une dinde ! Les légendes chantaient à plusieurs cordes une dinde ! Il allait, après une vie de féroce guerrier, se faire becqueter, tel un vermisseau, par une dinde !

Il riait. Sans pouvoir s'arrêter, il riait quand la dragonne se fit à nouveau sentir à lui :

$ — *Assez ! Assez de cette puanteur, l'aigre giclant du désespoir à la folie ! Assez de cette solitude, corps qui cherche une tête, cœur une poitrine ! Assez de cette peur qui se craint, haine qui s'aime, amour qui se hait ! Assez !*

En retour :

Î — Mange-moi ou chie-toi !

La bête vint vers lui avec un mouvement qui ne pouvait lui faire penser qu'aux poules grattant le sol. Son visage s'effaça derrière sa gueule qui s'ouvrit jusqu'à ne laisser qu'un ovale hérissé sur tout le tour de pointes noires. En son sein, une fine et longue langue de même teinte se fit voir dans la braise, comme un filet de lave coulant d'un volcan. Elle semblait hésiter pourtant.

$ — *Tant de cœur, si peu de clarté.*

Bjørn tenta de redresser sa plainte, mais ses pieds ne le portaient plus. Il resta finalement agenouillé, consentant sa mort, et à cet instant, il vit sur la bête la poche crevée dont son épée avait libéré le vent. Le bouclier d'écaille, presque détaché par le réveil du dragon, pendait d'un bout de chair ainsi qu'un médaillon à un fil. Là aurait été sa chance, s'il n'y avait eu son état et la distance.

Õ — Nanuq !

Renversé par cette voix, il se retourna pour voir *Je t'aime* s'extirpant de la barrière d'os.

Î — Va-t'en, sauve-toi !

Mais elle courait déjà vers eux, puis partit de biais, agitant les bras en vacarme. Elle cherchait à attirer la dragonne à elle. Elle y réussit, car l'odeur le quitta. Revenant au reptile, Bjørn vit son museau pointer vers la nouvelle venue. Elle lui donnait sa chance, mais perdait la sienne.

Oubliant ses pieds et toutes opportunités, il se lança à son tour vers *Je t'aime*, tomba, se releva, se releva encore, la suppliant.

Avec son corps cassé et rongé, c'était comme s'il escaladait vers la jeune femme, celle-ci s'éloignant toujours en courbe pour écarter la menace.

$ — *Elle veut mourir pour toi, lors qu'elle a tant de vie et toi si peu. Qu'elle ne subisse pas ta perte.*

Une longue langue de feu vola et la goûta du bout…

Nanuq courait, courait en dehors de son corps qui suivait au possible. Près de *Je t'aime*, il s'arrêta, incapable cette fois d'affronter sa peur.

Elle était couchée sur le côté.

Il fit un pas, tomba.

Elle respirait.

Il s'avança sur les genoux.

Elle paraissait intacte.

Il se rapprocha.

L'ange l'avait protégée.

Î — Iragaël, merci.

Je t'aime était une dormeuse, allongée dans la douceur d'un sable gris. Nanuq posa sur elle une main tremblante, sa main d'épée, libre. Dragon, qui pourtant ne l'avait pas quitté dans son envol ni dans la frappe du sol ni dans le feu, s'était perdue quelque part entre sa mort et son amour.

Il retourna *Je t'aime* pour l'éveiller, l'emporter s'il fallait, mais vit avec horreur son corps à demi perdu tandis que l'autre part vivait encore. La flamme l'avait écorchée, la creusant jusqu'en chair, découvrant les tendons en laissant sa marque noire. *Je t'aime* s'était couchée dans sa cendre.

Le hurlement qu'il eut, elle n'aurait pu l'entendre même éveillée. La dragonne, si.

$ — *Puanteur, trop, il n'y aura jamais de paix pour eux. Mêlons-les.*

Nanuq se lova à *Je t'aime*, la protégea de son mieux, mais savait que rien n'y ferait. Au moment où l'ombre les recouvrit, il vit une lueur au sommet opposé.

Les ailes de l'ange.

Il implora :

Î — Iragaël, sauve-la et je me donne à toi.

L'ange leva un poing duquel, des deux bouts, un rayon de lumière s'étendit. Il ouvrit la main et le trait fusa jusqu'au bouclier du dragon.

Qu'il perça.

La dragonne chercha un instant à attraper la lance par le bout qui dépassait, en un geste pathétique de ses ailes. Le bouclier fendu tomba, libérant le cœur qui s'écarta en lumière solaire avant de rompre en torrent rouge. Le sang déversé emporta les corps de Nanuq et *Je t'aime* dans son tumulte, l'un s'efforçant de tenir l'autre au-dessus de lui, jusqu'au filtre d'os.

L'une sur l'autre, mêlés à la cendre rouge, les amoureux semblaient deux naufragés oubliés par le flot, marqués par sa couleur. Lui, dos au sol, le visage de son amour dans le cou, se ranima à demi et vit en premier l'ange descendre lentement vers eux, les deux ailes étendues en arceau, les pieds touchant de pointe, avant de flotter vers la dragonne.

Je t'aime bougea dans ses bras, il s'aperçut alors, que baignée au sang de la bête, elle avait retrouvé le plein de sa chair et, lui essuyant le visage, la découvrit comme elle fut. Lorsqu'elle ouvrit les yeux à son tour, il se détourna.

Õ — Nanuq, qu'as-tu ?

Î — Je ne suis pas à voir.

Elle lui prit le visage dans les mains.

Õ — Il ne reste rien de tes blessures, tu as même perdu la cicatrice de ta joue.

Ils se serrèrent, l'un dans l'autre. Avant de se dire les mots qui venaient, une autre parole les remplit :

$ — *Je reconnais ton esprit dans cette forme.*

¿ — Je t'avais oubliée, mais moi aussi je te reconnais.

$ — *L'oubli… La faiblesse des anges… Te souviens-tu m'avoir donné le chemin de ma survie ?*

¿ — Je m'en souviens maintenant.

$ — *Pourquoi me tuer aujourd'hui ?*

¿ — Je t'ai sauvée alors, pour te tuer ce jour… Pardonne-moi.

$ — *Je te pardonne, car en ce temps tu m'as offert plus que ma survie, j'ai reçu une raison d'y consentir.*

L'ange se tenait en papillon près du dragon, une main sur sa grosse tête. Grosse maintenant au bout de son corps efflanqué, baudruche crevée soutenue par le squelette comme par les piques d'une tente.

La pensée se tut, dériva en images. Ils virent le temps des dragons… Flottant au-dessus des terres, au-dessus des nuages, nageant sous les étoiles. Rares, solitaires, chacun dans sa rêverie, se rencontrant peu, s'unissant moins souvent encore, n'engendrant presque jamais. Potentiellement éternels, voyageant dans le temps autant que dans l'air. Ne revenant sur terre que pour prélever, chez leurs primitifs cousins, le nécessaire pour alimenter leurs feux. Ce feu qui était leur hauteur et leur faiblesse. La faim qui les mangeait.

Ils virent le temps des dragons et sa conclusion.

La chute de montagnes venues du plus lointain, troublant jusqu'à leurs sommets. La disparition des géants sur cette terre, les rampants séparés du ciel, agonisant dans leurs déserts obscurs. Les dragons privés de la matière de leurs feux, obligés de décroître, s'effacer du haut ciel.

Ils virent les dragons renoncer, dévoluer pour survivre en des formes modestes, volant entre deux airs. Ils virent les dragons s'oublier. Puis, ils ne virent rien.

Cela avait paru plusieurs vies, mais n'avait duré que le temps d'une pensée, l'envol de la dernière en dehors du corps creux.

Iragaël revint vers eux, sa lance à une main, Dragon à l'autre et sur son visage sa peine.

¿ — Je ne sais pourquoi Il vous a choisis.

Õ — Entendez-vous?

¿ Î — Non.

Õ — Attendez-moi.

Je t'aime contourna les restes de la bête et revint en tenant dans ses bras, tel un nourrisson, une sombre pierre marbrée.

¿ — Un œuf de dragon.

Î — Tu ne l'avais pas perçu?

¿ — Non, la coquille est la première écaille, le bouclier primordial, impénétrable à tout.

À *Fille sans père* :

¿ — Qu'as-tu entendu?

Õ — «Sois mon sol.»

¿ — Un tel honneur… À un humain.

Lui tendant la lance :

¿ — Ceci t'appartient désormais.

Elle l'accepta du même geste et, dans sa main, la hampe se fit de bois, la pique de glace.

À Bjørn, l'ange rendit son épée :

¿ — Tu n'en as pas fini avec ça.

Le cadavre de celle qui fut plus que son nom crépita alors et des flammes la grimpèrent.

¿ — Il faut partir, la dragonne tirait une part de son feu du volcan et le retenait, cet équilibre est rompu.

Iragaël se saisit du couple, un bras sous chacun, et s'envola lentement. Nanuq et *Je t'aime* voyaient, tout en s'élevant, la dragonne se dissoudre en incendie. Une crevasse s'ouvrit, avalant les derniers restes avant de s'avaler elle-même. L'ange se posa délicatement dans le chariot, qui sitôt se souleva.

Du fond de l'abîme, Bjørn vit remonter soudain une langue rouge avant d'éprouver à son tour la terreur du ciel.

Ce fut *Fille sans père* qui, s'opposant au souffle, admira le mieux la fleur de cœur de terre. Crachant sa cosse, elle s'éleva incandescente, resta haute dans le ciel avant de se faner tel un champignon noir. Puis, son socle se brisa et s'enfonça dans la banquise, l'émiettant en vagues.

La fumée noyée, sa braise continua pourtant d'éclairer les nuages charbonneux au travers du continent de glace où se formait en bouillonnant une mer intérieure, avant de s'y éteindre comme un deuxième soleil.

6

L'amour

Les sabots des rennes se posèrent sur la glace et ralentirent progressivement le traîneau jusqu'à l'arrêt. Nanuq s'arracha de son recoin, se relevant au corps de *Je t'aime*. Celle-ci était toujours tournée vers le halo palissant auquel faisait écho l'astre finissant.

Î — Où sommes-nous ?

¿ — Près du bivouac du clan.

Fille sans père se retournant :

Õ — Non, ce n'est pas ici.

¿ — Ils sont partis vers l'ouest le lendemain de ton évasion, certains de ne pas vous revoir, mais prudents, emportant avec eux le plein de ton igloo. Ils sont maintenant affolés par le tonnerre de la terre et l'incendie du ciel. Il te suffira de réapparaître pour emporter toute résistance et les soumettre à tes demandes. La lance que je t'ai offerte convaincra les plus endurcis.

Bjørn sembla satisfait.

Î — Pour la mission, je t'écoute.

¿ — Un enfant va naître, porteur d'espoir comme souvent et de délivrance comme jamais, car en lui Il a déposé une graine. Tu dois témoigner de sa venue, et lui offrir un cadeau.

Î — Un cadeau ?

¿ — Oui, ce que tu dédies à la joie de l'autre.

Î — Je sais ce qu'est un cadeau, mais lequel ?

¿ — Ce qu'il voudra.

Î — C'est beaucoup, mais si j'en dispose ou peux m'en emparer, il l'aura. Où le trouverai-je ?

¿ — En dehors de tes cartes, au sud. Pour que tu ne te perdes pas, une étoile te guidera. Tu la reconnaîtras à son pied posé au-dessus de cette naissance.

Î — Quand dois-je y être ?

¿ — Avant l'aube.

Î — Avant l'aube ? Et en cas d'un improbable retard, quelle serait ma punition ?

¿ — Souviens-toi, je t'ai offert mon équipage, il ne tient qu'à toi d'y être avant le soleil. Quant à ton châtiment, il sera un cycle de plus de ta même vie.

Î — Qui voudrait de cela ? Mais avant, je ramène *Je t'aime* chez les siens.

Õ — Ce ne sont plus les miens. Ils l'ont d'ailleurs peu été, je viens avec toi.

¿ — Ce ne sera ni l'un ni l'autre. Bjørn, tu dois le faire seul, elle aussi. Quittez-vous ici.

Î — Bien l'emplumé, mais j'aurais préféré me priver de toi d'abord.

¿ — Je pars donc. Une dernière parole cependant… Bjørn, tu avais raison, les anges sont tout et rien, ils n'existent que dans l'instant, pleinement conscients de tous ses affluents et confluents, mais aveugles à tout ce qui n'y mène ou n'en sort. Incapables aussi de conserver cette courte et profonde lucidité sitôt qu'ils s'éloignent de ceux qui l'inspirent.

Ils oublient, ne sont qu'un mouvement sautillant sur un océan de vies. La nôtre est brillante improvisation sans la longue mémoire qui nous obligerait à être tout ce que nous avons été, et nous déchirerait. Cependant, il nous en reste parfois des traces pâles, des fragments, comme vos rêves à vos éveils. J'espère qu'il n'en sera rien de toi. Si cela advenait, je me laverais de ton souvenir dans une étoile. Pourtant, il est une petite chose hésitante dont j'ai goûté l'invasion.

Î — Quoi donc ? Mon épée ?

¿ — Le rire Bjørn, ce rebond du pire. L'humour, cette esquive. Dommage que tu t'en prives. *Fille sans père*, toi, par contre, je voudrais te garder et me battre pour cela en te récitant jusqu'au-delà du delà, ne fût-ce que pour sauver ton don. Ne m'oublie pas, je t'en prie, car moi je vais m'oublier. Ne m'oublie pas et tu pourras me rendre lorsque nous nous reverrons.

En même temps qu'il disait cela, il semblait qu'Iragaël reculait sans se mouvoir. Au dernier mot, il se tourna et mit un pied sur une marche invisible.

Õ — Je ne t'oublierai pas Iragaël.

¿ — Merci, c'est le plus beau que l'on puisse m'offrir, un coin de mémoire.

Et il quitta le sol.

Un fil se dessina, penché entre ciel et terre, ténu comme celui de l'araignée. Dessus, chacun des pas de l'ange l'emportait si loin que sa forme se fermait par saccades. *Fille sans père* cria :

Õ — Iragaël, quel est mon don ?

Venu de loin, doucement, comme murmuré :

¿ — Le goût de la vie…

L'ange déploya ses ailes qui s'amincirent jusqu'à n'être qu'une barre et lui, un funambule sur son fil. Le corps, la barre, le fil ne formèrent plus que les branches d'une étoile, qui clignota une dernière fois avant de disparaître.

Rendus à eux-mêmes, Nanuq et *Je t'aime* se sentaient étrangement intimidés.

Î — C'est vrai que cette lance te hisse. Je n'aimerais pas t'affronter… Vas-tu garder l'œuf ?

Õ — Je m'accroche à tout ce que la vie m'offre… Je veux te garder aussi Nanuq.

Î — J'ai une promesse à tenir en paiement pour ta vie.

Õ — À moi aussi, tu as fait une promesse silencieuse : m'aimer.

Î — Mais je t'aime, je te l'ai dit sans cesse.

Õ — Avec un mot caché.

Î — Qu'attends-tu de moi ?

Õ — Plus que les fruits de ta bouche.

Elle lui prit la main, la posa sous sa peau.

Õ — Touche-moi.

La main de Nanuq resta sur le ventre, happant sa chaleur, puis remonta à un sein qu'il contourna, avant de s'en emparer pleinement. S'arrêta sur la pointe durcie.

Î — *Je t'aime*, non…

Elle se saisit de son autre main, la glissa entre ses cuisses.

Õ — Touche-moi mieux.

Les doigts de Nanuq sentaient le miel de *Je t'aime*. Sa main tremblait, il bredouilla :

Î — Je… je dois partir… L'aube…

Õ — Le char t'y mènera en un pas, quand il m'en faudra plus pour rejoindre le camp. Donne-nous une demi-nuit !

Et avant qu'il ne répondît, elle lui ferma la bouche de la sienne. Bjørn n'avait, de reste, rien à dire. Ses mains, tout en la caressant, écartèrent ses vêtements en des gestes malhabiles, pendant que *Je t'aime* entrait dans les siens, les repoussant en sortie avec même impatience.

Aurait-il pu dire qu'il avait peur ?

Ce n'est pas qu'il fût prude, moins encore puceau. En sortie de l'enfance, des servantes avaient été bien disposées à lui révéler le secret de leurs sexes. D'autres femmes avaient été encore plus faciles à approcher comme à prendre, car c'était le privilège du vainqueur de se servir, et les troupes du Roi n'avaient connu que des victoires. Après le sang, elles payaient en foutre le tort de la défaite. Les plus malignes ou fortes, se choisissaient leurs punitions, les autres se débattaient sans espoir. Mais Bjørn n'avait jamais aimé cela, il préférait se soulager dans des publiques plus endurcies. Et même celles-là, comme toutes, une fois le besoin satisfait, lui laissaient une honte. Celle de s'être servi d'elles, avec le même instrument, en pots à pisse.

Il craignait de souiller *Je t'aime*, de ressentir après l'acte la perte du désir de l'autre. Perdre le rêve pour la chair.

Cependant, rien encore n'y ressemblait.

Bien sûr, ils étaient nus contre l'autre, pour mieux s'embrasser de toute sa peau, se réconfortant dans sa chaleur, tremblant son tremblement, se berçant dans sa respiration.

Bien sûr, leurs gestes étaient aussi intenses, passionnés, qu'à leurs plus charnelles rencontres.

Mais…

Dans une passion patiente, une intensité tenue grâce à laquelle ils se découvraient de partout, par les deux bouts du mot, s'offrant et s'explorant, ils se goûtaient avec la peau, parcourant une géographie que cachaient les yeux, pendant que ceux-ci énuméraient mille détails. Chacun, bien qu'attaché à d'autres, était unique comme un joyau serti dans ce corps.

Dans le dessin interne d'une oreille.

La ligne d'un tendon.

Le battement d'une narine.

La courbe d'un sein.

Le mouvement d'un sourire.

L'arrière d'un genou.

Et ailleurs. Et partout.

Ils se goûtaient avec le nez, un bouquet d'odeurs musquées, marines et fruitées, qu'ils ne savaient nommer et que leurs désirs faisaient chanter plus haut au fur et à mesure.

Ils se goûtaient avec la langue comme un plat complexe réunissant le salé, l'aigre et l'amer, jusqu'au sucré en rapport aux autres, dans des variations pleines de surprises.

Ils goûtaient leurs goûts dans la bouche de l'autre.

Enfin, de trop de désir, *Je t'aime* s'offrit en creux, ses jambes ramenant Nanuq en elle.

Il la pénétra, elle l'avala.

Bien que tant invité, il y resta brièvement immobile, un peu incrédule, avant que *Je t'aime* ne l'appelle du dedans, alors il vint et revint, en allers-retours lents et vigilants.

Fille sans père aussi avait connu d'autres amants, les premiers avant même d'en avoir envie, par curiosité. Elle avait appris à trouver son plaisir pour peu que l'homme y consentît. Mais cela n'avait jamais été autre chose qu'un relâchement, une secousse profonde et forte, un plaisir qui la submergeait un temps, avant de résonner en échos, frissons, et qui la laissait apaisée dans un corps souple et rond. Avec son compagnon, elle avait même découvert la tendresse qui peut suivre un plaisir donné chacun à chacun, cette intimité animale du corps partagé que l'homme et la femme ne connaissent qu'à leurs plus humains. Mais là était autre chose, là était un événement qui, malgré son apparente audace, l'impressionnait.

Une rencontre. Une conversation sans distance ni masque avec le plus espéré, soit le plus inattendu.

Vint, bien sûr, le palpitement, les membres éperdus, tout à la fois fuyant en désordre et appuyant l'autre en soi, autour de soi, les gémissements, les séismes en série, déclinant en répliques. C'était cela qu'espérait Nanuq, pour lequel il s'était détaché au possible, mais là, d'émotion, il éjacula.

À sentir ses spasmes en elle, *Je t'aime* eut un retour de plaisir à son plus sensible, trop.

Ils gémirent d'une voix.

Après l'exploration enfiévrée dont ils s'étaient repus, vint la reconnaissance du corps, le remerciement de chat ronronnant contre l'autre, et ce n'est que là que tout commença vraiment.

Au-delà du plaisir et son repos, vint la curiosité sans intention, le vrai désir de l'autre, revenir au corps comme un texte plus qu'une nourriture.

Nanuq s'écarta pour la voir entière, et *Je t'aime* laissa faire sans pose, le fixant des mêmes yeux, et ils virent que la distance ne donne pas la totalité, qu'elle limite à sa portée. Alors, il se mit à la compter dans chacune de ses parts, avec sa langue, son nez et ses mains, et s'aperçut que toutes formaient plus que son tout, un immesurable. Elle se mit à l'arpenter avec le tendre de ses doigts, le fil de ses cheveux, et constata qu'elle ne revenait jamais à son départ, que le corps ne commence ni ne finit. Ils surent que cela ne peut se connaître, que l'on ne le croit que par renoncement, que l'infini ne peut qu'être ressenti brièvement, parfois.

Puis la bouche de Nanuq vint à l'autre bouche, celle qui lui avait si bien parlé, pour la remercier. Là, entre ses cuisses, il lui parla à son tour avec une langue silencieuse et éloquente, ses lèvres en articulant d'autres pour un chant sans son.

Je t'aime eut de nouveau, plus déchirant encore, le plaisir du corps et Nanuq celui du cœur par ses mains posées sur le mouvement du ventre. Puis elle l'amena en elle, pourtant éteinte de trop de voluptés, pour sentir à son tour, dans ses malgré lui, sa jouissance. Ils apprirent que le plaisir que l'on donne est plus long que celui que l'on reçoit, et qu'il faut le second pour apprécier le premier.

Enfin, de s'être tant mêlés et si bien partagés, ils se regardèrent comme soi-même. Peut-être parce que l'œil est le plus froid des sens, celui de l'archer, peut-être parce qu'ils avaient épuisé leurs désirs charnels, quoi qu'il en fût, ils découvrirent étonnés, dans du déjà-vu pourtant, à l'ancien lieu de leurs émerveillements, leurs laideurs.

Là, des taches brunes aux formes hasardeuses relevées de reliefs, ou des touffes de poils clairsemés, sans dessin, couvrant d'accidents et d'inaccomplis la perfection perdue de l'enveloppe. Ici, un pli trop creusé dégueulant un sac de gras ou un amas de grumeaux bosselant par le dessous, la possibilité d'un galbe. Des orteils trop longs, tordus en brindilles, d'autres courts comme moignons. Des ongles trop timides ou en griffes. Des genoux en bosses ou perdus dans la chair. La tension d'une attache suspendant trop de générosités, la tyrannie d'une force qui raidissait un corps. Dans leurs sourires, des dents inégales ou mal saillies. Même leurs sexes devinrent de pauvres choses, l'un pendant comme une descente d'organe, l'autre fané aux pétales embrouillés.

Bref, partout des frontières indécises qui se combattaient laissant en leur naissance des choses irrésolues, des forces trop affirmées exposant des faiblesses dérangeantes comme des plaintes, un chaos de trop et de manques rattachés par nécessité.

Et ceci et cela, et encore. La laideur aussi est un infini. Mais peu importait.

Ce corps tel qu'il était, le mien, le sien, avait permis leurs plaisirs, leur rencontre. Sa fragilité, son inachèvement, sa fin, le rendaient plus précieux encore, comme cet instant, celui d'avant et tous ceux qu'ils avaient vécus l'un par l'autre. Dans ce sentiment revenait leur pleine beauté, l'autre face n'en étant que le creux, et le tout, un nécessaire mouvement de ce paysage menant en dehors d'eux, par eux, vers le mystère d'un autre.

Plus que la perfection d'une page vide qui appelait la main, ils préféraient ce manuscrit inspiré et raturé ; plus que leurs désirs, leurs vérités. Plus encore être dans toi, de toi, par toi, sans savoir comment. Leurs doigts s'entremêlaient ainsi que jambes et bouches, leurs sexes en commun. Ils respiraient leurs souffles inversés en eux-mêmes, lui accueillant et elle pénétrant, se renvoyant sans se lasser le même mot, si grand, si fort et si pauvre, faisant de «je t'aime» un nom commun, une phrase lancée comme un pont entre eux. Ainsi naquit *Amour* aux yeux de Nanuq. Ainsi se parlèrent-ils de dedans.

Leurs âmes étaient déjà une, mais par ce nouveau chemin et, sans le voir venir tant ils communiaient autrement, leur parvinrent clairement des images, des voix, des odeurs, des choses invisibles qui les touchèrent.

Une histoire se racontait en eux, étrangère à leur monde, une autre pensée au lieu de la leur, venue de toi.

Nanuq vécut les impressions de *Fille sans père*, entre une mère secrète et combattante, et un absent dont elle n'avait gardé que les fortes mains. Cet entraperçu, étranger au clan, avait disparu, une terre et quelques lunes suivant sa naissance, en affrontant un géant des mers après d'autres défis dont sa mère avait pu être. Cette dernière, taiseuse comme la glace hors le vent, n'en parlait que malgré elle dans des débordements de colère pour le maudire au-delà de sa mort et, si sa fille la questionnait, elle lui refusait longtemps le regard après la voix.

Cette inguérie du deuil était guérisseuse, soignant avec art et dureté ceux à qui elle reprochait son amant perdu. Ils n'étaient du reste que le terrain de son combat contre son véritable adversaire : la mort à qui elle disputerait toutes vies jusqu'à ce qu'elle le lui rendît. Ainsi, crainte autant que sollicitée, séparée des hommes par son mépris et leurs peurs, elle vivait à l'écart du clan, mais dans son sillage. Pour sa fille, elle était tel un soleil jetant sa propre ombre…

*
* Õ *

Une éclipse de mère, cachée par un astre éteint.

Il aurait fallu pour me la rendre, retrouver l'absent, le chercher là où il s'était perdu, ce ciel couché opaque et mouvant, cet infini en mouvement, cette éternité de tout lieu et nulle part : la mer.

J'écoutais dans le roulis son murmure, espérant l'en voir sortir vainqueur en géant plein d'amour, mais cela n'arriva jamais. Seule resta la voix grise et froide me disant le malheur de n'être. Il aurait fallu, pour découvrir mon père, avaler cette étendue au goût de larmes, la filtrer de mes dents, trouver sa parole noyée en ma bouche. J'y cédai durant une nuit sans fin, mais trop de morts dans cette eau pour ne pas en mourir bien avant de la reculer.

Ma mère m'en sauva comme tant d'autres.

C'est ainsi que j'ai grandi, entre la mort de mon père et la douleur de ma mère.

Ma solitude était mon ciel, le silence ma terre…

À part la parole ou le lien, ma mère osait tout, sentant, goûtant, touchant toute chose, ouvrant jusqu'aux morts pour y plonger son regard et sa langue. Elle se constituait ainsi son savoir par les formes, couleurs, odeurs et saveurs. Mais un jour, cette audace lui fut fatale.

Ma mère se rendait parfois malade en appliquant sa pensée sur son corps. Cette fois-là, ce fut pire, débordant ses forces et remèdes. Je l'ai soignée lorsqu'elle ne put continuer par elle-même. J'aurais réussi si je l'avais relevée avant que la nourriture ne manque et que la faim ne finisse ce que le poison avait commencé.

J'ai envisagé ma première chasse, mais je n'ai pas osé abandonner ma malade. Lorsque je m'y suis résignée, mes proies m'échappèrent. Lorsque je sus agir, je n'en avais plus la force.

Je suis alors venue au camp pour quémander, mais la peur n'ouvre pas à la compassion et ma langue n'avait pas appris à goûter ma parole. Je ne m'étais jamais sentie aussi éloignée d'eux qu'à cet instant où pourtant, brisant la loi muette, je m'étais enfin approchée. Plus éloignée qu'aux nombreux jours où je les observais à distance, faisant ma classe du bout des yeux et des oreilles, ou dans l'ombre de ma mère, lorsque portant leurs malades et maux, les yeux baissés, la parole hésitante, ils quêtaient un avenir contre un présent.

Après avoir supplié à mon tour, j'ai relevé mon regard au-delà de mes genoux et n'en ai croisé qu'un, celui hésitant d'un jeune garçon. Le même qui m'avait déjà surprise un jour où, comme un autre, je me nourrissais du spectacle des hommes. Celui qu'une main retint pendant qu'ils me chassèrent.

Nous allions mourir comme nous avions vécu, en dehors des êtres humains.

Non, s'il fallait mourir, cela serait au milieu d'eux, notre fin ne serait pas ignorée.

J'ai tiré le corps de ma mère vers le cœur des hommes, brûlant mes dernières forces jusqu'à tomber près d'elle.

J'ai laissé mon corps creuser la neige, lui donnant tout son poids. Mon regard a exploré une volée de nuages qui s'éloignaient, découvrant le ciel et son bleu illimité.

Le monde n'était peut-être, lui aussi, qu'un nuage, un nuage abattu de lourdeur, comme la mer était un ciel trop épais pour voler.

J'avais souvent creusé la blancheur, je n'en connaissais que mieux ses peaux, écumes douces et légères en surface, se changeant en pierres d'eau de plus en plus dures et pesantes, l'essentiel de notre monde.

J'ai rêvé qu'un jour, mon paysage se relèverait pour retourner au lieu de sa chute : le ciel. Le sol me soulèverait alors, comme il tentait de le faire à cet instant, m'emporterait aux hauteurs qui planaient sur les hommes, quand elles ne les écrasaient pas.

Le corps dans la neige, je préférais suivre ce ciel, tant qu'à me noyer, je choisissais ce bleu.

J'y suis entrée de tout mon être.

Il m'a semblé que l'univers se retournait. Très vite, je n'ai plus senti mon poids ni mon corps, si ce n'est les doigts de ma mère dans ma paume.

Ma mère est morte dans ma main avant de s'élever.

Elle m'emporta dans son envol immobile, une chute vertigineuse sans vitesse ni lenteur, hors temps, dans l'infini, la lumière, dans un espace sans contours ni obstacles, hors lieu, donné avec une telle évidence que j'en oubliai comme jamais vécue, la cage d'où je venais, son haut et bas.

À l'instant de perdre jusqu'au ressenti de cette liberté, j'ai vu un point tournant autour de lui-même qui réveilla mon esprit. La spirale s'agrandissait vers moi, jusqu'à ce que je reconnaisse dans son trait, la plume de l'aigle de ma mère…

Quelques années auparavant, celle-ci l'avait trouvé aux terres brunes, l'aile brisée s'agitant au sol comme un poisson. Elle avait su l'approcher, gagner sa confiance, assez pour le soigner, pour qu'il accepte la délicate construction tenant son aile. Enfin, le temps venu, elle l'avait rendu au ciel, mais il était revenu.

Depuis, il survolait son chemin, se posant parfois aux abords. Et ma mère le rejoignait pour d'étonnantes conversations, pas tant venant du rapace que de cette silencieuse.

L'oiseau s'était envolé lorsque ma mère était tombée. J'étais contente de son retour, j'en avais deviné la cause, comme je devinais l'esprit qui l'habitait, celui de mon père.

L'aigle a renversé son sillage, animant un tourbillon qui nous aspira. C'est là que j'ai perdu la main dans la mienne. L'oiseau s'est retourné en dessinant un crochet, ses serres relevées happant au passage quelque invisible avec une émouvante douceur. Il m'a lancé un cri avant de plonger dans les hauteurs et disparaître au-delà.

Mes parents s'étaient retrouvés.

Moi non plus, je ne me sentais plus seule, mais une, quoique diluée et sans limite.

Une gêne vint pourtant, quelque chose qui m'agita d'un incompréhensible en deçà.

Je suis retournée à moi, malgré moi. J'ai senti, à la place de celle perdue, une main qui me secouait.

Mes yeux furent survolés par d'autres, un regard doux et inquiet. Une voix anxieuse chanta. On me releva, me tenant contre soi, comme jamais on ne m'avait tenue. Je sentis un liquide qui coulait sur mon menton. Je compris enfin les mots dans les sons. J'ouvris les lèvres pour une réponse, mais avant d'y parvenir, je recevais une chaleur dans la bouche, puis ventre, et ne lâchai pas cette nouvelle main…

Lorsque je me suis réveillée, le garçon peureux était près de moi, il tenait une coupe. Ce fut lui qui m'entra dans le clan. Pour cela et ce qui suivit, ensemble nous unîmes les corps de mes parents, ensemble nous affrontâmes les siens.

Je l'ai épousé le moment venu.

Je n'étais plus seule, et j'ai découvert la tendresse, le partage, les petites joies comme quotidien. Une promesse d'enfant s'invita dans ce foyer.

Une nuit de pleine lune et haute mer, je l'annonçai à mes ancêtres. La même nuit, ma nouvelle vie s'y acheva.

*   *
*

Bjørn ne disait rien, mais quelque chose rompait en lui, venant en souffrance et soulagement. Si cela avait été une voix, elle aurait été un murmure percé de cris et abîmé de silences, un flux bégayé tombant en cascade et se perdant en sable.

Ce fut un éclat de vie planté dans un cœur.

Alors, *Amour* découvrit l'enfance de Bjørn, ce paysage de contes entre les bras de sa mère, femme d'aspect quelconque, petite et sèche, aux cheveux sans lumière, dont la voix éclairait chacune de ses heures. Celui de cauchemar sous la botte de son père, sa naissance d'homme entre les blessures reçues et les meurtres rendus…

*
* Î *

J'ai deux vies, une de lune et une de soleil, mon astre brille quand les autres dorment.

Le jour, je le passe entre mes cils pour ne pas trahir le secret de mes nuits.

Le jour, je le passe en bataille contre ceux qui se plaisent à m'éprouver et armer.

La nuit, dans ses bras qui dénouent cela.

Les branches des arbres ne bruissent plus dans le souffle de sa voix, ni le renard d'argent ne chante, elle me parle des dieux anciens qui ont précédé les leurs et veillent sous la neige.

Elle me parle de patience et d'espérance.

Une nuit pourtant, où comme à l'ordinaire je me suis échappé en souris pour la rejoindre, elle me parle de peur. Il l'a reconnue, il nous faut nous enfuir.

Soudain, la porte tremble, ma mère me prend contre elle.

La porte s'effondre, la botte de mon père s'y pose.

Il est froid, et pourtant jamais je n'ai eu aussi peur.

> — Je t'avais mise en garde, Je n'ai pourtant pas coutume de le faire.

Mère m'éloigne.

(— Non, pas devant lui.

> — C'est ta punition, mais c'est sa leçon.

Elle tend une main qui supplie.

Je n'ai rien vu venir, mais sa main est partie, fleur coupée, pendant que son sang jaillit de son bras jusqu'à moi. Elle le replie sur sa poitrine, son autre main cherchant ses doigts, laissant s'échapper des filets rouges.

Je suis figé.

(— Nol, pars !

Je suis figé.

> — Qu'il reste ! Le spectacle est pour lui. Bjørn, aimes-tu ta mère ?

Je suis figé.

> — Aimes-tu ta mère ?

Je hoche la tête.

> — Alors, protège-la !

Il tient Dragon par sa lame et me tend la poignée.

Elle me dit non des yeux.

> — Tu ne le veux pas, alors tu me la laisses.

Il lui plante Dragon dans la cuisse avant de me la tendre à nouveau. Je la vois qui s'écroule et rampe pour se cacher de moi.

Je pleure.

> — AIMES-TU TA MÈRE ?

Je saisis l'épée, mais il la retient par la lame. J'ai beau la tordre, la tirer des deux mains, des deux pieds, elle reste prise dans sa poigne comme dans une souche.

> — Il y a ce que tu rêves et ce qui est, ce que tu veux et ce que tu peux. Je vais dissiper ta confusion.

Je tire.

> — Vois. Tu l'aimes. Sa mort serait injuste, tu dois l'empêcher, il le faut !

Je tire.

> — Tu le veux, mais tu es trop petit, qui t'aidera ? Qui la sauvera ? Où sont les esprits aimables ?

Je tire.

> — Il n'y a que nous : ton amour et Ma force.

Du sang perle de la poignée.

> — Si tu avais travaillé la tienne, tu aurais pu la sauver, mais tu n'as nourri que tes rêves.

Je tire.

> — Les rêves sont mensongers, la force est vraie.

(— Nol, ne l'écoute pas !

> — C'est assez !

Il me reprend Dragon d'un petit geste qui me renverse et se tourne vers elle. J'y suis avant Lui, la couvrant de tout ce que je peux, la serrant, elle tente de m'écarter.

(— Nol, non ! Prends ton envol !

Mais je ne la lâche pas, jamais ne l'abandonnerai.

Jamais !

Je sens la main de mon père sur moi, Il me soulève, veut m'arracher d'elle, mais je l'emporte avec moi, Il nous secoue d'un bord à l'autre, je romps.

Il me jette.

Ne me reste dans la main que son collier d'os, ses dents de mage venues de ma bouche.

Je vois Dragon percer son cœur.

Elle ouvre la bouche comme pour un cri, mais il n'en sort que du sang. Sa tête se redresse, me cherche, Dragon la tranche.

Elle roule, roule, embrassant la terre à chaque tour, y mêlant ses cheveux, elle roule jusqu'à moi. Ses yeux me regardent, ses yeux d'automne qui volaient de branche en branche, où je me mirais, ses yeux qui s'éteignent en poisson froid…

Je flotte au-dessus du sol, la tête en bas, j'avance à reculons, je vois son corps séparé plonger dans un mur comme dans une eau boueuse.

Il a dû pleuvoir, car le sol fait flaque. Je vois le reflet d'une face de poupée. Non, il pleut, je vois les gouttes d'eau qui font flèches et tendent des arcs.

Je lui raconterai cette histoire…

Non !

Elle est morte.

Jamais sera, jamais plus.

Par ma faute.

Ma faiblesse.

Mère maman Tjidtjie.

Tjidtjie

Tjidtjie

Tjidtjie

Tjidtjie

Tjidtjie

Tjidtjie
Tjidtjie
Tjidtjie
Tjidtjie
Tjidtjie
Tjidtjie
Tjidtjie.

* *
*

Amour pleure sur Nol, *Amour* pleure dans Nol, *Amour* pleure pour Nol, car Nol ne pleurait pas.

Il demeurait inerte, comme la première fois, comme dernière près de l'ange. Elle le berçait de ce mouvement qui vient à chacun contre la peine, ce mouvement qui dit : « Je suis là, je sais. » Sa main serrait le collier qu'il lui avait offert, les dents d'enfant mordaient ses doigts.

Elle le ramena peu à peu à elle par ce qu'elle lui offrait, le plus rare, l'amour qui vous rend précieux jusqu'à votre plus misérable.

Lorsqu'il ouvrit les yeux, les mains d'*Amour* s'envolèrent et se posèrent, délicates et hésitantes, en papillon sur sa nuque. Nol éprouva cette douceur, ces doigts qui, à le frôler, jouaient une secrète et ancienne musique, comme la sensation la plus pure et profonde de sa vie. Il en resta incrédule, bouleversé. Ils se dirent ainsi tout ce qui importait vraiment.

Soudain, Nol remarqua une étrange lumière sur le visage d'*Amour* et, levant la tête, il observa une pâleur informe adoucissant la nuit. Ce n'était pas la nuit, mais les nuages noirs qui les avaient rejoints et masquaient le mouvement du ciel. Cette pâleur n'était pas la lune, mais le jour qui s'annonçait dans un trou de ce toit. Il se releva d'un bond.

Î — Maudites nuées !

L'air sembla suivre son humeur, car un grand vent se leva sitôt, soulevant la neige, soufflant les nuages. Il se rhabilla en hâte pendant que se dévoilait cette obscurité grise qui précède l'aube.

Î — Pardonne-moi, *Amour*, je dois, sans plus attendre, tenter ma promesse.

Il finit de se vêtir tout en se pressant vers les rennes.

Î — Ne t'en blesse pas, ce n'est pas ce que je veux.

Õ — Je le sais, Nol, je te sais, ne te tourmente pas.

Î — Merci, *Amour*.

Il sauta dans le chariot, les bois courbes se levèrent.

Õ — Nol.

Il se retourna vers elle, debout, offerte en sa nudité, semblant flotter en gaz alors qu'il fermait son visage au vent, fouetté de grains de neige.

Õ — Dorénavant et pour le reste, je suis…

Î — *Amour*… Ne m'attends pas. Je… Je ne veux pas pour toi une nouvelle espérance sans fin. Tu as su survivre à tes morts, tu me survivras aussi. S'il te faut malgré moi me porter, fais-le du moins en mouvement. Ne m'attends pas dans ta tombe !

L'équipage partit d'un coup, tendant les bras de Nol, vif comme un arrachement, pareillement à vif.

Elle le vit tomber en ciel, disparaître en nuit, se trahir en lune, et puis il n'y eut plus qu'elle-même.

Combien de temps ? Elle ne le sut pas. Combien de temps avant qu'elle ne se perçût nue dans la tempête, nue sans le souffle et le froid, les flocons se dissolvant autour d'elle ? Elle sentit alors la chaleur venant de l'œuf de dragon et, lorsqu'elle s'en rapprocha, celle-ci décrut à la sienne. Elle le prit et un autre cœur battit contre le sien. Elle se rhabilla lentement, sans pensées, et ce ne fut que couverte, l'œuf dans un bras, la lance dans une main, les feux des hommes en ses yeux, qu'elle se retourna.

DEUXIÈME PARTIE

PRÉSENTATION DES PERSONNAGES
DEUXIÈME PARTIE
– par ordre d'apparition –

Î — Bjørn, Nanuq, Nol.
¥ — Un des Rois mages.
¿ — Iragaël, l'ange.
Õ — *Amour*.
¡ — Ora, la grande sœur.
■ — Le goret, membre de la garde noire du Roi.
(— Tjidtjie, mère de Nol.
> — Le Roi, père de Bjørn.
| — Premier soldat romain.
|| — Deuxième soldat romain.
+ — L'Enfant.

7

Le massacre

Nol était parti, craché par la terre, emporté à se coucher dans la nacelle, retenu par quelques phalanges au bord de cette catapulte.

L'affolement, qui sitôt l'avait saisi, avait chassé *Amour* de lui et jeté le chariot en un vol erratique de mouche nerveuse. Il se trouvait renversé en tourbillon, puis plaqué par le mouvement qui suivait et s'ensuivait, agité au fond de la coque comme la balle dans la main vive du jongleur. Jusqu'à comprendre que ce qui le secouait était son propre esprit, et se reprendre pour le tendre vers son but.

Le tourbillon se calma. Le ciel devint sa mer ; sa promesse, son guide ; son cap, une étrange étoile qui brillait bas, aux lumières en traits inégaux, l'un semblant s'appuyer au sol comme la patte d'un échassier.

C'est alors qu'*Amour* lui revint, que son cœur s'effondra et qu'il eut la tentation de se laisser glisser dans le vide.

Les hérauts du jour aux doigts de rose l'en sortirent, le plaçant sur un seuil, le dernier instant d'une décision qu'il prit selon son penchant. Le chariot s'élança d'un second mouvement qui le souffla, l'étouffant d'air, brûlant sa peau dans un torrent de glace. S'il ne voulait s'y consumer, il lui fallait trouver le calme dans cette tempête. Accroupi et accroché à la nacelle par ses mains comme des griffes, Nol planta ses yeux dans l'étoile qui s'étiolait. Limitant sa vitesse au supportable, il plissa ses paupières vers cette lueur mangée par le jour, la retenant en pensées, son visage battant comme drapeau, ses oreilles percées, son estomac en pierre, son esprit noircissant, et il continua à la voir bien après son effacement jusqu'à s'abîmer dans un mirage.

Ainsi, tout le temps du lancer, Nol ne distingua rien d'autre que l'étoile. Ni les sourires calmes de l'éther, ni les dessins complexes des terres, ni l'éclat des mers ne purent l'en détourner. Comme toujours, uniquement réceptif à ce qui le tendait, comme longtemps encore où, malgré les nombreuses occasions de connaître le monde, il l'ignorera pour n'y chercher que son chemin dedans.

La lumière n'était plus, sinon une tache dans son œil. Dans une terre ocre, surgit une forêt de toits qu'une colonne de poussière pointait et cerclait, puis une place en son creux. Nol s'y fracassa. Le choc fut rude, à en perdre conscience car le trou d'où il s'éveilla lui était étranger. Cela aurait dû le tuer, mais il en sortit lentement, surpris de ne pas retrouver son attelage, fût-ce en éclats. La place semblait déserte. À mieux y regarder, il découvrit un petit être en son bord, un enfant.

Assis sous l'ombre d'un porche et drap de laine, ses pieds et mains avaient la couleur ocre de cette terre, mais le visage était brun clair, autrement que les Samies ou les Inuits, dans un ton qui lui rappelait la première chair sous l'écorce des frênes. Ses cheveux étaient aussi noirs que ceux d'*Amour*, mais entortillés sur eux-mêmes, formant des boucles jusqu'au cou maigre qui agitait sa grosse tête avec entrain, au rythme de bras potelés. Ses yeux le fixaient.

Il n'en avait jamais vu de si grands sur un visage, piqués d'un étonnant éclat malgré la profondeur de l'iris. Selon les cils et la finesse des traits, ce devait être une petite fille âgée de peu, mais trop vieille pour être du matin. Il lui demanda pourtant :

Î — Es-tu l'Enfant ?

Elle se redressa en vacillant, s'affirma garçon, retomba sur les paumes et lui sourit en sons clairs. Nol se vit par lui, un géant rouge à barbe blanche, et réalisa que le gel avait envahi son visage et ses mains, que le souffle avait dressé ses cheveux en pointe, que le reste était marqué du sang dont il était sorti. Ce qui aurait dû effrayer l'enfant semblait le réjouir. Tout semblait le jouir d'ailleurs, l'air, la lumière, les odeurs, le grain de la terre, le son de cette voix, mille sensations d'entre son corps, dans un appétit sans limites du monde, une curiosité sans questions.

Nol lui sourit.

Puis lui vint l'agitation de la maison jointe : des bruits sourds, un combat étouffé. Un cri s'échappa, d'autres suivirent, la porte était maintenant l'objet d'une lutte qu'une petite silhouette gagna en s'extirpant avec une furieuse énergie et tonalité de colère.

Elle tourna vers lui une tête large, des yeux pareils à ceux de l'enfant, mais refermés en pointe. Sous son fichu se voyait une chevelure noire, ample et ondoyante : une grande sœur très aimante à mesure de sa rage.

Elle se saisit de l'enfant et l'emporta au plus loin, dans un mouvement vif. Nol fut content de voir que quelqu'un s'inquiétait du petit par ces temps où les dieux revenaient.

Comme la dragonne dont le sang infusait en lui, il huma les autres habitations au travers des murs qui semblaient se hérisser par les peurs qui s'y terraient.

Aucun esprit calme.

Des pensées le heurtaient, fuites confuses et affolées de chauves-souris qui jaillissaient de la noirceur d'une grotte et voletaient autour de lui en répétant : Hérode, roi des Juifs.

Nol erra ainsi dans ce vent puant jusqu'à sentir enfin une eau claire et paisible qu'il trouva à l'ombre d'un arbre.

Jamais il n'en avait connu de tel. Écrasé sous le ciel dans une forme tourmentée de flammes de bois, son corps se tordait sur lui-même comme s'il avait, toutes ses années, tourné avec le soleil, les nuages et dansé aux vents à se sortir de terre. De nombreuses années à en croire ses rides profondes dans son cuir épais.

Un homme l'habitait. Il devait en être l'esprit tant il lui ressemblait.

¥ — Tu arrives trop tard… L'Enfant est parti, ses parents fuyant les soldats du roi. Nos deux compagnons aussi. Je suis resté pour te le dire.

L'homme parlait sa langue, cela ne l'étonna plus.

Î — Comment était l'Enfant ?

¥ — Comme tout enfant, un espoir.

Î — Que lui avez-vous donné ?

¥ — Chacun de nous, notre folie.

Et l'homme n'était plus.

Seul demeurait l'arbre, fidèle au lieu comme toujours les siens. Sous ses feuilles buissonnantes aux formes des lèvres d'*Amour*, un petit fruit oublié pendait, noir et brillant, œuf sylvestre qu'il cueillit et goûta.

¿ — *Je dois te tromper par la vérité…*

Ce tardif aussi, du même tronc foisonnant et pourtant solitaire autant, avait l'amertume de sa vie. Nol en cracha la graine dans la paume et la planta jusqu'à fraîcheur afin que la terre la couve, à peu de pas de sa racine pour possible compagnie.

¥ — *Chacun de nous, notre folie…*

Le vieil ambassadeur avait été convoqué comme lui, comme ses compagnons, quatre étrangers pour un destin différent.

¿ — *Pour réussir ma mission, il me faut échouer…*

Ce n'était pas un guerrier, pas plus que les deux autres puisqu'ils étaient saufs.

¿ — *Un cycle de plus de ta même vie…*

On lui réclamait sa folie, la bataille, gagner le temps de leurs vies par un cycle de plus de mort.

Ainsi, toute son existence – le meurtre de sa mère, de son âme, sa formation de guerrier, l'exécution de son père, le combat contre la dragonne – avait été voulue pour cet instant. Même *Amour* avait servi à le prendre pour le perdre dans ce qu'il adviendrait…

Il se sentit piégé dans les fils des Nornes comme la mouche dans ceux de l'araignée. Cela le révoltait mais il devait une vie, et les hommes, contrairement aux femmes, n'ont pas d'autres vies à offrir que la leur. D'ailleurs, la sienne s'était perdue bien avant.

Au moins, le choix n'était pas mauvais, il savait parler aux soldats.

Il retourna en lui-même au puits de sa rage, appelant son fidèle ami : son dieu rouge.

L'arbre l'observait calmement, son ciel le caressait en passant dans ses branches, un oiseau y chantait le matin.

Les yeux fermés, voûté sur Dragon, se nourrissant de terre, Bjørn entendait dans son dos l'agitation des villageois s'approcher et, derrière, le cliquetis des armes qui les poussaient hors de leurs refuges.

Au moment où le premier le dépassa, il entrouvrit ses paupières. D'autres, beaucoup d'autres, suivirent, se bousculant pour ne pas le toucher, certains tournant la tête à quelques pas pour l'observer avec horreur.

Enfin, lorsque le dernier le contourna, un silence le cercla. Derrière, la troupe s'était arrêtée.

Soudain, jaillit un bruit furieux, répété en cris. De nouveau, le brimbalement du fer. Bjørn se retourna si vite qu'en un seul geste, Dragon trancha deux cous, mordit profondément un crâne au travers du casque et finit dans un prochain qu'il projeta sur les suivants avant de se lancer sur leurs stupeurs.

On entraîne le soldat au combat, on ferait mieux de le préparer à sa fin, car lorsque celle-ci paraît, il oublie sitôt cet acquis. Ainsi se figèrent ceux que Bjørn faucha comme blés pendant que leurs camarades se renversaient sous leurs poids ou s'empêtraient.

Dans la bataille, ce combat de nombre, beaucoup cherchent à se ménager une distance, celle qui les éloigne de la mort et donne l'élan à leurs coups. Bjørn avait appris à faire le contraire : se coller aux menaces avec une hache pour que ses victimes perdissent l'avantage de leurs armes longues. Il se servait des uns comme obstacles aux autres pendant qu'il répandait leurs vies. La distance n'était utile qu'au duel. Elle plaçait à la bonne portée – en toute lucidité et parfait contrôle – la saveur de la peur, de la douleur, du désespoir, de la fin de cette vie que l'on prenait morceau par morceau avant de répondre à une supplique par un ultime coup.

Bjørn réservait cette gourmandise aux siens, les tueurs, ceux qui n'étaient pas là par secrète veulerie, mais, comme lui, pour l'ivresse d'un geste sans retenue. Les repérant dans la mêlée, il se mettait alors en chasse, les isolant pour les finir tranquillement, certain du succès car, quelle qu'en fût l'issue, un salopard allait mourir.

Parfois, en dehors des batailles, il provoquait un homme de son père qu'il élisait pour ses exploits, obtenant ainsi le prétexte de son meurtre pour la joie de l'éduquer à sa propre cruauté. Tous ces assassins étaient des imbéciles prévisibles formés par leurs armes, lors que lui avait choisi les siennes pour chacun d'eux, s'affûtant à toutes pour le privilège de les tuer.

Mais dans la bataille, l'entraînement au duel par lequel chacun apprenait traditionnellement son arme servait moins. Beaucoup mouraient de ne l'avoir compris, vaincus par un adversaire qu'ils n'avaient pas vu venir. Il y fallait le contraire de ce qui venait spontanément à la plupart des hommes : étreindre la mort pour mieux la devenir, se faire pure rage mordant de toutes ses dents, goûtant l'odeur de la merde, s'enivrant du métal dans le sang.

Agir ainsi, en immortel, était folie. Bjørn en avait reçu bien des blessures et souvent, il lui avait fallu se survivre. Mais dans ce chaos, cette folie sauvait, de fait, plus qu'elle ne condamnait, chacun cherchant secrètement plus faible et s'écartant du pire. Avec le temps, il avait trouvé le bon dosage entre rage et raison, le parfait compagnonnage avec son dieu rouge.

L'œil du cyclone.

Plutôt que la pensée qui enchaîne l'action, il fallait préserver l'instinct, le réflexe, l'intention, le rythme. Tout en perception de l'instant et de l'espace, de tous et chacun, captant les prochains mouvements pour, d'un geste souple, ferme et précis, jamais hésitant, résoudre cela.

Bjørn renversait la troupe étranglée dans la gorge que formaient les maisons accolées, taillant la masse d'hommes comme un jambon.

Le courage du nombre et des armes vient de la certitude de l'emporter. Briser cela un instant, le prolonger suffisamment, et il ne restera plus qu'un amas d'êtres séparés, chacun à sa survie, oublieux du combat, s'empêchant les uns par les autres.

Bjørn marchait sur ceux tombés, augmentant force et vitesse par sa hauteur, s'engouffrait en vent dans une faille, tournait pour surprendre, offrant soudainement l'un à la lame de l'autre. Il brisait en angle pour prendre à revers, forçait d'un coup de bélier qui retournait leurs armes en eux-mêmes jusqu'aux boucliers, rompant leurs cous, puis disparaissait dans le tas pour le soulever ailleurs, Dragon accrochée d'entrailles. Quelques lames, bien sûr, heurtaient son manteau rouge sans passer la protection du sang-de-dragon séché en écailles. D'autres le mordaient, par chance, entre les plastrons de cette étrange cuirasse, mais ses plaies se fermaient sans même le ralentir.

Le corps de la troupe se fendait entre ceux qui reculaient maintenant, poussant de dos leur armée, s'empalant parfois sur des piques raidies de panique, et ceux qui se réfugiaient dans les maisons qu'ils avaient vidées, cessant à l'instant d'être soldats pour n'être qu'affamés de lendemains.

Jamais la guerre ne lui avait tant offert. Jamais Bjørn n'avait pu aussi facilement appliquer les gestes gravés dans son corps par des années de tueries ni servir les trouvailles issues de ses méditations sur la danse du guerrier. Jamais son esprit n'avait été si clair, si engagé dans l'instant, son corps si inépuisable.

Était-ce le pouvoir du sang de la bête ? Ce sang qui s'était déversé sur lui et l'avait noyé ? Ce sang qui s'était mêlé au sien par ses plaies et sa peau à vif ? Ce sang qui coulait à présent en lui et l'avait transformé…

Bjørn respirait dans ses coups, par ceux-là, chacun lui donnant l'élan du suivant, se nourrissant de leurs vies. Il ne calculait plus l'angle de ses frappes, ne tournait plus la lame comme autrefois pour mieux passer le bouclier, l'armure ou les cottes. Nul besoin de s'économiser ou de viser le vulnérable pour s'épargner d'y revenir. Il aurait pu fendre d'un plat, comme chercher un cœur du poing. Il traversait les hommes comme de fines étoffes.

Il hachait maintenant des dos. Des cris distendus venaient du lointain. Les morts ne se comptaient plus, pavant la rue.

Puis quelque chose d'étrange lui parvint peu à peu, rompant sa transe. L'image de la panique était trop fixe, de plus en plus arrêtée à chaque geste, une progression de lenteur qui détraquait son rythme. C'était plus que le suspens du temps donné au guerrier par sa rage. Non, il y avait là autre cause dans son avancée que la flamme du dieu rouge, il y avait celle du dragon.

Même en leurs fuites, les soldats se mouvaient de moins en moins, comme pris dans la boue. Ils semblaient l'attendre. Mais ils mouraient sans même le voir, leurs yeux ne le cherchant plus, frappés d'une pluie d'épées. Ils ne tombaient plus, ils s'allongeaient pour rendre leurs vies comme la fleur se fane.

Dans son œuvre de massacre, Bjørn paraissait être le seul vivant, seul à jouir du mouvement quand eux se livraient en plantes, saisis de terre. Mais plus encore, en rejoignant le temps de l'arbre, en prenant sa pose, ils héritaient de sa chair serrée. Bjørn devait de nouveau appliquer ses coups, parfois multiples pour un seul abattu. Dragon devenait le pont entre eux et lui. De sa peau dans la poignée, de leurs écorces dans la pointe, la lame semblait se tordre entre cela, se courbant dans les gestes. Il continua sans s'y arrêter, par l'obstination d'un ouvrage à finir et, dans ce pénible et patient déboisage, vint l'ennui. Par l'ennui remonta son esprit, dans celui-ci apparut l'écho des leurs. Il sentait leurs cris silencieux, variés en leurs variétés d'êtres, mais finalement mêmes cris : *Je ne veux pas mourir.*

Tandis que leurs yeux étaient déjà vides.

Derrière cette note de tête piquante, venait souvent une puanteur anale, la pierre d'une rage impuissante, la chiasse d'une peur sans consolation. Beaucoup aussi se prolongeaient dans la senteur âpre et sanguine de leurs douleurs bien qu'ayant fui leurs blessures avec leurs vies. D'autres respiraient le moisi du regret, une fille aperçue, un ami perdu, un mot retenu, un fils inconnu. Ils suaient l'aigre du remords, des parents abandonnés, un amour brisé, une promesse oubliée, une terre asséchée. Chez certains, l'odeur quittait les humeurs du corps pour prendre un arôme complexe, ou plutôt mêlé, de blé, d'olive, de vin, d'eau, de pain, de terre, d'autres peaux, tant, formant une musique charnelle, renvoyant chacun à des lieux et des êtres uniques, par le talent de leurs mémoires et l'effort désespéré de revenir à un moment où ils avaient été vraiment vivants.

Ainsi, ces êtres hors corps, ces mémoires fermées, ces esprits arrêtés en boucles sur eux-mêmes s'exhalaient tels des parfums d'entre ce champ de morts, comme en prairie ceux d'herbes coupées après la moisson. Chacun réduit à lui-même, devenu son propre châtiment ou sa grâce, son essence dernière.

« Ne connaîtra le Valhalla, pensa Bjørn, que celui qui l'a connu, fût-ce le temps d'une respiration. »

Il ne savait si ces gaz étaient voués au vent ou à la terre, mais pour l'instant, ils lui prenaient tout l'air et pénétraient le flux de sa pensée. En bon damné, Bjørn ne craignait pas ceux perdus à jamais dans la haine, la peur, la douleur ou le tourment, mais il craignait ceux qui, s'étant trouvé un refuge, touchaient en lui quelque chose d'impréparé. À ceux-là surtout, il s'efforçait vainement de se fermer pendant que son bras, quitté par son esprit, se répétait dans le combat en gestes stupides et fatals.

Il m'a amené au champ, je suis grand maintenant, nous mangeons du pain et des olives sous un arbre, en respirant le labour de notre terre.

Tue !

Ma mère me lave dans une bassine d'eau vive, la verse dans mes cheveux en baptême, me touche comme un miracle, m'essuie avec la douceur d'un remerciement.

Tue !

Le ballon de plumes s'envole en oiseau au bout de mes bras, il l'attrape et renvoie, je le perds, et nous courons derrière, l'un contre l'autre, en riant, riant, heureux de nos souffles, ivres de lumière.

Tue !

Sur le toit, je regarde les étoiles, il me semble qu'elles m'observent aussi. J'y vole et m'orne de leurs feux.

Tue !

Mon père m'a offert une colombe. J'aime la sortir de sa cage pour jouer avec, la caresser. Un soir, elle s'envole, mais au matin, d'entre le soleil, elle revient et picore ma main. Elle m'a préféré au ciel.

Tue !

Dehors, l'hiver mord jusqu'au souffle. Nous sommes serrés les uns aux autres autour de la chaleur de l'âtre qui répond à celles de nos cœurs et chansons.

Tue !

Quand je rentre enfin dans la pièce, les autres femmes s'écartent. Elle est là, dans notre lit, fatiguée, mais heureuse, elle me tend notre fils en souriant.

Tue !

Je suis dans les bras de maman, elle me raconte une histoire en me caressant doucement les cheveux. L'histoire d'une autre mère qui a remis son petit au fleuve dans un panier d'osier, pour le sauver. Elle me dit que toutes sont ainsi, confiant un jour leurs enfants au mouvement de la vie après leur avoir tressé une solide barque.

Î — Merde !
Merde à mon père !
Merde aux Nornes !
Merde à Iragaël !
Merde à son dieu !
Je ne tuerai plus !

Nol s'écroula sur les genoux, immobile, ses deux mains rassemblées sur la poignée de Dragon, figurant sans le savoir une prière. Puis il regarda une de ses paumes, ses creux comme les lits de rivières asséchées, estompés ici par le cal, gravés ailleurs par le même. Il se demanda qui, quoi, dessinait dans nos chairs ces chemins : nos actes ou notre être ?

Il reposa la main sur la cruauté de l'épée qui le brûla par gel sans qu'il se retirât. Elle lui parut d'un poids d'enclume par ce bout, d'une telle raideur que sa prise lui semblait un linge autour. Pourtant, de cette main à l'autre, par les bras et épaules, il tendit un arc tout le long pour courber ce trait. Sa prise aurait glissé comme un nœud relâché s'il ne l'avait clouée de toute sa volonté. D'ailleurs, le véritable lieu de l'effort n'était pas dans son corps écartelé, mais dans son esprit où un autre arc se tendait en voûte. Dragon demeurait, aussi immuable qu'un principe quand lui se sentait tel un ver écrasé sous une botte. Alors, il se planta davantage dans sa résolution : ce n'était plus sa volonté, c'était.

Dragon se mit à vibrer, à chanter au travers lui, le disloquant. Il l'accompagna sans la relâcher, l'absorbant de tout son monde, luttant pour l'amener au lieu de sa nouvelle certitude, à l'évidence de sa décision. Il chercha follement de l'aide, la voix de sa mère vint, lui racontant l'histoire du gland de chêne soulevant le rocher, et *Amour* disant :

Õ — *Je le sais, Nol, je te sais.*

Et par celle qui ne doutait pas de lui, l'univers s'enfuit en vent pendant qu'il tombait dans un vide parcouru de mouvements invisibles. Sa plus faible main abreuva l'épée de son sang, Dragon devint un vieil os sec entre ses doigts et se rompit en brindille dans un petit bruit court qui le brisa aussi.

De ces deux tombés, ni Nol ni Bjørn n'eurent le temps de savoir qui se relèverait. De multiples lames le transpercèrent, et il mourut d'épargner la vie, avant d'avoir pu décider la sienne.

8

La forteresse

Nol remontait d'une boue opaque et lourde. En ce lieu, il n'aurait su dire comment il le savait, ni par son corps oublié ni par son esprit en vertige, mais il émergeait d'une huile sombre, grasse d'innombrables morts, vers la cruauté, le feu qui brille et brûle au-dessus par tant de mèches. C'était le sang du dragon qui l'animait et lui refusait la mort. Poussé par ce cœur si stupide, il remontait en ballon, gonflé du gaz qui l'avait soufflé dans le volcan.

Sa tête perça le charnier, la mer noire d'avant et après.

Le mouvement de ses paupières entraîna l'onde d'une rumeur portée de bouche en bouche pendant qu'il se ressentait de nouveau.

Il était nu, attaché par de nombreuses cordes au rocher qui retenait les bêtes au marché, en souffrance par les blessures encore ouvertes. Sa chair, épuisée de renaître, prise dans le même vertige qui avait étourdi son esprit dans la nuit liquide, avait faim comme jamais d'autres viandes. Il vomit un sang brun comme le naufragé la mer.

Devant lui se tenait l'assemblée des soldats maintenant silencieuse et derrière, une voix scandait des mots inconnus. Le brouhaha des pensées sous les casques, en autant de facettes d'une semblable peur et presque commune mémoire, lui parlait plus clairement que le vain monologue.

Il y avait eu ce hachoir invisible que leurs camarades avaient tenté désespérément de fuir, puis les corps avaient cessé de tomber. Au-dessus des cadavres, un nuage s'était formé comme un vol de guêpes se rassemblant en essaim. L'homme rouge y était apparu, son épée entre les mains, pour s'effacer avant de revenir sitôt et encore, en flamme chancelant au vent.

Certains soldats avaient vu l'occasion d'abattre ce monstre. À distance de piques, ils avaient essayé de le percer dans l'instant de ses retours, mais les premiers ne purent passer l'habit rouge, plus rude qu'une armure. Les suivants, aux ouvertures plus longues, ne firent qu'égratigner une chair devenue grise. Enfin, l'être entier se pétrifia et leurs piques s'y brisèrent.

Le roi Hérode ordonna le siège de cette menace et aucun soldat ne dormit ni ne chanta durant cette veillée, tous tournés d'aussi loin qu'ils étaient vers ce rocher, leurs armes serrées, même ceux qui enterraient les morts.

Un sifflement de plus en plus strident, tel qu'ils l'entendaient encore – pour certains le dernier son – et la première garde vit la pierre se marbrer jusqu'à devenir noire. Leurs armes tremblèrent en leurs mains. Suivit un bruit court comme l'éclair, fort comme plusieurs tonnerres et l'épée se brisa. La statue se fendit, l'homme rouge en tomba comme le veau de la vache, hurlant.

Sitôt au sol, les plus proches, malgré la douleur de leurs oreilles en sang, l'avaient planté de toutes leurs piques, rejoints d'autres trouvant percées par nombre. Ils l'auraient laissé ainsi en pelote, sans même reprendre leurs fers, s'il n'y avait eu la volonté du roi qui réclama l'épée puis l'armure. Ce fut en retirant sa lance pour s'emparer de l'habit que l'un d'eux sentit dans sa main, par le bois de sa hampe, la vibration d'un cœur. Ils l'auraient volontiers brûlé si, là encore, le roi n'en avait décidé autrement. Depuis, ils observaient, terrorisés, sa renaissance.

En leur sein, Nol perçut un esprit déjà humé, vif et têtu : la grande sœur qui avait emporté l'enfant de la place. Elle se glissait entre les gardes trop concentrés sur lui pour remarquer son frôlement. Elle traversait la troupe, l'ondoyant par-dessous, comme le mulot l'herbe. Son esprit flamboyait de détermination et de colère : elle ne le laisserait pas mourir ! Pas seul !

Les soldats tenaient dans leurs bras des paquets de linge. De l'un sortit une petite main aux doigts recroquevillés qui cherchait maladroitement la sèche et froide poitrine de bronze contre laquelle il était serré. Nol comprit alors que chacun portait un bébé. Il n'avait pu les percevoir, car leurs senteurs fraîches étaient écrasées du musc aigre de la peur.

C'était un chœur de flûtes, étouffé de tambours et cuivres. De chaque petit maintenant, en affinant son nouveau sens, Nol pouvait recevoir le ruisseau chantant de leurs jeunes vies.

Mais pourquoi cet étrange mariage ?

L'un des soldats écarta le linge, libérant la chair dodue, le gazouillis et les yeux grands ouverts d'un enfant de quelques jours. Nol plongea dans cette âme neuve, offerte, au point de ne pas voir la lame s'approchant, ni entendre la voix derrière, déraillant en aiguë. C'était comme se laver dans la fraîcheur d'un lac, nourri de l'eau vive d'une cascade. Quand subitement, le sol creva, avalant l'eau en tourbillon, l'aspirant dans un trou rouge qui le recracha dans la place. L'esprit du nouveau-né transmit à Nol un bref étonnement puis, plus rien, aucune image ne s'exhala.

Nol faisait face au corps de l'enfant poignardé.

La jeune vie n'avait pas eu le temps de construire son fantôme ou, faute d'avoir appris à craindre la mort, il y était entré sans résistance, ne levant aucune éclaboussure.

Nol restait figé, comme au meurtre de sa mère.

Un second garde s'avança, portant un corps moins petit qui se mit à hurler en se débattant, entraînant un concert de pleurs aigres d'entre les autres bras. Le linge s'ouvrit sur l'enfant du porche. Nol comprit que la grande sœur était revenue pour lui. L'instant d'après, il se jetait sur le soldat.

Un de ses membres, rompu au coude et à l'épaule, pendait. L'autre, écorché, la peau en fines feuilles d'une tige rouge, brisa pour toujours la main d'épée du soldat avant de se saisir brutalement de l'enfant.

Les piques percèrent Nol au ventre, se croisant en lui, nombreuses, assez pour le soulever, le dresser comme une viande au bout d'une fourche. Il lutta contre le gouffre de douleur où son esprit rechutait en même temps que son corps s'envolait. Il leva son seul bras, tenant l'enfant au-dessus de la curée.

La grande sœur l'appela de son espoir, hurlant silencieusement.

¡ — *Ici!*

L'enfant partit en courbe haute, dans un mouvement impossiblement suspendu que pourtant nul ne vit, et se posa entre la soldatesque dans les bras de la grande sœur avec la délicatesse d'une feuille.

Nol sentit en retour comme une brise chaude.

¡ — *Merci! Oh, merci!*

Il entraperçut le début d'une fuite en mélodie joyeuse avant de céder et de s'abîmer à nouveau, mais plus profondément, dans un lac noir dont il avala la vase lorsque ses lèvres sanglantes s'ouvrirent sur :

Î — *Am…*

Dans un ambre nocturne, une roche sombre, il ne tombe plus, mais s'enterre par ce qui le recouvre sans cesse. Qui est-il? Est-il? D'où vient cette question? Quelle question?

¿ — *Tu es Nol.*

Î — Nol?

¿ — *Celui d'Amour.*

Î — *Amour*?

¿ — *Celle qui t'attend là-haut.*

Î — Là-haut?

¿ — *Viens.*

Rompant la pierre, il germe, se déploie dans la boue jusqu'à l'huile. Dans l'essence, il croise des formes transparentes, flottant en méduses, qui le nomment sans qu'il les reconnaisse.

¿ — *Va.*

Î — Tjidtjie?

Mais déjà, il n'y peut rien, continuant son ascension de nénuphar, une bulle vers la lumière.

Î — *... mour.*

Comment avait-il pu voir une telle lueur dans cette pénombre?

Où s'était égarée cette aube?

De retour au monde, Nol demeurait dans la nuit, attaché cette fois-ci par du fer. Sa fatigue et sa faim – douleurs plus grandes encore que sa chair en train de cicatriser – éteignaient presque son esprit. Il hissa sa rage dessus cette peine pour se soulever.

Sans y parvenir, cognant ses chaînes entre elles, il entendit le proche et familier glissement du métal hors son fourreau. Une porte s'entrouvrit et trois silhouettes se découpèrent dans sa raie de lumière avant de se reculer aussitôt dans l'obscurité du cachot. Une voix se fit entendre. Écartant son dégoût, Nol entra dans cette bouche pour y chercher un sens et une réponse.

Les enfants...

Tous.

Tous morts.

Il avait encore échoué, une fois de plus en retard sur l'atrocité malgré sa pratique, une fois de plus impuissant malgré sa volonté.

Il y avait longtemps, sa mort aurait pu retenir la férocité de son père s'il y avait songé. Mais là, son arme ultime n'avait pas arrêté cet autre roi qui avait calciné, après lui, une forêt pour empêcher un chêne dans son gland.

Î — *Ce dieu avait donc voulu cette diversion pour cacher une vie sous un charnier d'innocents, certains tués par moi, d'autres faute de moi et, spéciale cruauté, il m'avait relevé de la mort pour mieux m'en informer.*

Il se sentait comme en cette cage où Bjørn était né, qu'à vrai dire il n'avait jamais quittée. Ou plutôt, il ne se sentait plus, devenant indifférent au désespoir, fuyant la culpabilité. Après l'insensibilité de corps, le penchant vers le néant, il venait d'hériter de l'absence. Il n'avait même plus, à cet instant, l'élan de sa haine.

En se retirant, il accrocha la question que martelait son geôlier : « Qu'était l'épée ? »

Même brisée, Dragon fascinait. L'homme, qui à cet instant le harcelait, n'était pourtant pas Hérode, sinon son porte-parole ; ce roi des Juifs se cachait mieux que le Roi.

Qu'était Dragon ? Nol se souvenait du temps où lui-même aurait voulu le savoir.

On racontait qu'un étranger s'était présenté au trône de son père. Nul ne savait comment il avait pu traverser les terres dangereuses avoisinantes tant il paraissait faible et inoffensif, ni même passer le barrage mortel de l'armée. Le fait est qu'il était là, sans qu'on l'eût vu venir, proposant de forger une épée invincible.

Quelque chose fit que le Roi ne le tua pas.

Dans une grotte, le voyageur bâtit sa forge, puis réclama comme base l'épée royale qui, selon lui, avait reçu le premier bain. Le Roi l'avait fixé d'un regard qui avait fait trembler tous ceux en dehors, mais pas l'imprudent.

Quelque chose fit que le Roi ne le tua pas.

On dit même qu'Il l'avait rejoint dans son antre rougeoyant, que l'étranger lui avait demandé un ingrédient particulier à ajouter au corps maintenant liquide de l'épée avant de le couler avec.

La coque de l'empreinte brisée, l'épée trempée dans la source claire, encore chaude, le Roi le tua avec.

Bjørn avait cru en cette histoire, il reconnaissait dans sa fin le cachet royal : tester la lame dans la chair qui l'avait forgée Lui ressemblait tant.

Il ne connut la vérité qu'à l'occasion d'une chasse.

*

Il avait retrouvé la trace d'un des gardes de son père, une brute sadique, un géant massif de plus haute taille encore que Bjørn malgré de courtes jambes surplombées de bedaine. Un troll qui ressemblait, avec ses petits yeux mornes dans sa face large et joufflue, fendue comme un museau par un long sourire sinistre, à un porc qui se serait dressé sur ses pattes de derrière. Un verrat pour l'allure, mais un chat pour la cruauté, aimant différer la mort de ses victimes par jeux mesquins, faits de découpes précises à l'aiguisé de sa hache, et méchantes tapes à son plat.

Le genre d'homme qui lui ouvrait l'appétit. Mais avant que Bjørn n'eût l'opportunité de l'inviter à sa table, le goret avait disparu, promu dans la garde secrète, celle consacrée aux œuvres noires, et cloîtrée au cœur de l'impressionnante construction de pierres voulue par le Roi.

Sa forteresse… Telle jamais vue, jamais pensée avant Lui, sinon en rêve d'Asgard, dont les fondations semblaient s'élever jusqu'aux toits ; taillée à même la montagne au prix de trop de sacrifices, déclinant en paliers, écrasant la basse et étendue cité de bois, par hauteur, matière et peur. Une montagne perchée sur montagne qui avait fermé la grotte d'où était née Dragon.

Sa haute posture était voulue afin de paraître la source de ce qu'elle endiguait, la condition de ce qu'elle masquait, tardait, rançonnait et noircissait.

Elle était construite ici pour s'imposer comme un péage du nécessaire ; ici pour qu'on oublie ce qu'elle empêchait : l'horizon de tous.

Elle était la porte dressée en obstacle, mais présentée en passage. Même le soleil levant semblait s'arracher des tours qui le griffaient aux créneaux, saignant de ces ongles. Cet immense monstre consentait par jeu à l'envol de l'oiseau de lumière, mais pouvait tout autant l'avaler en sa gueule de pierre. Et, quand le soleil s'abattait au loin de sa courbe enflammée, c'était la fin de la trajectoire d'une roche, moins geai ardent qu'ardemment jeté d'une catapulte. Au point d'imaginer que la forteresse, de son ventre obscur, le renaîtrait tel un volcan à l'éruption cadencée.

Seuls ceux qui y guéritaient voyaient clairement son arrière depuis leur hauteur : le vrai nid du soleil.

Mais ils étaient trop bien perchés pour dénoncer leur sommet, pour révéler que celui qui porte est en dessous, qu'eux étaient le poids plus que le pic, pour avouer que le soleil se soulevait et se relevait de plus loin et haut que leur faîte. Tous ceux-là se taisaient afin que l'en bas n'osât lui aussi se soulever et les relever, que les écrasés périssent d'obéissance sans connaître le véritable midi, pour qu'à soumettre perdurât le sommet.

Le soleil ne s'annonçait chaque matin que par l'ombre projetée de la forteresse, et d'être tournés vers elle, tous en attente ou en crainte, c'était sur ses murs qu'ils admiraient ce qui ajourait les soirs plus souvent qu'au lit de son vrai couchant, et ainsi, dos voûtés, se faisaient leurs tournées de jours et nuits sans entiers crépuscules.

Nul n'était tout à fait dupe. L'évidence contraire était trop grande, mais c'était le secret de tous, celui de leur lâcheté ou de leur emprise, et tous le gardaient en leur part de déni. Qui l'aurait trahi aurait vu son monde le taire à l'enterrer, et sinon, si la forteresse tombait, cela aurait été sur chacun en son avalanche. La multitude roulerait, se broyant aux pierres défaites et aux uns les autres. Si la forteresse tombait, les nouveaux hommes se relèveraient d'entre trop de tombes. Du moins, c'était ce qui se chuchotait quand son ombre s'effaçait dans la nuit revenue.

Il n'y avait que les emmurés qui ne s'effrayaient plus de la forteresse, et tout son équilibre s'appuyait sur ceux qui affleuraient assez pour craindre encore les ténèbres. Mais elle s'affaissait inexorablement au profond des sous-sols, au trop fond qui ferait le séisme. Ce contre-jour chuterait un matin ou l'autre, et se fonderait sur l'effondrée une nouvelle forteresse par ses déterrés. Une dont on ne pouvait qu'espérer des murs moins hauts et des pierres moins lourdes.

Bjørn était de ces morts-vivants qui n'avaient plus rien à perdre que vengeance et martelaient la forteresse à s'en rompre le battant, mais être contre, c'était rester dans son ombre.

Derrière les remparts du premier cercle, se cachaient ceux qui ne voyaient qu'au loin et ne sortaient qu'en groupe, coulant alors comme lave d'un volcan et chassant la population par leur seule venue. Dans leurs habits sombres, ils figuraient une horde muette vouée au meurtre, une meute de loups dressés pour prélever la part du troupeau, bonne viande ou mauvaise laine, marquée par le Roi, avant de s'en retourner au lieu le plus fermé. Ils étaient la promesse du châtiment, garante de Son autorité sur Ses terres, même quand Il guerroyait en d'autres.

Bjørn ne pouvait affronter ce rassemblement d'aguerris sans devoir renoncer à son but et perdre leur Tête pour quelques bras. Aussi se contentait-il de les observer dans l'espoir que l'un se détachât assez pour le cueillir. Il avait ainsi assisté à bien des exécutions, étudiant chaque bourreau.

Le porc qui l'intéressait s'évadait parfois la nuit et descendait l'espace rocheux peuplé de quelques arbres têtus séparant la ville des premiers murs, pour rejoindre une taverne dans une des venelles tordues de la cité apeurée. Affublé d'un déguisement qui ne trompait personne, il assouvissait sa passion pour l'ivresse et la vantardise, et souvent se couchait sur une servante. Bjørn l'y avait attendu.

Patiemment, dans un coin reculé, il avait laissé ce tonneau s'emplir d'hydromel, endurant le récit de ses exploits, ainsi qu'une fois de plus, celui de la naissance de Dragon. Puis, il avait suivi sa montée titubante par les rues obscures.

À un moment, hors de la cité et avant le fort, sentant une présence derrière lui, le garde s'arrêta, et d'un grand sac qu'il traînait déjà en entrant dans l'auberge, par le manche qui en émergeait, il sortit sa hache. Celle-ci était son invention, la preuve qu'il n'était pas qu'un épais.

Son manche, conçu de même façon et même corps que son mordant, trop long pour qui n'aurait ses bras, sa poigne et son implantation au sol, lui donnait une ampleur qui corrigeait sa lenteur. Sa lame bifide aiguisée des deux côtés, recourbée en crocs à l'arrière, et son axe prolongé d'une pique, lui permettaient un vaste choix de frappes, posant un problème insoluble à ses adversaires et de fait, tous étaient morts.

Sa faiblesse était son arrière, c'est pourquoi, à l'envers de l'usage, il le protégeait en permanence d'un haut bouclier, couvrant le bas du dos jusqu'au-dessus de la nuque, à la manière d'une tortue, et avait paré la base de sa hampe d'une pointe pour traverser qui viendrait à son dos. Bjørn aurait choisi ce versant s'il avait voulu une attaque facile, tranchant les jarrets pour l'achever au sol. Mais il voulait le vaincre autant que le tuer, aussi déposa-t-il son épée et beaucoup de son fer, pendant que l'autre, au contraire, finissait de s'équiper.

Î — C'est étonnant comme tu peux être laid.

■ — Qui es-tu, sac à merde?

Î — Ta dernière rencontre.

■ — Je te connais… Tu es Bjørn, le bâtard du Roi.

Î — Aussi.

■ — Que me veux-tu ?

Î — N'entends-tu pas ? Ta vie…

■ — Je sais que je devrais être à mon poste, mais je suis un garde noir et ne répondrai de cela qu'au Roi.

Î — Qui t'exécutera, me privant de mon entraînement. Prends ton temps, reprends ton esprit si tu en as, j'attendrai que tu sois prêt pour engager notre conversation.

L'homme tourna sa tête sans cou vers la forteresse, entraînant l'épaule. Bjørn coupa cet espoir :

Î — Trop loin des murs pour tes confrères, trop près pour ceux de la cité, je doute que quelqu'un s'y risque.

■ — Ce combat est déloyal, si je te tue, le Roi me tuera.

Î — Demain, s'Il l'apprend. Moi aujourd'hui, si tu te refuses. Nous sommes seuls, qui le saura ? Tu n'as d'espoir que dans ta hache.

Le garde ferma sa cotte lentement, s'échauffant de parole :

■ — Tu l'auras voulu, petit Balder, je vais ouvrir ta chair délicate, te faire gémir comme un chiot, et lorsque tu auras vomi ta courte vie, je pisserai sur ta charogne et recouvrirai tes morceaux de terre et d'oubli.

Î — Content de voir que tu vas mieux, je te veux à ton entier.

Pendant l'échange, Bjørn avait contourné sa proie, se plaçant en amont pour l'avantage de la pente et se poser en obstacle vers la forteresse. Il se tenait au-dessus de son adversaire, ses cheveux libres, son buste sans renforts ni même cotte, mains faiblement armées d'un petit bouclier rond au fer bosselé qui ne protégeait que l'avant-bras, et d'un court marteau qui aurait pu servir à le forger. Il ressemblait presque à un faon sans bois face aux ramures d'un vieux mâle, du moins c'était ce que vit le garde et qui l'incita à sourire.

La hache s'abattit sans annonce, mais Bjørn l'attendait. S'ensuivit une série de piqués qui firent reculer le prince d'autant. Une suite trop longue, répétitive, qui invitait l'adversaire à l'erreur : celle d'esquiver, par facilité, de côté plutôt que d'arrière, et se placer ainsi dans le soudain retour d'un plat envoyé en secousse des épaules aux bras, avec une force surprenante dans une telle portée ; ou pire, par une invisible rotation des poignets, dans le passage d'un tranchant et, avant que la lame ne quitte l'artère, reconnaître la berceuse dans cette monotonie, la part de serpent dans ce goret.

Si Bjørn n'était pas tombé dans ce piège, son recul constant l'approchait des murailles, ce qui restait, pour le garde, une stratégie gagnante à la longue. En revanche, le jeune prince conservait sa hauteur de pente, obligeant son adversaire à lever ses bras plus qu'à son confort, et l'avantage de l'avoir étudié afin de s'inventer pour lui.

Bjørn se dérobait toujours, mais se mit à frapper la hache de côté, d'un mouvement vif du marteau, chaque fois qu'il se reculait. Chacun des coups, amplifiés par le manche, torturait la poigne de son ennemi au point de le fatiguer suffisamment pour dévier son arme.

Le garde modifia sa tactique, choisissant de rendre son arme plus mobile, la balançant d'un côté à l'autre et retour. D'abord, d'un geste régulier dans son ampleur, il imposa son rythme avant d'en altérer la profondeur, la vitesse, les deux combinées, et ainsi chercher une touche, au mieux, sinon une chute qu'il pourrait planter ensuite.

Bjørn anticipa chacune des variations. Le va-et-vient de cette faux était comme celui du sang, une émanation de cette cadence innée qu'il avait observée en chacun de ses ennemis, et mesurée chez celui-ci. Quant aux changements issus de la volonté, il en captait la naissance dans le regard. Sa perception était tout à la fois élargie dans le mouvement de faucheuse et serrée dans ces yeux-là. Alors, sans que son attention ne semblât quitter le visage de son adversaire, son marteau frappa d'un coup puissant la longue hache dans son vol, l'abattant au sol comme une pierre l'oiseau. La lame était plantée en terre, son manche courbant son homme, et avant que celui-ci ne l'eût libérée, le pied de Bjørn était dessus.

Le garde aurait dû lâcher l'arme ainsi capturée, sortir son épée pour la suite ou se jeter sitôt sur le prince. Plus lourd, fort et protégé, il l'aurait renversé, écrasé, étouffé, broyé de ses mains cloutées. Au lieu de cela, sa hache, sa fierté, compagne de tant de victoires, il ne put l'abandonner en cet instant où il n'avait pas encore perdu l'avantage. La plus grande faiblesse de cet invaincu était là où il plaçait sa confiance. Cet aveuglement, Bjørn l'avait espéré.

Son pied en appui sur la hache, il lança son marteau au groin, bondissant vers le garde.

L'homme esquiva le coup, baissant la tête, ses mains toujours attachées stupidement à sa hache, pendant que celle de Bjørn révéla le poignard caché derrière son bouclier et le planta verticalement au travers de l'épaule, tout son poids dessus tournant avec la lame pour mieux l'y laisser. Le prince roula dans la pente, se releva dans ce mouvement, et marcha d'un pas joyeux vers le taillis où il avait dissimulé ses armes.

Le cochon était servi.

Il ne restait plus qu'à le déguster.

Le garde, hébété, essaya de redresser sa hache, encore et encore, sanglier piégé se débattant vainement pour un fourré. Finalement, sa main se leva à l'épaule et retira en plusieurs à-coups, scandés de cris, la lame qui le saignait. Dans un dernier frémissement du bras, la poigne déracinée s'ouvrit, la hache en glissa doucement pendant que Bjørn remontait vers sa proie, lesté d'une épée d'allonge dont la pointe traînant au sol tintait sur chaque pierre. Un petit bruit qui tressaillit le garde, l'arrachant à sa confusion. Le goret se mit à courir maladroitement de ses courtes jambes, ses cuisses se heurtant, en braillant vers la forteresse.

Bjørn accéléra son pas, puis planta son épée au sol pour se saisir de la hache. Arrivé à hauteur de l'homme, il souffla :

Î — Veux-tu mourir de dos ou de face ?

Taisant de ce murmure les cris du garde, il figea la fuite de sa proie qui se retourna lentement et blêmit devant sa propre arme.

Î — Sauras-tu t'affronter ?

L'homme chercha son épée difficilement, suspendue du mauvais côté de la bedaine pour sa main molle. Il la sortit en gémissant. Un instant pourtant, derrière la lame, il sembla redevenir un guerrier avant de se mettre à pleurer.

Î — Tu pleures de mourir. Tant ont pleuré que tu vives.

Et Bjørn frappa l'épée de petits coups, en patte de chat, pour raviver un semblant de courage.

■ — Pi… tié.

Î — Tu connais le mot ? Je suis passé derrière toi à la bataille de Molde, j'y ai retrouvé un garçon trop jeune, à peine mon âge. Je l'avais remarqué à cause de son visage de fille déformé de terreur. J'avais compris que seule la folie d'un père avait pu le mener là. Mais sans ses boucles presque blanches, je ne l'aurais pas reconnu tant tu l'avais travaillé. Son nez t'avait-il offensé ? Ses yeux mal regardé ? Qu'avais-tu perdu dans son ventre ? Que t'avait donc fait son sexe ? Et surtout, pourquoi ne l'avais-tu pas achevé ? J'ai dû le faire, je n'ai pas aimé.

La hache fendit le visage jusqu'à l'os, giclant un œil. L'homme hurla, renversé, dans un même son strident que l'animal dont on venait de corriger le faciès.

Î — C'est curieux, sur toi cela n'a pas le même effet, on ne peut pas t'enlaidir.

Appuyé sur la hache relevée en fanion, Bjørn se tenait au-dessus du goret geignant dont la main, maintenant désarmée, cherchait sa figure, les doigts poissés de sang.

Î — Une fois encore, j'ai pu contempler ton œuvre dans une taverne, une femme sur une table. En autre temps, elle aurait plutôt été femme de lit, mais sa grossesse l'avait ramenée au service des boissons. Je ne sais ce qui t'a pris, peut-être à voir son gros ventre as-tu, par erreur, reconnu une femelle de ton espèce ? Tu l'as saillie sur cette table, ton poids sur elle a crevé sa couvée. J'imagine que son sang a teinté ta bite, avant que, la libérant, son trop petit ne vienne. Je l'ai trouvé au sol, têtard dans une mare rouge. La table gouttait encore sur lui, quant à sa mère, je ne crois pas qu'elle m'ait vu ou entendu. J'ai donné à cette inconnue et cet innommé des funérailles de Viking. J'ai brûlé l'auberge.

Posant le fer froid sur le ventre, exposé par la cotte relevée :

Î — Et toi, qu'as-tu donc dans le bide ?

■ — A i onte ecè u oi.

Î — Comment ?

■ — Na vui cont cheké bu Oi.

Î — Ta vie contre le secret du Roi ?

■ — Ui.

C'était venu longuement, en faisant répéter, confirmer, ranimer, mais enfin, Bjørn avait pu reconstituer l'histoire.

Le Roi avait bien fendu l'étranger avec Dragon, mais sans le tuer, sans même l'atteindre d'ailleurs, ni dans ce coup ni dans les suivants, au point d'essayer la lame dans le plus proche soldat. Sa famille reçut une terre avec le corps.

Les gardes, tous ramassés sur le sorcier, ne purent le blesser ni même le saisir.

Ce n'était pas pour le retenir qu'on avait fermé la grotte de barreaux enchantés ni monté autour, peu à peu, les murs profonds de la forteresse en plusieurs couches séparées de pièces comme autant de grades. C'était pour que nul ne connût l'impuissance du Roi, sauf ceux désormais honorés de la taire : la garde noire.

Le Roi était venu plusieurs fois questionner le sorcier, sans que jamais celui-ci ne répondît ni ne se montrât différemment qu'en une silhouette, immobile et paupières closes, dormant en héron, tant cachée dans l'ombre qu'elle paraissait incrustée dans la roche. Les visites finissaient en monologues hurlés, crevant les premiers murs, parlant d'Odin, de destin, de sacrifice, de Dragon, les mains du Roi tremblant les barreaux. Puis le Roi n'était plus revenu, partant pour d'interminables conquêtes, ne laissant que ses volontés.

Tous ceux qui savaient, resteraient dans la forteresse, n'auraient plus femmes ni enfants, ne sortiraient que sur ordre et en groupe, ne parleraient qu'entre eux, chacun gardien du silence de l'autre.

Le garde finissant lui livra un passage dans les murs jusqu'au chemin vers la geôle, et leva sa tête, un fruit écrasé, dans un élan plein d'espérance.

■ — Oila.

Bjørn, lentement :

Î — Au menteur le mensonge, au tueur la mort.

Il lui trancha le cou.

Sa signature.

*

Depuis, Bjørn était mort comme il avait tué.

Nol était resté, et avec lui revenait ce sens étouffé par la haine de Bjørn, celui par lequel, enfant, il lisait leurs histoires dans les arbres, les mouvants de poils, plumes et écailles, de leurs naissances à leurs devenirs, quand le ciel lui parlait avec sa lente voix de lumières, ses mots de nuages, d'humeurs lointaines.

Et cet homme qu'il avait tué, Nol le voyait enfin, non plus uniquement dans ses actes et son horreur, mais dans son âme, sa blessure. Il ressentait ce qu'il avait fallu de douleurs, d'abandon, de détestation de soi, pour qu'il fît payer toute beauté, toute espérance, si cruellement. Sa laideur devenue cœur, sa solitude devenue haine de ce qu'en une autre histoire, née d'un simple geste en ses plus jeunes années, il aurait pu aimer. Le tuer avait été une grande joie, comme un orgasme, et le spectacle de son corps nu laissé aux charognards lui avait procuré une courte paix.

Aujourd'hui, Nol s'écœurait.

Comme une punition, sa mémoire le ramenait à celui qu'il avait été.

*

Pour la mort du garde et son entrée au Valhalla, Bjørn avait prévu de le découper comme un porc en morceaux choisis afin que lui fût refusé l'ultime et éternel banquet, qu'il fût servi sur la table d'Asgard plutôt qu'y festoyant, bouillonnant dans le chaudron Eldhrímnir avec Sæhrímnir jusqu'à la fin des temps. Mais il n'avait plus le loisir de cet hommage.

Il dépouilla le corps pour s'en habiller, roula ses effets sous la cotte pour l'emplir, et conserva la hache pour finir la silhouette. Ainsi paré, le peu de gardes qui l'entraperçurent se fièrent à sa vague ressemblance et il parvint au lieu le plus enfoui de la forteresse.

Bjørn lut sur les larges barreaux plats les runes chargées de contraindre le résident, et y posa ses mains. Il n'entendait que le doux rire d'une source mais, du fond du cachot, il sentit un mouvement silencieux et invisible, tel un serpent. Puis, un visage blafard sortit de l'obscurité comme celui d'un noyé remontant de l'eau noire d'un marécage.

— Je t'écoute.

9

La cage

Ce fut étrange d'être accueilli comme attendu par cette figure exsangue, mais le plus étonnant pour Bjørn était qu'elle lui parut familière bien qu'il fût certain de ne l'avoir jamais vue. Cette sensation lui faisait perdre pied.

Î — Donne-moi le secret de Dragon.

¿ — Non.

Î — Si tu me le cèdes, je te rends ta liberté.

¿ — D'où je suis, c'est toi qui es derrière des barreaux.

Î — Si tu es si libre, pourquoi restes-tu ?

¿ — Je t'attendais.

Î — Pourquoi ?

¿ — Pour une reconnaissance et répondre à une question que tu ne te poses pas… encore.

Î — À toi, je poserai toujours la même. Comment as-tu permis à l'épée du Roi de surpasser toute autre ?

¿ — En ajoutant à son fer le plus pur, par la plus vive flamme, deux impuretés choisies et pesées.

Î — Lesquelles ?

¿ — Une très ordinaire, matière du vivant jusqu'à sa cendre, la seconde plus rare, issue du Roi.

Î — Sois plus précis.

¿ — Je te l'ai déjà refusé.

Î — Il me le faut pour briser Dragon.

¿ — Tu n'en as pas besoin.

Î — De quoi ai-je besoin alors ?

¿ — De toi-même.

Î — J'ai déjà essayé.

¿ — Non, tu as échoué à empoigner l'épée. Tu réussiras lorsqu'elle t'aura saisi, mais pour la vaincre, il te faudra être en même temps le prédateur et la proie.

Soudain, Bjørn entendit l'approche d'un petit groupe, il se chercha une cache.

Î — Je reviens.

L'étrange silence qui suivit le retourna sur une absence. Bjørn se saisit d'une torche pour la jeter derrière les barreaux, puis une autre pour chasser la dernière ombre, le sorcier avait disparu. Incrédule, il resta si longtemps à fouiller du regard le cachot qu'il faillit se faire prendre.

*

Dans cette autre prison, Nol comprenait mieux cet instant, comme il comprenait mieux la voix de son geôlier qui, dans la langue de cette contrée, posait toujours même question : qu'était Dragon ?

Une pure nature forcie d'impuretés.

Comme Bjørn était Nol aiguisé de haine et douleur.

Comme tout guerrier, homme devenu arme par errements d'âme.

Forgée pour servir ?

Tous étaient enchaînés au service *de*, les uns par les autres. Jusqu'au Roi…

Î — *Qu'avait donc demandé le Roi au sorcier ? Pourquoi, aveugle, s'était-Il réfugié en pleine lumière ? Qu'était-Il avant Dragon ? Avant le premier sang ? Était-il possible que ma mère L'eût aimé ?*

(— *La renne amoureuse du loup.*

Î — *Qu'Il eût aimé ma mère ?*

> — *Je t'avais mise en garde, Je n'ai pourtant pas coutume de le faire.*

Î — *De qui sommes-nous le troupeau ? Sommes-nous libres ? Ne fût-ce qu'un instant ? Et avais-je seulement vécu en dehors de son ventre, arraché d'elle comme de moi-même par le fer ? Qu'avait-elle voulu me dire de sa bouche rouge ? Qu'avait étouffé son sang ? Son sang… Ses yeux… Ai-je seulement existé après cela ?*

Õ — *Oui.*

Oui, il y avait eu *Amour*. Il ne s'était jamais autant retrouvé qu'au moment où il s'était donné, aussi plein de lui qu'à l'instant où il l'avait reçue. Être touché, c'était être.

Amour… La seule réponse.

Ces chaînes étaient plus fortes que lui, mais lui, d'égale faiblesse.

Il leva ses mains en invocation.

Õ — *Nanuq pourquoi préfères-tu mourir ? Pourquoi refuser une vie avec moi, connaître nos enfants, partager nos joies, nous tenir chaud ? Tu m'aimes, je t'aime, pourquoi ne pas nous accomplir ? Ne veux-tu pas que je vive ?*

Et les frappa sur la pierre de toutes ses forces. La voix s'interrompit.

Î — *Oh si ! Je le veux tant que je renonce à toi.*

Il abattit de nouveau ses phalanges écrasées.

Î — Non ! Je ne renoncerai plus à moi !

Jusqu'à ce qu'une première main fût assez broyée pour passer l'anneau qui l'enchaînait.

Mouvements de silhouettes.

Õ — *Dorénavant et pour le reste, je suis…*

Amour de Nol.

Des formes brèves coupèrent la fente de lumière, qui s'éteignit à l'instant où il libérait sa dernière patte.

Î — *Ne m'attends pas dans ta tombe !*

Quand Nol fut debout, il entendit une barre sceller la porte. Oubliant ses blessures, s'élançant sans retenue, il la frappa en bélier, se brisant à chaque coup, et enfin renversé, il hurla au sol :

Î — Ouvrez-moi, ouvrez-moi, je veux vivre, ouvrez-moi, je veux vivre avant que de mourir, ouvrez-moi, je la veux, je veux ma vie avec elle, ouvrez-moi, je vous en prie, ouvrez-moi… Pitié…

Plongeant ses pensées à travers la porte vers les gardes fuyant, il ne huma que « Monstre ». Quand le dernier pas le quitta, son dernier os se rompit : sa volonté.

Ses mains tordues se levaient faiblement, en des gestes courts et tremblants, empêchés par les bras brisés, les côtes crevées, tentant de chasser la nuit, les corbeaux qui planaient au-dessus de lui en rires rauques, ceux de son père, sombres mouettes de sang perchées sur l'épaule d'Odin. Cette fois-ci, il ne se relèverait pas, ne se soulèverait pas par cette rage perdue, comme lorsqu'il arrachait avec les dents sa vie aux Valkyries.

Cette fois-ci, vaincu jusqu'au sang-du-dragon épuisé.

Sur le dos, tel le hanneton attendant les fourmis, sans même la consolation d'un dernier ciel, répandu au sol comme mâché et recraché par un dieu, il n'était plus que ce qui reste de nous quand tout nous est arraché, que nous ne sommes plus que douleur et perte, gémissant nos plaintes vaines et injustes insultes.

Mais aucun pleur, aucune larme ne lavait ses yeux inondés du sang de son visage, ceux-ci s'agitant seulement en bêtes molles après que tous ses membres eurent renoncés.

Là, séchant à terre par le feu consumant le jus de sa chair, par l'effort désespéré du dragon qui vivait en lui pour un impossible retour et dans une souffrance de tout, s'endormant en ultime faiblesse, vaincu jusqu'à l'âme, Nol était envahi par sa prison.

Lui venaient les chuchotements de cette forteresse, différente de celle du Roi, mais peuplée des mêmes, les Prédateurs, si pleins d'appétits qu'ils en avaient perdu le goût, épuisant jusqu'à leurs saveurs en se léchant sans cesse, se vivant uniques lors qu'ils étaient seuls, et tous asservis par leurs vouloirs, surmontant une crainte secrète, celle de n'être que ce qu'ils savaient d'eux dans un monde à leur image : stériles.

Parce que les murs les plus épais abritent les peurs les plus grandes.

Chez l'un, la terreur était si ancienne et constante qu'elle s'était durcie en autres remparts, levés jusqu'à se toucher, empêchant que la lumière n'en descendît, s'emboîtant les uns dans les autres, formant des couloirs tortueux ne menant qu'aux suivants ; un labyrinthe sans fin, courbé au cercle vicieux, où l'esprit enfiévré de Nol eut peine à découvrir un animal perdu qui poussait une étrange plainte ; une pauvre bête sans dents, cornes, sabots, muscles, ni tendons, un avorton aveugle et sourd, pelé, rabougri, aussi écrasé ici que Nol l'était ailleurs, sans presque conscience de lui.

Et Nol fut étonné de l'entendre dire : « Je suis le cœur d'Hérode. »

L'esprit de ce roi l'y avait oublié. Nol saisit en coupe dans une main cette petite chose pitoyable et répugnante.

Î — Je ne suis debout qu'en pensées chancelantes, mais je vais t'aider.

Sur les parois des couloirs se devinaient des gravures, les doigts de Nol s'y promenèrent à la recherche d'un plan, d'un passage vers un paysage différent, mais il ne put que remonter le fil de la vie d'Hérode, une voie sans issue. Alors, il s'arc-bouta entre les murs, tentant pour le cœur malingre ce qu'il avait échoué pour lui-même, et renversa une première cloison sur une autre et autre, chaque chute entraînant la suivante, jusqu'à ce que le labyrinthe fût comme soufflé.

Au-delà, rien, moins qu'un désert, rien pour nourrir la bestiole. De l'intelligence, plein, mais rien pour ce cœur. Une terre sans sol, une mer sans eau, un ciel noir sans promesse d'étoiles. Nol, levé sur une des parois flottantes dans cette nuit, le petit cœur en main, dit :

Î — Hérode, dit le Grand, dès l'enfance, tu as craint d'être assassiné par ton monde d'ambitieux. De peur de disparaître, tu as renoncé à être. Tu as appris à étouffer tes élans pour de froides tactiques. Par calcul, tu t'es soumis à Rome et as massacré ton peuple. Tu n'es au sommet que pour frapper de haut tout ce qui te menacerait. Tu es pire que mon père qui croyait assez en Sa folie pour lui donner Sa vie. Toi, ton ciel est moins que vide, il est plat. Tu n'es roi que par hasard de ventre et infamies. Je te plains, malgré toi, malgré moi, je plains ce manque d'être, insatiable d'hommages. Hérode le Grand, tu es petit, et je sais pourquoi…

Il ouvrit la main :

Î — Voilà ton cœur, Hérode le Petit, tel que je l'ai trouvé, je ne peux rien en faire, c'est le tien, toi seul peux le faire battre.

Le roi fut pris d'un brusque et puissant malaise, il s'enfuit de son palais avec toute sa cour et le gros de sa garde, pressé comme un enfant fuyant le rat de la cave. Et Nol fut soulagé d'être débarrassé de ces esprits-là.

Î — Faute de crever en paix, que ce soit en silence.

Il n'en avait pourtant pas fini avec les voix de la forteresse. Entre le bétail des Prédateurs, pénétra dans sa fièvre la danse des Médiocres.

Ils se tenaient par les mains, mais chacun dans son propre pas, formant un corps lourd et touffu se contrariant par l'un et l'autre, une cohue d'êtres se percevant par morceaux, se combattant sans même l'excuse d'une haine, dans le pauvre désir d'un mieux, d'un instant d'équilibre, et s'entre-désolant ensuite tout en se diffamant. Ils étaient des volontés sans un oui sans un non, prenant leurs couleurs de proche en proche, êtres gris aux desseins mouvants. Des cœurs se gaspillant en s'épargnant, ni bons ni mauvais, des danseurs sourds se réservant pour une musique : une ronde trébuchée qui ne destinait nulle part, un cercle vide.

Arc tendu vers son père, Bjørn n'avait fréquenté dans sa vie de batailles que des assassins – suscitant élans de meurtres –, mais finalement moins désespérants. Ce mou, il ne savait par où le prendre. Ensemble, ils n'allaient que là où leur vertige commun les menait, comme un tourbillon de feuilles. Séparés, ils se perdaient plus encore, leurs mains vides d'autres, tendues dans leurs chutes.

Nol n'y décela pas d'histoires, sinon ce vent qui les agitait dans leurs danses, un vent dont ne parvenaient que bruits et nausée. Pour les taire, il se chercha des frères, comme lui engeôlés, mais chez les réprouvés, il ne trouva pas plus qu'en lui. Les criminels n'étaient que de petits prédateurs, mis à bas par plus gros. Les condamnés brûlaient d'une même colère que Bjørn, mais en moins de courage. Et tous, pour survivre ici, s'entre-dévoraient, finissant par être dignes du lieu ou cessant d'être. Parmi ces Cessants, il en rencontra certains survivant en chair et devant qui il s'arrêta : les Égarés.

Fous, tristes jusqu'en leurs rires, ils vous regardaient sans vous voir, vous interrogeaient sans vous entendre, et Nol ne trouva pas en eux d'évasion. Il n'y avait aucune liberté en folie, que douleur, et les fous étaient laids comme tous les écrasés. Pourtant, il les toucha, pourtant à certains même, il demanda :

Î — Parle-moi de ta peur…

Parmi les Égarés, Nol en distingua qui n'en étaient pas ou plus : les Bêtes. Ceux dont l'intelligence s'était arrêtée ou effondrée, uniquement punis d'avoir trop forme humaine, parqués ici pour ne plus rappeler l'animal en l'homme. Ceux-là lui léchaient la main qu'il leur tendait, trop vide pour les nourrir, et il caressait par l'autre leurs peaux sans fourrure, jusqu'à ce qu'apaisés, ils s'endormissent. Ceux-là finirent de lui emplir le cœur de plus de tristesse qu'il n'en pouvait porter. Il les lâcha, sans connaître le lien qu'il légua par son passage, la porte dérobée vers son esprit.

Chez tous ces malheureux, il n'y avait qu'un instant où leurs ténèbres reculaient, un instant revenant en cycle sans que Nol, hors lune et soleil, pût le mesurer : celui de leurs libérations. Naissait alors une lumière, une joie si vive qu'ils retournaient à l'incandescence de leurs enfances.

Sous la fièvre de Nol, ils apparaissaient comme une procession de torches dans la nuit, brûlant le temps de leur salpêtre, montant vers une aube, et le quittant pas à pas. Ceux-là, il tenta de les suivre, s'évader par eux, mais perdit leurs flammes en lueurs, à mesure qu'ils s'éloignaient.

Cependant, en une de ces aubes, il devina un esprit familier, un qui l'attendait, féminin, perçu si faiblement qu'il n'avait pas de visage, une étoile trop distante pour ne pas être éteinte des feux du premier manteau.

Î — *Amour?*

Il s'étira autant que possible, se remorquant aux lumignons, tentant de la frôler d'un doigt. Mais lui revint la crainte, à la toucher enfin, de cultiver en elle un vain espoir et lui offrir son cachot, alors il renonça encore, par amour, à *Amour*.

Voilà… Nol avait retourné chaque pierre de ces murs pour y trouver blessants ou blessés, piques ou abîmes.

Il avait pu croiser un Humble, ouvert sans être une gueule, pas plus élevé qu'il n'était grand, se suffisant *en* besoin et se partageant *au*. Il avait pu entrapercevoir un Germé se hissant au-dessus de lui-même et entraînant ceux attachés. Mais dans la bousculade de l'enfer, ils furent piétinés par les « sauve-qui-peut ».

Lassé de se désespérer, comme s'étaient couchées ses paupières sur ses yeux épuisés d'obscurité, il ferma son esprit autant que son corps en sa prison.

Et se laissa glisser…

Comme une baleine s'immergeant lentement jusqu'au lieu où la lumière n'était qu'un rêve ; où planaient des êtres transparents, dilatés ; où le toucher immense dépassait les corps pour s'interroger d'eau ; là où se merre le silence des derniers géants, inconnu et profond, enfoui en ce mouvant pour atteindre le temps, et figer le sien jusqu'à toujours et maintenant. L'éternité…

Là, il se vivait autrement, autre et autrefois. Il rejoignait *Amour* au moment d'avaler l'amertume et posait sa main sur ses jeunes épaules, lui disant : « Je suis là et serai qui tu voudras. » Le rond du ventre serait le sien, leurs enfants grandiraient dans ses bras, ils mangeraient les tendresses d'*Amour*. Lui serait force et durée sous le soleil constant d'une terre blanche, les nourrissant des mouvements de l'eau, en vie simple et pure.

L'éternité…

Sauf à l'instant brutal où le corps séché arrachait, par la faim du dragon, le rêveur au temps immobile pour le jeter en être premier dans son cachot, une terre grasse entre les dents, un ver dans la bouche, larve, cafard, toutes choses, toutes petites vies pour supplément de la sienne.

Il se réveillait en araignée sursautant sur sa toile, ses sens projetés en étoile sur l'étendue de sa geôle, terrorisé d'être et cela…

À hurler jusqu'à ce que son malvivant pût replonger en deçà.

Jusqu'au rêve d'*Amour*, toujours recommencé…

10

L'Enfant

Trente-trois ans plus tard.

Des bruits de pas au lointain, nombreux, de plus en plus lourds à mesure qu'ils s'approchaient, avec un son de ferraille qui s'arrêta à la porte.

|| — Qui a posé ces poutres ? Vous, dégagez ça !

| — Lucius, tu es sûr de ce que tu fais ? Regarde-les, elles sont courbées dans le fer, nous ne pourrons pas les retirer sans les scier. Et encore ! si le temps n'en avait pourri le bois.

|| — La prison est pleine, il faut bien mettre celui-là quelque part.

Bruit d'efforts, lourdes chutes, masses traînées.

|| — Qu'attendez-vous ? Enlevez la barre !

| — Nous ne pouvons pas, elle est tordue.

|| — Alors, redressez-la, idiots !

Bruits de fer cognant le fer, plaintes d'hommes et métal, chute sonore.

|| — Écartez-vous !

Ahanement.

La porte résistait à son tour, elle avait perdu l'habitude et s'était attachée au mur.

|| — Par Mars ! Elle est scellée, aidez-moi.

La porte céda, en plusieurs mouvements, une torche fouilla la cellule.

|| — Jupiter me foudroie ! Quelle odeur ! Enfin, ça ira pour cette nuit. Il suffit qu'il soit toujours vivant demain.

Une main poussa un homme encore jeune, barbu et chevelu, vêtu d'une simple tunique, il se tenait un peu courbé, du sang avait coulé de son crâne au visage.

La porte se referma comme une bouche qui l'avala.

| — Une bonne chose de faite.

|| — Buvons à cela.

Les pas s'éloignèrent et ce fut le silence après la nuit.

\+ — Parle-moi.

+ — Parle-moi, Nol.

Î — Ira… ga… ël ?

+ — Iragaël était le messager qui t'envoyait à moi.

Î — L'En… fant ?

+ — L'enfant.

Î — Trop… tard… plus… Enfant… plus rien… à… donner.

+ — Je porte toujours l'Enfant en moi, j'espère toujours ton cadeau.

On entendit la chute étouffée d'une chose raide lancée au sol.

Î — Tiens… manger…

On perçut un frôlement, puis de petits cris aigus et des pattes rapides retournant au trou d'où elles étaient venues.

Î — Rat… mort… en mes… mains… Comment ?

+ — Dans les miennes, il n'a pas eu peur de vivre.

Î — Plus… dur… fait… va… devoir… re… commen… cer.

\+ –– Repartir, et ne plus se perdre. Écoute…

(— Nol,

en ma bouche
pleine de terre,
par sa bouche
plainte de fer,

j'ai su ton
envolée
engeôlée,
et tout le long
t'ai suis vie.

Mon fils,
j'ai refusé
l'eau calme,
source d'âmes
pour toi.
Pour être avec
et te souffler
au lieu le plus noir,
ma dernière histoire.

N'aie pas peur d'aimer.
Quitte le sang rouge
et mordant,
que le tien bouge
comme sève,

et lèvres
plus que dents,
sois fièvre
d'un grand rêve.

N'aie pas peur d'aimer.

Entre le ciel et la terre sois
L'arbre qui de son bois
couvre, et fruits donne.
Sois leur pont et ta colonne.

N'aie pas peur d'aimer.

Je suis là,
en cœur.
Et le tien
s'en souvient,
quand il bat
encore.

N'aie pas peur d'aimer.

Haut ci,
aime mon fils,
en tous aime,
sème mon fils,
en toutes âmes.

N'aie pas peur d'aimer.

Un ci,
Nous nous

unirons,
moi,
mes ancêtres,
toi,
tous tes êtres,
en tout
nous irons.

N'aie pas peur d'aimer.

Y ajouter
notre goût,
y goûter
notre ajout.

N'aie pas peur d'aimer, Nol…

+ — Écoute…

Au matin une épée de lumière perça le ventre noir du cachot. Un vieillard tout en os, perdu dans un manteau de merde, sanglotait sur les genoux du Nazaréen.

Pendant que les Romains emportaient Yeshua, ce dernier souffla à Nol :

+ — Tu es libre.

La porte était ouverte, pas qu'entrebâillée, mais disparue.

Léché par la béante clarté jusqu'en sa flaque, le corps de Nol tout entier en ressentait l'haleine chaude, et là où il avait fallu une torche, il plissait des yeux trop longtemps enterrés. Ébloui en regard, il l'était davantage encore en esprit, stupéfait, ne sachant pas ce qu'il venait de vivre. Un rêve de plus ? Une vision jaillie par fièvre ? Une compatissante folie ? Il ne pouvait le croire.

Pourtant, il n'avait pas vu le visage de cet homme, ne lui restait que vaguement le soutien d'un corps, d'une parole. Sa voix, il n'aurait pu la décrire, il ne se souvenait que de celle de sa mère et ses mots. Ceux de celui-là, mis à part les premiers, le dernier, l'avaient traversé sans qu'il en retînt un, comme une eau le lit du ruisseau. Ceux de celui-là l'avaient parlé et lavé.

Il ressentait, sans raison, l'évidence d'une rencontre, aussi certaine que cette porte enfin abattue.

Il avait dit : « Tu es libre. »

Il se retourna lentement, péniblement, comme se déracinant, jusqu'à se basculer et que son ventre respirât contre la fine couche de terre transpirée par cette grotte, et que son oreille y écoutât l'écho de son cœur battre en bruits redécouverts.

Et là, encouragé de lui, il pivota, poussant, tirant, par frottement de membres, difficilement, tel un knörr fendu tentant une manœuvre de toutes ses rames pour accoster en mer contraire.

Enfin, étendu vers ce feu, flèche tombée du carquois, il respira longuement puis rampa en mollusque, si peu à peu qu'un piétinement l'aurait dépassé. Il parvint cependant jusqu'aux commissures de la roche, y ferma les doigts et, autant que suspendu, s'y souleva jusqu'au cou, tendit une main pour prise suivante avant de s'évanouir.

Il se réveilla, son bras en oreiller, mit un temps à retrouver le lieu comme à se souvenir de sa volonté, avant de chercher à nouveau son chemin. À droite, aucune échappée ; à gauche, un couloir aussi long en sa mesure qu'une mer à nager ; du bout venait une lumière plus vive qui acheva de lui clore les yeux. Son épuisement était si grand qu'il eut la tentation de renoncer, se contenter de la tête et d'une main, mais alors que ses doigts palpitaient sur le sol, il toucha un petit corps mou et fibreux qu'il ramena à lui : la pourriture du bois.

Les Romains avaient emporté les poutres, soigneux, mais pas assez pour en ratisser les éclats. Nol le mit dans sa bouche, le mastiqua avec précaution, heureux de ne pas y mêler les dents. Il sentit en lui la braise du dragon renaître de son charbon. Il était secouru par l'arbre, ce généreux soutenant le ciel, nous portant en paume au-dessus des mers, nous tenant en giron contre pluies et vents, nourriture du monde jusqu'en la bouillie dans son palais de renaissant.

Sur sa langue, cet âcre lui paraissait miel. Il balaya le bras pour moisson, glana encore des copeaux et continua d'en presser le suc. Ainsi picorant la traînée du bois, ondulant, gémissant, s'ouvrant à l'os coudes et genoux, il gravit le long couloir en un temps immesurable dans sa conscience, une série d'élans relancés pour chaque pouce, et parvint au deuxième mur percé par les soldats.

La paroi avait été grossièrement crevée par des masses, il devait se soulever là où ils s'étaient baissés.

Ce qu'il était aujourd'hui, autrefois il l'aurait mis en poche. Et face à ça, il lui fallut tout son vouloir pour hisser son menton en crochet au-dessus du muret. Ainsi retenu, il écouta comme en l'eau profonde des lacs qu'enfant il explorait à s'en rompre les poumons et où les cris du monde ne lui parvenaient qu'en vagues rumeurs.

Nol s'étonna de l'écart entre son œil, écorché de lumière, et son oreille, coquille étouffée de sable, car si des sons lui venaient, ce n'était que mélangés, confus, ralentis, en soupe épaisse. Il sentait pourtant à travers eux une agitation. Il percevait un mouvement né de gauche pour s'élever à droite par un probable escalier, puis laissa passer un long corps étranglé de murs, l'animal d'une foule, le mille-pattes résonnant de tant de voix enchevêtrées et aboyées d'autres.

Après cela, revint un presque silence uniquement troublé de ses propres bruits, son cœur cognant ou le sifflement de sa bouche. Soudain, comme l'ultime soubresaut du cadavre se refusant, il se jeta au-delà du muret.

Douleurs…

Longues douleurs…

Son souffle cassé, son esprit frappé puis, au bout d'un bras tendu, il sentit la hauteur d'une marche. Il réussit à y placer la seconde main, s'appuya dessus, se poussant de pieds à y laisser quelques ongles. Sur cette marche, il se posa comme au muret, y renversa l'oreille, entendant l'écho des derniers pas, à moins que ce ne fût le battement de sa tempe.

La première marche…

Narrer l'ascension de Nol, en chacune, serait trop long. Je t'y perdrais sûrement, si ce n'est déjà fait, tu l'enjamberais pour l'attendre en haut. Pourtant, il y aurait tant à apprendre des rampants si l'on consentait à s'y abaisser, eux seuls connaissent le sol. Aussi, je ne t'en dirai pas le trivial, la forme des prises que la main de Nol garda longtemps en paume alors qu'il remontait d'entre les âges, celles de la pierre cassée à la roche mieux que taillée, ni le détail du gros bois tombé d'une poutre par l'angle d'une marche où il fit bivouac et banquet, ni la saveur de l'eau qu'il lécha, filet de pisse.

Aussi, je ne te décrirai pas toutes les images par lesquelles il se surmonta, celles toujours inconnues chez autrui, parfois assoupies en toi, celles qui nous font vivre et ici revivre. Mais je voudrais que tu m'en autorises quelques-unes, afin que je puisse les revoir…

Î — *Elle me porte sur son dos et mes yeux au-dessus de l'épaule voient le grand ciel se mirer sur l'étendue de neige. Des arbustes saillent à peine, leurs doigts maigrelets dans le mouvement de l'air : celui que nous respirons l'un contre l'autre ; celui qu'elle m'apprend, par poitrine, à recevoir. Puis elle chantonne un autre air, si doux celui-là que mes paupières s'endorment.*

À l'instant de mourir, on revivrait sa vie, paroles de revenus. Qu'en est-il des renaissances ?

Î — *Un petit feu auprès de nous, sous même peau, elle me raconte le voyage du soleil après qu'il nous quitte. Un grand feu auprès de moi, dans ses bras je m'envole.*

À revivre, quelle autre vie pourrait te revenir que tienne?

Î — *Je vois ses yeux qui me cherchent là où je me reflète, je la vois me regarder où elle ne craint pas de me chasser, c'est là aussi que j'ose admirer son visage, comme en son dos la grâce de ses mouvements, la tendresse de ses gestes.*

Et ne seraient-ce pas elles, tes images autant que tes souffles, tes cœurs, toutes tes répétitions, qui te feraient revenir de chacune de tes petites morts? Cette ressouvenance de soi au moment d'agoniser n'étant que l'élastique qui se tend pour nous remonter.

Î — *Je suis en elle, jusqu'en elle, elle me retient. Je reviens, re-tien, re-sien, et notre bonheur est relevé de chacun. Je me sens de toi plus que de moi.*

Je le crois, la mémoire est un mouvement d'allers-retours, mon identité le carrousel de mon histoire, l'espoir nostalgique de quelques moments, fussent-ils rêvés. Je suis ce que je fus, deviens ce que je redeviens, et qu'importe si je m'y perds, tant que quelques étoiles me retrouvent, me disent où je suis en ce monde.

Quelques images, mais pas plus, tu t'y ennuierais, il te faut constamment avancer, quitter avant de savoir, il n'y a que le but qui te tende, alors qu'il est connu que le seul mystère est le parcours.

Il te faut être en haut de l'escalier à l'instant où Nol s'y hissera, celui où la lune pâle croise la paupière close du soleil levant.

TROISIÈME PARTIE

PRÉSENTATION DES PERSONNAGES
TROISIÈME PARTIE
– par ordre d'apparition –

○ — Aaron, frère d'Éléazar.
* — Éléazar, le Fou, le Confiant, l'Ami, frère d'Aaron.
Î — Bjørn, Nanuq, Nol.
◊ — Un Hébreu.
| — Premier soldat romain.
|| — Deuxième soldat romain.
¡ — Ora, la grande sœur, épouse de Gaêl, mère de Roni.
~ — Roni, fils d'Ora et Gaêl, époux de Myriam, père de Nathan, Jessica et Pénina.
^ — Gaêl, l'homme doux, époux d'Ora, père de Roni.
> — Le Roi, père de Bjørn.
(— Tjidtjie, mère de Nol.
Õ — *Amour.*
î — Nol enfant.
' — Nathan, jumeau de Jessica.
' — Jessica, jumelle de Nathan.
° — Pénina, sœur cadette de Nathan et Jessica.
+ — L'Enfant, Immanouël, Yeshua, Jésus.

¿ — Iragaël, l'ange.

₩ — Un rabbin.

( ) — Myriam, épouse de Roni, mère de Nathan, Jessica et Pénina.

11

L'ami

Famille, amis, voisins, nous sommes ici pour celui que la plupart d'entre vous connaissent comme le Confiant, et je vous en remercie…

Mais avant que nous le pleurions, je voudrais vous le raconter. Car mon frère a vécu longtemps et seuls les plus anciens se souviennent de lui comme il a été. Peut-être suis-je le dernier à conserver l'enfant vif et rêveur qui jouait avec moi, le jeune garçon qui me montrait les étoiles, celui qui fit que je ne pus l'abandonner.

Un matin, un malheur était entré en lui, il pleurait sans qu'on puisse le consoler, sans nous expliquer ce qui le tourmentait. Après les pleurs, il resta dans le silence. Après le silence, il y eut l'agitation, renversant les meubles, bousculant les siens. Après l'agitation, il y eut les cris, puis il se mit à courir dans le village comme pour fuir, et lorsqu'on le rattrapait, nous disait :

* — Ne m'arrêtez pas ! il me cherche. Ne vous approchez pas ! il va vous avaler avec moi.

On l'appela Éléazar le Fou.

Mes parents en moururent, je crois… Et moi, tant occupé de lui, à le calmer, le retenir, le trouver aux prisons, lui rendre visite autant que possible, je restais sans compagne.

Mais en dernière sortie, après un enfermement si long que j'eus peur de ne plus le revoir, il avait changé. Son regard était encore fiévreux, mais son visage était en plus grande paix.

* — Aaron, je sais que l'homme existe…

Mon frère était toujours fou, et pourtant moins malheureux, et je remarquai que plutôt que courir, il attendait.

Un jour cependant, il s'éloigna sans que je puisse le retrouver, et au soir, revint avec un poisson à la main, me disant :

* — Voilà pour notre dîner.

J'aurais pu m'emporter tant je m'étais inquiété, mais tenant ce poisson, se tenait mon frère tout entier.

Au repas, je lui demandais :

○ — Qui t'a donné ce poisson ?

Il me répondit dans ce flot de paroles vives, joyeuses, intarissables, que j'avais connu dans mes jeunes années et n'osais interrompre :

* — C'est moi qui l'ai pêché au lac où il me mena dans son chariot ailé. Oh Aaron ! Tu aurais dû voir ce lac ! Sur sa surface tranquille se reflétait son ciel blanc, et sa fraîcheur m'enveloppait d'un voile invisible qui calmait jusqu'à l'âme. Et nos fils traînaient dans son mouvement lent et son silence nous rendait grands. Oh Aaron ! Tu devrais le voir, j'ai pu le porter, mais ce jour-là, je me serais écroulé sous sa main quand il m'a dit :

Î — Parle-moi de ta peur…
○ — Tu lui en as parlé ?
* — Oui…
○ — Pourquoi à lui plutôt qu'à moi ?
* — Parce qu'il la connaissait déjà. Il voulait que je la dise par ma voix.
○ — Puis-je la connaître aussi ?
* — Maintenant que j'en ai le remède, je peux te la dire. Te souviens-tu comme j'aimais m'éloigner pour admirer les étoiles ? Eh bien une nuit, j'en ai vu une disparaître. Pas me perdre, non ! Je la connaissais trop pour qu'elle ait pu m'égarer. Elle a cessé d'être… Alors, j'ai su… J'ai su que le ciel était une mer noire, où des braises se débattent avant de s'y noyer, que nous étions au bord d'un vide immense, froid, sans espoir. Cela m'a terrifié, je n'ai pu en revenir, caressé en permanence par ce néant, aspiré par cette béance…
○ — Tu as parlé d'un remède.
* — Il a sorti un bâton de son manteau, s'est penché vers la surface du lac et a agité le bout dedans en petits cercles rapides. Il m'a dit :
Î — Regarde… le creux qui se forme, c'est ton vide, serais-tu au bord que tu ne verrais plus que lui, oubliant le plein : l'eau te soutenant. Tu crains d'y tomber ? Ou qu'elle chute sur toi ? Tant qu'il y aura ce mouvement, cette force constante, cela est impossible, le plein et le vide ne peuvent se mélanger, au pire ils s'éclaboussent. Tant que tu seras en vie, tu seras ce mouvement, hors vide et plein, de l'un et l'autre.
* — Je lui ai demandé : « Et à ma mort ? » Il a levé le bâton, l'eau se souleva du trou…

Î — Tu t'empliras, comblé de ce que ton existence aura agité, aussi il ne faut craindre qu'une chose : en avoir eu une mauvaise. Le remède pour s'en sauver est d'aimer.

* — Je n'ai plus peur, Aaron. Je n'ai plus peur…

Ainsi naquit Éléazar le Confiant, le consolateur des mourants, l'encouragement des enfants, l'exemple, en sa vie et ses paroles, qui nous a tous soutenus par sa foi en l'amour. Ainsi est revenu mon frère.

C'est pourquoi ce pêcheur, qu'il eût été la dernière folie de mon frère, ou celui qui a réalisé son nom, je veux, ici, le remercier : il l'a sorti de sa boue pour le rendre à sa rivière.

* * *

Les paupières de Nol étaient serrées, au jour il opposait son crâne. La respiration haletante, il souffla son nez et un opéra de senteurs lui vint sans en reconnaître aucune, comme le nouveau-né reçoit le sang et les humeurs de sa mère en même émotion que, plus tard, l'herbe coupée.

Son ouïe, par contre, était toujours endormie. Aurait-il compris la langue qu'il n'aurait rien entendu en cet écho distendu, tout en voyelles râpeuses, vers lequel il se traînait ?

Dans la cour de la prison, le centurion avait délégué à un Juif de confiance l'inventaire des libérations avant le shabbat. Celui-ci finissait, encadré de Romains.

◊ — Zacharie.

— Présent.

◊ — Saül.

— Présent.

◊ — Nissim.

— Présent.

◊ — Yom tov.

— Loué soit l'Éternel.

◊ — On dit « Présent. »

— Présent.

◊ — Menahem.

— Présent.

◊ — Éléazar.

— …

◊ — Éléazar le Fou !

— Il ne veut pas venir.

◊ — Comment ça ?

— Il dit qu'il veut rester avec l'homme qui pêche des poissons dans un désert blanc.

◊ — Amenez-moi cet idiot ! Tout de suite !

On remorqua par les bras un homme fébrile, son regard tourné en arrière.

◊ — Éléazar.

* — …

◊ — ÉLÉAZAR !

* — Oui.

◊ — On dit « Présent. »

* — Présent.

◊ — Bien. Simon.

— Présent.

◊ — Joël.

— Présent.

◊ — Josué.

— …

◊ — Josué !

— Il est mort.
◊ — Depuis quand ?
— À vue de nez, trois jours.
◊ — Pourquoi avoir attendu pour le dire ?
— Ce n'était pas un gars à ennuyer quand il dormait, on ne l'a senti vraiment qu'hier.
◊ — Alors, dispensé. Isaac.
— Présent.
◊ — Et le dernier, Ruben.
— Présent.

| — C'est quoi cet étron au sol ?
|| — Putain ! Il faudrait qu'il se pisse dessus pour se laver un peu !
| — Bonne idée, mais on pourrait l'aider.
Ils urinèrent sur son dos et nuque.
| — Qui es-tu ?
Î — …
| — Qui connaît cette charogne ?
◊ — Quelqu'un connaît cet homme ?
* — Moi ! Je le connais. C'est Josué.
◊ — Ah ? Je comprends pourquoi on l'a cru mort. Éléazar, puisque tu l'as reconnu, emmène-le avec toi.
* — Oui.
Aux Romains :
◊ — C'est Josué.
| — On s'en fout, qu'il emporte son odeur et crève ailleurs.
|| — C'est fini ?
◊ — Oui, la liste est complète.
|| — Bon, tu leur dis que s'ils reviennent, je les attendrai avec une pelle. Qu'ils dégagent maintenant.

◊ — Ne revenez pas, vous n'êtes pas les bienvenus… Allez !

Dans la cohue, Éléazar traînait Nol, lui serrant les bras sur sa poitrine, lui frottant les jambes au sol. La tête blanche de sa charge dodelinait sous son épaule.

Î — *Qui es-tu ?*

* — Éléazar le Fou.

Î — *Je préfère l'Ami. Tu ne sembles pas étonné de m'entendre.*

* — Cela fait longtemps que je t'écoute.

Î — *Pourquoi m'aides-tu ?*

* — Parce que tu l'as fait pour moi.

Î — *Je ne te connais pas.*

* — Moi je te connais, tu es celui qui pêche dans le désert blanc. Celui qui m'a aidé quand j'étais égaré…

Î — *Comment ?*

* — Ton passage légué par imposition de fronts.

Î — *Je ne comprends pas…*

* — Moi non plus, mais qu'importe, tu m'as sauvé, j'ai trouvé un refuge à ma peur.

Î — *Tant mieux…*

Le nez contre la toile rugueuse imprégnée de la sueur d'Éléazar, une odeur rappelait à Nol quelque chose. Tant, qu'il oublia la douleur de ses bras dans l'effort de la saisir. C'était lointain en sa mémoire, mais si proche en ses narines qu'il finit par le rejoindre.

L'effluve du renne…

Par le cervidé, Nol retrouva son esprit dans l'odorat et connut assez sa puanteur pour s'étouffer de lui-même.

Î — *Éléazar.*

* — Oui.

Î — *Tu es épuisé. Je sens ton corps trembler.*

* — J'ai toujours été nerveux.

Î — *Non, Éléazar. Tu ne peux me mentir. Garde tes forces pour toi. Laisse-moi.*

* — Non…

Î — *Va chercher de l'aide. Ne te sacrifie pas.*

* — Attends.

Î — *Je refuse. Mais tu peux faire quelque chose pour moi. Suspends ton pas. Tiens-moi au-dessus de toi.*

Éléazar s'arrêta. Nol ouvrit les paupières et laissa ses yeux se brûler à la beauté du monde.

Ce furent ses secondes larmes.

*

La herse de la forteresse était ouverte comme une mâchoire et vomissait une bouillie d'humanités. Certains des hommes avaient gardé leurs os et marchaient droits, têtes levées devant ; d'autres dégoulinaient plutôt, titubants, voûtés, cous et lèvres rentrés, regards hésitants qui scrutaient de côté ; les derniers n'avançaient plus que charriés.

En ce fluide grumelé, Ora vit une île qui attira sa curiosité. Elle reconnut Éléazar le Fou arc-bouté sous un camarade sec comme un bois de vigne. Cet étrange fardeau tentait d'écarter les bras alors que même ses doigts restaient courbés. Il ouvrit des yeux qui sitôt furent comme des failles dans une jarre. Cela suffit à Ora pour se précipiter vers eux.

¡ — Éléazar ! Laisse-moi t'aider !

Et Ora prit les longues phalanges osseuses de l'homme pour les poser sur elle. Sans comprendre, Nol enserra maladroitement son crâne, repoussant un tissu, libérant une épaisse et ondoyante tignasse noire.

Î — *La grande sœur…*

¡ — Quoi ?

* — Ne t'inquiète, cela veut dire que tu es son amie.

¡ — Toi aussi tu l'entends dans ta tête ?

* — Oui.

¡ — Ah ! Je ne sais pas si cela doit me rassurer…

Î — *Tu n'as pas grandi…*

¡ — Je sais.

Î — *Naine ?*

¡ — Je suis une femme à l'apogée de sa beauté ! C'est toi qui es trop grand !

Î — *Tu n'es pas sa sœur, mais sa mère…*

¡ — Oui… Oui, tu as sauvé mon fils.

* — Ora, je ne savais pas que Roni avait fait de la prison.

¡ — Non Éléazar, il est trop malin pour ça.

Î — *Comment va-t-il ?*

¡ — Je ne connais personne qui aille mieux que lui, il en est énervant.

Î — *Tu m'attendais… Pourquoi ?*

¡ — Tu es idiot.

Î — *Nol, l'idiot…*

¡ — Et moi, Ora, la grande sœur… Éléazar, j'aperçois Roni. Continue à m'aider jusqu'à ma carriole, puis retourne à ton frère, je l'ai vu te chercher là-bas.

* — …

¡ — Je te promets que je vais prendre soin de lui. Tu sais comme Aaron s'inquiète de toi.

* — …

Î — *Éléazar, si je peux, nous irons pêcher.*

* — Alors, j'attendrai.

Bousculant sans égard le contre-courant de la libération, Roni se précipitait vers la voix de sa mère. Il fut soulagé de la trouver avec ce pauvre Éléazar.

Entre eux était un cadavre debout, blanc de coiffe et merdeux de corps, la tête posée de travers sur son cou comme celle de ceux qui ne voient que par oreilles. Si elle disputait ce corps à Éléazar, il fallait que ce soit celui qu'elle attendait depuis tant d'années.

~ — C'est ça qui m'a jeté si haut que j'ai disparu ? Il n'est même pas capable de tendre les bras.

¡ — Si tu l'avais connu alors, tu n'aurais pas fait le malin.

~ — Si, mais en me cachant.

¡ — Méfie-toi, Roni, moi je suis encore capable de lever le pied, et je ne crois pas que l'on puisse se cacher de lui.

~ — Pourquoi cela ?

¡ — Sa pensée entre dans la nôtre.

~ — Merde alors ! c'est embêtant, je ne pourrai jamais jouer à « combien de doigts » avec lui !

¡ — Tu dis trop souvent merde. Aide-moi plutôt à l'allonger dans la carriole.

~ — Trop souvent ? C'est toi qui m'as appris le mot.

¡ — Pour la nommer, pas pour l'appeler. Fais attention !

~ — Je fais de mon mieux. Il est fin mais grand, l'animal.

¡ — Il est surtout fragile… Il brûle.

~ — Oui… Sérieusement, comment as-tu fait pour le reconnaître ton géant rouge ? Il était presque caché par Éléazar le Fou, on ne distinguait que sa tête blanche.

¡ — Ses yeux… On n'oublie pas de tels yeux.

Le corps fut posé dans la carriole entre les paniers.

¡ — Roni, donne-moi l'outre !

Écartant les lèvres avalées.

¡ — Bois… C'est assez, tu t'y noierais. Roni, trouve-moi le pain, puis guide l'âne, il nous faut partir sans tarder.

Émiettant la mie en petites bouchées.

¡ — Prends cela. Eh ! Doucement…

L'âne penché d'efforts fendait une foule à contresens, cohue de ceux venus pour le dernier acte du Nazaréen au Golgotha.

Cahin-caha, le curieux équipage, et plus étrange chargement, parvint à s'éloigner sur le chemin caillouteux. Ora serrait Nol contre elle, tentant d'absorber un peu les cahots. Il semblait endormi mais, s'agitant brusquement, elle dut le contenir de tout son poids.

Î — N'entendez-vous pas ce cri qui monte en flamme ?

~ — Que dit-il ?

¡ — Je ne sais pas…

~ — Regarde le ciel…

Une grande vague noire venait, effaçant la lumière d'un rideau épais et couchant les arbres. Il fit nuit à l'instant et, comme une avalanche, une boue frappa le petit chariot à courber bêtes et hommes.

~ — Merde ! Il faut le couvrir davantage !

Roni ôta son manteau pour le poser sur Nol.

¡ — Oui, merde, là c'est bon, mais ne le couvre pas plus, cette pluie est fraîche et fera tomber sa fièvre.

~ — Eh bien moi, je m'installe sous le plancher.

Roni disparut à l'abri de la lourde averse.

Î — Ce sont… des larmes…

Ora ne comprenait rien des mots de Nol, mais sous les sons, elle captait le sanglot. Il parlait d'une voix sonnant comme le dernier mot mâché d'une bouche qui se fermait, qui allait s'avaler elle-même dans le silence qui refroidit le corps et raidit le cœur. Ora eut l'élan de vouloir empêcher cela. Posant son front contre celui de Nol, elle murmura :

¡ — Je ne te comprends pas, je t'en prie, reviens en moi.

Î — *L'Enfant devenu homme souffre…*

¡ — Quoi ?

Î — *En mon cœur, je ressens son agonie…*

¡ — De qui parles-tu ?

Î — *Celui emporté avant les autres.*

¡ — Avant ? Dans ce cas, il a été exécuté. C'est ainsi que les Romains procèdent pour garantir l'ordre, qui s'agiterait alors rejoindrait le supplice. Il me semble qu'ils avaient dressé les croix…

Î — …

~ — Oh ! Derrière ! Que se passe-t-il ?

¡ — Il pleure…

~ — C'est une pleureuse ton guerrier.

¡ — Je crois que ses larmes sont précieuses…

Aussi vite que surgie, l'onde ténébreuse se dissipa. À Nol vinrent des parfums de terre, les paniers l'emplirent de senteurs fruitées, et même la chevelure d'Ora fleurit en son nez.

¡ — Roni, reviens ! J'ai besoin de ton aide pour mieux l'installer.

La boue avait lavé Nol, et Roni vit la charogne.

~ — Mère… Il ne survivra pas. Regarde… Tout son dos est un pourrissement jusqu'à l'os.

¡ — Il n'a pas renoncé pour toi, je ne renoncerai pas pour lui.

Après l'avoir recouvert, elle ôta son foulard pour lui protéger les yeux de la lumière.

¡ — Roni, qu'attends-tu pour repartir ?

~ — Maman, il…

¡ — Roni !

Quand ils abordèrent leur ville, le son de leur petite équipée était porté par l'obscurité comme celui d'une procession.

¡ — Moins de bruits, je ne veux pas que les habitants le remarquent.

~ — Tu veux peut-être que je porte l'âne avec la carriole ?

¡ — Bonne idée.

Î — *Le soleil est couché.*

¡ — Oui.

Î — *Comment est la lune ?*

¡ — Pleine.

Î — *Ôte le foulard. Aide-moi à la voir.*

¡ — Elle sera encore là demain… Bon… d'accord… attrape-toi à moi… comme ça.

Découpés dans l'astre de nuit, deux arbres se tenaient par les bras, en pas de deux. Dans les yeux brouillés de Nol, ils tremblaient.

> *Ce tardif aussi, du même tronc foisonnant et pourtant solitaire autant, avait l'amertume de sa vie. Il en cracha le bois dans la paume et le planta jusqu'à fraîcheur pour que la terre le couve, à peu de pas de sa racine pour possible compagnie.*

Î — *Ils dansent…*

¡ — Humpf… Je peux te rallonger maintenant?

Î — *J'aimerais un fruit de chacun.*

¡ — Tu sais, c'est un arbre pour l'huile, ça ne se mange pas sans cuisine.

Î — *Je veux goûter l'union semée de ma main.*

¡ — Roni, prends une olive de ces arbres!

~ — Nous en avons plein la ferme.

¡ — Roni!

~ — Fais ceci, fais cela… En plein shabbat!

Après qu'il eut prélevé un fruit de chaque arbre:

~ — En voilà deux belles.

Î — *Merci… Roni.*

~ — Merde alors!

¡ — Là, tu vois, c'est mal employé… Tu m'as crue folle, n'est-ce pas?

~ — …

¡ — Ce n'est pas grave, moi aussi.

~ — Comment est-ce possible?

¡ — Tu commences à comprendre.

Se tournant vers Nol:

¡ — J'ai enlevé les noyaux, écarte la bouche.

~ — Mer…

¡ — Roni !

~ — Oui, je sais, pas de merde. Mais regarde… Il sourit en pleurant…

Et la carriole quitta la ville, montant au lieu où s'étaient réfugiées Ora et sa famille, par un long chemin plein de hauts et bas, gauches et droites, à l'image de la vie.

12

L'attente

Sous le porche, un homme maigre et voûté, agité de beaucoup de pas et retours, piétinait en ovale. Et ses pensées trébuchaient autant que ses pieds.

*

* ^ *

Souvent elle tarde, entamant un peu le temps du shabbat, cela ne me plaît pas. Je préfère la protection de Jéhovah à son courroux, mais elle ne respecte que les règles qu'elle comprend. Un jour que je tentais de la ramener à plus d'obéissance, elle m'a répondu :

— Qu'en savons-nous ? Moi, je veux connaître ce que les rabbins nous disent là où ils le trouvent.

— Ora, le Livre est rare et seuls les hommes doivent l'étudier.

— Gaêl, que le Livre me le dise et je lui obéirai.

Elle avait eu connaissance d'un rabbin curieusement passionné, pour un homme de sa fonction, d'un jeu romain, celui des latroncules. Un jeu de stratégie avec plateau et pions que je n'ai jamais bien compris, même après ses explications. Peu d'ici le pratiquent. Si peu que le rabbin était toujours avide d'adversaires.

Je n'ai jamais su comment elle avait pu s'en procurer un, elle s'était contentée de me dire :

— Rassure-toi, il n'y a rien d'écrit dessus.

Elle s'est exercée avec Roni qui, bien que jeune, a l'esprit étonnamment vif, puis longtemps contre elle-même quand le garçon s'est lassé. Un jour, elle m'a demandé de l'accompagner chez le rabbin.

Nous étions descendus à Bethléem avec notre âne, le plus beau que nous avions, et notre meilleure poule. À suivre ses instructions, je devais dire : « Apprenez-moi ce jeu et je vous offrirai ma poule. »

Pendant que le rabbin m'humiliait avec délectation, elle, dans son coin, ne cessait de s'extasier. Et à la fin de la partie, avec un air de gamine, elle s'est proposée pour l'affronter. Alors que le rabbin allait refuser, elle a insisté :

— Si vous me battez, je vous donne mon âne.

Le rabbin a regardé l'âne et posé les pions sur le plateau.

Quelques mouvements plus tard, il semblait content, Ora jouait lentement et mal. Soudain, elle a relevé la tête :

— Mais j'y pense rabbin, si je parie ce que j'ai de plus précieux, vous devriez faire de même. Votre Torah, je suppose ?

Le rabbin a refusé.

— Alors, je crois qu'il est impossible de poursuivre.

Il a regardé l'âne, le plateau, Ora, dans une moue idiote. Il a souri puis accepté.

À la fin de la partie, quand il a cherché à se dérober, elle lui a demandé :

¡ — Que dirait-on d'un rabbin qui ne tient pas sa parole ? Que penserait-on de celui qui joue avec le Livre ? Pourquoi nous taire si nous sommes bafoués ? En me permettant de gagner, Jéhovah n'a-t-il pas voulu que mon époux le connaisse ?

Le rabbin ne s'est pas vanté de son malheur, nous non plus. Si la présence chez nous des cinq rouleaux se savait, je prétendrais les étudier, ce que je me sens bien incapable de faire. Quand j'ai demandé à Ora où elle avait appris à lire, elle m'a répondu :

¡ — Mon grand frère a eu des leçons.

Et elle m'a dit au sujet des parchemins :

¡ — Cela valait une poule, les rabbins comprennent comme cela les arrange.

* *
*

En un ovale brisé, de plus en plus loin du porche, un inquiet se battait la tête.

*
* ^ *

Souvent elle tarde, trop lente à rentrer de ses « visites », celles qu'elle justifie par la vente de nos récoltes au marché de Jérusalem, mais dont je sais le vrai motif.

Au retour de la première, elle m'avait dit :

¡ — Mon frère avait une fine oreille, celle de son ancien précepteur devenu l'un des astrologues d'Hérode, et il fut prévenu, avant le village, de la venue du roi et son intention de massacre. Sans me la révéler, il m'a invitée dans sa maison pour que l'on se réconcilie, que je lui présente notre fils. Tu t'en souviens ? Mais, ce que je t'avoue c'est qu'à un moment, sa femme m'empoigna pendant qu'il sortait avec Roni pour le laisser à sa porte et revenir me taire. Son projet était d'exposer notre enfant en devanture, en agneau pour le loup, afin de protéger son deuxième né. Nous étions oubliés, peu auraient deviné l'échange…

Elle s'était libérée et lorsqu'elle avait vu près du porche ce géant rouge, elle avait saisi notre garçon pour l'éloigner de lui. Hélas, elle fut capturée par l'armée en sortie de ville, trahie par les plaintes du petit.

Ce n'est qu'ensuite, se souvenant que le géant rouge avait souri à Roni, qu'elle réalisa qu'elle aurait mieux fait de le lui confier.

— Gaël ! Je lui ai fait ce qu'on me fait : je l'ai jugé à l'allure ! Ô Gaël ! Je n'avais jamais vu un tel courage… et pour un enfant inconnu… Il s'est battu pour lui, autant que moi au moment de le sortir du ventre. Mais moi, c'était mon fils… Lui… Il l'a adopté à l'instant ! Ô Gaël…

J'ai posé ma main sur son visage. D'un doigt, j'ai écrasé une larme pendant que je m'étendais en caresse sur sa joue.

Elle s'est appuyée sur ma paume, a fermé les yeux un instant, avant de les rouvrir dans les miens.

— Je sais maintenant que derrière le monstre du charnier, il y a meilleur que mon frère. Et tant qu'on ne m'aura pas prouvé sa mort, je serai face aux murs de sa prison, chaque jour où les portes s'ouvrent.

Et ce qu'elle dit devint son acte depuis plus de trente ans.

* *
*

Hors lieu du shabbat, en tour et retour au large de son nid de terre et bois, un anxieux se rongeait le crâne.

*
* ^ *

Souvent elle tarde, mais jamais autant.

Un tel courage, avait-elle dit… Venant d'elle, c'est un grand compliment, car le courage est ce que j'ai admiré le premier en elle.

Moi le timide, l'hésitant, je suis fasciné par son audace, son entêtement, cette bravoure constante qui se relève toujours et, à force de l'observer, j'ai vu cette fontaine de cheveux fous toujours aux vents, ses immenses yeux brillants comme nuit autour desquels voletaient des ailes de papillons en dentelles noires.

J'ai entendu sa voix d'élans et musiques jusqu'en ses nombreuses rocailles, tambourins de mots chargeant. J'ai suivi ses vives mains d'enfant, si pleines de douceurs en se posant, de gaietés en se levant. Et j'ai ressenti tout son corps comme un seul muscle, une entière vie.

J'ai reconnu sa beauté, une telle que toutes les autres me paraissent difformes, des fruits obèses, des tiges extravagantes, des maisons d'os et viandes plutôt qu'un corps à tenir ; une telle beauté, que je ne mesure toute autre qu'à la sienne, et me vois en longue asperge fade. Indigne d'elle.

Ces brutes qui l'ont jetée au sol faute de pouvoir lui répondre, ceux qui l'auraient piétinée, sur qui je suis tombé et qui m'ont roué de pieds, m'ont rendu un grand service. Elle m'a relevé et nous avons parlé.

Parfois, les gens me complimentent pour ma bonté, ils imaginent dans notre union une preuve de piété. Non, ce n'est pas par sacrifice que je l'ai épousée, je sais que c'est moi qui ai de la chance. Car en dehors de qui elle est, de ce que je suis, de ce qui fait de son « oui » un miracle, il y a aussi ce qu'on a oublié depuis : d'où elle venait. Une famille importante quand moi j'étais fils de peu. En me choisissant, elle a rompu avec les siens, renonçant à une vie épargnée de la pauvreté et du labeur. Elle m'a choisi et, sans lui dire, j'en remercie Jéhovah tous les jours.

Depuis, à l'instant de me coucher, je lui demande la permission de me serrer à son corps, et elle me répond :

— Idiot.

Sa manière de dire « Je t'aime. »

J'enveloppe alors mon aimée comme une coquille, le fais pour sa langue et perle.

* *
*

En tours et contours dévoyés, comme une lune errante autour d'un gouffre, un homme se tourmentait.

*
* ^ *

Souvent elle tarde, mais jamais autant…

Je ne lui parle que rarement, je l'écoute surtout, et cela me convient, car si j'avais dû beaucoup répondre, les mots m'auraient manqué. Mais nous nous touchons, nous avons toujours su nous toucher, remède l'un pour l'autre. Je voudrais cependant être plus que ma caresse, un plus grand soutien. Je n'ai cessé de m'y efforcer, en manque de force. Il aurait fallu que je sois la hauteur de corps unie à celle de son esprit, mais si je suis plus grand qu'elle, je me suis révélé d'égale faiblesse face aux rudes travaux des champs, portant à peine mon poids, en équilibre plus que planté, un nain sur échasses.

Construire sa maison m'a abattu.

Par la suite, je n'ai pu l'écarter des peines de la terre en les prenant seul. Aux premiers temps, elle a même tenu la charrue pendant que je faisais le bœuf. Quand l'âne nous a rejoints, j'ai pu la chasser du sillon, mais elle s'est consacrée davantage au potager, aux arbres fruitiers, poules et chèvres.

Je voulais être sa force, je suis devenu de plus en plus un poids.

Aujourd'hui, Roni m'aurait remplacé au champ si je ne m'y étais refusé. Je veux être leur pain, depuis le blé que l'on plante et récolte jusqu'à la farine moulue sous la pierre. Je veux être son pain quoi qu'il m'en coûte. Et je préfère que Roni soit là où elle peine, ces deux-là sont faits pour rester ensemble. Hors le labour, la moisson et la meule, je me suis fait leur porteur d'eau. Mais, je n'ai pu empêcher que Roni me remplace aux marchés, sinon cela aurait été autrement, je serais avec elle au lieu d'en mourir…

Elle connaît pourtant ma crainte pour elle, et y répond souvent :

— Je sais, des petits dans un monde de grandes brutes. Mais Gaêl, j'y suis depuis longtemps, je connais, n'aie pas peur.

Si. J'ai peur. Et ce n'est pas tant pour sa petite taille que parce qu'elle ne craint rien. J'ai peur à cause de ce courage dont j'ai eu désir et qui maintenant me terrifie : sa façon de toujours faire face.

Je ne crains pas pour Roni, il sait esquiver. Il faut le voir donner l'impression de se moquer de lui-même quand il se moque d'eux, les faire ainsi tant rire qu'il gagne leurs sympathies, désarmer toute querelle avant même qu'elle naisse sous leurs fronts.

Flattant le vaniteux, appuyant l'imbécile, confortant le brutal, applaudissant le docte, flirtant avec la vieille beauté, sourd aux remarques blessantes, aveugle aux provocations, Roni ne se laisse attraper que par qui il veut, comme en ce jeu constant avec sa mère. Il paraît léger, mais il est réfléchi ; petit, mais en pieds sur terre. C'est un faux fou plein de sagesse.

Elle, c'est une tête dure, capable de ruse par calcul, mais toujours en charge quand on la cherche. Difficile à raisonner, surtout par quelqu'un de plus bête qu'elle. Combien de fois me suis-je excusé, humilié, ai-je baissé les yeux à sa place, parfois pris les coups avant qu'elle ne les reçoive ?

D'ailleurs, c'est cela sans doute qui la tient : le souci de moi.

Ma faiblesse est son frein.

Roni saura-t-il faire cela ?

Pourquoi ne suis-je pas celui qu'il lui faudrait ? Ce géant rouge qu'elle attend chaque semaine…

* *
*

En tour et détour, astéroïde perdu d'immensité obscure, un homme pleurait en marchant sans chemin.

Souvent elle tardait, mais jamais autant, il fallait qu'il lui fût arrivé quelque chose…

Et il se prit le pied dans une racine.

Renversé, il vit au-dessus de lui la lune ronde et un visage comme le sien enfoncé en elle…

^ — Je me suis tant éloigné… pour le coup, le shabbat est bien rompu… Tant qu'à faire, je peux les attendre en haut du sentier qui doit les mener à moi.

Il traversa ainsi le verger, jardin de variétés d'arbres en diverses jeunesses, le long des plus anciens.

*
* ^ *

Ces oliviers étaient les seuls êtres vivants qui nous avaient accueillis, quand, chassés de la ville, nous nous étions réfugiés dans cette terre trop haute et pentue, abandonnée de ses ancêtres.

Elle les avait sitôt aimés et taillés avec la même attention que les cheveux de Roni, soignés avec même patience qu'elle le lavait dans la bassine. Je sais qu'ils l'ont aimée en retour, car ceux qui n'étaient plus que bois sont repartis, et ceux nés en boutures des premiers les ont rattrapés. Nos olives devinrent réputées tant nos arbres étaient généreux, tant elle cueillait nos accueillants, et je crois que chacun était tendu vers elle.

Plus tard, lorsqu'elle le put, d'autres les ont rejoints. Des pommiers d'abord, et ensuite vigne, figuier, noyer, amandier, jusqu'à l'oranger qu'elle essaya. Elle les planta entre les oliviers afin qu'ils « s'apprennent » et « se rendent plus beaux les uns par les autres. » Cela ne se fait pas et pourtant, naquirent des pommes, des belles. Elle fut attentive aux nouveaux feuillus, mais n'oublia jamais la confiance des premiers. Quand un de ces vieux refleuris s'éteignit peu à peu, elle refusa que je le coupe.

— Tant qu'il tend les bras au ciel, je ne le priverai pas de celui-là.

Alors, je devais chercher notre bois plus loin, en des troncs « inconnus ».

Mais si elle sait être fidèle, elle aime tous les arbres. À s'y suspendre, ils l'étirent ; à y grimper, ils lui donnent leur hauteur. Elle est sûre d'eux, allant jusqu'au bout d'une branche pour peu de fruits, et j'ai vu l'une d'elles se courber pour la déposer au sol doucement.

Elle les caresse, il semble même qu'elle les sculpte, car je vois ses mains dans les formes qu'ils prennent. Elle affirme que certains endroits des arbres sont comme la veine dans notre cou, qu'on peut y sentir passer leur vie. Je crois que ses arbres sont comme moi, partout où passent ses mains, leurs cœurs battent.

* *
*

Il était arrivé là où le sentier penche vers la ville, et s'assit lentement sur une pierre plate.

*
* ^ *

Pour les poules et chèvres, c'était autrement, car un jour ou l'autre, il fallait bien les saigner, le lait et les œufs ne suffisaient pas. Elles mangeaient et devaient être mangées si nous ne voulions pas qu'elles dévorent tout notre grain et potager.

Mais à chaque fois qu'Ora en tuait une, elle gardait trop longtemps un visage dur. Dès qu'il put, Roni prit l'initiative. Je l'entends encore :

~ — Enfin maman, ce n'est rien ! Regarde-les courir après qu'on leur a coupé la tête. Tu vois bien qu'elles n'y ont perdu que les yeux, il n'y a rien derrière.

¡ — Peut-être… Je crois d'ailleurs que tu y parviendrais aussi.

~ — Oui, et ma tête au sol crierait : « Cours Roni, cours ! »

Roni a toujours devancé les besoins d'Ora, même si elle adore le commander. En vérité, il aime ses bêtes autant que sa mère ses arbres, veillant à ce qu'elles aient une bonne vie avant que de leur prendre.

Parfois, il me rappelait :

~ — Papa, il est temps de rentrer !

Et moi d'exiger un moment encore.

~ — Non ! Il faut bien que quelqu'un pense à l'âne.

Évidemment, il pensait aux deux.

Oui, Roni aime le vivant, et cherche en son mouvement la nourriture du sien.

Avec le fleurissement des arbres et celui venu du sol, comme en hommage autour d'eux, était revenu le vol des petits êtres et une multitude d'abeilles. Un jour, Ora s'aperçut que dans le tronc de son olivier mourant, une ruche s'était creusée, elle considéra cela comme le dernier cadeau de son vieil ami, mais interdit à Roni d'en prélever le miel par le moyen courant, ce pillage meurtrier.

Je me rappelle Roni méditant longuement devant les allées et venues de ces travailleuses, avant de se mettre à la fabrication d'une sorte d'amphore, en brindilles et tiges tressées qu'il colmata d'une pâte faite d'excréments de chèvre et de glaises. Il découpa une ouverture sur le flanc qu'il pouvait refermer et rattacher d'un nœud dans le bois. Ensuite, il plaça deux cordes solides, l'une passant par le tressage arrière, l'autre devant, et suspendit le tout à une branche de l'arbre voisin de telle façon que la trappe soit au-dessus.

Au printemps, il vint me chercher, rempli d'enthousiasme, pour me montrer le vol des abeilles dedans et dehors du panier.

~ — Il ne me reste plus qu'à attendre le bon moment pour emporter le panier là où elles ne risquent plus de menacer maman.

— Et ensuite? Ce n'est pas parce que le panier est tien que la ruche est tienne, elle ne te permettra pas de le détruire.

— Oh, mais je ne veux pas le jeter, ni l'abîmer, je pense pouvoir passer la main pour le miel sans avoir trop à les combattre.

Et effectivement, un soir, il nous a rejoints à table tenant dans ses mains cloquées une coupe de miel.

Cette ruche fut la première. Aux arbres à fruits suivirent en contour, les arbres à ruches: l'acacia, le mimosa, l'eucalyptus, choisis pour leurs variétés et leurs beautés mêlées, fleurissant chacun en son temps, et donnant à ses abeilles une nourriture longue. Notre miel ainsi parfumé est devenu aussi réputé que nos fruits, et nous pûmes réduire les poules et chèvres aux œufs et lait.

Je me rappelle la fierté d'Ora.

— Roni, tu as fini de nous marier à ceux qui ne tuent pas pour vivre. Merci mon fils.

Et le visage heureux de Roni, pour une fois sans mots.

* *
*

Gaêl se leva d'un coup, se déplaçant sur la gauche pour mieux voir la profondeur du chemin en son tournant.

*
* *

Roni est la suite de sa mère, mais je crois qu'il tient aussi de moi. Son art de l'esquive est mon aptitude à m'abaisser, augmentée de l'audace et de l'intelligence de sa mère. Mais s'il a ses yeux, il a sur elle mon regard. Et je garde sur moi celui d'Ora, comme le potager me l'a prouvé.

Notre terre est plus de soleil que de sol. Elle est maigre, mal accumulée dans sa pente, les arbres ne s'en contentent que par longues racines. Le blé, bien que sobre comme toute herbe, vient difficilement dans la part abandonnée que j'ai dépierrée des années durant, chaque coup où le soc de ma charrue s'y arrêtait.

Les légumes poussent moins encore et, malgré nos allers-retours à notre source, restent petits, desséchés. Ils ne savent pas retenir nos efforts, laissent s'écouler le fluide sous le saupoudrage d'humus et se brûlent de soleil.

Pourtant, c'est au bout de mon champ, dans sa mauvaise part, qu'Ora, si pertinente ailleurs, déplaça notre potager. Tout d'abord, il m'apparut qu'elle y étendait sa vigne et je la grondai un peu de m'envahir.

— Non, je plante de petits arbres pour soutenir le potager à venir, comme une voile pour le soleil et des encouragements de plantes.

Plus tard sont apparues des fèves, lentilles et tomates trop petites pour se défendre au marché, mais variant notre ordinaire.

J'aurais dû protester davantage, mais j'aime la voir au bout de mon sillon, cela m'encourage souvent à en remonter la pente pour cueillir un sourire.

Roni y a rejoint sa mère, et un jour je me suis aperçu que le potager s'étendait, réduisant mon terrain. À interroger Roni, il protesta, arguant de l'avidité naturelle de la fève pour la terre. J'ai planté un bâton. Mais quelque temps après, le bâton s'était déplacé. Alors, j'ai cloisonné mon champ du tas de pierres que j'y avais ôté. Roni est venu à moi pendant cela, me confirmant sa malice par sa mine, et avant qu'il n'ouvre la bouche :

^ — Je sais que tu as voulu limiter ma peine, mais si tu m'en prives, que restera-t-il de ma fierté ?

~ — Tu n'as pas besoin de t'épuiser pour que nous t'aimions.

^ — Oui, mais j'ai besoin de faire ce que j'ai à faire pour m'estimer.

Roni m'aime autant que je l'aime, mais tous deux n'aimons rien mieux qu'être avec elle. Les nuits m'appartiennent, je lui laisse les jours, et le soleil qui se couche signe mon matin. Comme, je crois, celui de Myriam…

* *
*

Gaêl se rassit sans sentir les cailloutis qui lui mordaient le cul.

*
* ^ *

Myriam…

Ora et Roni étaient un tel couple le jour, que j'ai pu craindre que jamais notre fils n'en fonde un autre. Jusqu'à l'arrivée de Myriam.

J'aurais dû la voir venir. Ora s'en était doutée, je crois, car Roni prit l'habitude de se rendre à la ville pour des livraisons. Un jour, il revint avec une jeune femme.

Myriam parle encore moins que moi, ou plutôt, elle parle avec les yeux. Il est facile de savoir ce qu'elle pense si on la regarde, impossible si on se contente de l'écouter. En cela, elle est contraire à Roni, contraire aussi en son calme, aussi passive que lui s'agite, et je comprends ce qu'il y trouve : elle est le grand réceptacle par lequel il se recueille en profondeur, celle qui fait de son ruisseau un lac.

Elle et moi sommes le réconfort du fils et de la mère, nous sommes le lieu où ils peuvent reposer. Et nous fûmes rapidement complices, tout en sourires partagés autour des scènes qu'Ora et Roni livraient incessamment.

Ora lui refusa la cuisine, la maison et le verger ; Roni les ruches, le petit bétail et le potager. Elle n'essaya pas mon sillon, mais m'aida au grain avant d'accompagner de plus en plus mes voyages au puits, portant sans peine apparente la barre où se suspendaient les outres et ce jusqu'à devenir notre eau : elle lavait notre linge et abreuvait nos soifs. Et bien sûr, elle devint la mère des jumeaux, Nathan et Jessica, qui rejouent Roni et Ora, et enfin de la petite Pénina où je me suis retrouvé. Myriam nous donne notre futur, ces jeunes vies qu'elle prend si bien en charge qu'il ne nous reste que le plaisir.

Discrètement, elle est devenue une nécessité pour notre famille. Quand Ora en est le cœur, Roni le souffle, et moi l'intestin, Myriam nous donne notre contour.

Le sien, son corps, est large. Comme elle n'est pas grande, lorsqu'elle fut grosse de nos jumeaux, elle semblait aussi ronde que la lune. Ora s'inquiéta, et logea une sage-femme plusieurs semaines avant le terme, mais Myriam n'aurait eu besoin de personne pour accoucher. Les petits vinrent sans longue bataille, le visage de Myriam nous disant l'effort, mais jamais la douleur. Un autre beau jour, Pénina jaillit comme un lapin de son terrier.

Un acte de vie simple, peinant mais puissant, sans ressemblance avec celui d'Ora…

* *
*

Gaêl ne savait pas qu'il était debout. Sa mémoire avait distrait sa peur. Venue à un temps de terreur et de désespoir, elle le dressa d'un coup.

*
* ^ *

Quand Roni est né, il est resté coincé dans sa mère. Je voyais sa promesse déchirer le sexe d'Ora. La sage-femme ne venait pas, ne viendrait pas, je le savais et, impuissant, j'ai vu mon amour saigner, puis s'épuiser.

¡ — Gaêl… Nous avons… besoin de toi…

^ — Oui…

¡ — Ton couteau… ouvre-moi…

^ — Non !

¡ — Si ! Il le faut… Ensuite… fais comme… pour… un chevreau…

— Ora…

— Gaël ! Si tu… m'aimes… sauve-le…

Alors, j'ai fendu la vulve de mon adorée, tremblant à m'en couper une main, celle que j'ai glissée dans son sang et qui sortit Roni, puis mon couteau le sépara de sa mère.

Notre petit hurlait, il avait la couleur d'un foie. Je l'ai nettoyé et le vis sans plaies, si ce n'est des éraflures sur sa tête allongée.

Le petit hurlait, mais Ora ne disait plus rien, elle respirait à peine. J'ai appuyé son ventre pour en sortir le nid de chair que j'ai posé sur la blessure que nous lui avions faite, un cataplasme pour tarir son flot, puis je lui ai parlé, parlé comme un imbécile en tenant notre fils contre elle pour la faire revenir.

En moi, je priais Jéhovah de me prendre plutôt qu'elle, puis – pourrais-je me le pardonner ? – de le reprendre lui…

Après un temps que j'ignore, je l'entendis de nouveau :

— Gaël… merci… Mets-le… au creux… de mon bras… Va nous… chercher… du lait…

Roni s'est tu et nous offrit son premier sourire. J'ai fait boire Ora qui s'est endormie puis j'ai donné à Roni un chiffon à sucer du même lait.

J'ai été sa nourrice le temps qu'Ora devienne assez forte pour la tétée. Aujourd'hui, s'il me fallait choisir, je ne pourrais plus, je veux mourir avant que de les savoir morts.

* *
*

— Jéhovah, si vous les avez pris, tuez-moi avant que je brûle votre temple !

Ses pieds dévalaient le sentier, faisant rouler les pierres tout autour.

Il les entendit…

Ils se disputaient comme toujours, dans un bruit couvrant celui de la carriole.

— Dépêche-toi ! Nous n'avons jamais tant traîné.

— Oui, mais nous revenions à vide, toi seule à mes côtés. L'âne est épuisé.

— Le soleil se lève, il ne supporte pas sa lumière, bouge-toi !

— Pourquoi tu ne demandes pas plutôt au soleil de patienter ?

— Parce qu'il a le cul plus haut que toi !

Ce ne fut qu'au soulagement de les savoir saufs que Gaël perçut de nouveau, dans les côtes, son cœur douloureux jusqu'au bras.

13

L'innocence

*

* *

— Nol ! Nol ! Nol ! Où es-tu ?

Des hommes entremêlés se dévorent les uns les autres. Leurs lames enchevêtrées les perforent dans une telle confusion que parfois, ils s'assassinent eux-mêmes. Ils n'ont plus de regards, que des pointes ; plus de mains, que des poignes ; plus de bouches, que dents ; plus de voix, que cris ; plus de cœurs, que muscles. L'ensemble forme une mer lourde de chairs arrachées, une vase épaisse à l'odeur âcre se soulevant en remous, un charnier en mouvement où fulgurent des bras, têtes, dos, comme morceaux d'un tout indifférencié.

Aucun ne me voit. Je saute d'une viande à l'autre, et l'appelle :

— NOL ! NOL ! NOL ! Où es-tu ?

Je sens un élan plus large que ce bouillonnement, un cercle et une pente. Un avaloir… Alors je cours là où tous tombent, à la bouche de l'entonnoir.

Au centre, je le vois comme il était : géant rouge.

Il tourne avec l'immonde manège, cachant quelque chose sous l'écorce de son manteau. Une chose que les griffes qui l'encerclent cherchent à atteindre, et qu'il protège de face en parant les coups avec ce qui semble être une petite croix. Non ! c'est la garde d'une épée brisée. Et dans son dos, d'autres s'acharnent à percer sa cuirasse.

Un serpent d'argent ondoie autour, se rapprochant en cercles de la main armée. Non ! ce n'est pas un animal, mais la lame qui désire retourner à sa poigne. Le géant la chasse de son autre main. Un geste qui le saigne chaque fois et découvre sous le manteau un visage doux et triste. Un geste qui fait trembler le siphon en à-coups, jusqu'à ce que la lame revienne et soit relancée. Encore.

Soudain, une voix de tonnerre me couche.

> — QUAND COMPRENDRAS-TU ? SI TU REFUSES DRAGON, TU ME LA LAISSES !

Au-dessus de moi, dans le ciel rouge, l'astre devient un colosse roux cerné de corbeaux noirs.

Î — Si je m'en saisis, je la trahis !

> — FOU ! POUR LUI PLAIRE, TU LA CONDAMNES. QUI AIMES-TU ? TON ÂME OU ELLE ?

Î — Où est la différence ?

> — AS-TU OUBLIÉ CE QU'IL RESTERA DE TOI APRÈS ELLE ? FAUT-IL QUE JE TE LE MONTRE À NOUVEAU ?

Î — NON ! Épargne-la, je t'en prie.

> — OUI, ELLE SEULE PEUT SURVIVRE. MAINTENANT, ACCEPTE DRAGON !

La lame se pose dans la main libre de Nol, entre les plis du manteau, deux yeux profonds pleurent.

¡ — Non, Nol !

Je me laisse glisser dessus l'amas de rage et dévale vers lui.

¡ — Non, Nol ! Ce n'est pas ce que nous voulons !

Il tourne vers moi des iris voilés de gris, je me jette dans son creux.

¡ — Nol ! Tu n'es plus seul !

Le temps se fige, tel un fossile où tout se sable sitôt, puis Nol repousse Dragon en toutes ses parts, garde et mord, pour m'envelopper et se mettre en boule autour de moi quand la roue conique, se réveillant par étage, égrène de nouveau l'éternité de son châtiment. Il hurle pendant que le vortex dentelé pèle son corps, éclate les phalanges serrées sur les bords du manteau, ronge son crâne en crissant sur l'os et l'enfonce dans le broyeur. Une grotte se referme sur moi.

Une femme s'y tient debout. Ses traits flous, comme masqués de brume, vibrent entre deux visages : une face sèche, tendue, aux pommettes hautes, sous une filasse de brindilles, et un revers plus large, rond, lumineux, rehaussé d'une coiffe si noire qu'elle luit. Seule constance : les yeux de nuit étoilée, ouverts et tremblants, poissons flottants dans leurs eaux.

¡ — Qui êtes-vous ?

(— Celle par qui capturé.

Õ — Celle pour qui enfui.

¡ — Nous devons aider Nol !

(— En deçà.

Õ — Au-delà.

Je veux me saisir du visage rond, mais celui de la plus âgée entre dans mes paumes. La grotte se fait hutte tissée de branches et serrée de terre. En son centre, un petit garçon aux cheveux rouges :

î — Maman, pourquoi les autres enfants me frappent ?

(— Parce que tu es le faon entre les marcassins.

î — Maman, pourquoi moi je ne me bats pas ?

(— Parce que tu es destiné à des bois plus hauts.

Je lâche le premier visage pour le second. La hutte blanchie jusqu'à devenir une coquille gelée pénétrée d'une lumière rosie par le sang qui la gicle. En son centre, un couple aussi proche qu'éloigné :

Õ — Nanuq, à te battre toujours, tu trouveras ta mort rapidement.

¡ — Comment l'as-tu nommé ?

Õ — Le sage choisit pourtant ses combats, là où il…

¡ — COMMENT L'AS-TU NOMMÉ ?

Õ — Nanuq.

De la glace goutte du sang.

Je jaillis de cette poitrine en braillant :

¡ — NANUQ !

L'engloutissement s'arrête, le tourbillon de dents s'amollit, fond et coule en bouillons rouges qui ravinent la cuvette, nous submergeant pendant que je tente de dégager Nol, pris à la taille. Je suis toujours accrochée à lui quand le liquide poisseux reflue.

Je halète, la tête de Nol posée sur mon épaule, ses bras sur les miens pour le tenir levé.

¡ — Viens, Nanuq ! Il faut sortir d'ici.

Il ôte son front de mon cou. Sous son visage arraché, la mort ricane. Ses yeux cependant ont retrouvé un peu de leur clarté et longuement me regardent, je ne cille pas. Puis ses paupières se ferment comme des lèvres dans un triste sourire.

Î — Pas d'ici, mais de moi.

¡ — Reviens à nous !

Î — Laisse-moi.

Je le pousse.

¡ — Aide-moi au lieu de faire l'idiot !

Î — Ora…

¡ — Feignasse !

Je le tire.

¡ — Tu veux donc que je fatigue dans cet enfer jusqu'à la fin du monde.

Nol appuie ses mains au sol, respire encore, puis soulève son torse dans un craquement.

¡ — Merde, Nol !

Il s'est extrait en cul-de-jatte et je contemple avec dégoût le mouvement de mastication du trou où il a abandonné ses jambes.

Î — Rompre me dénoue.

¡ — Au prochain morceau, je te gifle !

Î — …

¡ — Passe tes bras autour de mon cou.

Je le hisse dans la pente qui s'éboule, soufflant, jurant, blasphémant, tandis que Nol chantonne doucement à mon oreille dans une langue inconnue.

Lorsque je parviens au sommet, Nol se tait. Épuisée, je le repose en tremblant.

La montagne des corps a disparu. N'en témoignent que des statues polies aux formes presque effacées, s'érodant à perte d'œil dans un vent fort et immobile dont je ne sens pas le courant : le temps.

Lorsque je me retourne, je vois l'homme tronc faire souche.

J'ai besoin d'aide.

* *
*

Ora jaillit du cauchemar de Nol et revint aux siens le visage défait, les paupières soutenues de cicatrices.

~ — Maman, je vais prendre la suite.

¡ — Non !

Tous la regardèrent, sachant que ce n'était pas la peine de discuter quand elle parlait ainsi. Myriam posa doucement une main sur l'épaule de Roni, elle avait laissé les petits à leurs jeux. Gaël sourit à sa femme avec des yeux mouillés dans une face grise.

¡ — Tu vas bien, Gaël ?

^ — Oui.

¡ — …

D'un doigt, il remit en place une mèche d'Ora.

^ — Je me suis un peu inquiété, mais à présent, ça va.

Ora retint cette main sur elle et l'embrassa.

¡ — Tu ne m'as pas grondée pour le shabbat.

^ — Non.

¡ — Sans question, tu l'as transporté.

^ — Oui.

¡ — Tu n'as pas plaint notre lit quand nous l'y avons couché.

^ — Non.

Ora, sur la joue de Gaël, le pouce caressant le coin du sourire.

¡ — C'est de toi dont j'ai besoin.

^ — Que puis-je faire ?

¡ — Tu vas poser tes mains sur sa poitrine et ton front sur le sien.

^ — Oui.

¡ — Tu entreras dans un rêve profond et terrible.

^ — Oui.

¡ — …

^ — Et ensuite ?

¡ — Ensuite, sois qui tu es.

Il y eut un vertige.

*

* ^ *

Je me réveille appuyé sur une peau dure, crevassée et chaude : l'écorce d'un tronc fiévreux. C'est une chaleur bienvenue, car tout autour règne un air glacial qui me pénètre sans vent, au-dessus d'une terre blanche aussi vide que son ciel. Levant la tête, je vois des ossements suspendus.

L'arbre a fait pot dans un homme avant de s'en libérer et de le disperser en toutes ses branches.

^ — Je… Je suis Gaêl.

Î — …

^ — Ora m'envoie.

Î — …

^ — Elle pense que vous avez besoin de compagnie.

Î — …

^ — Vous savez, elle se trompe rarement.

Î — …

^ — Si je vous disais…

Et Gaêl raconta Ora, car c'était l'unique histoire qu'il connaissait, comme s'il n'était né qu'à l'instant où il l'avait rencontrée. En contant Ora à un arbre dans un désert gelé, si seul, lui vinrent des mots dont il ne soupçonnait pas la beauté, des mots de taiseux qui auraient mérité de s'écrire et firent des ronds gracieux dans le silence.

Une petite lumière s'alluma au lointain de la glace, palpitante comme une lampe, et l'arbre parla :

Î — Tu es l'homme doux pour douce vie, celui que je lui ai pris. Pardonne-moi, rachète-moi, rejoins-la, que je puisse à cette lueur imager vos vies. Et quand votre été arrivera, apportez-le-moi afin que je vous offre le fruit de tout arbre, mon ombre. Et si l'hiver revient, brûlez mon bois que je vous donne ma passion. Soyons ensemble et, chacun à son œuvre, respirons en nos souffles croisés.

* *
*

¡ — Et ensuite ? Qu'as-tu répondu ?

^ — J'étais dans tes bras, tu me criais.

¡ — J'ai cru que tu étais mort sur lui !

^ — …

¡ — Nous le perdons… Merde, nous le perdons !

~ — Ses plaies se sont presque refermées, c'est incroyable comme il cicatrise vite.

¡ — Ne comprends-tu pas ce que l'arbre dit ? Son esprit renonce… Il ne laissera qu'un corps en pâture.

~ — Et cette femme ronde ? Et Nanuq ?

¡ — Elle l’a sorti de la violence, pour le refus de toute violence… Une vie de plante.

Roni regarda Myriam qui venait de changer d’expression.

~ — Maman, c’est ce qu’il a choisi.

¡ — Ce n’est pas ce que je veux pour lui ! Ce n’est pas ce qu’il est.

Les enfants délaissés s’étaient ennuyés. De loin, ils regardaient les adultes se disputer, avant de s’approcher discrètement de l’étranger qui agitait les grands.

’ — Alors, c’est lui le géant rouge ?

‘ — Non, il est blanc.

’ — N’importe quoi, il va retrouver ses couleurs quand il ne sera plus malade.

‘ — Les vieux ne retrouvent pas leurs couleurs.

’ — Toujours à savoir mieux que les autres.

‘ — C’est normal, je suis l’aîné.

~ — Maman, tu ne peux pas décider pour tout le monde, parfois les gens le font par eux-mêmes.

¡ — Je décide quand il le faut ! Ne vois-tu pas qu’il n’envisage sa vie qu’en sacrifice ?

’ — Tu es l’aîné parce que j’ai préféré te pousser plutôt que tirer.

‘ — N’importe quoi, et puis je suis un garçon.

’ — Justement, c’est pourquoi j’ai décidé pour nous deux.

~ — La femme ronde pourrait le ramener si elle était ici, mais elle n’est pas là…

¡ — Oui, et son souvenir est combattu par la peur qu'il a de lui attirer le malheur… Il lui souhaite un homme doux.

~ — Papa ?

¡ — Non idiot, un autre qu'il se reproche aussi.

Pendant que les jumeaux se chamaillaient, la petite Pénina se glissa auprès du gisant. Elle enfouit sa main dans la sienne.

¡ — Les reproches, le sacrifice, un cercle mortel, il lui faudrait retrouver l'inno… ? Regardez ! Mais regardez donc !

Les doigts de Nol s'étaient refermés sur ceux de Pénina.

Ora posa la fillette contre l'endormi. Roni protesta, mais elle lui rétorqua :

¡ — S'il y avait quelque chose à craindre, tu ne serais pas là.

Après un coup d'œil vers Myriam, il répondit :

~ — C'est bon.

Les jumeaux jouèrent beaucoup avec Nol, lui ouvrant la bouche pour lui compter les dents.

‘ — Je crois qu'il en a plus que nous.

’ — Mais non ! Elles sont plus grosses, voilà tout.

‘ — Qu'est-ce qu'il peut manger avec ça ?

’ — Des petits garçons bien sûr.

‘ — Pas sûr, les filles sont plus sucrées.

’ — Je ne vois pas de caries.

‘ — Mets ton doigt pour voir.

S'asseyant sur la poitrine.

’ — C'est marrant, ça monte et ça descend, mais c'est un peu lent.

‘ — Oui, il faudrait le chatouiller.

’ — C’est pas drôle, il est pas chatouilleux.

‘ — On lui tire la barbe ?

Et ainsi de suite. Ora avait protesté, mais Roni lui avait rétorqué :

~ — L’arbre n’a rien à craindre.

Elle avait regardé Gaêl, puis répondu :

¡ — C’est bon.

Pendant ce temps, Pénina s’était calée sous l’épaule de Nol, ramenant sans effort le bras sur elle. Par leurs mains jointes, puis dans un long sourire, elle s’était assoupie, endormant tous les autres : les jumeaux aux côtés de Nol, Myriam sur sa chaise, entraînée par Roni la tête sur ses jambes, Gaêl attablé avec Ora, et enfin Ora.

*

* ° *

î — Donne-leur du sel de ce sac, ils aiment. Non, ne bouge pas ta main, laisse faire leurs langues.

° — Ça fait guili.

î — Oui !

° — Je suis toute mouillée.

î — Essuie-toi dans leurs fourrures. Doucement. Dans le sens du poil.

° — Pourquoi ?

î — Comme ça, en même temps que tu t’essuies, tu les rends beaux.

° — Ah oui ?

î — Oui.

° — Et si je fais à l'envers ?

î — Tu leur fais guili.

° — C'est bien aussi, non ?

î — Oui, c'est bien, mais après tu dois leur remettre le poil en place.

° — Pourquoi ?

î — Pour que le froid n'y entre pas.

Je souris au garçon, c'est un nouvel ami, et c'est comme depuis toujours. Il est plus grand que moi, mais ça nous va.

î — Je veux te montrer quelque chose.

Il me tire au travers d'une forêt noire, jusqu'au plus bel arbre que j'aie vu.

î — Je l'ai cherché longtemps, mais cela le valait, non ?

° — Oui, il est beau.

î — Viens. Regarde, ses branches font comme un escalier. Montons.

° — Je ne risque pas de tomber ?

î — Cet arbre ne laisse tomber personne.

Je monte et, là-haut, je crois toucher le ciel…

° — C'est beau…

î — Oui, c'est beau et calme.

° — L'arbre, il sait que c'est beau ?

î — Il sent le vent, la lumière, la terre.

° — Il voit ?

î — Non…

Un oiseau chante, il est caché dans les branches où je vois sa gorge battre.

° — L'arbre, il entend ?

î — Non… Goûte cela !

Le garçon me tend un petit fruit, il est comme une olive, mais dans la bouche, il est sucre.

° — L'arbre, il sait quel goût il a ?

î — …

° — Je suis triste pour l'arbre…

î — Ne sois pas triste. Je ne veux pas que tu sois triste. Regarde ses feuilles, elles ont une forme d'oreille, tu vas parler dedans, tu vas lui raconter.

° — Et il va m'entendre ?

î — Je ne sais pas, mais je suis sûr qu'il va t'écouter.

Alors Pénina raconta le ciel clair qui blanchissait en s'éloignant, se mêlant à cette terre d'étendue neigeuse en ligne invisible, infinie. Les nuages en vagues lentes, aux dessins étranges et familiers. Le goût de l'air qui lavait son souffle, celui des feuilles qui chantaient en nez. Le plaisir qui fut sien à l'escalader, mouvement joyeux vers toute cette beauté. Elle le remercia d'abriter l'oiseau heureux, et pour ce fruit qui la sucrait encore.

° — Tu crois qu'il m'a entendue ?

î — Oui.

Contente et fatiguée de tout cela, elle s'endormit contre l'arbre.

* *
*

Lorsque Ora se réveilla, Nol était assis au bord du lit avec sur le visage une grave douceur : il tenait Pénina dans ses deux bras en berceau.

Ce n'est que là qu'elle consentit à pleurer.

14

La ronde

Nol et les enfants s'amusaient dans le verger. Ils ne se séparaient plus. Du haut des branches, les petits se jetaient et Nol les rattrapait en courbe jusqu'au sol où il les posait, plus légers qu'une feuille. Même Pénina, moins audacieuse que les jumeaux, n'hésitait pas, bras écartés en ailes.

Voler était une joie fréquente, mais parfois les enfants préféraient, à bout de bras, marcher à l'envers du toit, ou bien caracoler le long du champ assis sur ses épaules, les doigts dans la crinière blanche. Visiblement, Nol aimait les tenir au-dessus de lui, il ne s'y fatiguait jamais. Pas plus que les petits qui s'y pendaient sans cesse, levés d'une main. Il était leur terrain de jeu, impressionnant à voir, redevenu le géant rouge de l'histoire chuchotée depuis tant d'années par leur grand-mère s'il n'y avait eu la blancheur de ses cheveux et cette joie au visage.

Le soir venu, les enfants étaient au lit lorsque Nol s'éloignait dans la nuit pour rester en silhouette face à l'immensité du ciel, toujours à la même place, toujours pointant le nord, comme se cherchant une étoile.

*

Assis près d'Ora pendant qu'elle cuisinait, Nol regardait une orange calée dans sa paume.

¡ — À quoi penses-tu ?

Î — Je vois la moisissure qui a envahi sa peau, et me dis que l'homme est tel sur la terre, qu'il faudrait le gratter pour sauver le fruit.

¡ — Je sais, pour l'avoir traversé, que tu dis cela parce que tu préfères le fruit à la moisissure, mais qu'en serait-il si tu étais de cette gale ? Tu aimerais toujours ce fruit, mais tu aimerais aussi ce qui le gâte. Nol, il faut que tu nous rejoignes, si tu ne veux ta vie durant, n'être que notre reproche, le putain de ver dans notre charogne. Regarde mieux, de plus près, vois comme le bleu se cristallise en dentelle blanche, observe la finesse et la douceur de son velours, respire-le, découvre son parfum, écœurant en premier nez, mais tout autant plein et complexe, jamais fade.

Î — Si je le croque, j'en cracherai d'amertume.

¡ — Probablement, mais c'est ta bouche qui en aura décidé plus que le fruit. Pourquoi interrompre sa transformation par ton couteau, sauf à sauver ta part ? Pourquoi ton œil aurait-il plus de droits que cette tache ? Laisse faire ce qui se fait, lorsque cela ne t'empêche ou ne te prive de rien. Ne juge pas sans cesse, pose ton cul merdeux et observe ! Ce fruit va être digéré par l'estomac qui nous entoure, qui nous suce autant que lui. Pourquoi ? Comment ? Je ne sais pas, mais je sais du moins qu'il ne sert à rien de le refuser ni blâmer chaque chose d'être ce qu'elle est, et de tomber dans son propre vide.

— D'accord, je vais le reposer et l'observer chaque jour.

— Si tu le veux, mais dehors ! J'ai assez de ménage ici.

Nol alla percher l'orange moisie dans la fourche d'un arbre.

Il aperçut Gaêl descendre le sillon de son champ et s'arrêter soudain, au plus facile pourtant, y rester longtemps appuyé sur la charrue, au point que l'âne sembla s'impatienter. Il sentit avant que de le surprendre, le regard inquiet d'Ora lancé depuis sa cuisine. Puis Gaêl repartit, les bras secoués, les pieds couchés, et de nouveau les mains d'Ora préparaient le repas.

*

À l'instant d'un retour de charrue, Gaêl vit l'assise de Nol en plein dans le sillon à venir. Ses yeux, cachés sous ses sourcils épais, étaient penchés vers la terre qu'il creusait d'une main. Gaêl l'appela sans recevoir de réponse, la bouche de Nol se contentant de venir à ses doigts. L'âne s'y arrêta. Comment faire autrement ?

— Nol ?

Nol savait que Gaêl craignait, en cédant sa charge, d'y perdre son propre poids, aussi chassa-t-il cette peur d'une pire. Crachant un jet brun avant de feindre :

— Cela n'a pas même goût, pas même corps. Mais ce n'est pas fade, cela pourrait suffire…

— Je ne comprends pas.

Î — Moi non plus, mais j'ai peut-être une réponse.

^ — Quelle réponse ?

Î — Tu sais, j'ai aimé cela.

^ — Quoi ?

Î — Tuer…

^ — …

Î — J'aimais percer les corps. J'aimais l'odeur, la sensation, dans ma paume et mon bras, de cette chair qui s'ouvrait. J'aimais la vérité de ce moment. Je ne regardais pas les gens, je regardais la blessure, ces lèvres qui ne mentent pas. Et j'aimais le repos qui suivait, le besoin comblé. Cela me manque…

^ — Tu… Tu me fais peur.

Î — Moi aussi… Aide-moi.

^ — Comment ?

Î — Donne-moi une autre épée, une autre viande. Prête-moi ton soc.

^ — …

Î — Je te le rendrai, sois généreux.

^ — …

Î — Protège ta famille. Occupe ma violence.

De ses ruches, Roni vit alors une étrange scène : un âne poursuivi par une charrue. On n'aurait su dire qui, de la bête devant ou de Gaël derrière, était le plus affolé. Ce dernier rattrapa le géant à l'instant où, le soulevant de dessous le ventre, il retournait l'âne vers la pente.

^ — Regarde ce que tu as fait ! Mon champ est coupé en deux !

Î — Montre-moi comment faire.

^ — Là… Comme ça… Tu ne dois pas trop creuser sinon tu étoufferas la graine, et lentement pour que la terre ait le temps de s'écarter sans se déchirer.

Î — Oui, c'est mieux… Laisse-moi essayer à nouveau, mais sans l'âne, il me gêne.

Poussant le soc avec application et retenue :

Î — Viens, Gaêl, j'ai encore besoin de tes conseils.

Roni revint dans la cuisine.

~ — Tu as vu ?

¡ — Je vois…

~ — Il a réussi là où nous avons échoué. J'aimerais savoir comment.

¡ — En osant sans égard.

Autour de Nol, les gestes de Gaêl avaient changé, il commençait à s'amuser.

Oui, ils riaient, et leur danse s'arrondissait.

Roni regardait le visage de sa mère passer des rides ailées aux plis plantés, selon l'instant de ses hommes. Parfois, il balayait les unes pour les autres d'une blague sursautée.

Myriam écoutait les pas de chacun et le cœur de Roni.

Les enfants jouaient jusqu'en leurs rêves.

*

Le soir venu, Nol s'éloignait dans la nuit pour rester face à l'immensité du ciel, retrouvant sa place de statue, pointant le nord, cherchant son étoile.

*

La nuit était claire, Nol était pierre, dressé comme un rempart au ciel. Elle le contourna et regarda telle que lui sans voir ce qu'il y voyait, juste la nuit noire percée de lumières ; sans voir, seulement pour être avec et éprouver son attention, sa tension, sa tentation ; juste pour être avec, être comme, jusqu'à oublier d'être, jusqu'à se rendre elle-même pierre, obstacle au ciel ; au temps de la roche où il n'y a plus de mouvement, plus de durée, que dureté d'une étoile abattue, éteinte, mais levée vers les vivantes.

En sa présence, Nol ressentit quelque chose, un mieux, une douceur en lui. Il s'aperçut que la nuit était belle et peu à peu son regard s'arracha du gouffre pour sauter d'étoile en étoile avant de se tourner vers elle.

Myriam lui souriait.

Lentement lui vint un même sourire qu'il garda comme une caresse sur les joues longtemps après qu'elle fut retournée à Roni.

Lorsqu'au lendemain, Myriam revint de leur source avec ses outres pleines, la main du géant souleva le poids de ses épaules, puis une autre s'y posa comme une colombe. Nol et elle marchèrent ainsi côte à côte jusqu'aux soifs de leur maisonnée.

*

Nol regardait sur la fourche de l'arbre l'orange grise de bleu s'affaisser en creux noir lorsqu'un caillou rebondit sur son épaule. Il leva la tête et aperçut Roni, narquois, assis sur une haute branche.

~ — Sais-tu que tu es petit vu d'ici?

Î — Que fais-tu?

~ — Je te remercie pour mon père.

Î — En me jetant une pierre?

~ — Taratata, un tout petit caillou pour que tu poses ton rocher.

Î — Je ne comprends pas…

~ — Voilà pourquoi cela agit.

Un autre éclat lui piqua le front.

Î — Par Jörmungand!

~ — On le lui dira.

Nol évita le suivant.

~ — Ah… Tu commences à apprendre.

Î — Quoi?

~ — L'esquive, ne pas rester là où ça fait mal.

Et il sauta.

Nol le rattrapa.

Î — Et maintenant?

~ — Deuxième leçon, le combat rapproché.

Et il lui embrassa la joue.

Î — …

~ — Pose-moi maintenant, tu as les jambes grotesquement longues.

S'éloignant en sifflotant, il dit encore:

~ — Je comprends les enfants, c'est amusant.

En allant aux ruches le jour suivant, Roni trouva près de l'arbre à l'orange une jarre emplie de miel, et sourit.

*

Les enfants fatigués de tant d'élans s'étaient assis autour de Nol.

‘ — Nol, tu es fort comme Samson.

’ — C'est vrai.

Î — Qui est Samson ?

’ — Un géant qui a écrasé les méchants.

‘ — Sous leur temple.

Î — Racontez-moi son histoire.

‘ — Au début, c'était un grand guerrier.

’ — Il était si fort qu'il n'avait pas besoin d'arme.

‘ — Un jour, il a assommé plein de méchants avec la mâchoire d'un âne.

’ — Et aussi, il avait de longs cheveux.

‘ — C'était d'eux que lui venait sa force.

’ — Mais les méchants ne le savaient pas.

‘ — Alors, ils ont envoyé une très belle femme.

’ — Dalila, pour qu'elle découvre son secret.

‘ — Samson est tombé amoureux d'elle.

’ — Et lui a dit le secret.

‘ — Samson a été bête.

’ — Non, amoureux.

‘ — C'est pareil.

’ — C'est toi qui es bête.

Î — Et qu'a fait Dalila du secret ?

‘ — Elle lui a coupé les cheveux.

’ — Dans son sommeil.

‘ — Dalila était méchante.

’ — Elle a regretté après.

‘ — Ça n'a pas rendu les cheveux.

’ — Oui, mais si elle avait été méchante, elle aurait pas regretté.

Î — Et Samson ?
‘ — Il était devenu tout faible.
’ — Alors les méchants l’ont attrapé.
‘ — Et crevé les yeux.
° — Nol…
Î — Oui, Pénina ?
° — Ta force est dans tes cheveux ?
Î — Non, dans mon sang.
° — C’est bien.
‘ — Oui, on ne peut pas prendre ta force.
’ — Samson non plus en fait.
‘ — Pas pour toute la vie.
’ — Lentement, les cheveux de Samson ont repoussé.
’ — Et un jour, il a secoué si fort les colonnes du temple…
‘ — Que tout s’est écroulé sur les méchants.
’ — Les écrabouillant.
° — Et lui aussi.
Î — Oui… Je ressemble à Samson, mais j’ai voyagé à l’envers de son histoire.
‘’° — Ah ?
Î — J’ai d’abord renversé le temple sur les méchants, puis j’ai rencontré une femme… Qui m’a ouvert les yeux.
‘’ — Où est-elle ?
Î — Je l’ai perdue en saisissant la mâchoire de l’âne…
‘’° — …
Î — Moi aussi j’ai une histoire qui vous ressemble.
‘’° — Raconte !

15

Le Conte

Il était une fois, au creux d'une terre, une mer emplie des lourdeurs du ciel. Sa forme était aussi douce que la rondeur de son eau, et sa profondeur inconnue semblait plonger au cœur ancien du monde.

Au-dessus d'elle, volait un goéland. Petit de corps, mais immense d'ailes, il ne la quittait plus depuis que, dans ses airs, il avait ressenti sa calme et tendre fraîcheur. Cette haute plume aimait y voir son ciel, s'y mirer et percevoir sous la peau d'eau les mouvements de sa nourriture. Et le lac, car ainsi se nomment les mers qui ne portent pas l'amertume, le soutenait quand, fatigué, le goéland s'y allongeait.

Tous deux se caressaient ventre contre ventre; l'étendue riait en clapotis pendant que l'oiseau plaisantait de bec. Ce lac lui donnait sa vie et, un jour, le goéland le lui rendit.

Des profondeurs inconnues, émergea un rameau et, entre ces brindilles, était remonté un petit œuf. Délicatement, le goéland prit le premier dans son bec, mit ses pattes en berceau autour du second, et d'un cri heureux s'envola.

En haut cercle dans le ciel, il attendit le moment réuni au lieu le sentiment d'évidence pour lâcher le rameau puis, planant en descente autour de cette chute, ne battant qu'en son cœur, l'œuf.

Le rameau à l'instant tombé de haut pénétra sous la croûte en une terre meuble, accueillante, qui, je crois, s'était préparée. Est-ce par hasard ou en raison de sa nature, mais le rameau s'y était planté droit comme une flèche et tentait, bien qu'étourdi par le choc, d'en garder l'équilibre. Il savait d'instinct, comme toute promesse d'arbre, le haut et le bas, et s'efforçait de faire racines là où il s'était blessé. Pourtant, il vacillait encore au souffle léger des nuages quand le petit œuf le heurta assez pour finir de le clouer.

Ce fut un instant décisif, de ces miracles renouvelés à l'origine de toute vie : sans le filet du rameau, l'œuf se serait cassé ; sans le poids de l'œuf, le rameau serait parti au premier vent. Mais voilà le rameau bien debout, commencement d'arbre, et l'œuf au-dessus, commencement d'oiseau.

Il y eut ce long silence, l'étonnement qui suit le tonnerre, puis l'arbrisseau cria : « Quoi vient ? »

Et le petit œuf : « Où suis-je ? »

Nos questions nous disent. L'arbre sait toujours où il est quand l'oiseau le cherche constamment. Son « où » devient son « qui ». Par contre, le voyage de l'ailé lui enseigne le « vers » dont peu s'émeut le « qui » de l'arbre. Les « pourquoi » de l'arbre et de l'oiseau se répondent, se rencontrent et libèrent.

L'arbrisseau continua : « Descends de moi ! »

L'œuf : « Comment ? Je n'ai ni pattes ni ailes. »

L'arbrisseau ne pouvait pas plus secouer sa frêle ramure que l'œuf sortir ses ailerons. Il avait plus vite fait d'apprendre la patience que le mouvement. Aussi il patienta, se refit un équilibre du poids de l'œuf – sagesse d'arbre – et se forcit pour ne plus s'y courber. À se donner largeur, il gagna sa hauteur, pendant que dans sa prison ronde, son hôte bandait l'élan puissant du désir de liberté.

Un jour, le petit arbre sentit l'œuf tressauter en une fourche et la coquille se fendre, puis s'émietter pour tomber sans bruit. Mais cela sans l'alléger. Pire encore, de petites pattes le tambourinaient jusqu'en extrémités.

‘ — Qu'attends-tu pour t'envoler ? se plaignit l'arbuste.

’ — De la hauteur ! répondit l'oiselle. Tu es trop bas pour me donner l'élan.

‘ — Tu n'as qu'à voler au-dessus.

’ — Idiot ! Tu ne connais rien aux oiseaux, le premier vol commence par une chute.

‘ — Alors, saute sans voler et libère-moi !

’ — Tu es trop haut pour cela, je m'y casserais des pattes jusqu'aux ailes. Penche-toi !

Le jeune arbre s'était élevé, mais ne pouvait s'abaisser sans se briser comme le ferait l'oiseau s'il chutait. Aussi grandit-il davantage. Que pouvait-il faire d'autre ? Il se tendit jusqu'à ce que sa cime en tremble, et plus encore la branche qui offrait sa charge au ciel.

C'est ainsi que le jeune arbre crût pour l'oiselle jusqu'à devenir le plus magnifique de la forêt, et de ce faîte s'envola enfin une aile qui s'étendit au ciel, partant d'une telle hauteur que l'oiselle y chuta moins qu'elle ne glissa au nuage.

L'oiselle élevée par l'arbre, et ce dernier comme couvé d'un œuf, furent l'un à l'autre le sommet et l'autour pour former leur couronne.

*

‘’ — Nol?

Î — Oui?

‘’ — Qui t'a raconté cette histoire?

Î — Vous.

‘’° — ?

Î — Je crois que les histoires tambourinent sur nous. Au-dedans, nous n'avons que la résonance. Sans bons ni malheurs, notre âme ne ferait pas son conte et ne serait que d'elle: une eau lisse où se mire l'éternité. Une histoire est de rencontres qui rendent conte.

° — L'histoire est finie?

Î — Non… Une bonne histoire ne l'est jamais. Elle voyage plus loin, en qui l'a entendue, elle attend un nouveau souffle pour se redéployer. Son silence est son commencement en nous, son silence nous rend notre parole… En espoir d'un deux-venir entre le disant et l'entendant: le lien. Celui dont la voix est le fil et l'oreille le nœud. Une bonne histoire prologue, puis prolonge ces deux-là. Les mots ne sont que la partie émergée d'un rêve commun qui se transmet, et ils répéteront de voix en voix, en l'accent de chacun, le message. Une bonne histoire fait le lien, mais aussi délie l'élan.

Nol se tut, comme étonné de ce qu'il venait de dire. Qui le parlait ? Il méditait ses mots autant que ceux qui l'avaient écouté.

— Et ?

*

Mais l'oiselle n'était pas libre, elle tournait autour de l'arbre. Mais l'arbre n'était pas droit, il penchait à l'oiselle. Il leur manquait quelque chose dont même manquait le manque tant ils étaient à eux. C'est alors que le lac prit une décision…

Pendant que je vous racontais l'arbre et l'oiselle, le goéland avait volé autour de cette enfance en une série de mouvements apparemment désordonnés, mais dont le ballet dans le ciel avait été autant de signes envoyés au lac, qui avait répondu par les clignotements de ses eaux claires.

Le goéland était revenu à la berge pour lire les frémissements de sa ligne puis, hochant la tête à se la décrocher, il avait commencé à creuser, de la pointe du bec, un trait partant de cette rive, s'emplissant de l'onde comme d'une langue coule la parole…

*

Nol prit Pénina sur ses genoux et, posant sa tête hirsute contre l'ovale d'une petite, ferma les yeux pour mieux entendre l'histoire de la cadette.

*

… s'emplissant jusqu'à ce que le trait gagnât sa pente et, lourd de son fluide, cascadât vers le cercle de l'oiselle et de l'arbre pour s'y nouer en boucle autour.

Devenue rivière, elle se noyait d'elle seule au pourtour de ces deux-là. Car l'arbre était tant au gazouillis qu'il n'entendait pas le chant de la rivière, et l'oiselle trop joyeusement perchée pour s'atteindre de ses remous.

Alors le lac recula et l'arbre eut soif en premier quand le bec de l'oiselle n'était qu'au goutte-à-goutte et se fatiguait d'allers-retours. Et d'étirer ses racines par nécessité, l'arbre effleura la rivière. Et de voler trop bas, par pesant d'aile, l'oiselle la frôla aussi.

D'être épuisés, ils vinrent y puiser et remarquèrent que la rivière était un tronc couché de même racine que celui debout, qu'elle volait au ras de terre avec la grâce qui planait l'oiseau. Ils ressentirent qu'elle était une chance. Par cette découverte, le désir d'autres chances s'éveilla au-delà du noué de leur lien : un plus grand nous. Ils apprirent également que dire « eux », c'était avouer la coquille, l'enfermement si doux dedans, mais si petit dehors.

La rivière s'emplit de racines et mouvements, de ramure et voilure.

Puis, comme toute rivière, elle fut ailleurs, telle l'oiselle, et ici, tel l'arbre. Au sol comme son feuillu de frère, au voyage comme sa sœur. Gorgée d'eux, elle eut la force, en se mêlant d'autres eaux, de rejoindre la mer – celle d'où était venu le goéland – finissant ainsi une autre boucle autour de la première.

L’oiselle et l’arbre se libérèrent sans se perdre par l’entrée de la troisième qui avait, en ouvrant leur périmètre, extrait le goût des êtres.

Trois, ce n’est pas trop, c’est cet autre « vers » qui du vis-à-vis brise celui du miroir. Trois, c’est le trot, nous avançons sur triple pied : le droit, le gauche et le pas.

*

Î — Tu comprends Pénina ?
° — Non, mais j’aime bien.
Î — Alors tu comprendras… Je crois qu’il est l’heure de manger, je vois votre mère qui vous attend.
‘ — Oui ! Je meurs de faim !
’ — On n’aura pas cette chance.
‘ — Ah çà non ! Tu viens, Pénina ?
° — Oui.

Et les enfants coururent main dans la main vers la maisonnée. Nol suivait d’un pas si traînant qu’il accrocha Ora à l’entrée.

¡ — Nol ?
Î — Oui ?
¡ — Tu es étrange…
Î — C’est que…
¡ — Oui ?
Î — Je viens de raconter une histoire…
¡ — Et alors ?
Î — Alors… La dernière fois, c’était à ma mère.

16

La Nécessité

Dans la société où Nol avait grandi, il n'y avait qu'un âge : celui du plein de la femme et de l'homme. On était par ses actes, avant on n'était pas, car on ne pouvait pas et après, plus, car on ne pouvait plus.

Il en était autrement chez les Hébreux qui, à cadencer « les fils de », avaient peu à peu calendé les naissances. Se savait donc la date de Pénina, et Nol voulut la fêter. La petite ressemblait à sa mère, c'était une attentive – trop selon Nol, car elle tendait à s'oublier. Par sa naissance, il espérait lui rappeler son existence.

Il voulut lui sculpter des figures où se voir et s'éloigna pour tailler un bois mort qui ne saignerait pas Ora. Il la représenta toute petite encore, lovée à la forme du ventre puis, de figurines en statuettes, il raconta son histoire jusqu'à imaginer son demain. Ensuite, il fit son autour : sa famille, ses poilus, ses feuillus et même ses choses. Et lorsque son esprit quitta son tas d'ouvrages, il fut étonné de sa taille.

Comment avait-il pu tant faire avant l'aube ?

À lever les yeux, Nol découvrit une nuit plus glaciale que la saison, noire, mais comme noyée de sang. La lumière y courait en fines veines emmaillotant une voûte sanguine. Le ciel semblait le dedans d'un ventre et devant lui, les arbres étaient comme coagulés. Nol entrevoyait la grotte du dragon, ainsi que celle rougeoyée des derniers souffles de son père.

Mais figé, le temps était tendu jusqu'à se saigner par le sang du dragon dont Nol était envahi et qui finissait sa naissance. Le sang de la mauvaise bête au troupeau des Samies, du guerrier contraire à l'armée du Roi, de l'exécuteur de son père, du meurtrier de son frère, du monstre des soldats d'Hérode. Le monstre nommé lorsqu'il les suppliait. Le monstre, c'était non seulement ce qu'il était, mais aussi ce qu'il avait toujours été, indigne d'être aimé en dehors du ventre qui l'avait engendré.

Î — *C'est à sauver Amour que j'eus Amour, à sauver Roni que j'eus Ora, à sauver l'Enfant contre Hérode que je gagnais sa rencontre. C'est à sauver que je peux mériter l'amour. Il me faut tendre mon humanité du bras de mon inhumain pour la recevoir et espérer y être reçu.*

Puis cela se dilua et l'obscurité retrouva sa couleur.

Au matin, repensant à son conte où les enfants étaient trois, Nol sut qu'il fallait continuer cela. Alors, il divisa l'univers façonné de ses mains pour que ce fût à le réunir que celui des enfants devînt complet : un cadeau pour chacun, et un tout pour leur fraternité. Il noua sur les sculptures un bout de tissu où se lisaient leurs noms et accrocha par lui chaque présent à une branche du verger. Une fois satisfait, Nol confia son secret à Ora :

Î — Tu leur diras qu'un étranger est venu cette nuit pour les remercier d'exister et que, pour ne pas les réveiller, il a caché ses cadeaux dans le verger. Tu leur diras que toujours il reviendra, une fois l'année, bénir leurs vies.

Nol poussait la charrue quand il entendit les enfants gaiement s'égailler dans le verger. Il ne la lâcha que lorsque Ora l'eut rejoint.

¡ — J'ai vu ton visage quand tu regardais les petits de Roni.

Î — …

¡ — J'ai vu tes larmes.

Î — …

¡ — Je ne t'avais jamais vu si heureux.

Î — …

¡ — Tu devrais leur dire qui a fait ça.

Î — Non, ainsi c'est encore plus précieux pour eux.

¡ — Et toi ?

Î — Tu l'as dit, je suis heureux.

¡ — J'aime bien ta façon d'être idiot.

Î — Quand un vous aime, la vie est douce. Quoi que l'on heurte, on peut s'en guérir à la source d'amour. Mais si cela est retiré ou refusé, comment échapper à la râpe du monde ? Comment résister à la tentation de l'armure ? Il faudrait que l'amour soit hors de portée de la perte, que l'on sache que l'on sera aimé quoi que soit, quoi que passe, pour à l'armure préférer l'ouverture. Il faudrait un amour qui vous guide comme l'étoile le navigateur dans la nuit.

¡ — Oui… j'aime bien, mais tu restes un idiot.

Et ainsi, par le cercle écarté pour l'introduire, puis centré sur sa peine, puis serré, puis relâché pour qu'il joignît et enforçât ce mouvement de cœur battant, Nol perçut. Non le soleil unique de l'amour d'une mère, non la terre étreinte au cœur et corps d'une amante, mais la galaxie des êtres. Nol reçut par ce rassemblement d'étoiles qui s'éclairaient chacune, allumettes les unes des autres, la possibilité d'une fraternité.

Parmi eux…

Il regardait parfois, au travers des yeux de la silencieuse et attentive Myriam, un monde lent et caressant. Il plaçait peu à peu dans sa poitrine le cœur de Gaêl, et battait tendresse. Dans sa bouche, naissaient comme par accident des mots d'instants légers pareils à ceux de Roni. Il pensait souvent au-delà et dessus de lui, telle Ora, se cherchant un chemin où être et rendre heureux. Et les enfants lui donnaient le goût de l'existence, en redécouverte du monde.

Parmi eux…

Il découvrait sa force dans leurs besoins, comblant chacun par ce qu'il avait oublié de lui, écartant d'eux le poids du monde quand il n'avait été que pesanteur. Rêveur empêché, il exauçait des rêves.

Et s'il n'y avait eu Elle, s'il n'avait pas éprouvé l'agonie d'une croix, il n'aurait pas hanté les nuits là où l'horizon se courbait sous le ciel, le cœur tourné vers son nord et l'esprit renversé par l'Enfant qu'il n'avait pas vu naître…

Chaque matin, quand Nol accueillait Gaêl le sourire aux lèvres et la bienvenue aux yeux, en gardien de son champ, il était facile à son premier ami de comprendre que le repos lui restait étranger. Aussi, de le savoir là, y amenait parfois Gaêl avant même le soleil, pour y partager la fin de nuit, pour se baigner avec lui à sa fraîcheur comme des frères se plaisent à barboter dans une même eau. Et d'ailleurs, Nol était un étonnant leveur de soleil. Il baptisait chaque jour, comme si ce fut son premier, d'une phrase qui sonnait le matin de Gaêl autant que le sang de cette naissance.

Mais cette fois-ci, le cherchant alentour, il avait finalement vu sa silhouette levée en contre-pente, tout en haut, là où peu allaient en raison de la difficulté. Un point de vue proche de la chute, face à un désert d'homme, et de surcroît contraire à l'étoile Polaire qui l'orientait d'ordinaire.

La montée essouffla Gaêl. Lorsqu'il s'en extirpa, il resta longuement à l'ombre de l'immobilité de Nol, pour que sa poitrine retrouvât son rythme. Le corps immense de son ami lui cachait en partie une sorte de carriole, arrivée là on ne saurait dire comment ; une sorte, en effet, si l'on consentait à remplacer le brinquebalant de planches cloutées par une coque pure comme une goutte d'eau, et l'âne fatigué par des tirants aiguisés comme des lames. C'était d'une matière qui captait la lumière pour en renvoyer une qui auréolait son ami. Celui-ci finit par lui dire, le visage tourné au ciel :

Î — J'ai peur, Gaêl.

Et que Nol eût peur le terrifia, comme si soudain des griffes perçaient le ciel et que dans la déchirure s'entrevoyait un Outre-monde, celui des légendes qui balayent les hommes. Comme si leur mont devenait

Sinaï, le halo un buisson ardent, face à quoi le revers de Nol avait pris une densité minérale de muscles enflés et tendus, prêt à tordre les cornes jusqu'à terre. Et sa voix, tout autant, sembla de pierre, cognant gravement ses mots les uns aux autres :

Î — J'ai tant de peur Gaêl que je me dégoûte à sa saveur et regrette presque ma folie. On peut d'un parasite chasser l'autre et je commence à moins détester ma colère en ce qu'elle recula mes craintes. J'ai tant peur de perdre ma couvée.

Puis la voix s'éboula :

Î — Avoir à perdre, comme c'est difficile.

Le plus long temps de sa vie, Nol s'était débattu dans une mer de sang qu'aussi il saigna, et il craignait d'y perdre le miraculeux îlot. Le char lui était l'abordage d'un knörr.

Î — N'était-il pas le véhicule d'Iragaël, et l'ange celui de Dieu ? Mais pourquoi venir sans son cocher ?

^ — Nol, de quoi tu parles !

Nol sentit l'affolement de Gaêl et, se retournant, le prit dans ses bras. Ainsi, la tête dessus son ami, le géant voyait en contrebas ce qui semblait la cambrure d'une vague rocheuse. Et comme il ne savait du char ni quoi en décider ni comment le penser, il laissa dériver son renaissant rêveur à la bise qui soudain lui fraîchit le visage.

L'air…

L'air a deux matières par ses deux sensations. Le vent et le souffle.

Le pic était, par sa jetée de roche creusée en vague tellurique, un piège à vent. Ce dernier payait son passage en y laissant un peu de son pillage, sa collecte d'épars faite de tous les petits riens du monde, de ce qui n'avait pas tenu – ou à quoi on ne tenait – et s'était envolé à la pelle du grand répartisseur. Ainsi, cette terre surélevée s'était nourrie de l'éboulis de miettes pour faire la richesse de la petite famille.

Épargnée de la prédation par être peu et peu avoir, cette tribu avait hérité sans conteste de cette cueillette.

Î — *Le vent était l'oiseau qui avait nourri ce nid tandis qu'eux l'avaient lourdi. Les arbres baissaient leurs ramures dessous la rivière d'air et les bêtes, avec ou sans habits, paissaient son dépôt. Ils étaient, comme une famille de petites souris au grenier, heureuse d'être ignorée. Y ai-je guidé le chat ?*

Le premier arbre qui fit leur terre était venu de loin pour s'accrocher ici sans raisonnable espoir d'y résister. Il le fit malgré tout et devint le premier clou d'où tisser le vivant. C'était le vieil olivier qui, avant de renoncer, avait donné la ruche. Celui dont Ora avait préservé le sépulcre, sans clairement le savoir.

La lenteur est la vitesse du profond, du constant se fait le consistant, et l'olivier était un grand, sa couronne incomprise bien qu'indéniable était le cercle d'arbres de plus en plus étendu à mesure qu'ils bâtissaient la terre. Peut-être que le vieil olivier s'était autorisé à renoncer sitôt qu'il avait pu léguer, sitôt venue Ora avec son propre cercle qu'elle avait accroché au sien pour la chaîne de la vie.

Tous étaient au creux d'une vague, ce lieu méconnu de ceux qui s'y ennuient alors que ceux qui, comme

Nol, ont connu le tranchant de la crête savent et goûtent le lové du concave. Au creux de la vague, entre le sac et le ressac de l'Histoire.

Ce lieu où ils avaient trouvé leur sol était fragile, et Nol ne le savait que trop bien.

Î — *Tel, je crains, qu'il m'ait été accordé en pause autant que posé ici, suspendu au temps que pendu au sus. Trop fragile pour que le char y pesât. Il me faudrait partir avec pour ne pas l'effondrer.*

Mais comme il était difficile d'avoir à perdre sans clair pour quoi.

L'air a deux manières.

Le vent et le souffle.

Le souffle aussi porte ses miettes arrachées d'un terreau : la parole.

Et, comme le vent, qui moins transe l'air que celui-ci le porte, notre souffle transporte cette parole qui féconde pour peu que se retiennent ses débris de mots par d'autres arbres : les phrases. Vois-les ici, en leurs troncs et branches, chacune levée vers le désir d'une lumière. Seuls les fruits cueillis germeront, sans cela ils ne sont que feuilles.

Lorsque Nol sortit de son évasive rêverie, les paroles des deux amis s'étouffaient l'un de l'autre, de corps contre corps, de peur avec peur. Gaêl, la bouche écrasée d'une poitrine, Nol, un crâne dans la gorge, avaient de leur voix comme perdu le soufflet, poitrines plates qui ne sentaient même plus l'épaisseur de leur petit refrain. Et de Nol, à être si mutique, émergèrent les voix d'un cirque intérieur où il imaginait Roni lui dire :

~ — *Quand on ne sait pas quoi faire il faudrait laisser faire.*

Comment laisser faire ? Nol qui n'avait presque connu du monde que sa bataille, le sentait autrement : faire face pour agir avant que d'être agi ; choisir plutôt que d'être choisi.

Roni l'aurait moqué pour le sortir de son tragique. Moqué du char argenté l'effet de trône, celui qui agenouillait devant un culdestal ou vous y asseyait trop haut pour en descendre sans chute. Il aurait, d'une phrase légère, renvoyé Nol à sa jeunesse récalcitrante qui avait saisi dans l'accroupissement du prêtre l'imposture du solennel, le déguisement de l'habit chamarré. Il aurait dénoncé le prédicat pour en faire une bourrique comme une autre que l'on peut chevaucher à sa guise. La secousse du zygomatique contre la raideur de la tragédie en émiettait la dignité, mais en tombait la charge.

Oui, en rire plutôt qu'en périr, penserait Roni, mais, d'avoir pu vivre au bras de sa mère, pesait-il l'implacable ? Tout ne pouvait s'esquiver sans que d'autres, derrière, s'y fracassassent ; il fallait ceux qui faisaient face.

> — *Si tu le refuses, tu me la laisses !*

Sur l'arête rocheuse, dentelée, Nol était comme au sommet d'une vague immobilisée qu'écumerait le chariot d'argent. Il lui semblait n'avoir de possibles qu'entre le risque d'être son pitoyable fétu et celui de l'abattre sur ses proches en y résistant.

Il frappa le char en hurlant :

Î — Va-t'en !

Mais le char l'attendait.

Alors quoi ? Y monter pour le lancer nulle part et l'étouffer dessus la nuit ? Le cogner aux monts jusqu'à celui qui briserait son marteau ? Encore forcer sa liberté d'un refus sans retenue ?

Mais comme c'est difficile d'avoir à perdre…

¡ — *Idiot ! Es-tu aveugle ? Avec, tu peux La rejoindre.*

La rejoindre… Évidemment… Cette aspiration, dont aujourd'hui il n'était séparé que d'un pas. Mais comment être sûr qu'il ne s'envolerait pas d'ailes noires qui porteraient vers *Amour* un nouveau malheur ? Ne lui avait-il pas amené les assassins de sa famille ?

Aujourd'hui plus qu'alors, il pesait à en être écrasé ce que sa rencontre avait coûté à *Amour*. Et surtout, ne pas revenir fut sa promesse de jamais, tel un rejet. Pourquoi l'aurait-elle attendu ? Il faudrait espérer pour elle que son souvenir ne soit pas devenu sa prison, qu'elle se soit faite la vie qu'il entrapercevait. Il vaudrait mieux pour elle qu'il s'empêchât pour ne pas risquer sa nouvelle existence. Mais… Mais si *Amour* l'attendait. Si…

Î — Le certain est que je ne sais rien, pas même le pourquoi du char… Et peut-être n'est-il là que pour me cueillir, peut-être n'est-ce qu'un panier, et tout mon débat inutile.

Il sauta dans le char pour voir, pour savoir, fatigué de s'en questionner. Et le char ne l'amena pas. Il l'attendait, non en colis, mais en cocher.

Il se souvint :

+ — *Tu es libre.*

Î — Je suis libre, c'est donc que je peux en décider.

¿ — *La liberté est un absolu et l'homme n'est qu'au relatif.*

C'était comme si Iragaël venait d'apparaître, négligemment assis sur le chariot, tel que Bjørn l'avait saisi autant que refusé, semblable à une part de lui-même.

¿ — *Tu fais de quoi tu es fait, et tu es fait de ce que fut. Ce qui t'agite vers ton lendemain est poussé de loin en loin par une procession de mêmes marionnettes, aux doigts dedans les précédentes, au cortège de pantins pantinant qui forme le mille-pattes dit « Humanité ». Procession qui se suppose une tête et se voudrait une finalité.*

Î — Il m'a dit : « Tu es libre. »

¿ — *Ce n'est pas lui qui décide. Crois-tu que la liberté se donne ? C'était juste un souhait, comme ses autres.*

Î — En ce cas il aurait dit : « Sois libre. » C'est la première fois que je t'entends faillir, Iragaël, et cela, même si je ne sais ma liberté, me donne un espoir. Celui d'être plus qu'une conséquence, quoi que tu en dises, qu'il y ait en moi une particule qui fait mon particulier malgré la somme de passifs à quoi tu me résumes.

Gaêl voyait Nol parler seul, comme devenant fou, pendant qu'au contraire venait à Nol une petite clarté comme un timide matin, tandis qu'autour d'eux le jour se levait. L'argent du char en rougeoya comme un fer au feu, et Nol, debout dans la nacelle, dit à Gaêl :

Î — Tu vois, le jour tient encore sa promesse, il n'est de nuit qui ne s'en pâlit. Tu vois, nous sommes là d'y être avec lui. Par sienne, notre flamme se rallume. Je te revois sourire, malgré ton reste de crainte, au bain de sa lumière. Et ton sourire m'est un autre soleil.

Et il s'envola pour une boucle au ciel avant de se poser près d'un Gaêl ébahi.

Î — J'en ai la maîtrise, alors monte que je te ramène à notre champ.

Gaêl y grimpa sans effort. Nol, par sollicitude, ne levait le char qu'à effleurer la pente, et vit alors que le soi-disant craintif ne montrait rien du vertige qui, lui, l'avait plié la première fois. Aussi, au lieu de l'atterrir sitôt venu au bord du champ, il l'envola plus haut.

Avec sur le visage une expression d'enfant au manège dont toute peur était dissoute, Gaêl planait la terre qu'il avait labourée, puis la bascule au vide qui cernait son mont lui arracha des cris d'heureux au toboggan. Nol en courba la ligne au panorama, avant d'ailer par paliers, survoler l'oiseau de plume jusqu'à se hisser à celui de brume.

C'est le souffle court de Gaêl qui décida le retour en lente redescente jusqu'au champ. Et durant, Nol demanda :

Î — Et toi, penses-tu que je doive accepter ce char ?

^ — Je ne sais pas, mais je crois que tu n'as pas le choix. Si cela vient de l'Éternel, tu ne peux pas plus le refuser que ne l'a pu Jonas.

Î — Jonas ?

^ — Oui. Il a fui la mission que l'Éternel lui avait donnée en s'échappant par un bateau, mais une tempête vint contre lui et l'équipage le jeta à la mer pour ne pas s'y engloutir. Il vécut dans le ventre d'un grand poisson jusqu'au jour où il accepta Sa volonté.

Î — Pourtant Gaêl, le char est sans injonction. Il est comme un cadeau venu d'un « Tu es libre. » Il faudra qu'Ora me lise ses rouleaux, je me suis peut-être trompé sur ce Dieu qui m'a mené ici.

Sur son épaule, Nol sentit comme la main de Myriam l'approuvant, et il vit en contrebas, réunis au champ, ceux qui lui avaient appris qu'autour ne rime pas qu'à vautour.

C'était Ora qui la première s'était inquiétée, et de les voir accoster la terre, tous, quoique éberlués, furent rassurés. Les enfants y étaient aussi, les jouets comme des doudous dans les mains. En celles de Pénina, il y avait la figurine de Nol.

Et du char, il entrevit le possible d'un geste pur qui résoudrait son chaos et l'absoudrait.

17

Les rouleaux d'Ora

Les jours qui suivirent furent heureux.

Grâce au char, Nol avait rendu visite à Éléazar comme il le lui avait promis et, de retour auprès de la petite famille, il demanda à Ora de dérouler le récit qui écrivait son peuple. Les enfants l'entendirent avec Nol, Gaêl et Myriam de nouveau, Roni préférait l'aventure d'aujourd'hui aux histoires d'hier.

Nol aima la Genèse. Il écouta les images qui ouvraient au rêve, se béant d'elles. Il réentendait une sorte d'Edda. Et c'est Ora qui s'interrompit :

— Tu vois Nol, ici est écrit qu'Ève fut faite d'une côte d'Adam, mais ce n'est pas comme cela que je le lis. Adonaï créa les principes de tous avant même qu'ils ne soient. Ainsi de l'herbe avant qu'elle ne verdoie, jusqu'à de perfection à perfection créer celui d'un être à sa ressemblance, mais qu'il fit en deux parts, masculine puis féminine. Deux parts qui possèdent leur commun pour mieux se réunir malgré leur différence. Ève ne sort pas de la côte d'Adam, mais à côté pour mieux se compléter.

Ensuite Nol se heurta au récit :

Î — Pourquoi ton Dieu punit Adam et Ève de ce qu'ils ont fait puisque c'est lui qui les fit et d'ainsi ce qu'ils feraient ? Il en est de même du serpent...

Ora malicieuse dit :

¡ — Et toi Nol, pourquoi demander à écouter une histoire si c'est pour ne pas entendre ce qu'elle t'offre ? Toi qui pourtant as offert un conte aux enfants, tu devrais savoir qu'une histoire raconte bien plus que ce qu'elle dit.

Î — Alors, pourquoi j'y entends mon père ?

Il est de nos questions dont nous sommes la réponse, aussi Ora ne répondit rien, et reprit le récit.

Lorsque Nol entendit que Dieu, préférant les présents d'Abel à ceux de Caïn, le berger à l'agriculteur, avait fâché un frère contre l'autre pour en punir ensuite le crime, il s'insurgea :

Î — Et voilà encore que celui qui tend l'arc reproche la flèche.

¡ — Et voilà encore que tu fustiges le père et non le fils d'avoir choisi de bâtir son propre arc tant il ne pouvait se suffire à lui-même. Faut-il, en tant que père, laisser faire le fratricide ? Faut-il que tu veuilles si peu voir la liberté des fils, que tu laisses au père la responsabilité de tous leurs actes ?

Nol se tut, pensant à son frère laissé sur la glace.

Mais de Noé montant le fumet du sacrifice d'un animal jusqu'au plaisir de Dieu, il persista :

Î — Voilà qui explique pourquoi il préféra Abel, c'est un grand carnivore.

D'entendre Nol ainsi blasphémer, Gaël pâlit. Myriam éloigna les enfants de l'assemblée et c'était d'être cachés qu'ils purent mieux écouter. Par contre, Roni rejoignit la lecture, il y avait peut-être une aventure, après tout, par la spirale de l'oreille de Nol.

De la tour de Babel, Nol comprit que Dieu brisa l'unité du langage pour faire de l'humanité un puzzle épars, afin de désorienter les hommes d'eux-mêmes et se faire la croisée de leurs chemins pour sa seule direction. S'il s'était exprimé, Ora lui aurait rétorqué qu'une seule parole aurait fait une même pensée, qu'en brisant l'univoque, l'Éternel permettait aux hommes leurs possibles.

Puis, Dieu parut devant Abraham sous une forme triple et son histoire entra dans celle du monde.

Entendant qu'il avait offert sa femme à un puissant, en la prétendant sœur, pour ne pas risquer qu'on le tue au désir de la lui prendre, Nol affirma :

Î — À être si molle, il faut que cette couille soit vide et jamais n'engendre !

~ — Je suis content qu'il en soit resté assez pour nous.

Mais lorsque Abraham leva son poignard au-dessus de son fils pour acquitter son obéissance, Nol eut trop à dire pour sa bouche et sortit en rage.

~ — Papa, si tu tiens à ton champ, rattrape-le.

Ce fut la fin du premier rouleau.

*

Lorsque Nol revint de son deuxième voyage, Ora lui demanda :

¡ — Après Éléazar, qui as-tu visité ?

Î — Siméon de Cyrène.

Et Ora sembla déçue :

¡ — À lui, tu ne devais rien.

Î — Si, il a porté une croix que j'aurais dû soulever.

¡ — Mais pourquoi donc Nol ?

Î — Parce que l'homme qui s'y brisait m'avait tiré de dessous la mienne.

¡ — Pfff... bon, que vous êtes-vous dit ?

Î — Je l'ai trouvé mourant, c'est surtout moi qui ai parlé. Il avait peur, alors je lui ai raconté les esprits tissés de leur mémoire que j'avais sentis flotter au-dessus des corps raidis par ma main. Il m'a demandé : « Et ensuite, où vont-ils ? » Je ne le savais pas, mais je me souvenais de ce moment partagé, quand l'âme d'*Amour* s'était étendue au ciel, ce sentiment d'être tout avant d'être ramené à quelqu'un. Alors je lui ai peint ce ciel. Et il m'a dit : « Si je deviens tout, suis-je encore ? » Je n'ai su quoi répondre sinon que je ne le savais pas, que peut-être nos esprits fécondaient des chairs à l'œuf du ventre, à moins qu'il n'y ait un lieu où nos esprits soient comme un corps. Mais si cela était, j'étais certain qu'il serait attendu par celui dont il avait levé la peine, et que si un homme n'avait pas à craindre la mort, c'était lui. Il s'est éteint en paix.

¡ — Nous ne croyons pas en une vie après la mort. Tu lui as, par un espoir, ôté sa peur.

Î — ...

¡ — C'est la seconde fois que tu apaises quelqu'un par une histoire, tu sais les raconter.

Î — Je le tiens de ma mère. Mais toucher l'esprit derrière l'oreille, cela suffit-il ? Ne faudrait-il pas plus ?

¡ — Hmmm… continuons ce qui fonda mon peuple.

Au commencement de Moïse, Nol aima ce Dieu sauveur et libérateur, n'y voyant plus celui du déluge, bien qu'il était dit *l'invariable*. Il se demanda si Dieu n'était pas aussi enroulé que les parchemins que lui lisait Ora.

Nol aima le commencement de Moïse, mais lorsque parut le serpent dans sa main, il se souvint de celui de l'Éden ainsi que le goût d'Iragaël pour l'ondulant reptile *telle la ligne ni dedans ni dehors*, et lui vint une question vertigineuse. Se pourrait-il que Moïse s'empoignât d'un Ange ? Le même qui aurait conduit à la première faute pour en laisser le blâme à sa seule forme ? Mais cela dirait que la chute des hommes d'où vint la corruption de Dieu jusqu'à ce qu'il s'en retire serait de son projet : qu'il serait un être parfait acceptant de ne plus l'être, se sacrifiant pour laisser un possible à d'autres que lui. Pourquoi ? Cela lui tournait la tête.

Nol aima le commencement de Moïse, car malgré les grandes catastrophes, ce conte était peuplé tels ceux de sa mère.

Mais à la dernière plaie, sa tête cessa d'y tourner et son poing creva la table où se faisait l'assemblée, ponctuant son refus.

Î — Il a tué des enfants ! Déjà ! Et cette fois-ci lui-même ! Votre Seigneur n'est pas seulement un saigneur, c'est un ogre qui se repaît d'innocents ! Tel mon père !

Devant le fracas de la table, il eut honte de lui et sortit. Si Gaël le rejoignit, ce fut plus pour l'en consoler qu'à craindre pour son champ. On entendit Nol affirmer :

Î — Je regrette mon geste, mais pas ma colère…

Il s'éloigna pour revenir bientôt avec une meilleure table sans que l'on vît comment il l'avait façonnée en si peu de temps. Il dit à Ora :

Î — Accepte-la comme mon regret.

Mais elle répondit de colère :

¡ — Gaêl t'excuse son champ, moi pas ! Si tu veux l'histoire, prouve que tu peux l'entendre.

Î — Si ton Dieu durcissait le cœur de Pharaon c'était pour mieux le lui briser, et lui porter de conséquence la faute.

¡ — Qui tua les enfants hébreux ? Qui poussa Moïse au fleuve ? Qui arma la main d'Adonaï ? L'Éternel a averti Moïse que la liberté ne doit pas se céder pour moins de souffrance. Aux Hébreux de se libérer, à Pharaon de faire de même pour ne pas répéter les fautes de son père.

Les épaules de Nol se voûtèrent sous les mots d'Ora qui semblait gagner la hauteur que lui-même perdait.

¡ — Les hommes sont égaux, Nol, et la mort nous le rappellera toujours. Elle est la justice des rois, des tyrans, des faibles comme des puissants. Elle ramène tout homme à sa condition première. Voilà ce que nous dit l'histoire.

Roni sourit et Myriam posa sa main sur Nol.

Nol se tint, et aux tables de la loi ce fut Gaêl qui interrompit Ora :

^ — Tu vois Nol, ce sont les commandements qu'il faut suivre si l'on ne veut pas attirer sur soi la colère d'Adonaï.

Î — Je vois… et sans les connaître, j'en ai respecté certains, mais je m'oppose aux premiers qui sont tous à la soumission. Si je lui suis soumis, c'est malgré moi.

~ — Oui, comme nous tous avec le ciel tel qu'il est, de soleil à orage.

Mais lors de la colère du Veau d'or, Nol ne put se taire.

Î — À peine sa loi écrite que déjà se tuent pères, fils et frères. Est-ce d'aimer Dieu plus qu'eux-mêmes qu'ils châtient jusqu'à leur parenté ? Je ne le crois pas… c'est de le craindre, de connaître sa capacité de nuisance et vouloir s'en exclure par une alliance, comme ses sujets le firent avec mon père… Il vous a marqués tel son bétail. Il ne vous a pas libérés, il a retiré de vous jusqu'au goût de la liberté.

¡ — Un jour, c'est l'histoire de ton père qu'il faudra entendre…

Le deuxième rouleau s'acheva sur ces mots.

*

Nol s'absenta longtemps. Il traversa la Galilée jusqu'en Judée, en quête de ceux qui auraient rencontré Yeshua. Mais si de prêche en prêche beaucoup l'avaient écouté, ils n'avaient gardé de sa parole que celles qui étaient proches de leurs oreilles.

Alors il alla au lieu de l'enfance de Yeshua ben Joseph, où chacun de ceux qui disaient « Oui, je me souviens de lui » se souvenait en fait du sien.

Il trouva ensuite certains de ses derniers compagnons malgré leur dispersion, mais eux non plus ne s'accordaient pas.

À son retour, Ora sembla contrariée de le revoir.

Î — Partout il fut aperçu, en tous une trace insaisissable, mais il me reste que si Dieu fut son père, il lui ressemblait moins que moi au mien, et m'y paraît contraire.

¡ — Et alors? Quoi t'importe? Que refuses-tu, Nol, en te donnant cette quête?

Il ne répondit à aucune de ces questions et Ora ne fut pas disposée à lui faire la lecture du rouleau suivant.

*

L'absence de Nol fut plus courte.

Il avait vu Gaêl, sans lui, s'épuiser de nouveau à son champ, et Ora lui paraissait tendue, mais pas en raison de son absence.

¡ — Ton courage m'avait caché ta lâcheté.

Il répondit à côté:

Î — J'ai rencontré les frères et sœurs de Yeshua, la plupart se taisent, mais son frère Ya'akob ne veut pas qu'on l'oublie. Il l'estime prophète à la suite des premiers, et tente de l'écrire en dernier chapitre de ce que tu me lis.

Ora lui tourna le dos.

*

Après un autre départ et retour, Nol trouva Gaêl au champ.

Î — Je t'avais demandé de m'attendre.

^ — Ora veut que tu partes. Lorsque tu ne seras plus ici, mon champ y sera toujours.

Après un silence :

Î — Gaêl, je ne t'abandonnerai pas. Tant que tu y seras, j'y serai.

Il posa une main sur son ami, l'autre sur la charrue poussa le soc.

^ — Je t'envie ta force. Tu es celui qu'il aurait fallu à Ora.

Nol s'arrêta étonné :

Î — Gaêl, ne sais-tu donc pas qui tu es ?

Et ne trouvant pas les mots, il posa son front sur celui de Gaêl pour lui donner ce qu'il avait perçu d'Ora. Gaêl se vit par les yeux de sa femme.

De cette hauteur il eut comme un vertige et Nol, lâchant la charrue, l'accompagna jusqu'à leur arbre pour l'asseoir à son tronc. Gaêl avait sur le visage une joie dont Nol n'avait jamais vu les reflets, et après un de ses silences comme un son trop clair pour troubler l'air :

^ — Laisse-moi savourer et rejoins Ora, elle t'attend pour te parler.

Dans la cuisine d'Ora :

Î — Je l'ai retrouvée là où Yohânan l'a mise à l'abri. C'est une femme menue qui marche comme une vieille. C'est une Myriam et, comme nôtre, elle parle peu. Elle porte sur son visage une tristesse de trop vécu, mais sans dureté, sans grimace creusée. Ses yeux sont comme des lacs. Je suis resté longtemps près d'elle, elle regardait quelque chose que je ne voyais pas. Enfin elle m'a dit : « Vous voulez que je vous parle de mon fils. Comme tous ceux qui veulent que je leur dise ce que je ne sais pas. » Puis elle a pris ma main pour ajouter que Joseph était un bon époux et un bon père. Qu'il aurait voulu qu'Immanouël soit charpentier comme lui. Son fils l'a aimé aussi, bien que Joseph ne le comprenait pas, et il a attendu que son père soit mort pour rejoindre son cousin. Elle a pris mon autre main et l'assembla à la première comme le deuxième morceau d'une coupe : « Immanouël aussi était un bon charpentier, il savait le pilier et le faîte... Vous avez de belles mains, fortes, capables de beaucoup lever, vous feriez un bon charpentier. Faites de ces mains quelque chose qui vaille. » Elle me les a pliées l'une contre l'autre comme pour attraper ce qu'elle y aurait mis et retourna dans sa rêverie. Je n'ai pas osé l'interroger davantage, mais j'ai vu la mère que Yeshua eut, comme j'ai appris son nom d'enfant.

¡ — Et donc ? Tu comptes faire quelque chose de tes mains ?

Î — Oui, elles s'y tendent.

¡ — Alors saisis-le enfin et va-t'en !

La voix de Nol était si forte que, lorsqu'il parlait, elle couvrait les autres, et que lui-même s'en assourdissait.

Ses pensées étaient si lourdes, enracinées, qu'elles étaient un mur à celles d'autrui.

Si Ora pouvait l'atteindre, c'était à la mesure de sa confiance en elle, mais celle-ci se heurtait à quelque chose que Nol ne surmontait pas, sa difficulté à penser en dehors de lui, au-delà de sa vie et sa propension à s'accrocher à ce qui le tenait, serait-ce qui le blessait. Ce qu'il avait reçu du «fils de l'homme» et de la petite famille était encore trop fragile pour qu'il quittât son sol au chemin d'un autre. Il y avait gagné la fin d'une violence, une question qui troublait sa certitude, une tentation dont il n'avait pas encore l'envergure.

Nol marchait mal et, comme tout arbre, ne quittait pas le rocher dont il fit si douloureusement terre, bien qu'il penchât au vent venu et que son tronc en craquât. Il tanguait, hésitait, ses vieilles racines avaient plus de prises que ses jeunes branches. Il se donnait prétextes à surseoir, il était en vérité terrifié de quitter la rive où il s'était relevé, pour se lancer dans la rivière qui l'emporterait comme un bois mort, serait-elle celle qui flot son cœur.

Celui qui devant *Amour* n'avait pas d'arrière, ne marchait pas, il s'abattait comme tout arbre qui s'élance.

Î — Tu ne m'as pas lu les derniers rouleaux de ton Dieu.

¡ — Nol, crois-tu que ce soit l'Éternel qui y parle comme il parle? Crois-tu que ce soit lui qui a écrit ce livre? Tu vois tout trop simplement, d'une seule face à laquelle au mieux tu supposes un revers. Le livre fut de plusieurs mains, en plusieurs temps. Il a été écrit comme saisi, selon eux plus que selon lui. Et il faut parfois le chercher entre les lignes, là où les scribes se taisent, comme il faut, du livre, faire l'effort de l'entendre mieux que tu ne l'écoutes. Tu te rappelles le nom sacré de Dieu? En réalité, il en possède de nombreux. Quand Abraham voit l'Éternel paraître, il le voit triple, mais ne peut en regarder qu'un.

Î — Je ne comprends pas…

¡ — Je sais.

Ora se leva pour, de la cuisine, ramener une pomme.

¡ — Vois et souviens-toi de l'orange. Lorsque tu regardais sa moisissure, moi en l'autre côté de ta main j'y voyais son brillant. Mais là encore ce n'était qu'une autre face. Regarde.

Dans sa main, Ora tourna la pomme d'un geste lent qu'elle déroula, désaxant son mouvement en variant les ellipses pour renouveler le regard de Nol, et de parcours en contour chacun à son tour dépliait la parabole du conte insaisissable.

¡ — Dieu est comme cette pomme : il ne possède pas qu'une seule face. Mais surtout, cette pomme existe pour répondre à une faim. Si tu veux comprendre l'entièreté d'une histoire Nol, il te faut revenir à la faim qui l'a fait naître, au besoin d'y répondre.

~ — Heureusement que père n'est pas là pour t'entendre.

¡ — Oui. D'ailleurs, où est Gaêl ?

Î — Je l'ai laissé à notre arbre.

¡ — Il tarde. Je vais voir ce qu'il fait. Toi, idiot, tu sais ce qu'il te reste à faire : partir ! Je ne veux plus te voir faire de notre famille une béquille.

Î — *Leur famille…*

Une fois sortie, Roni dit à Nol :

~ — Ne répète pas devant Gaêl ce qu'elle laisse entendre de l'Éternel. Il s'est persuadé que son rôle est de porter sur lui, loin de nous, Sa colère. Ça le rassure.

On entendit soudain un cri dont ne se reconnaissait plus la voix, mais qui sortit tout le monde de la maison.

18

La perte

Nol fut le premier à voir Ora sur Gaêl comme elle fut sur lui dans la carriole, mais plutôt que de contenir, elle le secouait, appelant à elle son époux.

Sous les pieds de Nol, l'herbe blanchit et tout se gela de proche à proche, s'envahissant d'une suspension jusqu'au ciel où le déroulé des nuages se figea.

Ora et Gaêl s'immobilisèrent telle leur statue mortuaire pendant que Nol s'agitait autour.

Que pouvait-il faire ?

Roni, stoppé dans sa course, tentait d'accéder à son père malgré sa mère qui, telle une folle, faisait rempart.

Myriam retenait les enfants, pétrifiés de même, jusqu'à l'apparition du rabbin, hébété, que Nol tenait d'un bras pendant que l'autre portait une besace de médecines. Tous retrouvèrent leurs mouvements.

₩ — Où suis-je ?

Î — Sauve-le !

₩ — Mais comment suis-je arrivé là ?

~ — Oui Nol, d'où le sors-tu ?

Î — Qu'importe. Toi, sauve-le !

Nol desserra Ora et poussa le rabbin vers Gaêl.

— Je ne puis rien faire, son souffle l'a quitté. Il faudrait un miracle de l'Éternel…

Soudain, Nol se trancha au creux du bras et gicla son sang sur Gaêl à l'en teindre de haut en bas. Malgré l'horreur, Roni comprit le geste, mais rien ne s'éveilla si ce n'est rien.

Rien.

Rien ne disait Ora. Sur son visage, elle n'avait gardé du cri que le trou. Et le lendemain fut ce trou où tous s'engloutirent.

Rien lorsqu'on coucha Gaêl, enroulé du drap de leur lit, dans un autre trou creusé entre les racines de son arbre.

Rien.

Rien ne riait Roni, il faisait ce qu'il avait à faire, absent à lui-même.

Rien ne jouait les enfants qui se tenaient serrés entre eux, comprenant mal ce qui s'était passé, mal ce qui se passait en eux, n'éprouvant que mal.

Rien n'emplissait Myriam si ce n'est ses larmes qu'elle retenait pour ne pas abreuver sa famille en deuil.

Rien.

Rien au « Qu'aurais-je dû faire ? » de Nol, si vide lorsque les enfants venaient à lui, ne pouvant que prendre sur lui leurs gros sanglots.

Puis, tentant de faire comme si ce jour était beau, il les promena au verger. Leurs pas les menaient au soleil couchant qui déjà allumait les arbres : les épines étaient des étincelles, les feuilles des flammèches, les branches des tisons. Autour, luciolaient les abeilles.

Sous cette flamboyance, si magnifique qu'elle éclairait jusqu'à sa pénombre, Nol vit des candélabres tendus vers Ora. Le soleil disait la fin pour le recommencement et la beauté jusqu'en fin. C'est pourquoi ils allaient s'y baigner.

Une fois l'astre enterré :

‘’° — Pourquoi grand-père est mort ?

Î — …

‘’° — Pourquoi ?

Î — Il est mort parce qu'il ne pouvait plus vivre. Mais il ne nous quittera pas entièrement. Je ne veux pas vous mentir, il nous laissera la peine… mais aussi le matin de sa consolation. Il nous parlera parfois et d'autres fois surgira devant nous, parce que nous l'aimons, parce qu'il nous aimait. Il nous soutiendra dans ce monde sans lui, comme la lune nous éclaire dans la nuit.

Les enfants, comme au conte de l'arbrisseau, l'oiselle et la rivière, ne comprenaient pas tout, mais puisque c'était Nol qui le disait, c'était vrai. Ils laissèrent à leur question le temps de mûrir sa réponse. Alors, ils restèrent ensemble jusqu'à la lune courbée comme une faux, silencieux en leurs mains nouées. Pénina s'était endormie dans les bras de Nol et les jumeaux sur ses genoux.

Là, comme la souche d'un palétuvier foudroyé avant que d'avoir enjambé son ancienne racine, telle plantée en rive d'amertume et bercée des petites marées de leurs poitrines, Nol repensait à ce qu'il venait de leur dire : « Je ne veux pas vous mentir. »

Î — Est-ce qu'à faire luire le clair de lune pour en taire l'obscurité, je ne leur ai pas menti ?

> — *Il y a ce que tu rêves et ce qui est.*

Î — Est-ce qu'à les consoler, je les leurre ?

> — *Tu aurais pu la sauver, mais tu n'as nourri que tes rêves.*

Î — Ne pas tout dire, n'est-ce pas déjà mentir ? Fallait-il ouvrir ce dont j'ai fait l'épreuve ? Que la vie est une tragédie, un courant qui nous emporte au néant au travers de mille herses déchirantes, où nous sommes arrachés morceau par morceau jusqu'à n'y plus nager ? Comment des enfants pourraient vivre en cela, comment y vivons-nous ?

> — *Les rêves sont mensongers, la force est vraie.*

Î — Mais que reste-t-il à ceux qui n'ont pas la force ? Et à quoi bon la force si elle s'allie à l'inacceptable ?

Nol cercla ses grands bras tel un berceau duquel il ramena les enfants aux parents.

Le plus souvent, Ora s'asseyait à l'arbre de Gaêl. C'était devenu sa place. Nol, qui de loin la veillait, ne touchait plus la charrue dont le soc aurait fini de déchirer ce qui restait d'Ora. Elle semblait rétrécir pendant que son ombre grandissait, flottant comme un bouchon sur une mare. Puis un soir, d'un petit geste las, Ora manda Nol près d'elle, qui s'agenouilla où auparavant il s'asseyait à côté de Gaêl. Elle resta silencieuse, observant longuement l'assombrissement du jour avant de murmurer :

¡ — Nol… J'avais tort de contrarier Gaêl, il prenait sur lui les contrecoups de mes audaces. Sa faiblesse grandissante, j'en étais cause par chacune. Et sa mort aussi.

Î — Non, Ora.

Pour Nol, c'était lui la cause, de n'avoir pas obéi à un ordre muet. Comment ne pas entendre que le char disait départ ? Il avait été puni en son vulnérable par la perte d'un ami, par les blessures aux aimés. D'avoir contrarié un roi dont Ora lui avait lu l'autorité, il avait porté sa colère vers celui qui s'y destinait ; de s'être accroché à une famille tel Jonas à son bateau, il l'avait coulée.

Î — Non. Tu as dit…

¡ — Je ne sais plus ce que j'ai dit, je ne sais plus rien sans Gaêl. Tu ne peux imaginer qui je fus avant lui. Je te ressemblais, c'est pourquoi je t'ai compris. Mais je me suis vue dans le regard de Gaêl, et c'est par lui que tomba ma colère et se bâtit notre Éden. Il me fit femme, mère, il me fit tout ce que tu connais. Il fut mon Élohé.

Î — Je sais.

¡ — Je ne lui ai jamais dit. C'était une évidence dont le miracle ne devait pas se ternir d'une faible parole. Nous nous parlions autrement, mieux qu'avec des mots. Mais j'ai eu tort, j'aurais dû lui dire. J'aurais dû…

Î — Ora, par le moyen que tu connais, il a tout su de vous.

¡ — Merci… Merci… Mais je veux Gaêl, sans lui je ne suis plus… S'il est ailleurs, je dois lui manquer autant qu'il me manque. S'il n'est nulle part, j'y suis aussi. Parfois, je le sens près de moi, mais jamais ne le touche.

La consolation ne venait pas à Nol. Est-ce qu'il n'osait pas parce que c'était Ora ? Celle qui l'avait porté, qui lui faisait leçon, qui était plus que lui. Est-ce en raison du mal qu'il s'attribuait ou de sa crainte d'avoir pu mentir aux enfants ? Quoi qu'il en fût, le conte ne venait pas.

¡ — Ce que tu as dit à Siméon de Cyrène, je m'en suis souvenue. La possibilité d'un lieu pour les esprits.

Î — Ora, ce n'était qu'une histoire, une espérance, je ne sais pas ce qu'il advient des esprits ni ce qu'ils sont. Le parfum n'est pas la fleur et, s'il survit à sa coupe, sans doute finit-il par se disperser au vent. Ces mémoires n'ont plus d'avenir.

¡ — Je veux l'espérance, je veux son parfum.

Î — Ora, je…

¡ — Laisse-moi Nol, et rejoins-la.

Î — …

¡ — Tu sais qui. Tu lui dois, il te le faut. Moi, je tenterais tout pour Gaêl.

Î — Ora…

¡ — Tais-toi et pars… Je suis fatiguée.

En observant l'arbre qui lui cachait sa mère, Roni vit venir Nol, et lui ouvrit la porte. Myriam était là, avec les enfants.

Î — Je pars, et veux vous remercier, tous, pour ce que vous m'avez donné. Je pars, mais je reviendrai.

Les enfants pleurèrent cette nouvelle absence.

Î — Ne pleurez pas, je reviendrai. Vous ne me quitterez pas.

Mais aucune larme ne cessa de couler, et Nol s'en arracha pour embrasser une fois encore Myriam et Roni avant de passer la porte. Le char l'attendait devant, mais avant d'y monter il voulut retourner à Ora.

Î — Je te remercie pour tout ce que tu as fait pour moi…

Ora regardait des fauvettes fouiller les sillons de Gaël, elle tourna sa tête vers lui avec une sorte de sourire. Nol ne sut quoi répondre à ce geste, chacun des mots qu'il hésita lui sembla creux. Il tendit ses mains vers elle, captura entre ses doigts son image pour la porter à sa poitrine, telle une graine dans une blessure, avant de s'en aller.

Lorsque son pas trop penché le ramena au char, celui-ci était cerclé de la famille.

Les enfants lui dirent en grimaçant leur barrage :

“° — On ne pleure plus, Nol.

Myriam d'une douce main, l'appui d'une caresse, lui mit la paume au cœur et son autre sur sa nuque pour lui baisser le front au sien :

( ) — Ne sois pas trop dur envers toi.

Enfin Roni :

~ — Je ne t'ai jamais remercié de m'avoir sauvé…

Î — Si je ne l'avais fait, qui l'aurait tenté pour moi ? Le bien que l'on risque peut paraître perdu, il suit, en vrai, un long chemin et nous revient souvent masqué. Comme la vie et l'amour, que l'on ne peut rendre entièrement à ceux qui nous les ont donnés, le seront à d'autres, nous reviendront parfois et de nouveau par nous redonnés. Tel le vent qui pousse l'air pour tous les souffles… Tu ne me dois rien, Roni… Je vous suis plutôt redevable.

Debout sur le char, le regard de Nol fit un dernier cercle, lancé comme un filet sur ses précieux.

Roni sous les boucles de sa mère lui tendait son visage de fille aux longs cils, sa jeunesse préservée des années par en avoir fait un jeu. Myriam en paraissait plus vieille, si bien que son geste protecteur, qui serrait Roni au plein et fort de son corps, aurait pu faire croire à une jeune mère, si elle ne s'y appuyait pas comme une amante. Ses yeux, posés dans Nol, lui disaient tant qu'il en détourna le regard.

Les enfants étaient serrés par la peine plus encore qu'au conte. Pénina, quoique la benjamine, était aussi grande que les jumeaux.

Î — *Elle sera comme Gaêl, mince et délicate, pendant que sa fratrie sera d'Ora. Que sera leur vie ?*

Le char enfla, s'évasa, recula et partit d'un coup, vif comme un arrachement, pareillement à vif.

QUATRIÈME PARTIE

PRÉSENTATION DES PERSONNAGES
QUATRIÈME PARTIE
– par ordre d'apparition –

~ — Roni, fils d'Ora et Gaêl, époux de Myriam, père de Nathan, Jessica et Pénina.

Î — Nol.

¡ — Ora, épouse de Gaêl, mère de Roni.

' — Nathan, jumeau de Jessica.

' — Jessica, jumelle de Nathan.

° — Pénina, sœur cadette de Nathan et Jessica.

Õ — *Amour*.

\+ — L'Enfant, Immanouël, Yeshua, Jésus.

0 — Le marchand.

19

Le retour

Le char avait crevé le tapis de nuages par une montée étourdissante. Raide comme un mât, Nol voyait dans ses yeux les enfants effacer l'appesanti des derniers jours par le privilège de cet âge où l'on n'a de défense ni contre la peine ni contre la joie.

Il voguait sur une terre blanche que les Inuits auraient pu croire leur, si dense sous le regard que la fratrie aurait voulu y marcher. Mais Roni aurait tôt fait d'affirmer le trou :

— *Ne vous penchez pas !*

Et Myriam de le rassurer.

Comme par égard pour son équipage, Nol fit du vol un planant. Suspendu dans l'air, il voyait se dérouler des plaines et vallons immaculés. Puis, cette mousse blanche se dilua en une mer dont les flots scintillaient et les profondeurs marbraient, avant que la terre revînt en mosaïque ondulée de bosses et creux qui rythmaient forêts, champs, villages où parfois se devinait le fourmillement des hommes. Le silence de Nol se rompit de murmures, puis rires, puis chansons qui sonnaient en lui. Et dans cette musique, il se sentit si caressé qu'il eut la tentation de s'y conclure.

Î — Pourquoi risquer *Amour*? Pourquoi ne pas traquer le soleil et y jeter mon étincelle pour en grandir son feu?

¡ — *Non! Tu lui dois, il te le faut. Moi, je tenterais tout pour Gaêl.*

Ora venait de jaillir et Nol sentit sa graine lui déchirer la poitrine.

La mer revint, tendue vers la banquise.

‘’ — *Un bas nuage!*

Î — Sur celui-là vous pourriez marcher, les enfants.

Nol s'étonna: il voyait au loin de grands anneaux se rétrécissant vers leur centre. Il manœuvra le char au-dessus de la cible, se ralentit à sa courbe, lourd d'une question dont l'évidente réponse l'encerclait. Il tourna au long de la spirale jusqu'au tournis de son équipage qui le supplia de se poser.

Il atterrit dans une tranchée, profonde d'une hauteur d'homme, au long virage tordant son regard. Mais du char, il ne descendit pas, préférant rester là, pour voir les enfants sauter la marche, tomber sur le cul dès les premiers pieds, rire et glisser jusqu'à une paroi d'où ils pouvaient s'envoyer de molles boules de froid.

Gaêl se hissa à la statue où s'était figé son ami pour libérer une voix dont chaque mot était craint:

Î — Regarde ce qu'elle a bâti. Elle m'a espéré, Gaêl, toutes ces années elle m'a attendu. Combien de temps et d'efforts pour tracer ce chemin tandis que je renonçais à celle qui ne renonçait pas? Je fus trop court en mon départ, puis trop petit pour mon retour. Par ma lâcheté, j'ai été son bourreau.

Gaël mit sa main sur la joue de Nol, et ce geste plia le géant qui pleura aux battements d'un fantôme. Le jeu des enfants avait cessé.

Î — Continuons.

La suite se fit aux bruits de sabots de plus en plus sonnants à mesure que la neige se glaçait ; se fit au long de cette spirale qui levait peu à peu ses bords en falaises. Puis la glace se fit miroir, et les « enfants » de Nol, de nouveau amusés, y lancèrent leurs grimaces. Au fond de leurs reflets surgirent des couleurs qui troublèrent la netteté, et ces taches précisèrent la silhouette d'une femme.

Dans la crevasse, le ciel n'était plus qu'une ligne, pourtant sa lumière s'avivait. Collectée par les parois, elle projetait un corps aux cheveux noirs, aux formes rondes et généreuses. Nol distinguait *Amour* en diverses poses, pleurs, rage, puis apathique au chemin d'un deuil. Le profond se fit de plus en plus étroit et, bien qu'il fixât son regard devant lui pour fuir les visions parallèles, il ne pouvait plus leur échapper. Le couloir prenait une pente où les sabots n'étaient plus que freins, le char glissa et Nol vit les images s'animer.

Amour brisait soudain sa lance pour en planter le manche dans la cicatrice d'un volcan, et ce bâton s'enfonçait plus loin qu'en son bras, crevant le manteau de glace, s'enfouissant en levant des cercles comme une lourde pierre dans un lac ; des cercles si forts qu'ils la renversèrent et l'emportèrent au loin. Un rapace blanc, dont les ailes auraient fait la voilure d'un bateau, surgit alors du ciel, et releva *Amour* pendant que la banquise se tourbillonnait d'un trou dont ne se voyait pas le fond.

Elle n'avait pas lâché le pointu de sa lance avec lequel elle tailla les bords et débords de l'onde de choc. Acharnée, elle pénétra dans le gouffre. Puis de son tréfonds, elle s'envola, couchée sur le dos de l'oiseau blanc.

Ensuite, Nol vit des va-et-vient d'images, des terres inconnues, des hommes tout autant, des bêtes étranges. Le carrousel d'un monde plus grand qu'il ne savait, tournoyait en la vitesse de ce couloir de plus en plus penché à la chute. Et plus rien ne se vit dans sa courbe qu'un arc-en-ciel peint aux saccades des images multicolores, puis tout devint blanc jusqu'en l'esprit de Nol. Il était, à ce moment, comme en sa première envolée, mais ce n'était pas contre l'arrachement qu'il luttait cette fois, c'était contre l'écrasement de toutes ces scènes, cette longue quête dont il était la faute. Son corps n'était plus qu'une chose tendue par le tourbillon. Puis au centre du goulot, un point gris lui piqua assez l'esprit pour qu'il cabrât le char.

D'entre le gris, se chatoya une diaprure jusqu'à former des paillettes de couleur. Il y devina un possible paysage avant d'y surgir dessous-dessus. Dessous, une voûte de glace éclairée par le puits de lumière d'où il avait jailli. Dessus, un monde d'immensités brunes et vertes dont il reconnut la cime d'un arbre, hors toute proportion concevable : Yggdrasil.

° — *Nol, regarde comme ton arbre a grandi !*

Î — Oui, Pénina, il est tel que dans mes contes.

Le char volait à présent en insecte et Nol se souvint des abeilles de Roni. Il aurait pu, comme elles, se poser sur une des brindilles, s'établir sur une des feuilles et se rucher au carrefour des branches. Il y avait partout des galaxies de fruits gros comme des tonneaux, moins étranges en leur vastitude qu'en leur variété : pour un même tronc, ils pendaient de toutes formes et teintes. Un seul arbre était le verger. Il reconnut aussi les animaux entraperçus au bariolage dont il était sorti. Ceux-ci, mieux proportionnés à lui que les fruits, représentaient tout ce qui pouvait se porter de branches, allant du singe à l'oiseau par le saut de l'écureuil.

Nol posa le char là où le tronc fourchait l'éventail de son bois.

L'étendue d'une mousse sur son écorce dessinait une verte prairie calme et douce, si accueillante que Roni y aurait fait un bivouac, que les enfants se seraient élancés pour se cacher aux hautes herbes et se rouler aux courtes. Avec son tronc plus court que sa canopée, l'arbre était un grand buisson, et Nol, de sa branche, en voyait le pot, vaste et entouré d'un large cercle d'eau cristalline ; celle-ci ruisselait des parois de cette grotte translucide comme d'elle la lumière.

Nol dévala son poids sur un sentier qui dénivelait, tournait et, tel un lierre, zigzaguait autour du tronc. L'élan revenu, il parvint au sol par le pont d'une racine.

Sur le chemin, il croisa des bêtes en troupeau. Lorsque ce fut des loups, il en serra les poings, mais la meute, tout à fait indifférente à lui, était rassemblée autour d'un fruit au sol, une grosse poire rouge, et à les voir la dévorer, il comprit que sa chair était viande autant que son aspect formait jambon.

Arrivé à un plan d'eau circulaire, Nol en suivit la berge et trouva une grande barque. Il reconnut un knörr, mais à sa proue, plutôt qu'un dragon, se tenait une femme tournée vers le dedans de la quille. *Amour* tendait ses mains vers lui.

Nol s'assit sur la rive. Les bras sculptés dans le bois étaient comme deux lances qui auraient trouvé la faille entre ses côtes. Ce n'était pas la première fois, mais là, il était transpercé par celle qu'il aimait et ne pouvait en arracher les piques. Il respirait avec et même s'avançait vers eux au risque de les enfoncer à ne plus pouvoir s'en saisir et de les garder en lui tant que battrait son cœur. Nol devait le courage d'affronter la peine et la rage de celle qu'il avait trahie.

Il se leva, scruta le lac. Quelque chose émergea au bout de son regard et il sauta dans l'esquif pour y ramer droit et fort. L'étrave écarta des nénuphars, des coassements lui répondirent. Il rama plus fort et entra dans la nue de cette eau. Il la battait de ses avirons plus que nécessaire comme s'il se frappait avec, étouffant sa vive douleur par une autre, plus familière. La placidité du lac était agitée par la tempête de son navigateur aux vents contraires de sa peur et de sa honte, et son knörr traînait l'ancre de son remords.

Il approcha un plancher de pilotis sur lequel reposait une simple cabane faite de bois tressée et comblée de terre où Nol reconnut son enfance.

Il l'aborda, mais se sentit incapable des pas qui manquaient. La porte s'ouvrit, *Amour* en sortit et avec elle la fureur d'un battement d'ailes, celles d'un rapace blanc qui le gifla, hurlant par yeux plus que par bec, avant de s'éloigner. *Amour* tendait vers Nol un visage creusé, pâle et figé, et rien ne se disait dans son regard. Immobile, elle attendait. Alors Nol, de pieds lents, s'approcha.

Soudain, de l'eau coula des yeux d'*Amour*, traversa son visage en deux vifs filets sans que pourtant celui-ci ne bougeât. Cela tomba Nol à genoux.

Î — Je suis là et serai…

Amour venait de poser un doigt sur la bouche de Nol.

Õ — Ne fais pas de promesse tant que nous ne nous sommes pas retrouvés.

Elle le releva.

Sitôt Nol entré dans la cabane, *Amour* se retourna sur son imaginaire. Elle regarda toute la famille qu'il traînait après lui et qui, peu à peu, se dissolvait comme une brume dont le parfum encore entêtant lui transmit la saveur des liens émanant du flacon de leur histoire.

Õ — J'aurais aimé remercier Gaêl…

Elle referma la porte sur sa vie revenue.

20

La veuve

Ils ne surent plus le jour, ils n'avaient pas compté les battements du soleil. L'entrée qui captait la lumière s'était fermée comme un sourire en fente de lune sous lequel *Amour* et Nol se réenfantaient.

Autant que leurs chairs, leurs esprits se mélangeaient et l'histoire qu'ils n'avaient pas vécue ensemble se mêlait à leurs contes intimes.

Amour se brûla au bain corrosif des mauvais et malheureux. Elle vécut l'écorché offert à tous les coups de la geôle, massacré aux pensées des damnés – minutes, heures, jours, lunes durant – agonisant jusqu'à se replier dans un rêve entêté, un refrain qui s'élevait au sein des aboiements et râles, pour, face aux êtres lancinés et lancinants, répondre par un désert blanc habité de leur union et d'un ventre rond.

La vague d'une émotion indicible la renversa, une rencontre éblouissante où Nol vit son obscurité, sans saisir la lanterne, stupéfié. Puis la douleur d'une croix.

Elle sentit son corps porté jusqu'au grand geste d'Ora, entendit la frêle et belle confidence de Gaêl, et sentit des petits doigts remuer dans sa paume. Puis, elle vécut tous les petits riens qui ravivèrent Nol jusqu'au trop Rien qui décida son retour.

Õ — *Nol est revenu à moi, mais pas à lui, et tant que cela sera, nous ne serons pas.*

Autant qu'en son esprit, elle l'avait éprouvé par son corps. Dans le toucher de Nol, persistait un lointain, en ses élans un délai, et ses jouissances avaient été comme des plaintes retenues. C'était un homme à vif qui l'avait étreinte, un homme qui s'avançait vers elle en se reculant de lui et, de nouveau, le bleu de ses yeux était proche et inaccessible, comme voilé de sel par des larmes sèches.

Et comme elle aimait la voix de Nol, son rendu qui ressemblait au toucher de ses doigts ; qu'elle aimait vibrer contre lui par sons, rythme et tonalité, par ses vagues où parfois s'écumait la strophe d'une chanson autant que son odeur, autant que sa chaleur, *Amour* revint à la langue charnelle qu'ils se donnèrent avant d'obtenir celle de l'esprit. Ce n'était pas ainsi qu'ils se disaient le mieux, mais en lui rendant sa voix, elle voulait l'amener à se dénouer autrement qu'à se rompre.

Aussi, elle lui parla pour l'ouvrir à sa parole, comme elle le fit en première fois.

*

J'attends.

Tu n'es que parti que déjà j'attends.

L'œuf de la dragonne ronronne sa chaleur en l'un de mes bras, et l'autre m'est lance par l'arme d'Iragaël.

Je vacille vers ma tribu par la pente plus qu'aux pas trébuchés.

Ils m'ont vue avant de les voir, la pierre d'eau qui pointe ma béquille brille et m'éclaire leur peur.

Je n'ai rien à dire ni à mouvoir pour qu'ils me donnent ce qu'ils ont pris, ce que je n'attends pas.

Je suis seule. Je tiens dans les mains ton casque, je vois autour tes objets qui me portent ton absence, qui te font loin.

J'attends.

Et si les tentes s'écartent de moi, si les igloos semblent glisser hors de mon regard, les «miens» me reviennent un par un pour supplier mes soins. Je suis devenue ma mère. Écartée, j'attends mon aimé.

Une nuit, l'œuf s'ouvre d'un gros ver écaillé qui se loge dans mon giron. Il est une pâte qui cherche son moule. Il mélodie un chant crissant pendant qu'il se mêle à moi, ébauchant diverses vies jusqu'à tienne, celle de ton enfant. Mais je ne puis être ta mère, je suis ton amante, et celui qui veut que je sois son sol ne peut être le mien.

C'est alors que ses ailes poussent, que son bec pointe, qu'il s'emplume de l'oiseau de ma mère, de la figure ailée de mon père, de l'aigle qui m'a secourue quand je gelai à ta traîne. Il est Phœnix.

En moineau blanc, il se pose sur mon épaule et ses pattes menues me pianotent sa vie pour animer la mienne.

J'attends.

Mes « proches » partent sans bruit, je ne les suis pas, n'en suis plus. Je ne veux pas être ma mère, je ne veux ni son malheur ni sa colère, et… je marche à revers.

J'attends vers.

Je reviens, jusqu'à la cicatrice d'un feu.

Je romps ce qui m'élance pour le jeter plus loin qu'en ma poitrine et le planter vers toi. Dessous la béance qui me renverse, le cercle de ton manque y dilate une grotte. Le bâton y est droit, il est toi. Yggdrasil éclot son bourgeon.

Moi, je n'attends plus.

Je cherche.

Sur le dos de Phœnix, je chevauche vers toi, comme l'étoile qui t'a emporté.

Mais où va une étoile ? Où t'a-t-elle déposé ?

Je vole jusqu'à saisir le cerceau de la Terre, puis m'encercle d'elle.

Je me râpe de terres, m'étouffe aux océans, me scie à mes retours. Et Phœnix qui me porte sur son dos doit me rapporter dans le berceau de ses serres. En son bec est une brindille pour nicher l'Éden, où il me couve, mais c'est notre nid que je veux.

Je m'écorche de terres, me noie aux océans, me brise à mes retours. Je me désespère de ces étendues qui te cachent, mais tant qu'il reste un ailleurs, c'est que tu y es puisqu'il faut que tu sois. Et je m'écartèle à l'éventail de mes envols, j'écarte mes ailes jusqu'à franchir l'horizon sans t'y voir…

Grâce à Phœnix, je monte plus haut que l'air, au pays d'un hiver où je n'ai plus de souffle. Et je tombe… Peu m'importe, ce n'est pas ce vide qui m'emporte. Je vois la grande courbe, les plaines mouvantes de fleuves et rivières d'air… C'est beau. J'y suis calme, je tombe où tu es, je m'y endors… Puis je m'éveille, meurtrie au sol, mon gardien me picore. J'ai percé le ciel sans t'y voir.

Alors je m'approche. Je frôle les sols pour mieux te flairer aux hommes. Dessus la ligne de ceux qui moissonnent. Dessus les dissimulés aux plis des forêts. Dessus les bergers qui tètent leurs bêtes. Dessus les sagaies qui encerclent les fauves. Je vois la couleur des hommes selon leur soleil, les nus et ceux dont on ne voit que les mains. Mais sur aucun ton odeur.

Alors, je me pose parmi eux et je t'en quête. J'agite tout, tous, je harcèle les cités, j'arrête les errants. Et si je loge sous les toits qui me sont offerts, je ne suis chez moi qu'au désert. J'y fais mon lit aux plumes de Phœnix, il me couvre du drap de ses ailes.

J'ai froid de toi.

Je vais partout, tu vois, et ne suis nulle part. Je pleure. En tous lieux, j'ai larme. Je suis la veuve aux yeux de mes rencontres, celles où je t'aperçois par le buisson d'un sourcil, le cal d'une main, la courbe d'une épaule, tous les corps qui me touchent. Par tous les mouvements qui me font un geste. Par la saillie d'une révolte, d'une tristesse, de tous les esprits qui me font un signe. Je prends en leur bouche leur langue, en leur esprit leur conte, puis je pars à ta recherche.

Je suis la putain d'un soir d'être l'inconsolable d'un seul. Je souffre d'une famine qui mange tout ce qui me manque et je ne me rassasie de personne…

Puis, j'entends l'histoire du monstre qui renversa une armée, le géant rouge qui s'arracha un bras pour sauver un enfant. Et je trouve un témoin où je te vois tomber hérissé de lances. Tu fus mort. Tu étais mort, sinon je t'aurais perçu, quelle que fût la fosse.

*

Î — J'avais abandonné mon esprit à la forteresse.

Õ — C'est pourquoi Nol, tu es mort pour moi de n'avoir pas eu le courage de vivre et que je me suis sentie autant.

Nol prit *Amour* dans ses bras.

Î — De n'avoir pas eu le courage de vivre, de n'avoir pas assez cru en toi, en nous, de n'avoir cru qu'au pire et diffamé le bonheur. De m'être détesté assez pour ne pas nous mériter.

Õ — Oui… puis elle t'a rendu à moi.

Ils étaient à cet instant où chacun devient berceau de l'autre, où chacun se tend de leurs corps côte à côte, plage et marée, marée et plage, amarre et allant tout à la fois.

21

Le livre d'Amour

Au matin qui suivit, *Amour* fit visiter à Nol l'Éden qu'elle avait bâti sous la voûte de glace.

Elle lui fit goûter les fruits d'Yggdrasil, et ce fut une étrange sensation d'en être la souris grignoteuse. Il rencontra aussi les animaux vivants au terreau de ses racines, qui lui parurent étranges en ce qu'ils n'étaient ni sauvages ni domestiqués, sans peur et sans besoin.

D'un rocher avoisinant le couple, l'aigle d'*Amour* s'envola d'ailes croissantes jusqu'à l'Arbre-Monde où il se posa, altier, sur une branche. Nol pensa :

Î — *Il est tout à fait comme l'aigle sur Yggdrasil.*

Õ — Raconte-moi Yggdrasil.

Î — *Tu le sais puisque tu l'as fait. L'Arbre, support et axe du monde. Le Tout, de ses branches à ses racines, dont tous se lient et se nourrissent et qui soutient les sept royaumes et deux enclos.*

Õ — Parle-moi, Nol.

Î — Yggdrasil… Faut-il que je te dise qu'on le nomme ainsi parce qu'Odin s'est assis dessus ? Faut-il que je te dise que mon monde est une charogne, celle d'un nouveau-né qu'Odin tua pour le gouverner ? Que je dise notre asticot tiré par ce qui tend jusqu'aux dieux : l'arc du destin ?

Amour cala sa tête au chaud de son cou, posa sa main sur la vague de son ventre, et répéta :

Õ — Parle-moi.

Î — Je vais essayer…

D'où je viens, il n'y a pas de mot pour dire la guerre. Tant que s'harmonisent les conflits, tant que par eux nous accomplissons ce qui est écrit, c'est encore la paix. Mais il existe la non-paix, lorsque nos actes ne sont plus en notre destin. Ce destin est notre flamme, que haut levons et traînons en drapeau dans notre course, hissant son panache de fumée jusqu'en notre chute, pour peindre d'elle l'Histoire qui seule survit, quoi que fût, quoi que fît, et c'est pourquoi notre vie ne vaut qu'en notre destin.

Nous ne craignons que la honte de ne pas en avoir été dignes. Nous ne sommes que *par*, *vers* et *pour* lui. Ainsi, est roi qui agit en roi. De cela, toute victoire est juste et tout moyen s'en justifie. Ce serait perdre l'honneur que de faillir en écartant son pire. Nous ne rendons compte qu'à notre sang, nous devons le transmettre tel lancé par les dieux sans le faiblir. Ce sang que nous nommons la mer des blessures.

Nos dieux, nous les prions moins que les crions dans nos batailles, car nous sommes leurs lances et les vénérons sans nous y cabrer. Et nos prêtres sont les seuls aptes à mesurer si, oui ou non, nous dévions du jet des dieux, de l'élan du destin…

Amour posa ses lèvres sur celles qui s'étaient figées, et de son souffle les ranima.

Î — J'ai vu mes dieux par leurs serviteurs, et je me suis révolté. Le geste de mon père était juste puisqu'il était victorieux, mais j'ai voulu justice. J'ai senti la puanteur du panache. J'ai choisi l'indignité de contrer mon assignation. Mais la vengeance meut tout l'Edda, aussi c'est comme un Ase que j'abattis Odin…

Je crois pourtant que les dieux nous ont menti, qu'ils ne sont même pas des mouches victorieuses par la vaillance de leur bourdonnement, que ce fut le début du mythe mensonger de la bravoure guerrière qui, de sa beauté, cache sa cruauté.

Comme je crois, en ce jour, que l'Arbre est tel *ce créateur sans vouloir* dont me parla Iragaël et qu'aussi, il est l'Éden. Ce n'est pas à croquer la pomme qu'Adam et Ève se sont vus nus, c'est à chuter de l'arbre en y forçant leur volonté qu'ils en furent dénudés. L'arbre ne choisit pas en lui, comme le Dieu d'Ora fit lorsqu'il a élu son peuple : tout pèse en ses branches selon son seul et vrai poids. Il élève toutes les naissances et unit selon son tronc.

Il y a dans l'apparent désordre de son faîte, un rythme caché ; en son feuillage, une nécessité d'ombre et de lumière.

C'est pour nous un frêne, tels ceux dont le bois est si solide qu'on en fait la hampe de nos lances.

Amour sourit.

*
* Õ *

Il était sûr de ses dieux. Lorsque je lui avais demandé si au ciel il avait vu passer un char, il m'avait répondu : « *Tous les jours celui d'Apollon.* »

Puis levant sa tête bouclée : « *Regarde, il brille à m'aveugler, mais je le sens.* » Et quand la nuit vint, qu'un éclair la fendit, bien après que sa lumière avait rejoint les ténèbres, il voyait encore la main de Zeus.

Ce n'était pas qu'au spectaculaire qu'il reconnaissait ses dieux : au bruit du ruisseau, il écoutait le murmure des nymphes.

Il aimait s'ôter le vêtement, courir nu pour se frotter à l'air, sentir sur sa peau la langue d'une source, et se montrer à moi. Et quand il en bandait, Phœnix pour l'agacer aimait se percher sur son désir. Il le criait, le chassait, mais trop tard, son élan avait molli comme si le moineau s'était envolé avec sa brindille.

Je riais grâce à lui, sa jeunesse impétueuse cascadait le comique par tous ses débords. Je me plaisais à cet être frais qui rêvait son corps et incarnait ses rêves sans mesure.

Le jeune pâtre était, sans le savoir, la vieille Grèce : pied sur Gaïa, tête dans Ouranos, il tendait Éros entre les deux.

Il s'impatientait d'être ma consolation.

Je lui fis mon affaire de femme et il se sentit homme. Au matin, il dormait en enfant.

Je m'étais émue de lui par ce qu'il ignorait : son excès et sa capacité de croyance où je t'avais ressenti.

Derrière mon envol, j'entendis son cri : « *Aphrodite* ! »

Au détour d'une rue, je le revis en vieil homme discourant. On ne s'évade pas de l'âge et le prix de l'immortalité est de voir le déclin de mes rencontres.

Il avait si peu d'épaules que cela aurait pu être un effet de tissu, sa toge bâillait la racine d'un cou maigre, l'enveloppe cachait mal un abdomen de bourdon désailé. Son cul s'était élargi au vase de toute sa viande et se devinait, par le flottant du tissu, le maigrelet de jambes d'enfance.

Tout son visage s'était écroulé, son menton en comptait plusieurs, ses joues dégoulinaient de ses pommettes et sa bouche se retenait aux dents, la lèvre inférieure comme une boucle d'oreille. Son nez long se courbait du poids de la face. Son front haut se vaguelait de profondes déchirures telle une mer fixée à la tempête et ses cheveux, les dernières boucles, étaient chassés par l'émergence d'un crâne à la peau tirée comme un tambour.

Le vieil homme était un sac suspendu à ce crâne.

Aux ruelles sinueuses, j'écoutais son testament : sa course derrière moi, longtemps après ne plus savoir où, son ambition de me mériter. Courir jusqu'à la mer, la traverser du pied ailé d'Hermès et chevaucher l'inconnu au galop de Bucéphale, telle la lance d'Achille jetée vers la gloire. Mais dès la plage, il s'était ensablé dans le puéril de son élan.

Contre son échec, il s'était voulu sage.

Il était sûr de ces dieux, mais sa terre est une constellation d'îles. Peuple de frères divisés, ils ne trouvèrent d'union sans trouble que contre les menaces communes. Leur mer bouillonna de leurs ardeurs.

Ils firent des dieux qui leur ressemblaient, apparentés autant qu'en conflit. Ils firent des dieux humains aux élans sans mystères, plus grands mais à leur image. Des dieux par nous, qui nous racontaient et où chaque caractère se trouvait. Des dieux tels nous, à qui ils donnèrent la forme de notre corps. Puis qu'ils levèrent en idées.

Tu n'es plus en lui. Toi, tu n'es pas sage, tu es l'émotion qui m'élance.

* *
*

De tous les lieux de l'Éden, c'était le lac que Nol préférait, limpide comme l'eau où se baigna son enfance, où la voix de sa mère le cherchait dans ses plongées, où il pêcha en son rêve d'avec *Amour*, où lui vint sa réponse à Éléazar : « *Tu t'empliras, comblé de ce que ton existence aura agité.* » Et c'était dans le knörr qu'il aimait le plus s'entretenir avec *Amour*. Son dos étendu sur la proue féminine, ses bras sur ceux de bois, n'avironnant les rames que de pointes, la quille posée sur le lac plat et clair au bercement de ses eaux pures, il se sentait comme au rêve entêté qui l'avait survécu dans la geôle d'Hérode.

Il se tenait devant la jeune femme, au summum de la rencontre de son rêve et de la réalité.

Si l'Arbre-Monde se suffisait, ce qu'il surplombait avait ramené la bataille de toutes vies. Les êtres verts se faisaient une concurrence lente et silencieuse dont il fallait l'arbitre pour éviter les étranglements. Certains devaient se border, d'autres s'encourager, pour maintenir l'harmonie de leur mêlée. Les animaux s'opposaient plus encore l'instinct tué à lui obéir. Nombre de vies s'avançaient jusqu'à envahir et ne se reculaient qu'à défaite. *Amour* était le jardinier et méditait ses actions, entre le mauvais du laisser-faire et celui d'intervenir. Plus l'acte était en amont, moins il était cruel ; plus il était pensé, plus il persistait. Mieux que la force, il fallait la justesse. Si la vie ne pouvait se contraindre sans laideur, il y avait un art en la permettre.

Mais pendant qu'*Amour* travaillait à l'Éden, pour qu'il garde sa beauté, Nol le peuplait d'imaginaire, l'habitant de ceux qui lui manquaient. Il y projetait les jumeaux et Pénina dans une aventure de flore et faune où ils grimpaient dans d'autres arbres que ceux de leur verger pour y décrocher des fruits nouveaux : grappes de croissants de lune, collections de crânes de bois, et tant d'autres. Ils y détachaient des feuilles en forme d'autres mains ou d'autres flèches. Du haut de leurs branches, ils s'émerveillaient d'animaux jamais vus : des bœufs à corne unique, des cochons géants qui s'éventaient d'oreilles et balançaient un nez long comme un serpent, des lézards grands comme des chiens, des oiseaux qui nageaient, des poissons qui volaient et tant d'étrangetés qu'ils auraient vécu mille jours avant de pouvoir les nommer tous. Ils étaient parfois rejoints de compagnons poilus qui leur donnaient des leçons d'acrobaties, ou par la bouche d'un long cou qui les regardait, placide. Nol projetait les enfants dans l'émerveillement, mot du territoire de l'enfance.

L'Éden de Nol était aussi une terre où l'agriculteur n'avait plus d'usage, où le chasseur ne tendait plus son arc, une terre de cueilleurs où la plante se semait d'elle-même et la bête s'élevait d'elle seule, et où Myriam y faisait son marché pendant que Roni suivait son pas en y portant le sac.

Amour le surprenait parfois assis sur une pierre, posé en sa rêverie. Longuement, elle le contemplait, puis s'asseyait près de lui en silence, attendant qu'il revînt à elle.

Î — Je rêvais. Excuse-moi.

Et elle aussi se souvenait d'un autre rêveur…

*

* Õ *

Il avait des yeux ronds, saillant de leurs orbites sous des sourcils proéminents, tout en os et poils sur sa peau brune. Il aimait que je n'eusse pas peur de lui. Ses doigts me caressaient les paupières : « *Ce sont les nageoires de tes poissons. Tu es lourde de leur eau.* »

Une peau de bête lui cachait le sexe, sa terre ocre habillait le reste. Il était vif et son pas, comme au gué d'un ruisseau, sautait de pierre en pierre. Il était vif, ce porteur de mémoires.

Derrière le feu qui, au soir, éclairait notre face à face, pendant que sur son visage passaient ombres et lumières comme les caresses fugitives de ses ancêtres, il me raconta leur histoire :

« *Nous sommes venus de loin et longtemps. Nous avons contourné la grande terre aux pas de plusieurs vies avant de traverser la grande mer comme les insectes passent une crue sur une brindille. Nous sommes parvenus sur celle qui nous appelait, celle peuplée de plantes et bêtes inconnues qui sommeillaient nos légendes et attendaient ses rêveurs.*

Nos premiers sont arrivés côte à côte avant de s'étendre pour former les facettes du Rêve, frôler ce qui n'est pas, mais fait tout ce qui est et toujours sera. Le passeur entre le plein du rien et le vide du tout fut le premier chaman, le voyant de l'inconnaissable, le lien de tous avec tout. Et depuis, nous préservons la trace du Rêve pour que tout ne soit pas au recommencement de tous. Chaque porteur d'un chant l'apporte aux siens pour qu'ils ne se perdent pas. L'évidence est la surface dont le Rêve propose le relief, l'évidence serait vide sans l'esprit qui révèle les revers du paraître, et comme il n'y a pas de mots pour dire l'entrelacement des possibles, nous faisons les contes qui les contiennent.

En cette terre nouvelle, nous avons porté nos ancêtres, engendré ceux d'ici et formé nos héros. Nos Esprits ont donné vie à ce qui n'avait que présence, suscitant la roche jusqu'à la bête par nos chants. Nous marchâmes dans le Rêve et il se fit sol, nous chassâmes dans le Rêve et il se fit gibier. Nous buvions où s'écoule le Rêve. L'esprit s'éveilla là où le corps dormait.

Dans le Rêve, passerelle entre l'être et le néant, tout est force dont la forme n'est qu'expression, et nous l'empruntons en secouant fort ses attaches. Car même avant qu'ils ne meurent, la terre reste au-dessus des hommes. Nous ne la marchons pas, c'est elle qui nous porte. Seule solide et seule durée, elle se doit d'être respectée par ses passants qui de signes l'écoutent, tels le Serpent arc-en-ciel, l'ondulation qui traverse les hauteurs de la nuit ou le sein de l'orage, qui se voit dans le courant de l'eau jusque dans la pierre en ses vagues immobiles.

Ignorer les signes du Monde, c'est se punir soi-même, jeter sa vie à la mort. Et les lieux d'où le Rêve parle plus haut qu'ailleurs sont des montagnes d'où se perçoivent les paysages sacrés : les îles au flux du Rêve qui nous relie. »

Quand je lui demandai s'il était seul, il me répondit qu'il était tout, mais que l'éclaireur vit seul, ses descendants de chair doivent l'imager et ceux d'esprit l'incarner.

Moi, je me sentais seule…

Il me regarda longtemps, puis ses yeux se perdirent dans le feu et, comme à m'y lire, me dit : « *Tu cherches l'homme, trouve l'enfant.* »

Au matin, j'aurais pu l'avoir rêvé s'il n'y avait dans la terre, en filet de cendres et traits creusés, un dessin fait de lignes se déroulant ou se ramassant selon leur propre courant, et piqué de points donnant une vibration de vide et de plein. Il me montrait l'insaisissable en ces signes. Je m'y ouvris sans savoir à quoi, ni avant ni après, le temps qu'un vent le soufflât.

* *
*

Si la petite famille dansait souvent autour de Nol, il y manquait Gaêl et Ora. Celle-ci se devinait par instants à l'ombre d'un arbre et, chaque fois, Nol en sursautait. Elle restait en lui tel un reproche et une blessure, le sentiment d'un double abandon qu'il fuyait sitôt frôlé.

Lorsque *Amour* le mena dans la forêt, au travers d'arbres inconnus, Ora advint sous sa main qui caressait les troncs et se frôlait des feuilles. Elle saillit en chaque écorce, chaque brindille, enfin éloignée des regrets et remords de Nol. Comme porté par elle, il allongea le pas, entraînant *Amour* parmi les baguenaudiers, parasoliers, albizias, avant de courir à se fouetter de camphrier, niaouli, bilimbi, tabebuia, calocèdre jusqu'à jaillir de l'orée en riant.

De retour au lac qui reflétait le dôme de glace, sa surface s'irisait d'une façon qui fascina Nol. Il s'allongea pour le contempler au contre-reflet qui ondoyait la voûte avant de saisir les jambes d'*Amour* et la renverser sur lui.

Mais lorsque *Amour* voulut faire entrer la lumière vers de jeunes pousses, Nol dut tailler un grand arbre. À chaque branche tombée au sol, remontait en lui la culpabilité d'avoir abandonné Ora, guerrier médiocre de n'avoir pu sauver Gaêl et d'avoir fui le combat du deuil.

Ses pensées ne pouvaient échapper à *Amour*. Elle y vit l'écho d'un autre guerrier qui passa en Nol…

*
* Õ *

Cela aurait pu être un grand village ou une petite ville, mais aujourd'hui, elle est renversée par la vague du temps. Les cercles de briques en terre cuite témoignent des murs qui se dressaient jadis. Les toits logent aux creux de leur ceinture, finissant leurs chutes dans l'érosion du vent. Un verger sauvage et une errance de biques peuplent à présent les ruines.

Je te cherche.

Il semble sortir de terre, mais c'est plutôt de la cave d'une des maisons écroulées. Le vent ramène les pans de sa longue tunique sur des jambes maigres. Il étend les bras comme à vouloir se porter de son souffle.

Je te cherche.

Sitôt que sa main frôle une ramure, il s'en saisit pour remonter jusqu'à une grappe de fruits. Il s'assied sur une pierre, pose sa cueillette, en croque une partie. Une bique vient à qui il donne, une autre suit. Il partage. Puis il prend. Du pis de l'une des chèvres, il emplit un bol pour s'en nourrir.

Je te cherche.

Quand je m'approche, il ne bouge pas. La tête basse, il semble méditer ses pieds. Puis, levant le menton en me montrant des yeux éteints, il me tend son reste. Plutôt que m'en emparer, je porte sa main sur mon visage pour qu'il me voie.

Il est vieux, et je l'aime sitôt sans savoir pourquoi.

Je te cherche, et je te reconnais.

Au sourcil, à la barbe et tignasse, à ses doigts longs et secs, à son dos voûté qui avait dû être fier, à son fin nez penché d'âge et d'arête cassée : il est le vieux que tu pourrais être. Près de lui, je me sens ta vieille, je goûte déjà notre vieillir ensemble.

Je te cherche, c'est lui que je trouve.

Il est vieux, seul et, pendant que je fais ta vieille, je deviens sa fille.

Son corps est un secret qu'il couvre de sa tunique poussiéreuse, un secret honteux, car il reste dans son regard crevé l'expression de son misérable. Il est de ceux pleins de curiosité aux autres et de réticence à soi.

Dans sa grotte enterrée, des pierres plates sont rangées en trois tas, et sur chacune, des mots comme des empreintes de menus animaux. À voir ses doigts lire et relire ses galets en contre-jour, je décèle un être précaire tourné vers ce qui persistera.

Du premier tas, il énonce :

« *Appelle-moi Nammou.*

En premier fut la Mère porteuse d'eau et d'entre ses bras le Jardin. Nous y paissions quand les mains du Père nous cueillirent.

Puis s'abattit le déluge. »

Du deuxième tas, il récite :

« *Appelle-moi Mardouk.*

Nous étions le sable du désert, elles étaient le jardin, et par la force de la faim contre le grenier, nous nous sommes crus les vainqueurs. Nous n'étions que vains.

Nous les avons effacées, mais elles sont inoubliables, car elles ont planté leur récit en nous et donné la parole de pierre. Nous étions les guerriers, elles étaient les jardiniers et nous ont ensemencés. »

Du dernier :

« *Appelle-moi Assur.*

Nous étions le vent derrière le sable et nous avons saisi le jardin pierreux. La main pleine, la main vide, sont du même tronc. Et qui blâmer entre qui prend et qui garde ?

Je dis, celui qui a les pires griffes.

Nous avons fait rempart de cadavres, nous nous sommes réfugiés dans cette puanteur comme dans une huile parfumante. »

Puis il jette les dernières argiles qui se brisent aux murs. Il fallait que je sois là pour cela. Il n'avait pas besoin de les lire, il les connaît par corps.

Il ôte sa tunique et révèle une silhouette tordue, sèche, les os tendant sa peau, et elle ses cicatrices. Son histoire était écrite sur lui.

Il fut l'épée d'une guerre perdue par leur cruauté.

Je le lis pour ne pas le refaire, pour un jour t'en défaire.

Je te cherche.

Il aurait pu être roi, entouré d'autant de femmes que choisies et d'hommes serviles aux bourses coupées.

« J'aurais pu être roi, mais j'ai eu de la chance, je suis moi. »

Il m'offre d'autres tablettes de terre cuite, que j'emporte Gilgamesh, le roi qui ne voulait pas mourir. Pour faire son tombeau, il me suffira de fermer la porte.

Je te cherche, il me semble te trouver un peu.

J'ai posé ma joue contre la tienne, il a senti mes larmes.

« Ne regrette pas ma fin, elle ne m'est rien, mais fais en sorte qu'elle serve ta vie. »

Il a refusé de me donner son nom.

Il m'a appelée, une dernière fois, « *Ma fille.* »

*

* Î *

*

Un guerrier finissant…

Et moi ?

Quel genre d'homme suis-je ?

Ou alors qui ?

Qui je suis, je ne le sais pas…

Je vois qui je fus et le refuse, et j'espère que c'est de ne plus l'être. J'aperçois qui je voudrais être, mais n'y suis pas. Alors, entre ces deux qui suis-je ? Un être en devenir ? Chaque verbe se faisant de l'autre ?

Je vois trois sœurs.

L'aînée est le Besoin, c'est une femme laide qui compense son peu d'attrait par son autorité. Elle a deux époux, la Vie et la Mort, et n'en préfère aucun tant elle se plaît aux deux. De l'un, elle partage l'impatience, de l'autre la justice. Nous ne pouvons repousser ses incessantes avances et sommes heureux quand elle nous délaisse.

Sa cadette est le Désir. On l'accuse d'être volage, mais elle n'est pas infidèle puisqu'elle ne se cache pas d'être une femme libre. Avec elle, je crains pourtant qu'elle ne me présente à sa petite sœur : le Manque.

Le Manque est une veuve qui, contrairement à ses aînées, est jalouse. Lorsqu'elle est dans le lit, elle prend toute la place, quelle que soit la couche. Allongée, ne montrant que son dos, elle ressemble à sa sœur Désir, mais lorsqu'on la touche elle s'arrache en hurlant : « Adieu, je suis la Perte. » Puis retournée, elle chuchote sans cesse : « Bienvenu, je suis le Manque. »

Le Manque me fut une amante si puissante qu'elle m'émoussa le Besoin et m'éloigna le Désir.

Sitôt vainqueur, sitôt hors peurs, je regardais de loin mes voisins dans leur jouissance. Ils s'emparaient de la récompense derrière l'épreuve : mets gras, flots de vin, femmes enfourchées. Le banquet ne m'était rien, ne contenait rien pour m'assouvir.

Ma rage grondait de nouveau, elle fut l'élan pour enjamber le Manque.

Õ — Quel était ton manque ?

Tu le sais, tu as vu ma perte.

Õ — Quel était ton manque ?

L'amour…

Si seul et singulier que je fusse, je suis de ma lignée : toujours craint et jamais aimé. Même ma révolte contre le pouvoir du Roi n'avait été qu'une autre prison en Sa forteresse. À être contre Lui, je fus tout contre.

+ — *Tu es libre.*

Je l'ai cru assez pour m'en libérer deux fois. Et…

¡ — *Un jour, c'est l'histoire de ton père qu'il faudra entendre…*

Ora…

Qui suis-je ?

Si j'ai répudié ma rage, je reste un homme du désir qui doit faire aujourd'hui avec le manque d'une famille après celui de toi…

*

* Õ *

*

Le manque de moi ?

Moi…

J'étais trop épuisée pour marcher, Phœnix m'avait posée en l'orée d'un rassemblement de cases avant de se porter sur l'arbre à palabres d'où il pourrait me veiller.

J'attends qu'on vienne à moi quand je ne sens que des esprits qui murmurent leur peur. Elle sort de la plus grande case, femme sombre, droite et souple. C'est par sa bravoure qu'elle a grandi sa place dans son clan.

Dans son regard, j'ai la figure pâle d'une déterrée : elle affronte une morte, si ce n'est la mort.

Tu me manques.

Quand j'ouvre mon vêtement pour présenter mes seins auréolés de sa couleur, elle pose sa main entre, sent ma chaleur et mon battement, me sourit. Je deviens sa sœur et je marche dans le cortège de ses filles, aux champs et à l'eau. Lorsque nous en revenons, elle porte sur sa tête sa cruche ou son panier, altière comme une couronnée avec le balancement insolent de ses hanches. Des hommes vantardisent devant sa case, dans l'attente du signe qui ferait leur saillie. Mais à l'intérieur, n'entrent que ses frères, n'y vit que son sang dont elle seule décide le renouvellement.

Les mains qui se tendent à l'assiette ronde et commune, comme sa case, comme son ventre, ont toutes été empoignées hors de son sexe. La bouillie de millet remplit des bouches qui ont toutes connu sa tétée. Elle a gagné bien des batailles pour la vie sans s'y épuiser.

Son puissant corps me fascine. En premier ses pieds, je n'ai pas les mêmes d'avoir été chaussée. Les siens sont si libres qu'ils ont l'expression des mains.

Et de ses pieds qui saisissent la terre, je suis montée par le pilier de ses jambes à sa croupe tel un trône, à sa vulve qui tête les hommes, son ventre jardin, puis du profond vallon de sa cambrure vers le mont de son dos d'où se dresse, par un cou long et fin, une tête droite et fière. Elle est une guerrière dont la douceur du visage, de la courbe de son menton, de sa joue haute et large, jusqu'à la grâce ronde de ses yeux, dit la forme de son combat. Sans mener personne, elle attire tous, source de vies et carrefour des autres.

Elle découvre mon chagrin, elle ne le comprend pas.

« Pourquoi te charger d'un homme ? Nous sommes la moisson dont ils ne sont que les abeilles, si j'en laisse un s'installer, il se fera le fléau qui réclame le grain de ses coups. »

Elle, elle se garde de ses frères par le cercle de ses enfants, et gouverne les autres par son sexe. Elle, elle partage son âme avec une lionne.

Moi, mon âme, c'est toi.

Tu me manques. Reviens-moi.

*

* Î *

*

Le manque de moi ?

Moi… Quel genre d'homme je suis ?

— *Ton courage m'avait caché ta lâcheté.*

Qui suis-je ?

Sous ma rage se cachait ma peur, ce dont j'ai souffert tant de fois, un destin fait de répétitions qui m'y auraient enfermé.

Õ — Sors de ton cercle pour en faire ta roue ! Avance !

Oui… Mais comment ?

* *
*

Nol décida de retourner auprès d'Ora et des siens, le jour anniversaire où ils l'accueillirent. C'était, comme souvent chez Nol, une décision faite de causes aussi emmêlées qu'indistinctes. Sans doute était-ce surtout un goût pour le symbole qui faisait de tout un langage, que pourtant, lui-même ne comprenait pas entièrement, mais dont il reconnaissait le verbe dans ses bruits ambiants.

Amour eût préféré que ce fût avant, afin de rassurer la petite famille, mais aussi pour sortir Nol de ses rêveries nostalgiques, de ses possibles avortés, de sa tentation d'un vie illusoire qui coulait, parallèle à la leur. Elle espérait ainsi le sortir du souvenir où il figeait ses êtres, où il en jouait comme un enfant le fait de poupées ou marionnettes pour se plonger au « comme si ». Elle montrant ce qu'ils devenaient sans lui, elle voulait le rendre au réel.

Nol avait décidé de retourner auprès d'Ora et des siens, mais ce jour n'arrivait pas. Alors, *Amour* lui dit :

Õ — N'est-il pas temps de remercier ceux qui nous ont aidés à nous retrouver ?

Le regard de Nol se tourna vers le socle d'un arbre dont les feuilles automnales pendaient comme des peaux déchirées.

Î — Oui, mais je ne peux pas y revenir les mains vides.

Õ — Pourquoi te faudrait-il les mains pleines ?

Î — Accorde-moi quelques jours.

Õ — Pourquoi tes mains ne seraient pas pleines de toi ?

Î — Elles le sont… et c'est pourquoi il me faut les remplir.

Õ — Pourquoi ?

Î — Cède-moi ce que je te demande, je t'en prie.

Et il se mit au travail, cherchant dans l'Éden le bois mort dont il pourrait tailler ses figures pour ne pas blesser le souvenir d'Ora. Il sculpta le gros lapin qui portait son petit dans une poche, le canard à poil de rat et le rat à cotte de mailles, le loup à crinière, le cheval à rayures, l'oiseau à bec chaussé…

Il façonna toutes les vraies chimères qui peuplaient l'Éden, mais aussi celles qui y poussaient : les arbres champignons ou en queue d'oiseau, ceux comme des souches vertes ou tels des bâtons, les géants, larges et longs, et qui semblaient porter un petit, ou ceux qui se tordaient en tous sens et tendaient un buisson au bout de chaque branche…

Puis il voulut se faire un sac en découpant des lanières dans l'écorce d'Yggdrasil.

Õ — Pourquoi en faire autant ?

Î — Cela me fait du bien.

Et c'était vrai.

Tant qu'il œuvrait, *Amour* ne sentait plus ses tempêtes. Apaisé, Nol emplissait son sac et, lorsqu'il en approchait le bord, il en montait le col de lanières pour l'emplir plus encore, si bien que dans son dos, le bas de sa hotte frôlait le sol. Lorsque *Amour* le vit s'exercer à porter sa charge sans la traîner par terre, elle rit de ce sac se déplaçant de lui-même, n'en voyant que les pieds.

Õ — Ne crois-tu pas que c'est assez ?

Le regard de Nol se perdit à la souche noire d'un arbre.

Î — Il y manque quelque chose que je n'ai pas su faire.

Amour s'approcha, s'assit où il s'était accroupi, lui posa une main sur la joue, tendre en sa paume, mais ferme au mouvement qui ramena les yeux de Nol aux siens.

Õ — C'est Ora, n'est-ce pas ? Crois-tu toujours qu'elle t'a rejeté ou abandonné ?

Î — C'est moi qui l'ai abandonnée, laissée face à son malheur sans y répondre. Je ne me vois pas revenir pour exhiber ma grâce à qui j'ai failli la consolation.

Õ — Nol, faire n'est pas tout, parfois il suffit d'être là.

Î — Et je suis parti…

Õ — Face à la perte, serait-elle irrémédiable, on trouve parfois une consolation dans ce qu'on offre aux autres. La crois-tu moins généreuse que toi ?

Î — La consoler en lui montrant ce qu'elle fit pour moi ?

Õ — Pour nous.

Î — Ainsi, j'aurais son cadeau ?

Õ — Et avec, je lui donnerai mon amitié.

L'instant d'après, Nol avait disparu. Surprise, *Amour* le trouva déjà installé dans le char, la hotte aussi, demandant :

Î — Qu'attends-tu ?

22

La chaise vide

Roni se promenait avec Myriam et les enfants dans le verger de sa mère, les senteurs lui permettaient de lutter contre ce qui les étouffait. Chaque arbre portait le souvenir d'Ora et leurs branches mêlées semblaient comme des mains serrées pour une danse autour de leur petite procession.

Pénina se mit à courir en criant : « Trouvez-moi ! » et les jumeaux de suivre. Ils jouaient à cache-cache entre les bois, et c'était comme d'entendre les arbres rire.

Soudain, Roni sentit un autre parfum fleurir en lui, une sensation familière et comparable à sa rencontre avec Nol. Comparable, mais d'essence plus sucrée, suave et florale que le musc du géant rouge. Empli de ce souvenir, ce fut donc sans trop de surprise qu'il entendit en lui :

Õ — *N'ayez pas peur.*

D'instinct, il leva la tête et vit au ciel le char se pencher vers eux jusqu'à se poser sans trembler. Nol s'y tenait raide comme il était parti, mais une femme l'accompagnait.

Elle était plutôt petite, ronde, et son visage dessinait ce flux d'expression qu'on lisait sur celui de Myriam : il recevait et rendait. Roni eut sitôt confiance en elle. Les enfants, eux, ne virent que Nol. Ils agitaient la joie de son retour en exclamant son nom. Ce ne fut qu'ensuite qu'ils s'étonnèrent du char devenu autre qu'en leur souvenir. S'accordant à Nol par la nature de son orfèvre, du bois finissait de couvrir son argenté et le tirant acéré formait maintenant un attelage de bêtes charnues, amicales, dont les pattes cornaient, les yeux mouillaient, les bois se levaient en branches émoussées, et les lèvres se tendirent aussitôt aux mains des enfants.

Oui, tu le vois, des rennes à n'en plus douter.

Pénina ne put que s'en réjouir et donna, comme le petit Nol lui avait appris, des fruits à la gourmandise d'une douce et vive bouche. Son frère et sa sœur l'imitèrent, puis elle leur montra comment les caresser.

Nol descendit enfin du char et les enfants délaissèrent les bêtes pour se ruer sur lui. Il les souleva comme on jonglerait, toujours un en l'air, clochetant leurs cris. Il s'amusait autant qu'eux et *Amour* vit sur sa figure le reflet de leur course dans la forêt.

Myriam aussi s'était avancée, souriant à la scène, mais pas Roni qui observait en retrait.

Amour reconnut chacun d'eux en ce que Nol lui avait transmis de cette famille : Nathan et Jessica qui se disputaient les voltiges au bras de leur géant rouge ; Pénina qui patientait son tour, sachant sa légèreté pour s'envoler plus haut que les jumeaux ; Myriam et son silence apaisant, dans la présence de son sourire. Mais de Roni resté à l'écart, le visage clos, elle ne reconnaissait rien. Elle s'en alerta, sentant en lui une peine plus saignante que purulente, trop jeune pour n'être que celle de la perte de Gaêl. Et s'approchant de lui, elle pénétra son histoire.

*
* ~ *

Je ne reconnaissais plus ma mère.

Elle ne tenait son ancienne figure que le temps de nous chasser d'elle. Elle ne me parlait que pour m'éloigner.

Occupe-toi des enfants, ils me fatiguent.

Occupe-toi de la maison, elle me pèse.

Occupe-toi des arbres, ils se plaignent…

Qui tous disaient : laisse-moi.

Si j'agissais comme à ne pas l'entendre, elle devenait méchante, puis je sentais sa honte de me blesser, et sa colère se portait sur elle avant de rejaillir sur moi.

Elle se cachait derrière l'arbre de père pour, dans son champ, être à notre contre-champ. Elle mangeait peu de ce que je lui apportais et toujours pour que je la quitte. Elle ne me permettait de la reconduire à sa chambre que pour mieux en fermer la porte. Dans son entrebâillement, je la voyais dans son lit ramasser leurs draps qu'elle serrait contre elle. Elle ne connaissait pas plus le sommeil que le sucre de mon miel.

Tout lui était dégoût.

Je ne reconnaissais plus ma mère.

Je l'attendais en la couvant de mon mieux malgré ses épines. Et je compris que notre pilier s'était appuyé au socle d'un silencieux. Et pendant que je me reprochais mon impuissance face à ma mère, je m'accusais du mystère de mon père. Je l'avais méconnu et j'éprouvais le regret des choses tues, des conversations qui ne seront plus.

En mon for, je citais ses mots trop rares, même ses ridicules me devenaient grâces. Je l'imitais pour le revenir à moi, je l'invoquais pour notre secours, comme à prier on appelle à soi l'Éternel. Mais trop malin pour sa simplicité, je le faussais.

De ma gaieté perdue, je ne pouvais que forger une volonté. Ne pas céder au désespoir, c'est moins un devoir à soi que ce qu'il faut pour qui vous aime.

Lorsque ma mère a souhaité m'accompagner au marché, j'ai cru à notre renaissance. Je voulais tant le croire. Pourtant, j'ai vu qu'elle y était sans commerce aux gens. Sa première demande avait été de placer notre étal près de celui d'un gras marchand d'huile, colérique et stupide, qu'à l'ordinaire nous évitions depuis une altercation avec mon père. Je me pardonne mal de n'avoir rien vu venir.

Elle m'avait envoyé acheter un drap noir pour son habit de veuve. C'est là que j'entendis le bruit lointain d'une engueulade, puis des cris. Lorsque je revins près de ma mère, elle était lovée au sol entre des pieds navrés, le marchand d'huile était ceinturé par les bras de ses voisins.

Jetée à terre comme une chique, ma mère était sanguinolente, son visage gonflé, informe. Elle ne me répondit pas pendant que tous ensemble ils me racontaient leur scène. Elle aurait claironné :

¡ — Achetez ! Nous offrons le meilleur ! Nos olives sont les plus douces et charnues, notre huile flotte au-dessus des autres. Notre miel, composé comme un bouquet de fleurs, est le sucre de l'Éden.

0 — Comment serait bon ce qui vient de toi ? Si l'Éternel t'aimait, il ne t'aurait pas faite ainsi.

¡ — Oui, tu as raison. Bonnes gens, prenez plutôt son huile, l'Éternel l'a choisi. Voyez, il la produit de lui-même. Goûtez le gras de ses cheveux, le luisant de sa peau. Léchez ce bonbon de l'Éternel !

0 — Tu oses ! Toi, corruption de la création.

¡ — J'ose !

Le marchand leva une main qui serrait un nerf de bœuf :

0 — Tu as empoisonné jusqu'à ton mari.

¡ — Oui, lève ton bras, gloire de l'Éternel, pour que je me parfume à ton aisselle.

0 — Tais-toi !

¡ — Oui, ouvre ta bouche, parole de l'Éternel, pour que je m'enivre de ton effluve.

0 — Vas-tu te taire, vieille bique !

¡ — Sinon quoi ? Regarde ! Ils se moquent de toi bien plus que moi.

Le poing lancé sur son rire tomba ma mère, son fichu laissa voir ses cheveux gris. Elle se releva avec un sourire tordu sous le nez brisé.

¡ — Je suis encore debout, c'est toi qui es trop court. Je ne suis pas Gaêl, je n'ai pas pitié de toi.

Un pied la frappa au ventre, la renvoyant au sol où elle haletait autant qu'elle riait.

Alors le marchand la piétina du talon pendant qu'elle hoquetait, puis il la cingla de son bâton de cuir jusqu'à ce qu'on se saisît de lui.

Des amis m'ont aidé à porter ma mère au rabbin. Éléazar en était, c'est lui qui l'a posée sur la table de soin. Elle m'est apparue si petite au creux des bras, si fragile et si blessée.

Le rabbin l'a déshabillée pour l'examiner, j'ai découvert le corps zébré de coups sombres. C'était irréel, moins les zébrures que le corps que je n'avais jamais vu. Un corps comme étranger, tant le sien était de son mouvement, de sa parole, de son regard.

— Elle saigne dedans, je ne peux panser cela. Donnez-lui de l'eau pour la prolonger, mais faites-lui vos adieux.

Je l'ai remontée à notre gîte aussi vite que j'ai pu. Je n'avais plus ma raison, brinquebalant ma charrette, j'ai couru, éperdu, vers le lieu de l'abri, de sa vie, du miracle possible. Un murmure m'a interrompu, et serré contre elle, j'ai reçu son merci pour être né puis la charge de la famille.

J'ai pleuré.

Elle m'a chuchoté en dernière parole :

— Ne pleure pas Roni, moi je n'ai plus de chagrin, mon exil va finir.

Et elle cessa.

* *
*

Amour partagea le souvenir de Myriam étreignant Roni sur le chemin vers la mort de sa mère. L'étreindre pour qu'il ne s'en éteignît pas. Et l'enterrement eut lieu.

Le sang-de-dragon avait gardé intacte l'enveloppe de Gaêl, ils déposèrent Ora au creux de son corps maigre et courbé. C'était sa place, elle semblait enchâssée dans un écrin et lui comblé. Puis ils rabattirent le drap sur l'éternité de leur amour avant de les recouvrir de terre.

Marchant dans le verger, ils saluèrent chaque arbre, posant leurs mains sur les traces de celles d'Ora. Arpentant le champ de sillon en sillon, ils posèrent leurs pieds sur les empreintes de Gaêl. Et tout ce qu'ils prirent en leur promenade, ils le déposèrent sous l'arbre du vieux couple. Cela devint leur rite contre le chagrin, celui de la mémoire contre la perte.

Õ — Je suis désolée.

Les enfants tentaient de monter sur Nol par ses jambes, mais celui-ci ne les aidait plus à s'y hisser. Ses bras ballants ne se bougeaient que d'être secoués par leurs impatiences. Il avait compris et portait son masque de bois. Il écarta les enfants, s'avança vers Roni.

~ — Nol…

Roni ne put finir sa phrase, son crâne était entre les mains du géant qui y heurta son front, puis le lâcha comme à s'y brûler.

Amour prit un corps raide entre ses bras.

*

Autour de la table, Myriam leur servit un repas. Rien ne valait les plaisirs de la bouche pour ouvrir la parole, et parfois le plein du corps pouvait pallier un peu le creux du cœur.

Nol se taisait. Il semblait sourd au récit que faisait *Amour* de l'Éden, comme aux questions des enfants. Son chagrin ravivait celui de tous.

Alors Roni, pour une diversion par la dérision, raconta la fois où les Philistins avaient pris l'arche d'alliance. Comment de cela, l'Éternel leur avait envoyé des hémorroïdes contre leur assise et des mulots contre leur grain. Il mimait si bien les acteurs douloureux dans leur tragédie comique que son public se tordait autant que les malades qu'il décrivait. Les enfants s'esclaffaient de la vulgarité que leur père osait à table, et du regard faussement outré de leur mère. Roni ondulait de rires son public, sauf Nol qui d'une main mordait l'autre.

Roni finit son récit par cette maxime :

— Certains entendent mieux par le cul qu'à l'oreille.

C'était bon, bon de tant rire, mais c'était une farce à qui manquait des corps.

Myriam se leva, entra dans la chambre d'Ora et revint avec un des cylindres du Pentateuque. Elle le déroula à l'intention de Roni et posa son doigt où elle voulait qu'il dise.

Le père entama une des histoires que sa mère lisait, et en sa voix se posa celle d'Ora.

Le regard de Nol restait braqué sur une chaise qui était comme ses mains, vide. Ses mains qui se combattaient, chacune punissant l'autre d'être ainsi. Et les enfants qui suivaient son regard lui souriaient en retour. Pour eux, la chaise avait un dedans. Ils croyaient au conte de Nol par croire en lui, ils accédaient à la consolation de la présence. Mais cette consolation qu'il leur avait donnée, Nol ne l'éprouvait pas.

Pour lui, la chaise était vide, trop vide, et il ne pouvait admettre que cela fût ainsi sans que quiconque en répondît. Il lui fallait un adversaire.

Amour le sentit et cria :

Õ — Nol !

Mais il n'était plus là. Ne restait plus qu'un froid qui gela la famille. Et comme pour conjurer le sort, un grand aigle blanc passa leur fenêtre, ailes repliées avant de les étendre à toucher leur toit, détournant ainsi l'attention de tous. Il y sembla accroché puis se posa en moineau sur l'épaule d'*Amour*, appuyant leur stupéfaction. Myriam s'était resserrée à Roni et les enfants levaient la tête là où l'oiseau n'était plus.

Amour répondit à leur question béate :

Õ — Je vous présente Phœnix, fils de dragonne et d'ange. Il a la forme changeante de son père et le feu de sa mère.

~ — Évidemment, pourquoi s'étonner ?

Puis Nathan se baissa :

' — Oh ! Le moineau a perdu une plume.

Le garçon se redressa tout fier :

' — J'ai une plume de Phœnix.

' — Tu as trop de chance !

Õ — Les enfants, cela annonce que ce soir, pendant que nous attendrons le retour de Nol, vous assisterez à la renaissance de Phœnix. M'aiderez-vous à faire son nid ?

° — Son nid ?

Õ — Un cercle de pierres qui contiendra son feu.

~ — Cela sera facile, mon père nous a préparé tout le nécessaire.

Et ensemble, ils se rendirent au champ tandis qu'ailleurs une porte s'effondrait. La botte de Nol s'y était posée.

L'homme était renversé sur la table. Une large main sur son torse l'enfonçait dans le bois et, près de son visage, des yeux bleus le survolaient en corbeaux. Nol était tenté d'écraser cette poitrine en prenant son temps, d'en éclater les côtes l'une après l'autre et que l'homme laid se noyât lentement dans son sang. Mais un cœur battait encore sous sa main.

Le marchand était un de ces ni bons ni mauvais, un de ces hommes de circonstance à qui Ora avait tendu l'appât de la violence.

Î — Cela aurait pu être mon père. Il m'en reste. Il t'aurait fendu autour du sexe puis, d'un coup, sorti un bras d'intestin par la verge. Ensuite, il se serait levé, tu aurais trébuché derrière lui, et à chaque retard il aurait entouré son épaule d'un tour de plus de tes entrailles, jusqu'à ce que tu en tombes, qu'il finisse de s'embobiner de toi, et d'un dernier coup sec, te vide. Après, il t'aurait regardé crever derrière ton déroulé de boyaux, avec satisfaction. Il me reste de sa cruauté, mais une présence m'est venue. Moi, j'aurais pu briser tous tes membres pour que, tout le restant de ta pauvre vie, tu ne sois plus qu'un nourrisson, bec ouvert, dépendant de la compassion qui te manque. J'en ai envie, mais elle m'a relevé. Aussi, je vais te la conter, afin que tu saches qui tu as tué.

Et Nol posa son front contre celui, luisant, du marchand. Ainsi, il lui donna Ora, cette haute dame.

L'homme pleura et Nol aussi, bouleversé par celle qui venait de lui retraverser le cœur.

23

La veillée

Du champ de Gaêl, chacun selon ses forces avait porté ses pierres pour faire un cercle, puis ils s'étaient assis au bord comme au cirque on attend le spectacle. Décollant de l'épaule d'*Amour*, Phœnix tournoya au-dessus d'eux, les survolant tour après tour, passant du moineau au rapace sans s'y arrêter. En ces cercles, il semblait que ses ailes le déployaient, comme si sa masse eût été dense de plis qui s'étiraient, son manteau tissé de plumes empilées. Sa tête s'écarta comme une cosse d'où germe plus grand qu'elle, son bec s'avança par bosses successives, ses serres s'allongèrent, et vint un oiseau impossible pour lequel la famille n'avait pas de nom. Les cous de l'assemblée stupéfaite se tordaient pour le suivre, la lune en clignotait, ses ailes empesaient le ciel, et quand il aborda son nid, les enfants se contractèrent. L'oiseau se posa pourtant délicatement au centre de son orbite pierreuse tel l'aurait fait son père : les deux ailes étendues en arceau, ses pieds touchèrent de pointe. Puis il se couva la tête sous une aile.

Après un long silence, des petites voix hésitèrent :

‘’° — On peut le toucher ?

Õ — Oui, mais rien qu'un instant.

La moindre plume de l'oiseau était longue comme une palme. Les doigts des enfants en caressèrent les dentelures avant que Phœnix les repoussât d'un doux mouvement d'aile, sous laquelle ils entrevirent un de ses grands yeux dont l'iris oscillait de l'arrondi au trait.

Õ — Revenez maintenant, les enfants.

~ — Oui, les asticots, n'emmerdez pas la poule !

Phœnix ternissait, son blanc se grisait, et les barbes de ses plumes se hérissaient, son duvet se faisait piquant.

Phœnix vieillissait, et à ce spectacle revenait la tristesse des absents.

Õ — Les enfants, aimeriez-vous que je vous conte mes voyages ?

‘’° — Oh oui !

D'un bâton, *Amour* grava au sol une carte dans un ovale. Elle y pointa un lieu :

Õ — Nous sommes ici.

Puis tout près.

Õ — Jérusalem est là. Où souhaitez-vous aller ?

Nathan posant un doigt :

‘ — Là !

Õ — Là, c'est l'océan, ainsi qu'ici et là aussi.

Elle creusa son dessin.

Õ — Vous voyez ? La mer contient plus que la terre ne porte.

~ — Il aurait fallu l'appeler la Mer.

Õ — Oui, mais nous ne le savions pas. Nathan, si tu étais ton doigt, tu verrais une eau si étendue qu'elle semble concurrencer le ciel, vivante par le frisson de son flot, mais aussi s'assombrissant de nuées de poissons. Tu verrais de grands dos la promonter pour cracher la mer et aspirer le ciel. Tu verrais des nuages se former de fins voiles : ce qui le jour te cache le soleil, c'est le souffle de l'eau. Je crois que le peuple marin submerge le terrien. Et tu as presque touché des îles qui sont les sommets d'une terre éclatée dans cette grande mer. Y habitent des hommes avivés par la beauté du lieu, simples et braves, vêtus du feuillage des arbres, nourris du levain de la terre et du pain de la mer…

*

Le Golgotha était un tout petit mont qui jetait une grande ombre, un homme y était assis sous celle d'une croix.

Î — Tu voulais que je te parle, alors écoute :

Aimer l'Homme, c'est trouver sa beauté au nez qui par famine pointe comme un bec vorace, au ventre gonflé d'un marécage d'eau croupie et de gaz, à la poitrine osseuse qui siffle sa plainte, aux pieds crochus comme des serres et putréfiés par la merde acide qu'ils foulent, au cul merdeux qui pend son intestin, au sexe rougeoyé qui sent sa pisse. C'est tendre sa main vers celles, maigres, aux doigts tordus et ongles bruns, qui cherchent à l'occasion ta gorge.

Aimer l'Homme, c'est ne pas s'arrêter à la bouche qui se mange ni aux chicots qui te mordront. Aimer l'Homme, ce n'est pas respirer sa puanteur, mais flairer son parfum. C'est l'aimer encore, là où, forcé à son misérable, acculé à sa bête malade, dépouillé des ornements de son âme, il est nu.

Vois, je fus, suis et serai celui qui a si faim qu'il mange par rêves, mâche des mets à la table des mots en une liste plaintive et n'entend pas le : « Ta gueule ! »

Vois, je suis et serai celui qui serre cette gorge lui obsédant sa famine : « Tais-toi salaud, salaud... » longtemps après que le festin a cessé. Oui, les deux, comme tous les autres.

Je suis celui qui, à vouloir plus, sera noyé pour la leçon de tous, la face dans la soupe trop claire : « Mange ! »

Je suis celui qui lui maintient la nuque pour garder sa prise sur ce qui guérit son ventre.

Je suis le passif qui estime dans la file le moment où l'eau sera grasse d'être au dépôt.

Je suis celui qui se bat impitoyablement pour la bonne couche, la moins verminée, la plus sèche ; qui frappe des corps allongés pour s'assurer de leur faiblesse avant de les dépouiller et de les jeter aux excréments. Je les rejoins eux aussi, m'étouffant de la putréfaction promise au sein de notre commune solitude.

Vois, je suis celui qui y parvient le dernier d'avoir sacrifié un voisin et pleure encore ses proches.

Vois, le charnier final ! Je suis le fossoyeur qui l'emplit de la collecte du matin, celui qui étrangle ceux qui palpitent encore, mais n'obtiendra pas même grâce lorsque son tour viendra.

Vois cet enfer où la révolte est vaine ; où solitaire, elle n'est que suicide ; où coalisée, elle échoue par l'opportunité d'une traîtrise. Les démons qui le régissent sont pour la plupart des hommes ordinaires, obéissants, qui placent les maîtres au-dessus des hommes. Ils cultivent dans ceux dont ils dénient l'humanité le manque qui fleurit le vol, la corruption et la prédation, et prouvent ainsi l'indignité de ceux qu'ils dégradent. Ils font les bêtes pour leur abattoir et s'en désâment…

Son monologue avait levé Nol, ses pas encerclaient la croix.

Î — Au sein des damnés trônent les plus criminels, les plus adaptés, qui pour se promouvoir, s'allient aux démons. Damnés ou démons, ce n'est pas leur nature qui en décide, mais le tirage au sort.

Vois alors, les anciens qui, de connaître l'enfer, y égarent les nouveaux pour leur avantage et une revanche sur cette innocence qu'ils ont perdue.

Vois ces hommes qui se répugnent au miroir qu'ils se tendent jusqu'à en détruire le reflet.

Vois ce monde où la fraternité est clandestine comme tout crime !

Vois ces solidarités qui se font contre ceux qui en sont exclus, et dont les remords s'estompent de mensonges.

Vois ! La préservation se fait à laisser mourir. On y est soit salaud, soit mort. L'âme ne se sauverait qu'à sacrifier le corps, et la vie l'emporte jusqu'à ce que l'on soit son fantôme, qu'on ne peuple plus son habit, avançant de petits pas vacillants, absent à tout, divaguant notre existence en boucle.

Vois comment se fait une sélection des hommes pour la distillation de leur pire, l'essence du mal. Ici, le juste n'est pas celui exempt de fautes, celui-là est mort, mais celui qui ne les fait pas porter par d'autres, qui ne s'en excuse pas. Le juste est celui qui tentera de se racheter…

Je pourrais énumérer sans fin toutes les scènes de mon théâtre noir, je pourrais te raconter en ma nuit ce que tu n'as que traversé par moi, que tu ne peux pas savoir par ne pas en être, ce qu'on ne quitte pas dès qu'on en fut.

Pourtant peut-on reprocher qui survit ?

Je ne puis les blâmer, je ne peux m'en excuser.

Car lorsque dans ma geôle je me réveillai, à la saveur d'une petite vie entre mes dents, je savais bien que j'aurais fait comme tous. N'avais-je pas tué pour combler une autre faim ? M'être fait le vengeur, n'était-ce pas là mon excuse, mon mensonge ? Alors que je l'ai fait parce que j'en suis capable. Je l'ai bien fait parce que j'aimais l'ouvrage, parce que moi, contrairement à toi, je n'aime pas les hommes, si ce n'est quelques-uns. Je ne suis pas innocent, je ne te mérite pas, mais je veux être juste.

*

Phœnix était comme une dune d'étoupe anthracite, et *Amour* avait toute l'écoute de son petit groupe.

Õ — … En cette terre, j'ai vu en premier ceux pour qui tout animal est Homme et dont le Monde fut bâti de tous. Le poisson coula la rivière, l'oiseau leva le ciel, le lapin bondit la terre, et ce qu'ils ne purent créer, ils le dérobèrent. Selon eux, les humains sont une forme dernière du vivant et seuls les chamans peuvent revenir aux premières.

“ — C'est quoi un chaman ?

Õ — Les chamans réparent ceux qui viennent à eux.

° — Comme Nol.

Amour sourit à Pénina. Elles avaient en commun d'avoir, de Nol, touché son tendre. Elles étaient sœurs par lui, et s'inquiétaient :

° — Que devient un chaman cassé ?

*

L'homme avait les mains sur la croix comme à s'y amarrer.

Î — Éborgné par ce que je méprise, je ne vois que par noirceur. Pourtant, j'ai vu cet homme qui, malgré son corps frêle, résista mieux que de plus gaillards. Il scandait sa foi : « Nous sommes tous faits de boue et d'esprit », et ne condamnait personne. Avant de mourir, il m'a vu, et son expression était pleine de pitié. Il fut mon premier indice sur le vrai manque qui bâtissait notre forteresse.

La potence se déracina lentement aux bras de l'homme.

Î — Il y eut aussi cet Humble qui travaillait à l'entretien. Il n'avait pas le secours d'une foi et pourtant, malgré le danger de désobéir, il volait en cuisine la soupe qu'il cachait dans un seau et partageait discrètement. Dehors, il vécut d'errance, se tuant d'alcool. Lui non plus n'avait pu quitter la forteresse, désespéré par elle quand les salauds s'excusaient. Il se sentait coupable d'avoir survécu alors qu'il n'avait nui à personne. Et moi, ai-je seulement pensé à aider ? Non, je n'ai pas eu la constance de son courage discret et journalier. Plutôt que ses petits gestes insuffisants, mais obstinés, j'ai eu le trop de ma colère, j'ai puni jusqu'à tomber. Je suis coupable plus que lui, car je suis ma forteresse, même si je désire la belle mesure de son partage.

Pourtant, je crois que la forteresse n'est que le pressoir d'un poison logé en presque tous et que j'ai perçu en mes petits voyages dans les esprits qui m'accrochaient malgré moi. Dans mon regard de borgne, il y a plus de masques que de faces, plus de dents que de lèvres. Partout, des loups attendent leur meute. L'occasion fait larron et l'autre reste moins que soi. Pour trop d'hommes, tout est de circonstance, ils mangent selon le buffet, vont aux vents porteurs en se maquillant de belles figures.

Oui, sa propre vie demeure la seule valeur, la communauté n'est qu'une comédie pour rester à la bonne table ; on y est pour son bien, on ne se risque que comme on mise pour une meilleure part.

Et si je n'y ai pas grimacé de faux sourires, je suis coupable de ne savoir aimer comme toi qui me sauvas malgré qui j'étais, parce que tu aimais tous.

Toi qui es entré librement dans la forteresse et n'as pas choisi d'y survivre… mort pour un je ne sais qui, un je ne sais quoi, si ce n'est pour tendre un autrement.

Cela en valait-il la peine ? Mourir pour notre salut ?

*

Une des plumes du Phœnix s'était faite flammèche et prochaines, tour à tour, s'enflammèrent comme un incendie de forêt se relaie aux sécheresses et suit son vent. Il y eut enfin un grand feu dont la chaleur recula l'assemblée et la lumière plissa leurs yeux.

‘ — Phœnix brûle !

Õ — Oui.

Des ailes se levèrent, un cri vint, rauque, affreux à entendre, qui déclina au râle.

‘’ — Il faut l'éteindre !

Õ — Non, surtout pas.

’ — Il a mal ?

Õ — Oui. Mais ce n'est pas sa première fois. La renaissance n'esquive pas la douleur de la naissance ni ne trahit sa promesse. Faites-lui confiance.

Et *Amour* poursuivit ses récits.

Les enfants ne savaient plus s'il fallait écouter ou voir, car pendant que la femme les voyageait, Phœnix les émerveillait. Son feu semblait vivant, il bougeait comme un corps lutterait, et son ardent était semé de papillons blancs qui le rendaient feuillu comme un buisson. Ce n'était plus un oiseau qui l'alimentait et ce n'était pas un feu qui s'y débattait.

Myriam tenait Roni dans ses bras, son menton sur son cou, ils étaient tous deux dans le silence de l'écoute, dans celui qui par son attention était déjà une réponse à *Amour*. Ils l'entendaient se perdre dans son voyage pour distraire son inquiétude de Nol.

Õ — ... Là, c'est une contrée de presque innocence où vivent, sous les feuilles de la plus grande et dense forêt, des hommes nus qui la traversent d'attentions et respect. Du déluge, ils ne disent rien, à moins qu'ils n'en retiennent que la bonne vague qui les porta vers celle qui pourvoit plus qu'elle ne maltraite.

Ils aiment le familier, car il fait famille, et ne voyagent qu'aux pas déjà creusés. Ils veulent l'éternité du quotidien et les cycles des saisons. Pour eux, la nouveauté toujours menace, si bien qu'elle ne s'accepte qu'au filtre de leur *tous* et que peu connaissent l'aventure d'en décider seul…

*

L'homme a renversé la croix, il la tient en ses bras comme un corps.

Î — On dit aussi que tu aimais ton Père. Ça, je le comprends moins encore. Mais j'ai vu que tu lui fus contraire sans pourtant t'y opposer, alors que je fus semblable au mien en l'affrontant. Aurais-je pu aimer mon père ?

Me serais-je absous de lui, si j'avais pu, un peu, l'aimer ?

Aujourd'hui, je sens que je ne l'ai connu qu'en ce qu'il m'a montré de lui.

Aujourd'hui, je crois que j'aurais pu aimer mon père en m'y reconnaissant. Non en mon pire, qui fut son choix avant d'être le mien, mais en l'être qu'il tua en lui avant de le tuer en moi. Celui que je n'ai qu'entraperçu, à sa mort, au masque tombé.

Les hommes l'avaient révulsé bien avant qu'il s'en saisisse tel qu'il le fit.

Les hommes font leur tyran et mon père ne s'est pas fait seul.

Si j'avais voulu entendre son histoire, peut-être l'aurais-je comprise, et peut-être ne l'aurais-je pas reproduite. Plutôt que son adversaire, peut-être aurais-je été son remède comme tu es celui du tien. L'amour du genre humain m'est difficile, mais je crois que c'est la seule voie.

Alors, m'as-tu ouvert la porte pour que je te suive ?

Je crois que, par le message de ma mère, tu m'as donné la possibilité de sortir de mes ténèbres et de les aimer. La possibilité malgré tous les contraires.

Ton message, puis-je l'avaler pour mon seul ventre ? Cette vie que je te dois, puis-je te la refuser ?

J'ai souvent défié la mort, jeté mon dé dans des batailles incertaines et fait de ma vie un suicide, mais au fond, je veux vivre. En vrai, je voudrais *Amour*. Sauf qu'on ne peut contrer la forteresse qu'à renoncer à cela ; que vivre avec la cruauté, c'est un peu y consentir.

Si je n'ai pas désarmé mon père en me jetant à sa lame, si je n'ai pas sauvé ma mère, c'est que je voulais vivre. Avec elle, sans comprendre le choix que mon père m'imposait.

Toi, tu as péri près de moi pendant qu'Ora me sauvait. Elle est morte sans moi pendant qu'*Amour* me soignait. C'est assez pour ce moi, il est temps de m'acquitter.

M'as-tu choisi parmi les quatre messagers parce que j'étais celui qui avait le plus besoin de toi ? Je ne te sais pas, mais si tu veux que je te suive, aujourd'hui je suis prêt à le faire… Pas pour nous, je ne le tricherai pas, mais pour les enfants, je peux.

*

À cet instant, on ne voyait de l'oiseau que sa bûche, une ombre dans le feu, et les flammes se tressaient les unes aux autres. Elles commençaient le tissu du prochain Phœnix pendant que la famille se drapait d'une parole qui leur tendait un horizon d'étrangetés.

Ils étaient au vertige du lointain, là où les yeux ne peuvent qu'imaginer.

Õ — … Ici est un peuple venu du berceau de celui de Nol. Si plus l'arc est tendu, plus loin va la flèche, je suis effrayée par ce que cette violence a pu être lorsqu'ils ont porté leur domination sur une terre si éloignée.

Chacun y était à sa place par sa naissance comme dans une boîte. Ils étaient écrasés dans un monde figé par le dôme du prêtre. Beaucoup espéraient une évasion et l'inventèrent aux intervalles et successions des vies pour une même existence.

Chaque vie devient le fruit de la précédente, car en se chargeant de ses mauvaises actions et en s'allégeant par ses bonnes, l'existence peut courber son cycle vers un mieux ou un pire. Mais si ce cycle tourne juste, il a un défaut, celui de ne pas cesser, si bien que chacun sur cette roue est promis par tours, au haut pour bas puis bas vers haut, à son tour abattu. On ne peut devenir sans revenir. On ne peut devenir qu'à sortir de l'éternel rebours de cette roue.

C'est là que la voie se leva par deux bouches.

L'une, sous un figuier, suspendit ses besoins à son souffle, et dit qu'il fallait s'isoler des tentations en quittant son désir.

L'autre dit qu'il fallait, pour lever et arrêter sa roue, s'interdire les mauvaises actions, et que cela n'était possible qu'à s'isoler de ses tentations en quittant les hommes.

*

Un homme discret naviguait dans le désert des rues obscures. Il cherchait un enfant qui ne possédait rien de n'avoir reçu l'amour. Il en trouva plusieurs, dormant parmi les bêtes qui ne les refusaient pas, dans le recoin des ateliers qui les usaient pour le pain sec, ou dans les lits des maisons qui étaient au simulacre de l'attention.

Alors, près des petits corps recroquevillés de manque, il vida son sac comme l'Humble partageait sa soupe. Il s'allégea autant que lorsqu'il l'emplissait au désir de ces moments-là.

Nol ne savait pas sa liberté, mais accéda à sa nécessité. Une qui n'était pas la servante du destin, ni la somme de toutes les contingences, mais l'effort qui le renforçait, l'épreuve qui l'enjoyait. Et s'il n'était plus l'enfant qui entendait les choses en leur être, pour qui tout était vivant, si en devenant l'épée il avait perdu le lien, s'il était toujours le guerrier, il trouvait sa paix dans ce combat-là. Du bâton qui cognait, il était devenu la canne qui soutenait, pour se relever lui aussi.

Par ces enfances, il frôlait la sienne, le sentiment de sa vie.

Elle voudrait être rabbin lorsqu'elle sera grande, mais ce n'est pas sa place. Elle doit apprendre à écouter plus qu'à parler, à servir plus qu'à mener, à donner vie plus qu'à se donner sienne. Et lorsqu'elle proteste, on lui fait les gros yeux, le cercle qui la couve s'écarte. Elle veut eux, mais voudrait soi et, entre les deux, se déchire. Je lui donne un rouleau vierge, tissé de feuillages, et un calame de roseau pour qu'elle écrive son histoire.

Il est un petit Romain qui doit se faire grand, s'endurcir à lui et aux autres. Il ne faut pas se plaindre, ne rien montrer de ses faiblesses, et il ne peut demander la consolation sans s'y dénoncer. Alors, il n'est lui-même que seul, faux parmi les autres, et ainsi jamais avec. Malgré tous ces efforts, il ne s'y fait pas. Il se sent trop petit pour être Romain. Je lui donne une flûte percée dans une branche droite pour y trouver son souffle.

Il ne mérite pas ses parents, ils voudraient en faire un savant, mais l'étude l'ennuie, son esprit s'évade pour le bruit de l'atelier où forgent ses mains vides, le bruit qui vient par le tournoiement de la ruelle où secrètement ses pieds courent, et la parole du maître se couvre d'un chant. Il ne mérite pas ses parents. Je lui dépose une souche et de quoi se sculpter.

Celle-là est sale, elle a froid. Ses parents l'ont vendue pour rembourser une dette. Dans la garnison, elle est au service de la cuisine, épluchure, nettoyage, et tout ce qu'on lui demande. Elle se fait sa petite pelote d'amour en cherchant dans la rudesse le bourru, mais elle n'en tire pas assez de laine pour ne pas avoir froid. Je la couvre d'un tissé d'Yggdrasil, un qui ne s'usera pas.

Il craint son père et vénère sa mère, un sur deux. Alors pourquoi ce chagrin qui coule sous ses paupières closes ? C'est le dernier enfant, je peux prendre mon temps… Sa mère… Il s'invente pour lui plaire. Encore un qui n'est pas aimé pour lui-même, qui de projeté se sent rejeté.

C'était le dernier enfant, et sans s'avouer pourquoi, plus encore que les autres, celui-là toucha Nol.

Les petites mains faisaient un berceau où se voyait l'oiseau que l'enfant avait sorti de la gueule d'un chat. L'oiseau était mort pendant que le petit s'endormait. Nol l'échangea…

Il était satisfait de son dernier cadeau : un rossignol de l'Éden dont le bois résisterait au chat.

C'était le dernier enfant puisque la hotte de Nol était presque vide. Avant de partir, il souffla dans l'oreille du petit :

Î — Ne renonce pas à l'espérance.

Son sac, trop plat, déjà lui pesait, car au loin, il entendait des plaintes qui n'auraient pas leurs biens. Il restait insuffisant.

*

Le râle de Phœnix se modula au piaillement perçant d'un oisillon entêté au bec ouvert. Et les pointes de feu se rejoignirent pour une pureté de flamme unique comme dessus la mèche d'une bougie.

De l'oiseau, il ne restait plus qu'un bleu silencieux, l'âme d'où s'envolait sa brûlante lumière.

° — C'est beau…

Õ — Oui.

Et tous se turent.

La lumière, tel un soleil, se coucha en rougeoyant toutes les faces tournées à elle.

Õ — Nous pouvons nous approcher.

Les enfants regardèrent le spectacle d'un lit de braises qui semblait d'écailles. C'était une peau qui frémissait d'une vie et qui, peu à peu, se rassemblait à son noyau en laissant derrière elle ses squames, puis tout fut gris, et la cendre si douce qu'elle se soulevait de leurs souffles.

Amour agita son bâton dans le nid, un bout s'enflamma éclairant son visage. Il était de sourire mêlé de soucis.

Õ — Tout cela ne sont que des histoires où chacun se raconte, comme autour d'un même feu les conversations s'entrechoquent. À ce propos, le temps du Phœnix est revenu.

Amour entra dans le nid, le foula en y levant la cendre, puis d'une main en sortit un caillou ovale de la taille de sa paume, elle y posa l'autre dessus. Lorsqu'elle rouvrit les mains, le moineau s'envola, et les enfants riaient de l'entendre en son rossignol, le voir en son paon, si nouveau, si heureux. Après un dernier tour au-dessus de son *sol*, Phœnix de nouveau l'épaula.

Õ — Il fait froid, rentrons.

*

Devant la dernière demeure d'Hérode, ne restaient de ses gardes que les plus fidèles : des murs armés de leur épaisseur. Une torche à la main, Nol pénétra le grand caveau comme une tente dont on écarterait les voiles. Il traversa sans égard les trésors pour s'arrêter aux habits d'apparat, funestes et vains, où se trouvait le sien, celui rouge dont il se souvenait.

Lors de son combat contre l'armée d'Hérode, le manteau avait été comme un bouclier vivant, parant les coups de lui-même. Devant lui, plus loque que parure, Nol en ressentait à nouveau le cœur battre au rythme du sang versé, une pulsation martelante de coups d'épée, une force enivrante qui animait son être. Il n'avait pas ressenti cette puissance depuis qu'on le lui avait ôté avant de le jeter dans sa geôle. Il voulait renouveler l'alliance entre ce qui lui restait du sang-de-dragon et celui, plus pur, qui imbibait encore le tissu. Il voulait ce pouvoir pour ne plus être insuffisant.

Le manteau pendait à un crochet comme la carcasse d'un bœuf, une charogne sèche aux arêtes brunes et plis noirs. À mieux le voir, à le toucher même, Nol reconnut dans le tissage les écailles de la dragonne, comme si le sang avait tenté de refaire l'être dont il était le fleuve où coulaient jadis ses torrents. Nol ressentit de la pitié pour cette vie qu'il avait contribué à clore par la méconnaître. En souvenir de Bjørn, il en admirait le courage contre l'impossible.

Il ferma une main sur le col pour s'en saisir, mais ses phalanges se rétractèrent malgré lui et l'habit échappa à ses doigts. La tunique tomba sur une dalle en sonnant comme un bronze. Surpris par sa propre réaction, Nol s'affirma et força sa paume contre l'armure, il y sentit un élancement qui répondait à son pouls.

Sang Sang Sang.

Il s'empara à deux mains de l'habit, se tordit un bras pour l'emmancher sans parvenir à y entrer. Le sang-de-dragon avait fait croûte, le manteau était une armure qui refusait à l'homme sa coquille. À moins que ce ne fût l'inverse…

Sang Sang Sang.

La force vive n'avait pas renoncé, elle était sous cette croûte comme une tique qui attendait sa viande. Pour la volonté de Nol, cette faim importait peu. Légitime, elle devenait le prix de sa finalité. Mais son corps tremblait comme jamais. Il s'ignora. Il enleva sa tunique, prit une dague de cérémonie et se fendit la paume, coupant sa ligne de vie, celle dont il abreuva l'armure en la caressant. Elle le téta comme une sangsue, s'y assouplit assez pour que Nol s'en vêtît.

Ainsi paré, il ferma son col et le corps de l'homme se défendit par réflexe, protesta de tous ses muscles, s'arqua de tous ses os. Jamais il n'avait ressenti cela à porter son habit de géant rouge, jamais il ne s'était heurté à la présence de la dragonne ni ne dut lutter contre lui-même. Nol devait plier son corps à sa volonté. Et peu à peu, deux peaux se concilièrent, s'embrassèrent. Pour Nol, ce fut comme si la sienne se retournait. Sa bouche grinça ses dents pour ne pas crier, pourtant il hurla.

Lorsqu'il se releva, il fut comme deux corps qui s'apprenaient : un voudrait de bras plier ses ailes, marcher plus loin que ses pieds, l'autre obstinait sa forme, et Nol sentait comme deux cœurs dont l'un battait au-dehors de lui. Il en tituba, se heurta aux piliers qui soulevaient la voûte, se renversèrent alors les uns par les autres, semant du plafond une poussière noire avant la chute des premiers blocs de pierre.

L'esprit engourdi de Nol ne comprit pas le risque. Ce fut peut-être le manteau qui le porta, le sortant du caveau avant d'y rester, plus que le souffle de la poussière. Une fois hors des ruines, ils respirèrent ensemble – Nol l'air frais, l'habit par son hôte – puis ils s'avancèrent, le reptile courbé à son homme et Nol comme sur des échasses, au raide vertige d'enjambées plus hautes que lui. Ils devenaient alliés, l'un aurait le service et l'autre le paiement. Nol éprouvait une puissance qui ne dépendait plus de ses saillies d'émotions, qui pouvait se décider. Il tendit un bras et celui-ci devint un clou qui arrêta le temps. Il le lâcha, c'était tout. Aussi simple que cela. Ce qu'il avait déjà fait malgré lui, il le maîtrisait enfin. Ses tempes le battaient.

Loin du tombeau d'Hérode, Nol s'agenouilla devant l'arbre qui couvait les vieux amants. Il était temps de dire adieu. À Ora et Gaêl, il pouvait le faire selon son cœur.

Il posa sa main sur l'arbre :

Î — Arbre, accueille-les.
Qu'ils montent en toi comme ta sève,
Et portés vers de nouveaux printemps
Que tes feuilles soient comme leurs mains,
Qu'ainsi multipliés, ils caressent le passant,
Ce qui va, vient, s'évente.
Qu'Ora en tes branches comme elle fit
Et Gaêl en ton tronc comme il fut
Soient là pour nous, pour moi.
Que j'aie lieu où leur parler en touchant un corps,

Que ton écorce soit leur peau
Et qu'en ton sein tu apaises leurs âmes de ta sagesse.
Arbre, cueille-les.

Soudainement vulnérable, les tempes de Nol l'assourdirent. Sang Sang Sang. Il ne parvint à taire ces coups qu'à les couvrir de sa voix pour ne pas oublier ce qu'il lui restait à faire :

Î — Il faut Il faut Il faut.

*

La petite famille était dans la maison, les enfants bâillaient et Myriam prépara une boisson chaude.

Õ — Les enfants, vous vous endormez. Vous serez mieux dans votre lit.

‘’o — On préfère dormir ici. Attendre Nol.

~ — Oui, cela vaudra mieux que cachés en haut de l'escalier.

Õ — Alors, en l'attendant je vous dirai un conte…

Il y a si longtemps que sa mémoire est enterrée, l'Éden se fit désert. Cela se fit lentement comparé à la brièveté des hommes, si bien qu'ils le remarquèrent moins encore que l'arbre qui pousse. Mais vint le moment où il ne resta du monde que des îlots dans une mer de sable dont le peuple était nomade. Puis même cela ne suffit plus à supporter l'ardeur du soleil. Était-ce d'avoir son feu dans le foyer qu'il descendait ainsi sur eux ? Était-ce une faute que les hommes devaient effacer ?

Certains allèrent vers la naissance du soleil, espérant l'atteindre en son innocence. D'autres partirent vers son couchant, espérant mieux le persuader en sa sagesse. Quant aux derniers, ils décidèrent que, ce soleil juste au-dessus d'eux, il fallait le fuir. Mais où ?

Beaucoup suivirent les arbres, quelques-uns préférèrent les obstacles du Nord. Pourquoi ? À cause d'une étoile plus fixe que les autres dans laquelle ils virent un signe. Ils choisirent ce mystère comme une promesse et, aussi droit que la terre le permettait, ils se tendirent vers l'étoile. Le soleil, pour eux, traçait une courbe dont ils rêvaient l'axe, l'étoile Polaire était la porte du ciel.

La plupart s'arrêtèrent sitôt leur vie facile, d'autres reculèrent avant que d'y parvenir. Ceux-là placèrent au Nord soit la mort dont ils s'écartèrent, soit l'immortalité dont n'étaient dignes que les surhommes.

Mais la vérité est que les rares qui y parvinrent après un long contournement y découvrirent un désert blanc aux soleils longs et aux nuits glaciales, une terre froide et inféconde. Et plutôt qu'ouvrir la porte du ciel, ce fut celle de glace qui se ferma derrière eux.

° — C'est une histoire triste.

Õ — Oui, c'est une histoire triste. Il faut se méfier des étoiles, elles sont là pour nous guider, pas pour être atteintes.

Î — C'est une belle histoire, mais elle ne nous sauvera pas.

‘’° — Nol !

Î — Et je sens par ma main vide que si j'ai brisé la lame de mon père, je n'en ai pas défait la prise. Oui père, tu disais vrai, mes contes n'ont pas sauvé ma mère. Mais quoi, qui aurais-je sauvé par Ton épée ?

Nol était là en son géant rouge, à la porte sans même qu'ils l'eussent vue s'ouvrir, mais si lointain que même les enfants restèrent assis. Il parlait comme à lui-même.

Î — Ora m'a dit que je guérissais par des histoires, mais cela ne se peut qu'à ceux qui les espèrent. C'est l'oreille qui souffle l'histoire ; sans elle, la bouche est vide. Une histoire ne peut de sa seule force ouvrir ceux qui ne veulent pas écouter. Je le sais, je n'ai écouté personne. Et je sais aussi que l'épée fait l'oreille partout où elle perce. Il faut pour préparer l'écoute, un geste. Il faut entre le rêve et le réel, réaliser.

Õ — Nol ? Que dis-tu ?

Î — *Amour*… Il n'est pas venu à moi par hasard, mais je ne savais pourquoi.

Õ — Mais qui Nol ? De qui parles-tu ?

Î — L'Enfant… J'ai pu penser que cela était pour que je lui donne mon endurance, ou mon dédain à périr, ou ma révolte contre mon père. J'ai pu croire qu'il lui fallait ma rage et qu'il me l'avait prise pour s'en recouvrir comme j'en fis ma cuirasse. Mais non, je sentais bien que ce n'était pas ça, et tournais autour. J'ai perçu en moi un geste qui me serait pur, mais dont je n'étais pas assuré. Cette nuit j'ai décidé ce qu'il attend de moi. Alors je ferai une histoire qui sera de chair, un acte qui percera d'une langue concrète l'oreille fermée… Et en premier, je poserai ses lèvres sur les écoutes écloses pour empêcher qu’elles ne se recroquevillent. Je ferai une histoire qui sera aussi ferme que le fer.

Õ — Nol, tu me fais peur… Cette peau rouge sur la tienne, ces mots dans ta bouche…

Î — Ma mère souhaitait que je sois un pont. Je m’y tendrai quitte à ne pas le traverser.

Õ — Je sais qu’il te faut ton étoile, Nol, mais écoute…

Î — Alors tu comprendras.

Se tournant vers la famille, il prit une respiration et dit :

Î — Jeg elsker deg.

Le cœur d’*Amour* se pinça et Nol n’était plus là.

Tinta une clochette dans l’arbre d’Ora et Gaêl.

Ainsi sonnés, les enfants y trouvèrent leurs cadeaux accrochés aux branches et, sur le tronc, une main creusée par la brûlure d’un gel.

‘’° — Où est Nol ? Pourquoi n’est-il pas avec nous ?

Roni répondit à leurs questions :

~ — Nol ne nous appartient pas les enfants.

Il surprit le regard de Myriam.

~ — Ni ne s’appartient, je le crains.

Amour était déjà sur le dos de Phœnix. Son esprit cravachait l’oiseau tant elle voulait rattraper Nol avant l’irrémédiable. Passer d’une incertitude à une décision radicale, c’était Nol comme son excès, son absence de nuance, sa façon d’être entier quitte à s’y briser.

Le défaut des entiers, c’est qu’ils le sont ; ce sont des monstres, même les beaux. Mais celui-ci, elle l’aimait.

Elle aperçut au lointain une fumerolle sortant du volcan éteint qui se révéla une fuite d'oiseaux. *Amour* piqua parmi les débats de leurs ailes jusqu'à se poser dans l'Éden. Les animaux y galopaient affolés par le grondement d'Yggdrasil. Le socle de l'Arbre était fendu.

Amour y entra et contempla la grotte percée dans la nef de l'arbre avant d'y voir Nol œuvrer de dos. Il taillait le cœur d'Yggdrasil pour son matériau magique et la saignée se comblait presque aussitôt. La cavité se faisait, contre cette violence, résonance, intériorité qui comblait le plein de l'Arbre-Monde.

Õ — Nol !

Il ne se retourna pas.

Î — Quitte-moi *Amour*, pour ton bien quitte-moi. Aide-moi à me séparer de toi. Si je dois le faire seul, je n'en aurai pas la force.

Amour le saisit, retourna et gifla.

Õ — Voilà pour ton orgueil !

Elle s'éloigna de Nol avant d'y revenir.

Õ — Tu dis vrai et cela vaut aussi pour ce que tu comptes faire. Seul, tu n'en auras pas la force. Nous le ferons ensemble.

CINQUIÈME PARTIE

PRÉSENTATION DES PERSONNAGES
CINQUIÈME PARTIE
– par ordre d'apparition –

î — Nol enfant.
Î — Nol.
Õ — *Amour.*
- — Un innocent.
¡ — Ora.
(— Tjidtjie, mère de Nol.
¿ — Iragaël, l'ange.
V — Phœnix.

24

L'acte

Nol croyait que, si une nuit, il touchait tous les enfants, il ferait une génération qui ne se gâterait plus des damnés restés. Il voulait d'un geste tous concilier, de façon que la maladie de l'humanité s'éteignît faute de porteurs, que la contagion de la peur, de la haine, de tout ce qui sépare, s'interrompît et que les épées rouillent de n'être plus saisies.

Ainsi, l'an durant, toujours il ferait, et ferait et ferait son geste au marteau de sa forge, et serait comme un rocher au flux du temps. Flamboyant une nuitée l'an, il se lancerait comme flèche dans l'étendue des hommes, carquois sans fin sinon celle de sa nuit.

Alors, *Amour* aida Nol à écouter l'humanité qu'il souhaitait atteindre.

Pendant la quête de son amant, *Amour* s'était mêlée à la multitude. Elle avait appris à la filtrer pour n'en garder que sa nourriture. Nol ne savait pas faire cela, de l'océan des esprits il ne gardait que la brûlure du sel.

Dans le vacarme des pensées, *Amour* enseigna à Nol comment isoler une tonalité particulière, une flûte dont elle lui donna l'orchestre. Il modela donc sa main à ce qu'il voulait saisir jusqu'à devenir, au périmètre de sa portée, un pêcheur d'enfants sans pareil qui captait en chacun l'obsession de son manque. Bien sûr, il ne put s'en contenter. Il voulut de cette ligne, plus que de s'en saisir, en être saisi, et travailla pour se faire le poisson pris au filet des enfances.

Lorsqu'il fut plein de leurs souhaits, il se mit à l'ouvrage dans son atelier.

Dans le bois d'Yggdrasil, Nol taillait des objets empressés de remplir la cavité de l'Arbre-Monde. Ses mains, de plus en plus vives, semblaient agiter le bois comme on remuerait de l'eau pour en extraire les formes qu'elles y trouvaient. Disparaissant phalange après phalange, paumes à poignets, avant-bras à épaule, il pénétrait dans la muraille du temps, rejoignant un lieu invisible d'où il levait une profusion de cadeaux, en y sonnant un élancement comme un battement de tempes, une pulsation qui résonnait le caisson d'Yggdrasil. Pour *Amour*, c'était le cœur qui lui battait le sien.

Chaque fois que son homme lui manquait, elle se tordait les bras au travers du mur pour l'attraper par le col. Elle le ramenait à elle, pour lui donner de son panier, des bouchées de fruits de l'Éden, et de sa bouche ensuite. Puis elle le dévêtait comme à l'éplucher, révélant le corps qui blanchissait, les veines bleues qui saillaient, les mains gonflées qu'elle adoucissait de ses lèvres. Et elle le prenait en elle pour que son cœur battît autour de Nol, comme le sien l'avait rythmée ; *Amour* se donnait jusqu'à ce qu'il s'endormît.

Alors, elle posait son front au rêve du dormeur ; serrée à lui, elle respirait avec, et entendait de Nol affleurer l'enfant qu'il fut, le petit poète qui chuchotait loin dessous :

*

* î *

Toi, oiseau, qui haut nages, c'est devant toi que tu te tends, autant que moi vers toi, et tu m'es si altier que dessous je ne pèse plus mon sol. Toi, oiseau migrateur qui me tentes, je lève mon faîte vers toi et m'emplume de tes ailes. Je voudrais que mon bras soit ta branche pour que le vol et le sol, si proches dans ma bouche et loin de mon œil, s'unissent le temps d'une amitié.

Je voudrais, et cette volonté fait mon envol. Tu ne le sais pas, mais tes rémiges et mes doigts se touchent là où le ciel et la terre ne sont pas séparés, en notre commune vie que tu majuscules par ton troupeau, par le grand oiseau qui traverse ma vue telle une flèche.

*   *

*

Tandis qu'elle voulait l'homme lavé de sa blessure, allégé de son devoir, *Amour* écoutait l'enfant dont la mère disait qu'il était son mage. Le repos de son homme faisait son repas.

Ce fut une année trop pleine d'ouvrages, mais douce à vivre par ces moments. Puis vint la nuit que Nol voulait remplir d'un acte entier.

Il serra le col de son manteau, en rabattit la capuche, se saisit de la hotte pleine, laissant les autres piles de présents en attente, et sauta dans le char pendant que l'attelage s'éveillait en levant ses bois. *Amour* grimpa à sa suite, se mit à son couvert, les bras autour de lui et sa tête pressée contre son épaule. Et plutôt que l'attelage qui s'élançait, ce fut pour *Amour* comme si le monde s'avançait à eux.

C'était un étrange paysage dessiné de rouge sur noir. En y volant, Nol creusait des galeries dans des nuages semblables à d'immenses roches poreuses charriées d'impétueuses rivières. Il traversait le temps en y crevant un ciel de boue translucide. Les étoiles, en cette pâte de rubis, y semblaient presque éteintes. Leurs lumières floues et pâles venaient en longs et fins pistils. La lune était un médaillon froid, un miroir où pourtant le soleil n'avait plus son reflet. Ne restait d'elle qu'une tache se diluant en auréole filandreuse dans une flaque ; moins que vraiment l'éclairer, elle la claircissait. La terre et ses choses étaient plus gelées que l'arctique, pierres de glace au mieux, et souvent d'une sorte de métal noir dont les lames mordaient rien qu'à le voir. Tout était statufié dans une obscurité lourde, sanguine et grise, où Nol pourtant, ne tâtonnait pas son chemin. Et surtout, ce suspens était pour *Amour* trop silencieux, uniquement rythmé d'un souffle grave comme un lointain brouhaha dont l'écoute impossible lui rappelait le sommeil du dragon. Ce si lent faisait un silence si terriblement bavard qu'elle s'accrochait à ses propres bruits. Elle écoutait sa pensée pour lutter contre ce désert ni de glace, ni de feu, ni de sable, ni d'eau. Elle comprenait que faiblir le temps, c'était forcir le néant. L'éternité de Nol était une limbe agitée par lui. Un vide où elle ne pouvait vivre qu'en apnées.

Nol était parvenu à s'y donner des branchies. Il luttait au contre-courant du temps, comme un saumon tendu vers l'amont, lors qu'elle s'y sentait une libellule noyée.

D'être plus vif que l'écoulement, Nol pénétrait dans des maisons aussi calmes que des mausolées. Parfois, il claquait le temps comme un fouet, le retournant sèchement, cela aussi vivement que possible – car c'était ainsi que le temps lui échappait – avant de revenir à un souffle plus léger que celui des dormeurs. Il aimait ensuite placer son présent devant l'âtre du foyer, où les flammes semblaient des stalagmites.

Une fois sa hotte vide, de retour à l'Éden pour un nouveau chargement, il y laissa *Amour* et son malaise :

Î — Cela n'est pas pour toi, que tu m'attendes me suffit.

Amour le patienta en regardant les dunes d'objets s'aplatir au vent de ses allers et retours. Nol lui fut ramené par l'aube, dans un habit comme une coquille trop grande pour lui.

De ses poignets osseux pendaient des battoirs sanglants ; sa tête sortant d'un col trop large, avait une barbe de filasses brûlées ; ses cheveux plaqués sur son crâne laissaient voir la veine qui battait ses tempes. Il contempla les quelques présents qu'il n'avait pu distribuer :

Î — *Amour*… le monde est trop grand, j'y suis trop petit. Il faut plus.

Plus… et plus il fit moins il fut, s'effaçant par grandir son acte.

À ce premier retour, ce fut comme à leur rencontre. *Amour* soigna le géant blessé. Le couchant entre ses jambes, la tête posée contre ses seins, elle lui donna la becquetée, et le corps de Nol, par le pouvoir du sang-de-dragon, retrouva son plein. Ses bras s'arrondirent de muscles, ses jambes formèrent leur colonne, son torse un bouclier bombé. Puis de nouveau ils se touchèrent, et *Amour* se tordit à la passion de son amant, cette capacité d'excès dont elle s'enivrait. Enfin, Nol s'endormit et *Amour* s'abreuva de son rêve. Ce n'était pas la première renaissance ni la dernière, et ensemble – puisqu'elle l'avait choisi –, ils entrèrent dans la manie de répétition de Nol, dans un manège qui, de beaux vertiges, ferait une nausée.

Ainsi, au peu à peu de sa disparition dans son atelier, *Amour* entendait la mélopée de Nol :

Î — *Je veux, dans l'étouffoir de la nuit, luminer les étoiles naissantes.*

Je veux que la grâce ne soit plus condamnée à rendre grâce.

Je veux, par toutes les aubes, faire le matin d'un tous.

Je veux… et je forge pour chaque enfant qui me soulève.

Je forge pour ceux qui sont mes prises sur cette falaise, si haute de tout ce qu'il faudrait.

Je forge ce qu'il leur faut, je fais ce qu'il faut faire.

Je ne les lâcherai pas comme j'ai lâché ma mère.

Je ne ferai plus défaut.

Mais elle ne pouvait plus saisir son corps. Au recoin de l'antre, Nol était si enfoncé dans l'éternité que les bras d'*Amour* étaient désormais trop courts pour aller l'y chercher. Lorsque son bruit cessait, elle entrait dans l'atelier où elle voyait le dos de Nol émerger des profondeurs de l'océan du temps, comme celui d'une baleine qui chercherait son souffle. *Amour* enveloppait son amant par l'arrière et se posait à entendre le battant de son têtu, quelques coups profonds, puis elle le sortait de sa noyade pour leur bouche-à-bouche. Enfin, Nol la serrait entre ses bras, forts et tendres, lui baisait le visage, avant de replonger.

Autour d'eux, l'Éden se fanait. Yggdrasil était rongé par l'ouvrier. Était-ce pour calmer son parasite ou par la générosité de celui qui toujours pourvoit, mais de la variété de ces fruits ne restaient que les jambons pour l'appétit du dragon. La faune était inquiète, la plupart des oiseaux n'étaient pas revenus, les bêtes à pattes ne faisaient plus de petits, les loups chassaient pour tromper leur peur, et les autres se terraient.

Autour d'eux, l'Éden se fanait et, à chacune de ses sorties, Nol revenait plus dévasté. Chaque limite franchie reculait l'horizon de son espérance, et il tombait dans les bras de celle qui l'attendait, qui était le rivage de ses naufrages. *Amour* le portait où l'Éden avait gardé sa beauté, puis lui tirait l'habit rouge dans un bruit de succion, délivrant le corps blafard, emmailloté de veines, qui n'avait de plein qu'osseux.

Elle lui parlait pour le sortir de l'hébétude qui l'envahissait. Elle lui disait la petite famille à qui elle continuait de rendre visite ; Nathan qui suivait son père à la charrue, au potager et au bétail ; les abeilles de Roni et son amphithéâtre au marché où il négociait tout le monde ; Myriam invariable en sa présence discrète et nécessaire ; Jessica qui l'accompagnait dans les attentions à tous, et s'était trouvée un gentil garçon qui lui en avait donné deux autres.

Elle lui disait les voyages de Pénina au dos de Phœnix, qui réalisait la promesse de la rivière en lui ouvrant l'étendue du monde.

Les fêtes de Nol, où après avoir décroché ses cadeaux des branches de l'arbre, après les avoir distribués, Pénina mettait sa main dans l'empreinte qui se creusait de plus en plus dans l'écorce, fermait les yeux et racontait le bon géant qu'Ora porta vers eux.

Et quand la voix d'*Amour*, chuchotant la vie près de la tempe de Nol, repliait ses ailes et, qu'étendu comme une flaque, il ne lui restait que le clapotis lent de son souffle, sous ses paupières closes se formaient des taches colorées, comme des feux d'artifice.

Sa bouche pleine d'*Amour*, il faisait langue de son corps et lui chantait son cœur aux harmoniques de leurs peaux. Le long maigre aiguisait le plein d'une ronde, comme une croche tinte la longueur d'une note sur la branche d'une portée musicale. Ils étaient les deux attaches de leur corde vibrante, Nol l'ongle, *Amour* l'onde.

Puis chacun s'endormait d'être plein de l'autre. Jusqu'à la sonnerie des cœurs, petits de leurs poitrines et d'être trop serrés, que Nol recevait comme des graviers lancés sur le carreau de sa fenêtre. Il s'écartait alors d'un mouvement doux qui était pour *Amour* une râpe, afin d'y répondre sans plus attendre, de par les entendre en être retendu.

Î — *Je me bats contre le temps, je me bats, je me bats contre le tant. Mon épée est le rabot, la pointe ou la taille d'où je lance mon armée de jouets plus vite que le soleil court.*

Puis à mon tour je cours…
Je cours pour qu'il ne soit pas trop tard.
Pour qu'ils ne renoncent pas à l'amour.
Je cours pour leur donner son possible.
Je donne pour qu'ils pardonnent
ce qui s'est refusé.
Mes rennes me traînent derrière leurs sabots
au travers de tout ce qui empêche.
Mais nous courons, nous courons
avant qu'il ne soit trop tard
et que le matin signe mon échec,
Toi.

En clairsemés, ici et là, de la main de Nol, des enfants recevaient quelque chose sans mots. Ce don qui répondait à un rêve, ils ne se l'expliquaient pas. Et en ce temps où n'existaient sûrement qu'adultes, en ce temps où la plupart des petits étaient une possession, qui écouterait leurs questions ?

Les enfants ne valaient qu'en mesures d'amour par qui en avait, et souvent on ne les entendait pas.

Quelques parents parfois s'attribuaient l'origine de ces présents, d'autres y attachaient un dieu local, certains ne disaient rien.

Amour voyait les enfants se réfugier aux cadeaux de Nol, et comme lui se faire une autre vie. Il inventait le jouet comme un rêve solide que l'on pouvait saisir. Il tendait aux innocents ce qui avait sauvé sa courte enfance des violences du «monde comme il est» : la possibilité du rêve. Par son acte, Nol contait à chaque enfant l'histoire qui consolait.

«Les actes ne mentent pas» croyait celui qui ne voudrait mentir. C'est pourquoi Nol n'était qu'un geste sans paroles.

Mais autour d'eux, l'Éden se fanait et Yggdrasil se tordait dans une affreuse supplique. Une part de lui soutenait la voûte tandis que l'autre s'était courbée pour déposer ses fruits sanglants à la gueule de l'antre. C'était un supplice de le voir.

L'Éden se fanait, envahi par l'entrepôt de Nol. Plus rien ne gazouillait, ne mugissait ou n'aboyait, c'eût été le silence s'il n'y avait dessus le constant martèlement de l'atelier dont les copeaux, sciures et poussières se répandaient sur la terre en étouffant les êtres verts. *Amour* tentait d'en sauver les potagers, afin qu'un matin par année, lorsqu'il quittait le temps arrêté de son ouvrage et de sa tournée, Nol se nourrît de réel et non plus de la magie d'Yggdrasil. Elle hissait des palissades contre des éboulis.

Ainsi, au monde qu'il avait fui, Roni était mort et Nol n'en savait rien. Myriam s'était éteinte après lui, doucement, sans plainte, comme une bougie sans mèche et Nol n'en sut rien. Il ne fut qu'à ceux qui frappaient ses tempes :

Î — *Je taille taille taille Yggdrasil aux saccades de ceux qui me scandent.*

Je donne donne donne à toi.

Toi toi toi, œil levé, bouche béante, tignasse éparse, doigts dodus, genoux couronnés, épaules saillantes, ventre rond, éclats d'enfants qui m'ordonnent.

Õ — Nol.

Î — À toi À toi À toi

Je forge, forge, forge, mes mains saignent.

Õ — Nol !

Î — *Je donne donne*

Pourquoi Pourtoi Pour toi toi toi toi.

Õ — Nol, je suis là… Repose-toi.

Chaque matin qui venait, *Amour* peinait davantage pour ôter son armure à Nol. Son corps était de plus en plus séché, sa peau enflammée et sa chair creusée, et les renaissances qu'elle lui offrait restaient incomplètes. Une autre viande remplissait Nol dont elle sentait la peau écaillée venir sous ses doigts. Elle le perdait, autant que Nol son esprit, de plus en plus hagard. Cette hébétude était comme celle de ses mains, une callosité qui permettait de supporter l'ouvrage, et cela demandait à *Amour* des efforts croissants pour l'en sortir.

Elle lui racontait ce qui est de toujours, les petits qui parlent peu ni bougent beaucoup, qu'on oublie parfois dans l'ombre d'une pièce, qui ont dans les yeux des nuages. Les vifs qui tournent autour de leurs mères tel un arbre où ils s'écureuillent ; qui la croche-pattent parfois, la fatiguent souvent, mais qu'il faut relancer de caresses quand ils s'attristent soudain. Ceux qui, d'horizon de souris, rampent vers l'inconnu ; qui d'un sourire oublient leurs égratignures pour cette gourmandise. Ceux qui se fâchent pour de faux et s'aiment pour de vrai. Tous ceux qui vivent de jouer, qui s'apprennent de comme si, qui font semblant sans semblance. Ceux qui étaient l'efforce de Nol, pour le ramener à elle par eux.

Elle lui montrait les seins posés aux bouches sans dents. Les mains qui sur un visage époussettent un chagrin. Les lèvres pour des sourires comme des aubes. Les grands qui se faisaient l'escabeau des petits. Les «ça va» qui soutiennent les vacillants. Les ventres creux qui partagent. Ceux qui proposent leur couvert jusqu'au toit avec qui n'en a pas. Pour le ramener à eux par elle.

Au monde que Nol avait fui, Nathan avait été tué, et Nol n'en savait rien.

La mort de Jessica avait suivi. Et Nol n'en sut rien. Comme il ne vit rien de l'Éden qui fanait.

Yggdrasil noircissait comme une souche couvant son brasier. Du bois mort tenait la voûte, presque minéralisé en son effort. L'Éden fanait, de sa flore ne survivait que ce qui fleurit au désert. Le sable soufflé de l'antre avait envahi jusqu'au lac, le marécageant d'une vase brune. De vivant, ne restait à peine qu'un vivier aux étangs qui persistaient.

L'Éden fanait, et les mains de Nol devenaient d'un cuir où *Amour* ne distinguait plus sa paume, et dont les doigts parfois l'égratignaient. Elle ne se sentait plus touchée sinon par des gants, comme elle se répugnait parfois à la maladie de peau. Et lorsque Nol dormait au creux de son corps, elle ne l'entendait plus. Il ne rêvait plus. Comment le ferait un songe?

Et *Amour* poursuivait les entre-contes où l'ailleurs se partageait à l'ici par qui voudraient se connaître. Leurs feux, leurs tables, leurs mains qui se touchaient sans pourtant bien saisir qu'ainsi, d'une à une, ils saluaient un peu toutes. Les fraternités qui se formaient sans dogme ni devoir, tels se battaient les cœurs, et posaient les armes pour se peser au poids de la charrue des autres. Les vieux qui donnaient au seul coût d'une écoute ce peu qu'ils avaient peiné à savoir. Les conteurs qui délivraient le vrai merveilleux des choses impossibles et avérées, et de contes faisaient contents. Tous ceux qui s'affablaient, qui d'un récit formaient *nous* et d'en être se dénouaient.

Mais Nol l'écoutait mal.

L'Éden fanait, et *Amour* avec. En l'absence laborieuse de Nol, son ventre lui devenait creux.

Õ — *Serons-nous à jamais séparés de la vie par l'immortalité, à toujours stériles?*

La nuit où elle attendait le matin, elle saignait entre ses jambes. Elle rejetait le sang qui jetait Nol dans sa fournée puis tournée. Loin d'elle et eux. Et l'année, quand le vide de l'Éden et de son ventre était trop grand, elle se réfugiait au monde où elle avait cherché son amour, avant de revenir à lui. Nol devenait son pèlerinage.

Au monde que Nol avait quitté, la compagne de Pénina fut tuée, et cela acheva ses deuils.

Nol n'en sut rien, ni le détail des ouragans qui se déployaient au pivot des empereurs avant de les entraîner au gouffre. Mais, malgré lui, durant ses nuits de semage, en montait le fumet par les petites victimes collatérales qui, des champs de cadavres, de la fumée des incendies, des géographies de ruines, étaient le plus grand malheur comme toujours le sont.

— *Je t'entends enfant de la paria, je t'entends, je t'entends enfant du guerrier mort, du marchand qui te négocie, du besogneux dont tu es l'outil, je t'entends, je t'entends, je t'entends enfant des seins taris, des poings durcis, des cœurs fermés, je t'entends…*

Je n'entends plus que toi… Et je te tends, je te tends, je te tends les fruits de mes mains. Tu cries aux battements de mes tempes, de mes tempes, qui sont mon élancement au revers du temps, au pic du tant.

Je t'entends, mon pas est de ce trop. Je t'entends, je t'entends, ne me tends que pour toi, pour toi, ne m'étends que par toi, toi, toi…

Il ne voulait pas savoir, mais il en captait la saveur âcre. Et au retour de chaque nuit, pour fuir cela, il épuisait sa peine d'une moins insoutenable ; par le labeur d'une année d'éternité, il l'éloignait. Tout donner où il pouvait consolait son impuissance, enterrait ce qu'il ne pouvait supporter. Certes, c'était sa lâcheté.

Épuisée par l'âge, Pénina manda Nol. *Amour* ne put lui refuser. Au retour de son aimé, elle lui imposa une convalescence et l'amena à la petite fille devenue vieille femme.

Cela brisa la routine de Nol, son cycle rigoureux comme une orbite. Il se sentit perdu et, à y revenir, le monde lui parut étrange, si profus que cela le bouscula, si lumineux qu'il en resta ébloui. *Amour* dut lui tenir la main. S'arrêtant aux abords de la maison où l'attendait son premier enfant. Nol observa longtemps son étape annuelle, l'arbre d'Ora et Gaêl, tel qu'il l'avait oublié.

Sur la terre, le temps était passé, seul le ciel restait inchangé. Le verger s'était ensauvagé faute de soins, les branches s'étaient croisées, une herbe rêche les assiégeait qui aussi avait effacé les sillons de Gaêl. Il n'y avait plus que la charrue moisie et rouillée pour trahir que ce sol avait été tant labouré. Pour le reste, la vieille femme n'avait conservé qu'un peu de volailles, et une des ruches. La maison aussi trahissait son temps passé : quoique droite, elle était ternie.

Nol s'arrêta devant la porte, *Amour* lui laissa son temps, puis il entra. Des inconnus le dévisagèrent avec curiosité. Dans le lit d'Ora, il vit, couchée, une femme lasse aux cheveux gris et plats, au visage comme la carte d'une vie.

Il était trop tard pour une commune histoire, mais pas pour se la raconter.

Pénina lui souriait.

Elle partagea ses hauts et bas, elle lui dit aussi ce qui advint de la petite famille comme elle décrivit ceux advenus depuis.

Nol cachait ses mains pour qu'elle ne les vît pas. Devant elle, il voulait lui redonner l'ancien au cœur d'enfant, celui qui l'avait prise dans ses bras comme dans les branches du grand arbre.

Il tut son monde solitaire, arctique de sang, pour conter un paysage d'aurore boréale d'où il tissait une cape de lumière afin d'en couvrir la terre d'un deuxième ciel, un qui se verrait avec le cœur. Il lui redonna le merveilleux qui avait déserté sa vie de difficultés. Il lui mentit malgré sa promesse, en lui dissimulant ses mains, en omettant le poids de ses épaules. Mentir fut son dernier cadeau pour elle, et le plus difficile à tailler. Mentir pour qu'elle s'endormît une dernière fois en ses bras, avec le sourire qu'elle eut au son de l'oiseau heureux.

Elle mourut, le quittant comme elle l'avait rencontré. Il fallut la lui prendre, et *Amour* mena Nol où c'était beau : un pays sage pour lui montrer la richesse qu'il se refusait en son désert et lui ouvrir ses larmes.

Les vives tourterelles, les merles bleus, les alouettes huppées volaient dans la clarté du ciel, pendant que les clairières s'ornaient de franches ou bariolées couleurs, par fleurs tapissées, et s'ondulaient au va-et-vient de collines qui bleuissaient de lacs et s'azuraient aux crêtes. Les eaux fraîches faisaient campagnes, et les fermes s'ombraient de figuiers, noyers, pommiers et grenadiers, puis se dessinaient aux contours droits des vignes sous le ciel qui toujours appuie et jamais ne pèse.

C'est où la nature a encore une place, aux mots silencieux de la beauté d'un paysage, que l'on perçoit la plus belle parole, que l'on perd soi entre sol et soleil.

Mais plus Nol. Il ne libéra pas son chagrin, il retourna l'étouffer dans son labeur.

Et *Amour*, se désespérant, lui disait obstinément les scènes où des voyageurs portaient leurs terres ; leur mouvement comme un fluide gras qui prenait d'un lieu la saveur pour épicer l'ailleurs, afin qu'il les goûtât avec elle.

Mais Nol n'écoutait plus.

Amour lui racontait pourtant l'histoire discrète qui ne fait spectacle, la timide qui ne se fait entendre, celle couverte par la grande gueule de l'hydre aux têtes de peur, haine et bêtise.

Mais seule la grande gueule perçait l'oreille rabattue de Nol, lui qui ne souhaitait pourtant que le murmure rêveur des enfants près desquels il déposait en silence son offrande.

En unissant tous les enfants d'un geste, Nol espérait fonder une fraternité, mais ses bras étaient trop courts, trop lents. Et s'il ne s'y résignait pas, déjà il le savait au fond de lui. Quelque part en son esprit recouvert, enterré sous le plein de son acte, il ne le savait que trop… La fraternité était son espérance même s'il la connaissait peu. Ce solitaire, dont l'humanité ne tenait qu'à si peu d'êtres, ne pouvait renoncer à l'acte juste qui s'imposait, ce quelque chose qui était sa peine et son refuge. Il lui semblait moins dur d'échouer que de renoncer.

Õ — Je ne peux reprocher le soleil même s'il brille ailleurs. Mais Nol, arrête !

Î — *Comment m'arrêter puisque le malheur ne cesse ? Pourquoi me refuser à celui-ci après celui-là ?*

Õ — Le malheur, le malheur, c'est d'abord le tien. Celui que tu crois traîner et que tu pousses devant toi. Il me renverse, Nol, il me renverse. Tu ne me vois plus à regarder dessus. Toi qui donnes, que fais-tu de qui t'est donné ?

Î — *Tu es mon rendez-vous, tu fais mon rendez-moi.*

Õ — Je sais que tu m'aimes, mais ta constance de cœur n'entend plus mon battement. Tu quittes le temps à force d'être celui qui se tend. Par donner, tu m'abandonnes. D'être pleine, ta main perd son toucher. Pour brandir une lumière, tu t'obscurcis d'en faire. Toujours donner, donner sans retour. Ne vois-tu pas la violence qui te reste en ce geste ? Et pourquoi Nol ? Pourquoi te hais-tu ? Pourquoi nous fuis-tu ?

Î — …

Õ — Donne-moi ta blessure.

Î — *Je donne par blessure.*

Voilà.

Plusieurs vies furent depuis le premier envol de Nol, mais pour lui, elles comptaient une saison, puisque l'éternité n'a pas de durée, puisque durant ses nuits il semait un monde arrêté, puisqu'il n'y eut que dizaines de matins au sein d'*Amour*.

Voilà, plusieurs vies furent auxquelles Nol était lié. Dorénavant, il ne connaissait plus qu'*Amour*. Se donner à tous, c'est n'être à personne, et sans elle il ne serait personne, rien qu'un geste.

Voilà l'existence monotone de Nol comparée aux événements, aux heurts, aux tumultes de l'Histoire. À moins que ce ne soit le contraire, que ces marches forcées au mouvement de l'Histoire ne soient rien qu'un grand bruit. Qu'il n'y ait d'avènement de soi qu'aux corps de quelques-uns. Et que les corps à corps qui propulsent le devenir, moins que celui des batailles, soit celui de ses semailles qui se font dans dessous.

Que l'Histoire soit un mythe et la véritable un secret que tous nous renouvelons comme nous le pouvons, une spirale en éternel détour plutôt que ce retour qui damne. Car ceux qui nous suivent nous répètent et s'écartent de nous par de légers entre-bâillements qui font parfois des déchirements, mais laissent aussi un espoir. Celui que l'humanité avance imperceptiblement vers une médiation au monde, une remédiation à elle, vers une harmonie, pour que les âmes s'aiment, pour que les âmes sèment.

25

La pipe

C'était un petit homme de dix ans d'âge. Un homme parce qu'il le faut.

Son père voulait la paix du labour, mais on était venu le chercher pour une guerre qui n'était pas la sienne. Et comme la mère du petit était morte de lui avoir donné la vie, c'était à lui de garder la maisonnée, de s'occuper de leur vache et couvées, d'entretenir le potager à défaut d'être assez lourd pour la charrue.

C'était le presque matin, quand l'air se tisse d'obscurités et pâleurs. Il s'était levé plus tôt que le jour pour chercher le bois que la cheminée réclamait. Il avait eu un peu peur dans le noir, de ce que son imagination y peuplait, du bruit qu'il faisait en cassant des branches pour son fagot et qui pouvait attirer les bêtes et démons de la nuit.

Il n'avait pas le droit d'être petit…

Alors, il avait serré dans sa poche la pipe de bois qu'il avait taillée pour le retour de son père, comme il le faisait chaque fois qu'il lui fallait s'encourager de lui.

À quelques pas de la maison, le petit homme vit au sol comme un étang givré dans l'herbe verte, au centre duquel était une tache rouge. S'approchant, il reconnut une silhouette. Cela aurait pu être seulement un habit, tant le corps allongé l'emplissait peu. De la tête, il ne distinguait qu'une tignasse aussi blanche que la neige où la face s'enfonçait. Un bras était tendu qui, semblait-il, avait lancé devant lui un grand sac aussi plat que l'inconnu.

Là encore, le petit homme eut peur, hésita, puis un museau le toucha dans le dos. C'était celui d'une étrange bête qui portait comme lui son fagot sur sa tête, devant d'autres semblables, attelés à un char d'un bois luisant de sève comme les animaux de sueur. Et celui qui le poussait vers le corps étendu était au moins aussi gentil que sa vache, le léchant comme parfois elle le faisait lorsqu'il lui soulageait les pis.

Son père disait : « Tel maître, telle bête. » L'étranger ne pouvait être mauvais.

Il déposa ses branches pour s'en approcher, lui tourna la tête, et s'effraya d'y voir un lépreux. Il fut tenté de s'enfuir, s'enfermer dans sa maison, mais l'homme était si maigre que, contre son dégoût et sa crainte, lui vint de la pitié. Il courut à sa vache pour en tirer du lait.

De ce lait, beaucoup coula hors la bouche pour disparaître dans la barbe, mais un peu entra dedans, un peu qui ouvrit les lèvres tout à fait, et les yeux suivirent. Ils étaient d'un gris aqueux qui s'emplissait d'azur. L'homme finit le pot, s'assit, et resta immobile à le regarder étrangement. Si le petit homme n'avait su que c'était impossible, il aurait cru que l'inconnu était intimidé.

Sans que la bouche ne bouge, l'enfant entendit :

Î — *Je suis ici pour toi.*

De son sac, l'homme sortit un attelage complet. Un chariot sculpté dans un bois serré devant lequel il accrocha deux bœufs, puis posa dedans son cocher avec, à ses côtés, une femme et entre eux un enfant.

Î — *C'est ce que tu voudrais que soit, alors fais-le en le jouant d'abord, en l'accomplissant ensuite. J'ai confiance en toi. Un jour, tu seras celui sur lequel s'appuient cette femme et ce petit. Un jour, tu feras ce que tu n'as pas connu.*

Le petit homme ne dit rien, ébahi. L'étranger le scrutait maintenant, et une tristesse lui traversa le visage.

Î — *Pour ton père, à toi d'avoir confiance.*

Et il se leva. Le petit n'avait pas vu que l'abattu était si haut, mais son mouvement lui rendit le sien et d'impulsion, il lui tendit la pipe de son père.

Ce geste vacilla le géant rouge qui reçut le cadeau sans un mot, marcha vers son équipage, puis disparut avant de réapparaître comme sortant d'un pli de l'air.

Î — Merci.

Il s'effaça à nouveau, cette fois avec ses bêtes et son char, ne laissant qu'un bref et fort vent. L'émotion rejoignit l'enfant, le redevenu enfant. Dans ses doigts était un rêve en bois sculpté et dans son cœur une joie dont il ne savait pas que la flèche atteindrait Nol, déjà loin, au point que son vol vrilla et que sa main serra le foyer d'une pipe pour se rétablir,

*

C'était une bataille, inutile de la décrire, elle était comme toutes : rengaine de l'Histoire. Qui, quoi, quand, comment, finalement peu importe. La tribu du père était mal partie, ou plutôt, il était trop tard pour en partir. Encerclés, abandonnés par ceux qui les avaient requis, il ne lui restait plus qu'à prouver sa valeur avant la charogne. C'était l'antichambre du Valhalla.

Un coup arracha le casque du père et le renversa contre le cadavre d'un camarade. Étourdi, il vit au contre-jour la silhouette de sa mort, quand s'arrêtèrent tous cris et mouvements.

Volant au-dessus de leur mêlée, ils voyaient un char fumant, aux bêtes à têtes de forêt, et dedans, un long squelettique vêtu d'écarlate. Sa coiffe éparse était blanchie comme sa barbe torrentielle, son visage avait le grain d'une cuirasse. Il tenait dans sa main, quelque chose comme une petite baguette de sourcier dont il balayait la bataille suspendue.

Puis, l'être magique sauta du char pour s'avancer sur les cadavres, écartant les affrontants en saccades syncopées et titubantes. L'adversaire du père en sursauta, et leva de nouveau sa masse, mais avant qu'il n'achevât son geste, son corps fut projeté. Le père sentit une ombre se poser sur lui, l'homme rouge se penchait si près qu'en ses yeux bleus, il vit luire des larmes, puis le sang lui quitta la tête.

Lorsqu'il se réveilla, sa joue était posée sur l'odeur de sa terre et sa porte se dressait devant lui. Comme dans un rêve, il se leva et la poussa. Il vit son enfant sur le sol jouant avec un chariot et des bœufs de bois. Ces deux-là avaient beaucoup à se dire.

Loin était le galop qui ne s'entendait qu'en grelots.

Quand des années plus tard, la promesse s'accomplira, que l'enfant transmettra son cadeau à son fils, il lui dira : « Je l'ai reçu d'un inconnu, maigre de ce qu'il donnait. »

Quant à Nol… il lui était venu de l'âme d'un enfant, le goût d'en savourer la joie et cela suffisait à renouveler sa foi.

Lorsqu'il revint auprès d'*Amour*, il était évidé comme en toutes leurs aubes, mais serein comme en aucune auparavant. Elle sut et se sentit un peu heureuse qu'il eût cette fois touché un autre sol qu'elle, mais beaucoup effrayée que sans l'hasardeux, Nol ne se serait sans doute pas relevé de sa chute. Dans son combat contre le malheur du monde, il était l'arc plus que l'archer, et risquait de devenir la flèche morte dans sa cible. *Amour* devait accompagner Nol au plus serré pour le sauver plus résolument de son absolu.

Accompagner Nol au plus serré… C'était choisir un des voyages de sa tournée pour en faire le dernier avant qu'il ne le devînt d'une autre façon.

Lorsque *Amour* grimpait dans le char de Nol comme tu ferais en t'accrochant à la marche vive d'un train, elle en était si soufflée que, par égard pour elle, il la logeait dans une bulle de temps. Mais dedans, elle se trouvait séparée de lui comme si elle était dans son bagage. Tirée dans un ballon-scaphandre, elle n'avait d'aperçus que des images aussi lointaines que distendues.

Pour mettre un terme à ses tournées, *Amour* éveillait le dernier enfant d'une pulsion dans son sommeil. Nol attendait alors la découverte du cadeau avant de s'en retourner. Il ne s'ouvrait qu'à cet instant pour se régaler de la surprise et de la joie qu'il avait semées là. Et quand ça l'atteignait, c'était à ne pouvoir le dire, c'était si bon que toute sa peine d'avant n'était plus. *Amour* voyait le monde se cristalliser de Nol jusqu'aux cieux, et plus loin peut-être… Tout devenait le diamant de la joie d'un enfant dont l'éclat se répandait et perdurait de plus en plus, au point qu'*Amour* avait peur, qu'un matin, son fou de Nol figeât tout l'univers, jusqu'à plus jamais, au parfait de cette joie.

Le sauver de l'absolu…

Amour aurait-elle pu imaginer qu'à lui offrir un retour à son don, elle n'avait fait que l'y enfoncer plus résolument ?

Elle savait que son geste lui était venu d'un homme dont Nol gardait la sensation d'un corps à corps.

Immanouël était de ceux qui hissaient la fragile barrière contre le désespoir vers lequel penchait Nol ; un homme dont il savait peu l'histoire et rien de la suite. Fallait-il alors ramener son fou de Nol au relatif de l'homme ? Mais s'étant retiré du monde, il s'en était rendu sourd. Aussi, tout ce qu'*Amour* pouvait en dire était devenu l'ineffable d'une vérité incapable d'être entendue.

Si Nol ne savait pas la vérité, il était vrai sans injonction. En s'absentant de son geste, il épargnait la dette. Librement se ferait un acte sans rétribution autre qu'en lui, sans l'échange qui contenait trop son paiement. Il espérait, par se souvenir d'ainsi recevoir, donner l'élan du don. Un acte plus fécond d'aller au nécessaire plutôt qu'aux créanciers. Telle vie est, telle vie s'inventa.

Ainsi était sa foi.

À trop l'aimer, *Amour* n'avait su aider Nol. Il lui avait manqué la force d'Ora.

Complice du constant suicide de son aimé, elle s'était contentée d'être son sol plus encore que celui de Phœnix, le laissant vivre dans la flamme pour renaître par sa chair ; contentée d'écouter ses psaumes dans la prière de ses gestes, se persuadant qu'il n'était pas si malheureux puisqu'il se trouvait où il lui fallait être, se persuadant qu'elle n'était pas si malheureuse d'être le nécessaire de sa nécessité.

Elle avait craint en le confrontant au réel, en défaisant sa réalité, de l'acculer à une défaite qui lui eût été une amère victoire, parce qu'elle l'aimait tel quel et ne voulait pas, en le ramenant au monde, en faire un *comme tout le monde*.

Oui, il lui avait manqué le courage d'Ora, mais aussi son bon sens.

Elle se sentait complice de Nol, et autant que lui coupable de leur malheur. Car si Nol avait germé dans les contes de sa mère, il était devenu un personnage dont l'impossible était le terreau, un homme infirme de l'arrangement avec le monde. Et *Amour*, plus posée à la vie, avait plaint sa brûlure sans éteindre la flamme.

Il était plus que temps que cela changeât. Elle se fit alors violence pour que du conte, Nol entendît le concret.

Revenu dans l'Éden, elle l'attrapa.

Elle lui raconta comment Immanouël, qui se fit Jésus, était devenu le Christ.

Elle lui dit comment son Église s'allia à l'Empire, comment le poisson des premiers chrétiens avait perdu son eau pour la croix, figure sèche de la potence du Christ et de l'épée de l'Empire.

Nol ne répondit rien. Elle insista :

Õ — On fait naître Jésus en hiver par décision d'empereur. Tu fêtes la naissance d'un enfant pour rappeler à tous les autres leurs existences, à une date que personne ne reconnaît…

Î — Je serai toujours en retard… Ainsi je suis vain.

Amour le prit dans ses bras, il y eut au corps raide de Nol comme des saccades. Ce fut lui qui s'ôta l'armure, le faisant comme elle n'osait plus, en y perdant de la peau. En silence, elle le mena sur Phœnix jusqu'à une plage, là où le ressac était un vibrato grave et doux sur une harpe couchée.

Vois… Regarde-les…

Amour et Nol ont les pieds aux grains qui tiédissent, et le sel aqueux des joues de Nol se sèche des embruns. Des mouettes dessinent le mouvement de l'air pendant que le soleil s'abreuve de l'amer. Des nuages, vient la pudeur ; ils rougissent d'être nus, et ce qui fut lumière se fait lueur. Le jour s'abat d'orangé à pourpre, avant que le rond du soleil ne soit plus qu'un souvenir dans celui de l'œil, et que les amoureux se donnent leur chaleur.

Ressens, toi aussi…

Le cœur de Nol bat sien, le corps de Nol tend seins. Lui, tel un enfant en ses bras et amant en ses cuisses, si fort et si offert, l'éblouit d'amour. Elle, comblée jusqu'à en déborder se diapase au chant du monde, cette note première dont tout est l'écho.

Mais à son réveil, *Amour* vit à nouveau la tempe de Nol palpiter jusqu'à le battre. Tournant une pipe dans sa main, il dit :

Î — Non, je ne suis pas que vain. Je me plierai au mensonge.

Il l'embrassa, quitta leur couche et se referma dans son antre pour l'exclamer plus que jamais. *Amour* se désolait d'avoir encore échoué. Son fou de Nol ne pourrait entrer de plain-pied dans un mensonge qu'à y tendre plus follement sa vérité, et se faire tel un conte.

Mais qu'est-ce qu'un conte ?

Un leurre tissé de fils narratifs comme ceux de l'araignée qui patiente sa mouche ?

Un rien qui prêterait à rire ?

Raisonnablement, oui.

Ou à l'envers, le conte ne serait-il pas creux de contenir ?

Mon grand Conte serait cette dimension oubliée dans notre liste qui, contenant tous les autres, ferait le *contenuum*. Car au conte est le haut, l'étendue, le profond, le temps qui composent son récit et, de celui englobant tous les autres, nos petits seraient ses molécules – tels lettres, mots, phrases – vers les pages, participant en leur dimension à l'écriture d'un monde multicouche sans nette reliure.

Je crois que si le monde est un conte, le rêveur y a une place. Et ainsi apaisé, je peux à d'autres me lier, tel suis, tels sont, pour faire une phrase où sujet, je m'allierais au verbe ; où, du verbe, j'aurais objet moins qu'objection ; où objet, je compléterais ; où tous nous nous qualifierions les uns par les autres pour donner sens à nos voix quelle que soit la syntaxe qui viendra de qui nous sommes et de quoi nous sonne en nos notes et portées.

Il faut l'essayer, car à rester seuls nous onomatopons, nous ne disons rien, même pas une courte phrase, moins qu'une exclamation dans le récit qui nous dépasse.

Et si Dieu est un conte, plus que de n'importe quoi ou qui d'autre, il existe par nous. Car les hommes sont d'entre le vivant ceux qui le plus aiment les contes. Il reste que c'est par croire que nous avançons, et moi je veux croire qu'un jour nous croirons en Nous.

Dieu, en vrai, nous ne le savons pas, c'est à cela qu'on le reconnaît et c'est ainsi qu'il nous guide. Mais Dieu nous ne le saurons pas, ni en ma vie ni en tienne, quel que soit le temps parcouru. Un dieu qui se sait n'en est plus un.

Pour moi, Dieu c'est Nous. Et Toi, tu es mon plus grand mystère.

Oui… je sais, en raison de notre ignorance, le conte contient nécessairement des faussetés. Mais il est aussi ce qui pourrait. Un rêveur qui déteste mentir est ainsi dans une déchirante position tant le songe est fait d'illusions. Et Nol, en se faisant conte, tentait sa résolution. Résoudre par s'y dissoudre. Si l'on devient un rêve, on ne serait plus un menteur.

26

La croix

Cela faisait longtemps qu'*Amour* ne se battait plus pour l'Éden. Il n'était qu'une extension de la fabrique de Nol où leur cabane dénotait. Le voilà vide du corps de l'ouvrier et de son bruit.

Non seulement le murmure de Nol s'était emmuré sous le fracas de l'atelier, mais cette puissance d'ouvrage s'était tue à son tour au tréfonds du gouffre de l'éternité. Ses grandes ondes sonores n'en sortaient plus, leurs mouvements abattus comme des cerceaux sans le balancement des hanches. L'ouvrier ne donnait signe de vie que d'accroître son rempart d'objets. Leurs rendez-vous se raccourcissaient au point qu'il n'accordait même plus le temps de son repos. Et pire, avec elle, l'homme, ou ce qu'il en restait, semblait aussi à l'ouvrage.

Sitôt qu'un peu il se ressentait, il fuyait dans l'abîme de son labeur comme elle l'avait vu fuir ses bras pour les griffes de l'ours. Et lorsqu'elle l'accompagnait dans cette nuit qui était son sommet, elle y était de plus en plus une charge. Elle se sentait au rebours de leur spirale, à l'emprise d'un perpétuel recommencement qui l'avalait. La flambée de Nol entrait dans son charbon.

Les écailles qui couvraient sa peau l'avaient saisi jusqu'au visage par leurs crocs, elles ne laissaient plus que les yeux bleus. *Amour* l'imaginait au puits de son antre, comme Ora l'avait vu dans son rêve, déchiqueté par un entonnoir clouté. Elle craignait chaque année davantage qu'il ne s'y effondrât comme les astres fondent, lorsqu'à trop se brûler d'eux, ils ne peuvent plus que chuter en eux-mêmes.

Le don de Nol serait le Don, et elle observait que cela le perdait ; quant au sien, le goût du vivre, elle sentait qu'il l'abandonnait.

L'enfant perdu lui pesait de plus en plus. Il ne lui suffisait plus, chaque an, de réaccoucher de Nol. Il lui fallait une nouvelle vie, une naissance plus que des renaissances. *Amour* glissait dans une telle déréliction que, si elle n'avait connu le cœur de Phœnix et perçu son inquiétude, elle aurait cru qu'il la cerclait comme un vautour.

À part lui, ne la soutenaient que ses voyages au monde, où elle rencontrait des êtres vivants, s'y plaisait jusqu'à l'amitié et parfois plus, s'amourachant assez avant de s'en lasser. Elle gardait l'espoir que celui qui l'avivait un peu la remplirait d'une vie, mais son sang-de-dragon refusait l'invasion. Ce sang qui leur donnait longue vie et leur offrait les pensées de tous, elle en savait maintenant le poison. Elle le sentait couler le long de ses jambes à chacun de ses rejets.

Mais en ses voyages, elle poursuivit son étude de l'humanité. Elle avait vu comment s'était écrit le Nouveau Testament par plus ou moins vrais témoignages, puis plus tard comment s'assembla le Coran. Elle vit aussi s'écrire les archives des puissants. Mais ce qui l'intéressait vraiment, c'était l'histoire secrète des hommes, l'intime qu'elle lisait mieux au chacun qu'au tous, celle qu'elle appelait le progrès du cœur et qui se faisait au rythme des générations par des sortes de palpitations, en reculs et élans, et dont elle percevait une globale avancée.

Amour feuilletait les hommes, tels des livres faits de fluides et cailloux. Le fluide, c'était le bavardage du corps, la mosaïque des sensations. C'était les menus accidents du quotidien, les soucis de l'instant, le réflexe, la réaction, la surprise, tout ce qui parcourait l'esprit sans dépôt, mais laissait en son courant le sentiment d'une persistance.

Le caillou, c'était le grand malheur, la douleur sans remède, le deuil irréparé. Mais c'était aussi le socle d'une croyance, l'empreinte d'être aimé. Tous les clous dont l'existence se tenait.

Aux gens, elle voyait l'aura et l'horizon. Elle écoutait leur *sont* en leur *chacunphonie*, et s'asseyait parfois aux arpèges de quelques êtres. Et de porter l'oreille à l'humanité, elle entendit émerger un père légendaire qui donne sans ordonner, qui reçoit commandes sans commander. Un drôle de père : une rondeur plus qu'une raideur ; pas un pouvoir, mais une puissance ; moins qu'un père, un repère.

L'acte de Nol prenait paroles malgré son muet.

Contre le mauvais penchant de leur histoire, cette nouvelle entêta son espoir, celui que l'homme, qui s'était fait tel un conte mutique, entendît des autres son écho, ce mythe qui naissait, pour les rejoindre là où le *nous* tendait, là où elle l'attendait.

Ainsi, lorsqu'elle découvrit une ville où se célébrait Noël, elle y vit le lieu et le moment pour accrocher Nol à son crépuscule, juste avant son envol, le traîner ici pour lui faire vivre sa fête. Elle espérait lui montrer que l'arbre qu'il plantait n'avait plus besoin de son tuteur, car il avait ses racines et ferait sa forêt.

Mais, avant l'heure, l'Éden était désert. *Amour* n'aurait pas cru qu'il pût l'être davantage. Elle n'était pas la seule à attendre Nol, l'entrepôt s'impatientait. L'Éden était vide de sa cadence.

Le père Noël était déjà parti, sa hotte à l'abandon. *Amour* s'effraya.

*

Au croire de leur conte, les chrétiens partirent en croisades. Aucune ne fut une belle histoire, la plus triste fut celle des enfants.

Nol, d'être pêché d'enfants, entendit un martèlement : « Sauvons la croix. » Fort, de plus en plus fort, si fort que cela étonna son hébétude, une multitude de petites voix réclamaient, au plus profond, cette croix qu'il avait renversée au lieu lugubre d'une mort injuste. Et l'une d'entre elles suppliait tant le pardon de celui qui était le pardon, qu'il en brisa son ouvrage.

C'était de ces enfants de rien, puisque de personne, qui vivaient becquetant les graines aux sillons, dévorant les épluchures des nantis aux ruelles merdeuses, un jour à la fois. Il le trouva abandonné où il était, à son tour devenu épluchure.

L'enfant délirait, il demandait à Jésus de lui pardonner son échec, et même parlait à la croix comme si ce fut un être. Il sentit la présence de Nol, y tourna ses yeux voilés de fièvre.

- — Es-tu là ?

Nol écarta les bras et l'enfant y vit, au contre-jour, la silhouette du crucifix.

Î — *Je suis là.*

Nol prit l'enfant dans ses bras, son capuchon baissé pour lui cacher la laideur de son visage.

Î — *Je t'écoute.*

- — Pardonne-moi, pardonne-moi.

Î — *Je te pardonne, mais dis-moi quoi, dis-moi toi…*

L'enfant toucha la main qui était de bois et il voyait sous la capuche comme une écorce. C'était bien la croix venue à lui en sa miséricorde.

*

* - *

J'ai vu beaucoup de gens sur la place de Cologne. Quand y a des gens, parfois y a du pain. J'y suis allé et serré à eux, j'ai entendu un garçon, Nicolas, qui disait qu'un ange était venu pour lui demander de libérer la terre où Dieu avait sa maison. Il disait que la mer s'ouvrirait comme dans le livre que j'écoutais à la porte de la charité.

Y en a qu'ont suivi, moi aussi. J'avais nulle part où aller, pourquoi pas là-bas ? Et puis c'était la première fois qu'on avait besoin de moi.

Dame Clotilda m'a vu. Elle était vieille, mais surtout, elle était gentille. Elle m'a pris avec elle et moi je courais pour elle quand il fallait quelque chose.

Elle m'a mieux expliqué pourquoi nous marchions.

C'était pour la lumière du Christ. La croix, c'était comme la bougie du Christ, et le Christ c'était celui qui aimait tout le monde et surtout les comme moi, parce qu'on avait que lui.

Il fallait marcher beaucoup. Ceux qu'avaient des chaussures les ont usées, mais moi j'avais mes pieds.

Il fallait manger, et quand les sacs ont été vides, on a eu faim, mais moi j'ai l'habitude alors je marchais. Je tenais même Dame Clotilda et elle était fière de moi.

Il fallait boire et on est tombés malades de quoi on buvait. Moi, je savais être malade et j'étais là pour tous ceux qui savaient pas.

On a commencé à mourir de la marche. Dame Clotilda était lourde, puis y a eu la montagne. Elle m'a dit : « Fais-le pour moi. » Et j'ai promis.

Elle est morte.

La mer s'est pas écartée, et ceux qui restaient sont partis. Moi j'avais promis, puis je voulais la lumière du Christ, qu'on soit heureux et moi aussi.

J'ai continué, mais j'ai pas pu. Pardon, pardon…

* *

*

— Pardon, pardon…

Et Nol se déchira d'un mensonge comme il le fit pour Pénina.

Î — *Je suis la croix du Christ, et s'il fut pendu à mon bois, je suis ce qui se tord de son poids. Je suis la croix et si j'étais ta quête, tu y es parvenu. N'aie plus crainte, n'aie plus honte, tu t'es accompli. Sois apaisé, endors-toi, tu es arrivé.*

L'enfant mort, il promena un doigt sur le sourire resté, puis étreignit le petit corps maigre et sale.

Î — *Je suis la croix et tu en es une autre.*

Nol pouvait pleurer maintenant, l'enfant n'était plus là pour s'en peser.

Il le porta pour lui choisir son arbre, un bois haut levé qui gardait feuilles contre l'hiver et fleurirait au printemps, dans un lieu, ni trop hors ni trop dans l'agitation humaine, pour que l'enfant fût avec, en paix.

Sitôt trouvé, il en creusa les pieds, posa sa menue et lourde charge aux bras des racines, mit un jouet dans les mains qui déjà se recroquevillaient, un Enfant Jésus, avant de le recouvrir de terre. Au loin, Nol entendit la cloche d'une messe.

Î — *Je suis la croix et je suis un mensonge.*

Et ses pas le portèrent où sonnait l'allégresse.

La vaste maison de pierres n'était pas bâtie pour les hommes. Sa haute, large et écrasante porte avait été taillée pour quoi les dépassait. Nol sentit derrière son épaisseur l'esprit d'une communion, *à ton corps et à ton sang*, et poussa les battants si fort qu'il les abattit. Il hurla dans une langue oubliée :

Î — Cannibales !

Pendant que le ciel, en sa vraie couleur, entrait par l'éventration, celui peint aux carreaux des vitraux pâlissait et les hommes assemblés sous la voûte de Dieu n'étaient pas moins stupéfiés que les saints qui y ternissaient. Puis, ce fut comme si l'allée centrale ne pouvait le contenir, car Nol l'étrava. Les bancs se renversèrent de la fuite des fidèles devant ce démon à la peau de serpent rouge, qui avançait d'un pas militaire vers l'autel. Le prêtre s'y reculait, en lui des prières montaient comme d'un enfant de chœur, et sa bouche balbutiait des conjurations. Nol arriva à la grande croix suspendue au-dessus de lui. Il vociférait :

Î — Je flaire ton âme, petit homme. Espérant être sauvé par Lui dans l'au-delà, tu voudrais aussi qu'Il te sauve de moi ! Ce n'est pas la justice que tu veux, c'est ton sauf-conduit. La justice serait que tu ailles en enfer, toi qui le pends ici…

Il s'interrompit, leva la tête vers un corps presque nu, tordu, genoux défaillants, côtes saillantes, bras distendus, tête inclinée et flanc percé. Et c'est d'une voix étranglée qu'il continua :

Î — … qui d'une agonie fais spectacle. La justice serait chacun selon son œuvre et non l'exemption par la souffrance d'un autre.

Au silence qui suivit ne s'entendit que la prière bredouillée d'un agenouillé, puis lentement :

Î — Un enfant est mort pour Toi et je n'excuse pas. Le savais-Tu ?

Et la voix gutturale se leva en vagues de plus en plus hautes :

Î — Des enfants sont morts, écrasés par l'ombre de cette croix, et je ne nous excuse pas.

Il se tourna au gémissant qui rampait :

Î — Tu dis l'aimer ? Si tu l'aimes, prends sa place !

*

Accrochée aux plumes de Phœnix, *Amour* était sur la trace de Nol. Elle suivait la fumée d'un esprit enflammé dans une ville baignée de Méditerranée. Elle perçut la puanteur d'une rage s'exhaler d'un grand bâtiment. Entrant dans la nef, elle vit au fond de l'église abandonnée, sur une croix, un corps pendu aux poignets par les lambeaux de sa soutane. Il gémissait comme un dément. *Amour* l'en décrocha, mais n'avait pas de temps pour lui. D'un vacarme d'esprits, lui venaient des éclats d'images : un dragon habillé de sa flamme dispersait une foule terrorisée. Il portait comme une proie le corps du Sauveur.

Amour courut aux rues désertées dont les portes aboyaient leurs terreurs, jusqu'à la clameur du port. Là, des marins aidaient des gesticulants ou demi-noyés, les sortant de l'eau verte et grasse qui bordait le quai au moyen de gaffes. On voyait s'éloigner la galée dont ils s'étaient échappés. Puis celle-ci prit feu. Ceux qui le purent discernèrent, d'entre les flammes qui montaient à la mèche du mât, la statue du Christ brûler dans les bras du démon.

Sur la rive, *Amour* regardait, impuissante, Nol s'immoler avec son prophète dans les funérailles vikings qui marquaient l'honneur de son peuple. Il semblait fondre au brasier pendant que ce qu'il embrassait s'étirait de lui. Puis le tout s'engloutit. C'est alors qu'un impossible goéland fendit l'horizon et plongea dans le remous du naufrage avant d'en ressortir avec un œuf de roche noire dans son bec.

27

La Faim

On ne bat le cœur d'un autre qu'à lui briser les côtes et vite, on s'y épuise. C'est que nous sommes notre vie, et même ceux qui nous avivent ne suffisent à la battre. Nous sommes la source de notre vie et de nous-mêmes devons battre son cœur, ne fût-ce que pour épargner les mains qui rompent notre cage. Mais parfois nous avons besoin d'une petite graine.

*

* î *

Il la trouva assise sous des boucles folles, si petite qu'elle avait sa taille, flétrie comme une vieille pomme rouge du sang qui la striait.

Il l'aurait crue morte sur la pierre froide si sa poitrine ne s'était soulevée faiblement.

î — Qui es-tu ?

¡ — La graine d'un souvenir qui a enfin trouvé où germer.

î — Tu ne ressembles pas à une fleur !

Elle enfonça ses yeux noirs dans les bleus de l'enfant.

¡ — Tu te souviens de moi…

î — Non ! Je ne te connais pas.

¡ — Tu sais qui je suis, Nol…

î — Non !

¡ — Tu sais que je suis Ora, ton amie.

î — Je n'ai pas d'ami !

¡ — Je le sais, voilà pourquoi je suis là, voilà pourquoi ce fut si difficile d'atteindre ce lieu et de te trouver. Voilà pourquoi tu te caches si bien.

î — Tu dis n'importe quoi ! Va-t'en !

¡ — Je te ressemblais, c'est pour cela que je t'ai compris…

î — C'est faux !

¡ — Bon ça suffit, je ne parle pas à ceux qui n'écoutent pas. Laisse-moi mourir en paix !

Elle ferma les yeux et sa respiration se fit si basse qu'on la croyait déjà en train de refroidir. Ses blessures peinaient à sécher et son sang poissait ses cheveux.

î — Pourquoi tu es là ?

¡ — Parce que tu m'y enfermes, comme tu enfermes tous en toi. Incapable de laisser partir les gens. Et pourtant, à tout faire pour qu'on te rejette ! Vois dans quel état je me trouve ! Même morte, tu ne peux pas me laisser en paix ! Que dois-je faire encore pour que tu me libères ?

î — Je ne comprends pas.

¡ — Normal… tu es le plus aveugle des idiots que j'ai pu rencontrer.

î — Tu n'es pas gentille !

Ora se redressa forçant le petit Nol à se reculer. Elle ne cria pas, mais sa voix se fit si dure qu'elle fendit le sol.

— Je n'ai jamais dit que j'étais gentille ! Je ne suis pas gentille, mais je suis là, encore là, toujours là, à te sortir de ton trou et de tes impasses ; à me briser les mains sur ta peau de vieux bouc entêté, à me briser la voix sur ta tête d'âne, à fendre de mes poings chaque coquille que tu places entre toi et moi et tous, à te pousser, te tirer et encore et encore parce que tu ne sais aller que contre ton courant, parce que tu te détestes tant que tu préfères la lâcheté de ta fuite au courage de vivre. Comme j'ai passé trente années à t'attendre devant ta prison, je suis là encore et encore, à te sortir de ta boue, à t'extraire de chaque mort que tu t'infliges, chaque nouvelle geôle où tu aimes t'enfermer. Fallait-il que je t'y laisse pour être « gentille » ? Te laisser pourrir dans ton cauchemar ? Te laisser fuir la femme que tu aimes ? Te laisser croupir dans ta nouvelle coquille ? Au nom de quoi ? La « gentillesse » ? Au nom de quoi ? Du fait qu'on ne force pas les gens ? Que c'est là ton choix ? Ton désir ? Ton besoin ? Parce que fuir t'est nécessaire une fois de plus ? Réponds !

Le silence s'emplit de larmes muettes.

— Je ne suis pas gentille, mais je suis là ! Et elle aussi, à attendre que tu sortes de ta coquille de pierre ! Que crois-tu ? Qu'elle est partie ? Qu'elle t'a laissé comme tu le voudrais, n'est-ce pas ? À t'engloutir dans ta vase, tu l'engloutis avec toi, et nous voilà traînées dans ton sillage. Parce que nous sommes là, encore et toujours là, à ne pas t'abandonner, à t'aimer non pas pour ce que tu fais, mais malgré ce que tu nous fais, Nol…

Les mots d'Ora cisaillèrent la roche tel un burin acéré. Des éclats volaient autour d'elle, concassant les pierres en graviers.

î — Tais-toi !

¡ — Non ! Terre-toi comme un ver si ça te chante. Moi, je suis encore là par ta faute, je ne me tairai pas.

î — Va-t'en !

¡ — Non ! Je ne partirai pas ! Pas maintenant, pas comme ça ! Ce serait te donner raison, ce serait te conforter dans l'idée que toujours on te rejette, que tôt ou tard, les gens t'abandonnent.

î — Arrête !

¡ — Non ! Je cracherai de ma bouche chaque mot qui t'empoisonne. Je les sortirai de ta peau comme ta mère aurait dû le faire. Ta mère…

î — Ne parle pas d'elle !

Et Nol frappa Ora de toutes ses forces, fracassant sous son poing les os du nez.

Le geste, bien plus que le sang versé, avait éteint la voix de la petite femme. Elle se tut parce que devant elle, l'enfant devint blême, fixant son poing comme s'il tenait encore Dragon dans sa main. Ora lui saisit le poignet et le tira à elle. Lui, prêt à recevoir le contrecoup du sien, se retrouva bercé dans ses bras. C'était une sensation étrange que de se blottir dans ce corps osseux, que de sentir l'odeur de terre et de sang, la sueur âcre de cette peau. Où étaient passés les parfums d'épices et d'orange de sa cuisine, l'odeur d'huile d'olive de ses cheveux, le soyeux de ses boucles ? Il ne restait d'Ora qu'une écorce sèche et flétrie, mais ce fut d'une voix douce qu'elle murmura :

¡ — Tu peux me frapper encore et encore, je pourrai me mettre cent fois en colère contre toi que je serai toujours là. Parce que tu as besoin de moi, Nol, et ce jour plus que jamais, pour te raconter une histoire… Tu te rappelles ce que je t'ai appris ? Pour comprendre l'entièreté d'une histoire, il te faut revenir à la faim qui l'a fait naître, au besoin d'y répondre. Alors écoute celle-ci :

« Il y a longtemps, tu sauveras mon fils, et par ce geste, tu m'as rendu ma vie. Je me suis promis alors de te rendre la tienne. »

î — C'est tout ?

¡ — Que veux-tu de plus ?

î — Mais tu ne m'as rien donné ?

¡ — Parce que je n'ai rien à te donner que tu ne possèdes déjà.

î — Mais tu as promis.

¡ — Et j'ai tenu ma promesse depuis bien longtemps, à ta sortie de prison. Je t'ai soigné, je n'avais rien promis d'autre.

î — Pourquoi tu es restée ?

¡ — Parce que tu es idiot.

î — Pourquoi tu m'as laissé alors ?

¡ — Je ne t'ai pas abandonné, Nol, c'est à moi que j'ai renoncé. J'ai cru que, sans Gaêl, je ne méritais pas d'être ce que j'étais. C'est lui et ce qu'il m'a offert que j'ai reniés. Pas toi. Tout ne tourne pas autour de toi.

î — Et maintenant, tu vas faire quoi ?

¡ — Rien. Ce que je devais faire, je l'ai fait.

î — Mais, et moi ? Je fais quoi ?

¡ — Tu me laisses tranquille et tu te débrouilles.

î — Mais, qu'est-ce que je dois faire ?

¡ — Ce que tu veux, tu es libre. Moi, je suis morte, que veux-tu que ça me fasse ?

Et Ora ferma les yeux. Mais l'enfant la secoua si fort qu'elle ne put que les rouvrir, perdant patience.

¡ — Merde, Nol ! Il est temps que tu fasses tes choix au lieu d'attendre que les autres te poussent au pied du mur. Continue à te terrer dans ta coquille de pierre, ou brise-la une bonne fois pour toutes et rejoins ta femme. Mais moi, tu me fous la paix !

î — Je ne peux pas la briser ! Tu es idiote toi aussi !

¡ — Comment ça tu ne peux pas ?

î — J'ai beau le vouloir, je ne peux pas.

¡ — Tu crois que c'est comme ton épée ? Qu'il te suffit de bander ta volonté pour la rompre ? Que c'est comme ton père ? Qu'il te suffit de le vouloir pour le saigner ? Pour rompre cette écorce, Nol, il te faut affronter un ennemi que tu ne veux pas voir, que tu ne veux surtout pas considérer comme tel.

î — Qui ?

¡ — Toi.

î — …

¡ — Toujours à te battre contre les autres, contre tous, contre le vent, contre rien, jamais tu ne t'es battu contre toi. Jamais contre tes penchants, tes failles, tes erreurs, tes fuites, ta lâcheté. Jamais tu ne t'es battu contre ça. Tu as toujours trouvé un autre adversaire que toi-même, un père, un Roi, un dragon, un ange, un Dieu, tous les médiocres de la terre, toute la misère du monde, même moi… Tous les combats étaient bons pour ne pas avoir à t'affronter, toutes les catastrophes du monde pour ne pas voir la tienne. Tous les coupables étaient bons pour ne pas voir tes choix. Tu es libre, Nol, tu l'as toujours été.

î — Non. C'est trop facile de dire ça !

¡ — C'est surtout trop facile de le faire dire par la voix d'une morte plutôt que par ta bouche, Nol. Tu as la clé de cette cage, c'est toi-même qui en as bâti les murs. C'est ton histoire qui l'ouvrira. Mais pour cela, reviens à sa nécessité : ta faim.

*

Je vis au clan Yacohil du peuple Samies, mais je suis autrement qu'eux.

J'ai poussé trop vite, en tige fragile, mon teint pâle me protège mal du soleil, mes cheveux rouges me trahissent de loin, mes yeux ne rajoutent rien au ciel. Je suis comme une poterie que l'on aurait trop tôt sortie du feu. Les autres enfants se moquent de moi et parfois me rudoient.

¡ — Tu ne dis pas tout, Nol.

Ces yeux sur moi, que voient-ils ?

Ils me font courir, me poussent, me renversent.

Je suis au sol qui me griffe, je ne comprends pas pourquoi. J'ai peur, et regrette ma solitude. Ils me retournent à coups de pied, j'ai pleurs. Je tends mes mains vers eux. Que peuvent des petites mains nues et ouvertes contre des pieds chaussés ?

Ils rient, et là je sais mieux ce que c'est qu'être seul.

Ils dansent autour de moi, en me jetant : « Tu as le poil de la bête qui a forcé ta mère. » Ils me disent la vérité pour sa méchanceté, et la vérité, en vrai, je ne l'aime pas.

Ils me relèvent pour me faire courir encore et je fuis vers le refuge du troupeau de rennes, mais j'ai si mal, que je tombe de moi-même. Ils rient, ma peur est leur saveur, et ils boivent mes pleurs pour leur ivresse. Je ne suis qu'une chose, un *quoi* dont ils font leur proie. Qui saurait pourquoi ?

Ces yeux sur moi que voient-ils ? Je tente d'y croiser les miens pour leur montrer qui je suis, mais je ne croise que le regard qui commence le mien sur eux.

Au peu à peu des coups qui sont et seront, s'amasse mon contrecoup. Enserré du cercle des cruels, je ne vois plus la douce bouche des rennes, ne dépassent que leurs bois. Et me poussent les miens. La mère nous voit, elle a sa bouche sévère.

— Dis tout, Nol !

J'ai des arbres comme amis, ils sont comme moi, lents. Et d'ainsi patients, ils attendent mon mouvement plutôt que de me mouvoir.

J'ai appris à y grimper bien que j'y sois si maladroit que longtemps j'ai chuté à la première branche. J'ai fait d'arbustes mes premiers sommets, et je suis monté de plus en plus haut par l'escalier de la forêt. Dessus, j'étais à l'abri des loups, comme je levais les yeux de la mère par le risque de tomber. Là-haut, je me faisais voir et voyais loin.

Haut, je me sentais mieux qu'ici, et le loin était mon recoin, comme celui d'où j'observais la mère s'occuper de son enfant. Elle lui disait qu'il était son mage et le *vrai* fils se hissait à cette image.

Les arbres bruissent de leurs oreilles, il y en a toujours une pour moi. Je peux leur parler, car ils m'écoutent silencieusement, comme je parle en mon muet. Je vois en leurs feuilles mes lèvres fermées. Alors je les collecte, pour former mon petit tas de secrets, celui que je feuillette quand la lune m'obsède. Et parce que je leur parle, parfois les arbres me répondent. Je ne comprends pas tout de leur ramage, c'est un chœur entremêlé comme mon petit tas dont je garde peu de strophes, mais chaque morceau m'est un cadeau. Ce sont des histoires de qui ils sont, d'où ils sont et de ce qui les tend ; des histoires qui soulèvent mon ciel trop bas. Il me semble qu'ils m'élèvent par quoi les lève : la force de vie que je sens par eux, leur dense certitude dont je voudrais le bois. Moi, je n'en ai aucune, puisque je ne suis personne. Je suis l'insignifiant à qui ils font des signes. Mais je me suis trouvé des tuteurs, et quand je serai grand, je voudrais être un arbre…

La mère est jalouse d'eux, elle croit qu'ils lui prennent le *vrai* fils. Celui dont elle voudrait qu'il soit sa hauteur comme le sont mes arbres. Elle lui dit :

(— Je t'aime puisque je m'occupe de toi, que je te veux meilleur que moi.

Et le *vrai* fils croit tout d'elle et croît par elle ainsi qu'elle le voudrait, alors que la voix des arbres est sans vouloir et leurs bras, toujours ouverts.

Au sein de géants affables, je m'affabule pour ne pas mourir. Je ne suis que le trop doux, le trop rêveur qui ne sert à rien et rien me ferait pour servir le *vrai* fils.

J'ai deux vies, une de lune et une de soleil, mon astre brille quand les autres dorment.

Le jour, je le passe entre mes cils pour ne pas trahir le secret de mes nuits.

Le jour, je le passe en bataille contre ceux qui se plaisent à m'éprouver et armer.

La nuit, dans ses bras qui dénouent cela.

Les branches des arbres ne bruissent plus dans le souffle de sa voix, ni le renard d'argent ne chante. Elle me parle des dieux anciens qui ont précédé les leurs et dorment sous la neige.

Elle me parle de patience et d'espérance.

— Nol, sors de ton conte ! Dis vrai !

Lui est dans la lumière de la mère, je n'en suis que l'ombre, piétiné pas à pas, je suis traîné par terre partout où *il* la suit. Et j'aime quand vient la nuit. Quand au lit, le *vrai* se couche dans le rêve nocturne où je *lui* parle, celui qu'*il* oublie le matin pendant que je rechois dans mon oubliette.

Le *vrai* enfant est l'espoir de la mère et moi un désespoir qui ne sait se dire : honteux, je me cache. Le *vrai* pourrait réparer la mère par la parer de sa splendeur.

La mère ne se touche que par *celui* qui fait sa royauté, moi je suis orphelin jusque dans ses bras. Je vis clandestin en l'abord de celle qui me rêve. Le rêveur se meurt de n'être qu'au rêve de la mère.

Je ne comprends rien de ce qu'elle me dit puisque ce n'est pas à moi qu'elle parle, mais je fais de sa voix une musique où je muse d'autres mots, pour des histoires qui sont de mon oreille.

Je la mêle au bruissement des arbres, je l'invente. Tous ses contes ne furent que par moi.

Le *vrai* enfant est ma passerelle vers la mère, celui à qui elle fait réciter ses attentes, mais je n'ai pas cette mémoire, je ne me souviens que de ce que je réinvente. De la récitation, je ne connais que mon récit.

Les arbres ne me demandent pas de les citer, ils savent que ma mémoire est l'oubli, qu'elle me garde de ce qui me blesse pour ne conserver que ce qui m'éblouit, et que j'enfouis alors comme une source qui jaillira où pourra.

Je ne suis pas qui il faudrait.

Peut-on changer si l'on fait semblant assez longtemps ?

Je voudrais lui donner son trône pour enfin lui dire : regarde-moi, baisse tes yeux sur moi, je suis couché sous *lui*, mais c'est moi qui *le* porte. Regarde-moi, je suis faible, je me sens laid, je ne sais rien, j'ai peur de tout, je suis ta honte, je suis ta honte, je suis ta honte. Ton bâtard avant celui du Roi, l'enfant que tu ne voulais pas, celui qui devait faire mieux, toujours mieux, toujours plus, pour racheter un plus grand destin que celui d'une femme saillie par un ours. Regarde-moi, j'ai tellement mal d'être piétiné. Je ne te demande pas de laver la poussière de ce qui fut traîné ni de rendre son épaisseur à ce qui fut foulé. Mais regarde-moi, et tant pis si tu ne m'aimes pas si au moins tu me reconnais. Je suis le contraire de ce que j'ai montré, je suis le trop doux qui se déchire aux remous des autres, qui trop sent. Regarde-moi, même si je suis irréparable, que je ne serai plus celui que j'aurais pu être, que je ne tiens que par la maladie que je me suis donnée, par l'armure qui me fait viable. Regarde-moi pour que je me voie une fois dans tes yeux.

Regarde… À se tendre trop en dehors de ma poitrine, mon cœur fut dévoré. Chacun selon son appétit l'a chassé vers une cage où il se débat comme un oiseau sans aile, pathétique. J'ai fait un caillou de mon caillot. Je me suis fait entier d'être brisé. Je n'avais pas le choix, c'était ça ou tomber du rien vers jamais. Je me suis menti pour résister. Je suis un mensonge dont tu fus la première phrase.

¡ — Continue, Nol.

Ma mère ne m'aimait pas et moi de moins en moins, c'était pire que de ne pas être aimé. Qu'est-ce qui battrait mon cœur s'il n'y a plus ce sang, ce chaud liquide qui nourrit et emplit ? De serré par n'être pas étreint, il s'effondre de ne plus contenir et, contre cela, j'ai inventé une mère que j'aimerais, qui serait le refuge de ma capacité d'aimer.

¡ — Ta mère fut ton premier conte, la consolation que tu t'es donnée.

Et mon père ne fut que le dernier coup de tous ceux qu'elle m'a donnés sans même lever la main. Il n'a fait que me retirer la possibilité qu'elle puisse m'aimer un jour, pour lâcher mon loup…

¡ — Continue Nol, c'est presque fini.

Si longtemps je n'ai bien vécu que seul, de moi à moi, c'est parce qu'ainsi je ne me sentais pas insignifiant. J'ai sauvé qui j'étais par n'être que moi. J'effleurais mon estime au sommet de mes mérites et ceux-ci ne duraient qu'en écumes de mon vague à l'âme.

De n'avoir pas été aimé pour qui j'étais, je me suis condamné au mérite constant. De n'avoir eu la première altérité, j'ai si bien échoué la fraternité que j'en connais l'indispensable.

Et ce caillot qui bloque mon cœur, ce n'est pas que d'avoir été rejeté pour ma différence, ce n'est pas que d'avoir été une viande pour la cruauté, ce n'est pas que, ce n'est pas qu'eux. C'est d'avoir été couvé par un simulacre, goûté à n'être qu'à son goût.

Et tout le reste, tout ce que dans quoi je me suis abîmé, ces épreuves, c'était pour adoucir cette douleur. Mon courage m'était plus facile à la mort qu'à la vie.

¡ — Maintenant, tu sais pourquoi les enfants.

Î — J'ai donné aux enfants l'amour qui m'a manqué, celui qui n'exige pas le mérite, qui n'exige rien ni même d'être aimé en retour.

¡ — Et qui étaient les enfants ?

Î — … Moi, l'enfant que je fus, celui qui est mort. Ce fut toujours moi derrière tous les autres enfants.

¡ — Et qui t'a aimé ?

Î — …

¡ — Qui est venu à toi parce qu'elle t'avait vu ? Qui n'a jamais exigé de toi que toi ? Qui ?

Î — *Amour…*

¡ — Si tu as tout fait pour qu'elle t'abandonne, ce n'est pas seulement parce que tu avais peur pour elle. Tu avais peur d'elle, peur de ce qu'elle ouvrait en toi, alors même que tu ne supportais pas l'idée de la perdre. Tu sais qu'elle t'attend encore, tu sais qu'elle est là. Alors, vas-tu enfin avoir le vrai courage ?

Î — …

¡ — Nol… tu sais pourquoi tu n'as pas supporté la mort du dernier enfant. Pourquoi tu t'en es senti responsable, n'est-ce pas ?

Î — Parce qu'en donnant par sacrifice, je l'avais légué.

¡ — Tu veux cela pour elle ? Tu le veux encore pour toi ?

* *
*

C'était un grand arbre mort qui tendait ses branches comme des fourches plantées dans la voûte de glace. Mais tel qu'il était, avec ses racines déchaussées, il ressemblait plutôt à un lustre éteint pendu à un plafond de verre terni. De l'arbre plein comme un verger, il ne restait que son squelette. Au sol, d'anciens fruits ronds l'environnaient, enroulés désormais comme des feuilles sèches. Il était minéral, et son corps n'était que son écorce.

Tout son autour était dépeuplé, fané jusqu'à sous terre. Elle-même semblait absente, ne s'y voyait qu'une cendre. Et dessus, la lumière n'était plus qu'une nuée de poussière où les dernières lucioles s'étouffaient. Même l'œil de l'Éden était gris. Vitreux plus que vitre, son regard attristait.

Ce qui fut un lac se striait comme une peau de lézard. N'y prospérait que le silence.

Au sein de la poitrine de l'arbre, osseuse et creuse comme celle d'un vieux cadavre, il y avait son cœur de pierre, entouré de jouets de bois sec comme la dragonne s'était cerclée d'ossements. Une statue le veillait, un attelage fait d'argent acéré.

C'était une pierre et c'était une cosse. Dedans, dormait un corps plié autour de lui tels sont les êtres au ventre où ils se font, et tels en la position où ils retournent à se défaire.

Que choisirait celui-ci ? Sa forme spiralée tournerait-elle à s'étendre ou à s'avaler ?

C'était une veuve, elle avait beaucoup vécu et presque tout connu, plusieurs fois. Elle avait même eu un amour rare, celui qu'aucun autre n'avait pu effacer. Son pèlerinage était devenu sa Toussaint où elle portait son bouquet de pleurs. Son ventre avait chassé le sang-de-dragon, elle y avait perdu l'accès aux esprits et la jouvence du corps. Ses cheveux noirs étaient traversés de quelques fils gris, la rondeur de son visage s'était un peu creusée et ses hanches alourdies. Elle entamait le dernier cycle de son existence, celui qui se renouait au premier, et elle pensait que cette pierre serait sa tombale.

Õ — Nol, j'ai compris trop tard ce que le rêveur disait : « *Tu cherches l'homme, trouve l'enfant.* » Je me suis trompée d'enfant. Depuis, j'ai vu que notre roman s'écrit aux premières pages. L'ange, Dieu, Jésus, la mission, n'étaient qu'une fumée.

Sa main toucha la pierre, et elle la sentit trembler, si fort qu'elle s'écarta.

La pierre explosa en soufflant un homme nu, baigné de sang.

Õ — Nol!

Il ne l'entendit pas, assourdi par son expulsion, absorbé par sa douleur. Il ne la vit pas, les paupières encore collées. Sa bouche s'écarta pour un cri qui ne sortit pas, car ce fut la bouche elle-même qui se retourna par l'intestin que Nol vomissait longuement, en saccades et par mètres suppliciants.

Amour restait figée, amarrée d'élans contradictoires, elle ne savait quoi faire.

Enfin rejeté, le long et large serpent rouge ondula sur le sol comme à s'y caresser, heureux de sa sortie. Puis sa pointe se redressa, se retourna vers le corps qu'il venait de quitter, et une bouche se fendit pour dire:

¿ — Nol, je suis affreux à voir, n'est-ce pas? Pourtant c'est toi qui m'as fait ainsi lorsque tu m'as appelé. Ton dieu rouge… Tu comprends pourquoi je ne pouvais pas retourner en toi, j'y étais déjà… Ce fut épuisant de permettre ta survie malgré tes suicides, déchirant de subir ton malheur.

Le visage révulsé, *Amour* réagit enfin:

Õ — Va-t'en! Laisse-le!

¿ — Ah… Tu ne me rendras pas la forme qui nous plaisait. L'ingratitude des hommes… Il est difficile d'être un ange, heureusement que l'oubli pourvoit.

Il serpenta gracieusement jusqu'à une crevasse du lac asséché où il se glissa en saluant d'un levé de queue. Le char se poudroya et sa poussière fut aspirée par la faille, pendant que l'arbre reculait comme une ombre suivant son corps.

Aux lèvres béantes de Nol, il restait une bave de sang qui coula au filet accroché à la queue d'Iragaël. Le sang-de-dragon fuyait l'homme pour rejoindre celui qui fut son amant. Lorsque le fil fut définitivement coupé, Nol en reçut le contrecoup comme s'il chutait au lieu même où le souffle de la dragonne l'avait projeté.

Son épaule se brise, son genou se tord, trois côtes s'enfoncent et sa peau se zèbre de ses cicatrices.

Il vit *Amour* penchée au-dessus de lui, entendit sa voix, mais ne la comprit pas. Il chercha à lui parler, mais il s'évanouit dans un étrange sommeil.

La voûte avait perdu son armature et un grand bloc en tomba dans un fracas qui porta aussi sa vague de froid. Vivement, *Amour* tira le corps de Nol sur le dos de Phœnix et ensemble, ils s'échappèrent par la spirale du toit. Ses parois étaient craquelées et derrière, ses étages s'écroulaient les uns après les autres. *Amour* se sentit pourchassée. Enfin, ils jaillirent au soleil et elle vit la spirale fendue de traverses telle une grande toile d'araignée qui finissait de s'effondrer.

Elle vola, vola, ses poings agrippant Phœnix, ses bras tenant Nol, et elle l'entendit chuchoter, le suivant aux pointillés des mots qui perçaient sa bouche.

Nol rêvait d'elle et d'être.

*

C'est un vieil homme, quoiqu'on ne saurait lui donner un âge plus précis qu'ancien. Un original qui parle peu et touche tout. Sa paume va sur la pierre, sur le bois, sur le lin, se caresse aux feuilles, se granule aux murs, et ses doigts égrènent les formes repliées, comme si sa main était si neuve qu'elle ignorait son toucher. Il marche dans ses pensées plus qu'au chemin ou aux ruelles, et quand il en sort, il regarde longtemps, parfois même dévisage, ou semble écouter une musique aux bruits ambiants.

Il parle peu, mais quand il le fait, c'est trop. On le comprend mal, il a gardé dans la langue du coin la phrase de son lointain. Un chasseur a même dit avoir entendu son murmure aux arbres et sa conversation aux oiseaux. C'est un original, mais le village l'accepte. Il vit de ses petits travaux et ne fait de mal à personne.

Un jour, un chien l'a suivi et depuis, c'est lui qui le suit dans leur promenade. Le chien est son maître en substances, ses pattes lui donnent sol, son museau ce qui affleure.

Là, ils reviennent d'une de ces balades où l'homme trouve sa chanson. Ils ont dessiné au paysage leur grande boucle qui toujours traverse le village. L'homme donne la pâtée au chien puis cherche sa compagne. Il la voit par la fenêtre de sa cuisine ou au fond du jardin où elle aime potager. Elle parle à son oiseau, et lui reste à l'écart.

V — Tu ne peux plus être mon sol puisque y pousse un arbre où je n'ai pas ma branche.

Õ — Phœnix, à toi aussi il est temps de te choisir.

Et il voit s'envoler la dernière légende de leur petite vie, on ne sait où.

Amour ne semble pas malheureuse que s'éloigne son plus vieil ami, elle reste particulièrement radieuse comme elle le fut aux derniers mois, et si elle a besoin de son homme, il est là, il attend, caressant la tête du chien.

Õ — Alors monsieur Niklaus, la promenade fut bonne ?

Î — La rivière est heureuse de la pluie d'hier, l'âne d'Augustin s'est trouvé un compagnon, un petit bois s'est accoutumé à moi, j'ai vu Marinette tombée, mais elle va bien, et le bourgmestre de mieux en mieux.

Õ — Il t'a encore demandé de faire le père Noël ?

Î — J'aurais la barbe qu'il faut pour cela. Je lui ai répondu que j'avais pris ma retraite.

Õ — Il a dû bien rire à ta blague… Nanuq, je connais notre cadeau pour ce Noël. Viens plus près.

Il se serre à elle, la prend dans ses bras et comme à chaque fois, une douce émotion les saisit. *Amour* le détache assez pour poser une de ses mains sur son ventre. Le mouvement qui par sa paume monta à sa poitrine qu'un parmi les autres pères n'était plus celui de tous les enfants.

* * *

* *

*

Il y avait une telle lumière dans cet instant, la dernière que je vis clairement derrière mes yeux fermés. Et quand je les entrouvris, elle y entra tout à fait, consumant ma vision, ne laissant, comme accrochés aux cils, que des lambeaux de scènes.

Oui… La lumière de l'aube qui perce la fenêtre enténèbre le rêve. Celui-ci s'éteint pendant que l'on s'éveille, car le jour le pâlit comme il le ferait d'un cinématographe. À moins que l'ange ne brille que par notre nuit, à moins qu'il ne s'entende qu'à notre plus profond silence.

Et…

Sitôt j'oubliais ceci et le tout de cela, en surface, sans connaître à quel point cela me tatouait l'entraille.

J'ai vécu, comme tous, au possible. Mais aussi au goût d'un impossible qui me fit naviguer entre rivage et naufrage, tendu d'un cap dont j'ai méconnu l'étoile. Je fus la conséquence d'un rêve incompris.

Après la mort de mon père, alors qu'un soir j'entendis : « Le père Noël n'existe pas », me revint le père de tous les enfants. Une de mes filles m'a dit : « Tu devrais l'écrire. »

J'ai essayé, bien que je ne sois pas écrivain.

Il semblerait qu'autour de ma bouche, j'avais gardé quelques miettes du vieux festin de mon rêve, car du bout de la langue, parfois, j'en effleurais le miel.

À l'écrire, je pus lire mon histoire et, décortiquant ses fleurs si fanées que sèches comme serait, du cinématographe, une pellicule entortillée et racornie, je lus sous la beauté du conte, son malheur.

Enfant, je n'avais saisi qu'un message : le père Noël est un esprit qui une fois l'an s'incarne en mille et mille corps, il existe comme agit une idée.

Plus tard, quand jeune homme je vis pleinement du monde le carnage, me vint : il est le symbole du Don qui permet la vie, car si la prédation détruit, si l'échange conserve, le don pourvoit et répare. Le don contrebalance la prédation, évitant au vivant de basculer dans le néant.

Cependant, je ne gardais du conte de Noël que l'encens qui parfume nos âmes, en omettant le petit bout de bois qui s'y consumait.

Écrivant l'histoire d'un don, j'ai vu qu'il y avait un mauvais usage du don, celui du sacrifice.

Aimer les uns les autres, c'est aussi aimer l'un.

J'aurais dû le comprendre lorsque j'ai découragé mes filles d'être moi pour qu'elles n'en souffrent pas.

Ce qu'on ne veut pas à qui on aime, il ne faudrait pas le faire à soi.

J'aurais dû, mais je ne l'ai pu qu'à nous l'écrire.

— Tu comprends ?

— Non, mais j'aime bien.

— Alors tu comprendras.

— L'histoire est finie ?

— Non… Une bonne histoire ne l'est jamais. Elle voyage plus loin en qui l'a entendue.

NOTE DE L'AUTEUR

À travailler mon manuscrit, j'ai ouvert d'autres pages. J'ai appris ce que j'aurais aimé savoir dire, et je suis devenu un obstacle à mon histoire au désir d'éclairer celle qui nous gouverne.

Mais si tu es là, c'est que, malgré moi, nous avons réussi. Nous, car je ne suis que le co-auteur. Un ami a voulu ce livre, une amie l'a rendu lisible.

Si tu sais lire mieux que je ne sais écrire, tu as vu que j'ai voulu de cette pièce de théâtre en retourner la face. Je suis celui qui d'un beau conte dénonce son revers, envahissant peu à peu son fil de ma discorde.

Et j'ai choisi la forme du conte par honnêteté, pour que tu saches que tout est faux et entendes que tout dit vrai.

Antonio Exposito

DU MÊME AUTEUR

Aux Éditions du Panseur

LE QUATRIÈME ROI MAGE, 2020 (Folio Science-Fiction n° 719)

Tous les papiers utilisés pour les ouvrages
des collections Folio sont certifiés
et proviennent de forêts gérées durablement.

Composition IGS-CP à L'Isle-d'Espagnac (16)
Impression Novoprint
à Barcelone, le 13 décembre 2022
Dépôt légal : décembre 2022

ISBN 978-2-07-299402-9 / Imprimé en Espagne

545545